ANNA JESSEN

Traumfrauen

D1855044

GOLDMANN

Anna Jessen

Traumfrauen

Minirock und neue Zeiten

Roman

GOLDMANN

Der Verlag behält sich die Verwertung der urheberrechtlich geschützten Inhalte dieses Werkes für Zwecke des Text- und Dataminings nach § 44b UrhG ausdrücklich vor.
Jegliche unbefugte Nutzung ist hiermit ausgeschlossen.

MIX
Papier | Fördert gute Waldnutzung
FSC® C014496

Penguin Random House Verlagsgruppe FSC® N001967

1. Auflage
Originalausgabe August 2023
Copyright © 2023 by Anna Jessen
Copyright Deutsche Erstausgabe © 2023
by Penguin Random House Verlagsgruppe GmbH,
Neumarkter Straße 28, 81673 München
Dieses Werk wurde vermittelt durch die Montasser Medienagentur, München.
Umschlaggestaltung: UNO Werbeagentur, München
Umschlagmotive: Vintage Germany/Lübecker Nachrichten;
FinePic®, München
Redaktion: Christiane Mühlfeld
BH · Herstellung: ik
Satz: KCFG – Medienagentur, Neuss
Druck und Bindung: GGP Media GmbH, Pößneck
Printed in Germany
ISBN: 978-3-442-20645-2

www.goldmann-verlag.de

Normal sollen andere sein.
Wir wollen besonders sein.

Shake it up

Hamburg, Sommer 1961

1.

»Rosa?«, fragte Gregor skeptisch. »Wer soll das sein?«

»Die Toilettenfrau.«

»Nicht dein Ernst.«

»Absolut!«, erwiderte Klara. »Sie ist ein Original.«

»Original wofür?«

»Du musst sie kennenlernen.«

Gregor winkte ab. »Ich glaube nicht, dass sich unsere Leserinnen für eine Toilettenfrau interessieren.«

»Für sie selbst vielleicht nicht wirklich«, stimmte Vicki zu und blies den Rauch ihrer Zigarette in die Luft. Mit der langen Zigarettenspitze zwischen den Fingern erinnerte sie an Audrey Hepburn in *Frühstück bei Tiffany*. »Aber für ihre Geschichten. Wenn sie denn welche erzählt.«

»Tja, und deshalb brauchen wir dich, Gregor«, ergänzte Klara, als wäre es das Offensichtlichste der Welt.

»Ach, *dafür* braucht ihr mich«, erwiderte der Chefredakteur sarkastisch. »Dann weiß ich ja jetzt, dass ich doch zu etwas gut bin.«

Klara stand auf und warf die Arme in die Luft. »Wenn du es nicht machen willst …«, sagte sie. »Wir könnten auch Helga damit beauftragen.« Helga Achter, die bei der *Claire* für die Dokumentation gearbeitet und dann ebenfalls zur *Holly* gewechselt hatte, der neuen Zeitschrift, die sie selbst mitgegründet hatte.

»Warum schreibst du den Artikel nicht selbst?«, wollte Gregor wissen. Seit er die Verantwortung für eine ganze Redaktion trug, war aus dem stets spöttischen jungen Mann, der nichts ernst zu nehmen schien, ein Skeptiker geworden. Manchmal meinte Klara, ihn nicht wiederzuerkennen. Aber natürlich verstand sie ihn auch: An ihm hing alles. Ging er mit seiner Neugründung unter, würde er alle, die mit ihm gekommen waren, mit in den Abgrund ziehen. Sie alle hatten ihre sicheren und gut bezahlten Stellen bei der *Claire* aufgegeben, um ihn bei seinem Abenteuer zu unterstützen: *Holly*, einer jungen, frechen Zeitschrift über Musik, Mode, Stil und alles, was vor allem Frauen sonst interessierte, aber eben nicht nur Frauen, sondern alle jungen Menschen. Im Grunde machten sie ein Magazin für sich selbst.

»Das würde ich wahnsinnig gerne, Gregor«, erwiderte Klara. »Aber ich will die Fotos machen. Das ist mir wichtiger.«

»Fotos?«, fragte der Freund irritiert. »Was willst du ablichten? Klos? Waschbecken? Ihre Kittelschürze?«

»Ihr Hausboot.«

Jetzt kam Bewegung in die Mannschaft. »Sie hat ein Hausboot?«, fragte Heinz fasziniert.

Klara nickte. »Im Sandtorhafen. Und das Beste: Sie nimmt auch mal Musiker bei sich auf. Soweit ich weiß, hat sie gerade einen von den jungen Engländern bei sich, die für Koschmider gespielt haben.«

»Für Koschmider«, murmelte Gregor, der jetzt auch eine Story witterte. »Er ist der größte Ganove, den's in dem Geschäft gibt. Was heißt *gespielt haben?* Hat er sie rausgeworfen?«

Jetzt mischte sich Rike ein, die manchmal, wenn sie Zeit hatte, an den Redaktionskonferenzen teilnahm. Gregor versuchte, sie seit den ersten Tagen des Projekts *Holly* für die Zeitschrift zu gewinnen, doch sie wollte beim Rundfunk bleiben. »Seine Band will zum Top Ten Club wechseln«, wusste sie zu berichten.

Gregor lachte. »Kann ich ihnen nicht verdenken, dass sie nicht mehr für diesen Puffbetreiber spielen wollen.« Denn es war allgemein bekannt, dass der Kaiserkeller, in dem Koschmiders Musiker auftraten, vor allem der Anbahnung von »Geschäftsbeziehungen« zwischen gewissen Frauen und gewissen Männern diente.

Klara nickte. »Die haben bei Koschmider im Hinterzimmer seines Kinos geschlafen.«

Vicki stieß den Rauch ihrer Zigarette durch die Nase aus. »Sklaverei ist das«, sagte sie und schüttelte den Kopf.

»Alles, was der Mann betreibt, ist Sklaverei«, erklärte Heinz. »Meine Meinung.«

»Tja.« Gregor legte die Hände auf die Schreibtischplatte, als müsste er Pro und Kontra an ihnen abzählen. »Und du denkst, die Toilettenfrau hat was zu erzählen?«

»Ich *weiß*, dass sie was zu erzählen hat.«

»Hast du schon mit ihr gesprochen?«

Klara nickte. »Ist alles schon erledigt. Sie steht uns zur Verfügung.« Mit einem Kichern fügte sie hinzu: »Ein Plausch vor den Toiletten, das ist ja auch was ganz Unauffälliges. Niemand wird sich was dabei denken.«

Da war es wieder, das spöttische Lächeln von Gregor Blum, mit dem er seine Mitmenschen gerne aus dem Konzept brachte. »Ich komme mit auf das Hausboot.«

***

Wie jeden Tag war es spät geworden, als Klara die Redaktion verließ. Schon früher, als sie noch beim Frisch Verlag gearbeitet hatte, war sie daran gewöhnt gewesen, niemals vor sechs oder sieben Uhr nach Hause gehen zu können. Jetzt aber wurde es oft acht oder neun Uhr – an manchen Tagen arbeitete sie, wie andere auch, bis weit in die Nacht hinein. Aber das war es wert! Denn mit der neu gegründeten Zeitschrift verband sie weit mehr als ein Arbeitsvertrag: Die *Holly* war ihr eigentliches Zuhause. Und dass die Redaktion in die Räume eingezogen war, in denen einst das Fotoatelier Buschheuer residiert hatte, machte es doppelt heimelig für sie. Denn hier hatte sie schon als Schülerin aushilfsweise gearbeitet, mit ihrem Mentor Alfred Buschheuer, und hier hatte sie vor allem ihr Handwerk erlernt: das Fotografieren.

Und nun galt sie als die wichtigste Fotografin der *Holly*, ständig unterwegs, um in der Hansestadt Geschichten zu entdecken, die sie in möglichst fesselnde Bilder zu verwandeln versuchte. Für die ersten Ausgaben des Magazins hatte sie Aufnahmen von Modenschauen und Schönheitswettbewerben gemacht, sie war auf rauschenden Festen im Atlantic Hotel und in der Laeisz-Halle gewesen, in einem Rock-'n'-Roll-Klub hatte sie Tony Sheridan porträtiert, bei einer Filmpremiere Jeanne Moreau … Das Leben hätte nicht aufregender sein können, weshalb sie so etwas wie Müdigkeit kaum kannte.

Sorgen allerdings kannte sie sehr wohl. Denn die Zeitschrift stand buchstäblich täglich vor der Pleite. Nachdem Gregor seinem Vater, dem mächtigen Verleger Hans-Herbert Curtius, den Rücken gekehrt und ihm mehrere Mitarbeiter abspenstig gemacht hatte, war er enterbt worden. Curtius hatte seine bis dahin großzügigen Zuwendungen eingestellt. Dass sein unehelicher Spross ihm allen Ernstes Konkurrenz zu machen beabsichtigte, hatte den sonst so großmütigen, souveränen Verleger zu einem rachsüchtigen Gegner werden lassen.

Gregor hatte verkauft, was er zu verkaufen gehabt hatte, und die anderen – allen voran Klara, Vicki und Heinz – hatten all ihre Ersparnisse dazugegeben, um den neuen Verlag zu finanzieren. Die ersten Monate hatten sie ohne Gehälter gearbeitet, und sie waren alle in jeder freien Minute unterwegs gewesen, um Kioske und Hotels, Friseursalons und Arztpraxen abzuklappern, um das neue Magazin vorzustellen und Abonnenten zu werben. Mit Erfolg!

Die ersten zwei Ausgaben waren so überzeugend, so mitreißend gewesen, dass sie schon bald einen großen Zeitschriftenvertrieb fanden, der das Heft bundesweit unter die Leute bringen wollte. Das allerdings wirkte sich ernüchternd auf den Ertrag aus. Denn plötzlich kam pro verkauftem Exemplar nur noch halb so viel Geld bei der Blum Verlags GmbH & Co. KG an. Und wieder hieß es sparen!

Doch trotz der prekären Lage hätte Klara nicht stolzer sein können auf ihr »Baby«: Die Zeitschrift war das Aufregendste, was es in der deutschen Magazinlandschaft gab – nicht zuletzt wegen ihrer Fotos.

»Holly?«, fragte Hans Knoche, der Pächter des Alsterpavillons, als sie ihm an diesem Abend ein Exemplar auf den Tisch legte. »Was soll das heißen?«

»Holly wie Hollywood«, erklärte Klara. »Und wie Holly Golightly!« Davon hatte auch Hans Knoche schon gehört. Er zog eine Augenbraue hoch und das Heft zu sich herüber. »Hm«, machte er. »Büschen extravagant, oder?«

»Aber hallo!«, stimmte Klara zu. »Das ist genau der Punkt. Normal sollen andere sein. Wir wollen besonders sein.« Und weil sie gelernt hatte, was Kunden hören wollten, fügte sie hinzu: »So wie Ihr Lokal hier! Ist ja auch extravagant, nicht wahr? Deshalb passen wir so gut zusammen, der Alsterpavillon und die *Holly*.«

»Sie wollen doch nur, dass ich ein Abo abschließe«, stellte der Betreiber des beliebten Restaurants und Cafés fest.

»Aber nein, Herr Knoche!«, widersprach Klara.

»Nicht?«

»Nein. Ich will nicht, dass Sie ein Abo abschließen, ich will, dass Sie fünf abschließen.«

Der Gastwirt lachte laut. »Um Himmels willen! Was soll ich denn mit fünf Abonnements!«

»Sie legen das Heft in Ihrem Lokal aus«, legte ihm Klara dar. »Das ist Service. Andere Kaffeehäuser haben ihre Zeitungsständer …«

»Die haben wir auch.«

»Ich weiß, Herr Knoche. Aber in Zukunft haben Sie auch was Exklusiveres als nur die olle Tageszeitung. Die *Holly* steht für Lebensart und Lebensfreude, wissen Sie? Und deshalb passt sie so gut zu …«

»Schon gut, schon gut!«, rief der Chef des Alsterpavillons. »Fünf Exemplare.« Er überlegte kurz. »Die werden nicht reichen«, erklärte er dann. »Nach zwei oder drei Tagen werden die Hefte völlig zerlesen aussehen. Und sie erscheint ja nur alle zwei Wochen, richtig?«

Klara nickte.

»Dann will ich zehn Abos. Für fünfzehn Exemplare.«

»Bitte?«

»Ich zahle zehn, ich bekomme fünfzehn. Das ist mein Angebot.«

Zehn Abos! Wenn sie die Hefte direkt lieferten, mussten sie dem Zeitschriftenvertrieb nichts abgeben, dann wäre das ein prächtiges Geschäft. »Einverstanden«, sagte Klara. »Sie bekommen fünfzehn Exemplare und zahlen zehn. Und eine Runde frei für die Redaktion einmal im Monat.«

Nun war es der Gastwirt, der verblüfft war. »Die Redaktion?«

»Acht Personen. Also acht Getränke.«

Knoche überschlug die Kosten kurz im Kopf und nickte. »Abgemacht.«

***

Als Klara endlich in ihre kleine Wohnung am Paulinenplatz kam, wartete Heinz schon. Er hatte Abendbrot gemacht und sogar eine

Flasche Wein geöffnet. »Da bist du ja endlich!«, rief er, als hätten sie sich seit Tagen nicht gesehen, dabei waren sie noch vor zwei Stunden zusammen in der Redaktion gewesen.

»Hallo, mein Schatz«, grüßte Klara und streifte sich die Schuhe von den schmerzenden Füßen. »Ich war noch im Alsterpavillon und …«

»Du hast schon gegessen?«

»Nein. Ich war geschäftlich dort. Du weißt doch …«

»Und?«

»Zehn Abos.«

»Wie, zehn Abos?«, fragte Heinz irritiert.

»Für den Alsterpavillon.«

Ihr Freund schüttelte ungläubig den Kopf. »Gregor muss dir irgendwann einen Orden verleihen. Also, wenn du nicht vorher ins Gefängnis kommst. Das hat ja schon was Kriminelles.«

»Kriminelles?«, erwiderte Klara amüsiert und gab ihm einen Kuss. »Was bitte schön soll kriminell daran sein, ein paar Abos zu verkaufen?«

»Zehn Abos an einen Kunden? Klingt für mich nach Nötigung.« Heinz holte den Wein aus dem Kühlschrank.

»Es war alles ganz freiwillig«, stellte Klara fest.

»Pah! Bei dir ist alles Nötigung«, widersprach Heinz und lachte. »Sieh mich an.«

»Und was seh ich da?«

»Einen Mann, der genötigt wird, dich zu vergöttern!«, rief Heinz in dramatischer Verzweiflung und grinste. »Dir kann man doch gar nicht widerstehen, und dir kann man nichts abschlagen.«

»Wenn das so ist …«, sagte Klara leise und griff nach seinem Hemd, um es ihm aus der Hose zu ziehen. Heinz schnappte nach Luft. »Jetzt?«

»Warum nicht?«

»Aber wir könnten doch nachher«, sagte er mit rauer Stimme.

»Mhm«, machte Klara und küsste ihn zärtlich. »Das können wir auch. Das eine schließt das andere nicht aus, oder?«

Heinz gab sich geschlagen. »Nötigung«, flüsterte er und ließ sich von ihr aufs Sofa ziehen. »Sag ich doch.«

***

2.

Rosa Hoffmann, die von allen nur »Tante Rosa« genannt wurde, war eine ebenso fröhliche wie strenge Person. Es war nicht einfach, ihr Hausboot zu finden, denn ihr Liegeplatz war zwischen etlichen anderen Booten, die am Sandtorhafen festgemacht waren: einigen Kuttern, einigen Schleppern, Lastenkähnen und anderen Hausbooten, die früher mal Fischerboote gewesen waren. Klara und Gregor mussten sich durchfragen und kamen entsprechend ein paar Minuten zu spät.

»Gnädige Frau!«, rief Gregor, als er ihr endlich auf der kleinen Brücke zwischen Sandtorkai und dem ziemlich in die Jahre gekommenen Kahn gegenüberstand, »ich bitte tausendmal um Verzeihung, dass wir so verspätet bei Ihnen aufkreuzen.«

»Gnädige Frau? Hab ich was verpasst?«, erwiderte Tante Rosa und schüttelte lachend den Kopf. »Nehmen Sie mich bloß nicht auf den Arm, Junge. Sonst nehm ich es Ihnen übel. Ist das klar?«

»Sonnenklar, Frau Hoffmann«, beeilte sich Gregor zu erwidern.

»Tante Rosa passt«, stellte die üppige Frau fest und winkte Gregor und seiner Fotografin, ihr zu folgen. »Treten Sie sich die Füße ab«, bestimmte sie, als sie die paar Stufen ins Innere des Hausboots vorausging. »Und passen Sie auf Ihre Rübe auf! Sie sind auch so ein langer …« Da war es schon passiert, und Gregor hatte sich den Kopf am niedrigen Durchlass gestoßen. »Na, ein begnadeter Seemann wäre aus Ihnen aber auch nicht geworden«, stellte Tante Rosa lapidar fest. »Einen Tee? Oder lieber einen Schnaps? Viel kann ich nicht anbieten. Bin schließlich nur 'ne olle Putzfrau.«

»Ein Tee wäre wunderbar, Tante Rosa«, sagte Klara und erntete zustimmendes Nicken der Hausherrin. »Schön haben Sie's hier!«

»Na ja, man tut, was man kann«, erwiderte die Gastgeberin und setzte einen Kessel auf.

»Wie lange wohnen Sie schon hier?«

»Fast zehn Jahre, Kindchen. War eines der ersten Hausboote nach dem Kriege hier.«

»Da haben Sie mächtig was erlebt, schätze ich.« Klara warf einen prüfenden Blick auf Gregor, der sich zwar noch den Kopf hielt, aber schon wieder ganz bei der Sache schien.

»Das kannste laut sagen.« Tante Rosa warf einen Blick durchs Bullauge nach draußen, als könnte sie dort die Vergangenheit noch einmal sehen. »Möcht' ich nicht noch einmal erleben, das alles.«

»Ist es nicht gefährlich, so allein auf einem Hausboot?«, fragte Gregor, der inzwischen Block und Stift herausgeholt hatte, um sich Notizen zu machen.

Tante Rosa zuckte die Achseln. »Wo ist es schon nicht gefährlich?«, stellte sie fest. »Bin auch nicht allzu oft allein.«

»Dann gibt es also einen Herrn Hoffmann?«, fragte Gregor gewitzt. Die Toilettenfrau lachte. »Gab es mal. Ist aber schon lange her. Gott sei Dank! Na ja, zumindest hat er mir meine Stelle verschafft.« Klara und ihr Kollege warfen einander Blicke zu. Konnte man dafür dankbar sein? »Und das Boot.« Sie zuckte die Achseln. »Ist irgendwann im Vollsuff über Bord gegangen und nicht wieder aufgetaucht. Als ich am Morgen nach Hause kam, hammse ihn gerade rausgezogen. Hatte sich mit dem Bein an einem Tau verfangen und ...« Nun seufzte sie doch. »Armer Teufel. War ja nicht alles schlecht an ihm.«

»Und jetzt haben Sie Zimmerherren?«, fragte Gregor weiter, als wüsste er nicht, dass es einen jungen Musiker im Hinterzimmer gab.

»Zimmerherren, ja. Kann man so sagen«, stellte Tante Rosa fest und rief mit ihrem bemerkenswerten Bass in den hinteren Teil des Bootes: »Paulchen? Paulchen, kommst du mal? Come here!«

Ein paar Brocken Englisch konnte sie also auch, diese außergewöhnliche Frau mit dem kleinen Geldbeutel und dem großen Herzen. Augenblicke später stand ein schmächtiger dunkelhaariger Junge vor ihnen, beinahe noch ein Kind, und blickte mit neugierigen Augen von einem zum anderen. »Das ist Paulchen. Kommt aus London.«

»Liverpool«, verbesserte der junge Mann und lächelte entschuldigend. »Hey.«

»Hey«, grüßte Gregor zurück und reichte ihm die Hand. Als auch Klara ihm die Hand schüttelte, fiel ihr auf, wie zart die Finger dieses Jungen waren. »Sie spielen im Top Ten Club?«, fragte sie.

»Top Ten Club, yes«, antwortete Paul. »Mit meine Band.«

»Darf ich ein Foto von Ihnen machen?«

»With the band would be better«, erwiderte er, offenbar verstand er Deutsch ganz gut, sprach es aber nicht besonders gut.

»Let's take a picture without the band and maybe tomorrow we will do an extra take with the band«, schlug Gregor weltmännisch vor, während Tante Rosa die Szene mit ein wenig Argwohn beobachtete. Dass sie nicht mitreden konnte, behagte ihr offenbar nicht. »Soll ich Sie mal rumführen auf meinem Boot?«, fragte sie, vielleicht um das Ruder buchstäblich wieder an sich zu reißen.

»Sehr gerne!«, stimmte Gregor zu. Und an Paul gewandt: »Will you accompany us?«

»Sure«, sagte der Engländer und trabte zwischen Tante Rosa und dem Reporter durch die kleinen, sehr gemütlichen Räume dieses Hausboots und am hinteren Ende über eine schmale Luke wieder nach draußen, wo die Besitzerin tatsächlich einen kleinen Union Jack an die Fahnenstange gehängt hatte. »Das ist mein

Bild!«, rief Klara. »Tante Rosa, würden Sie sich mal mit Ihrem Schützling zu der Fahne stellen? Sie links, Paul rechts? Das wäre doch ein schönes Motiv!«

Augenblicke später war die Aufnahme im Kasten: Die Putzfrau des Top Ten Clubs und der junge Musiker, den sie beherbergte, posierten beiderseits der britischen Flagge, während sie nebenher Gregors Fragen beantworteten. Klara mochte die muntere Art des Engländers. Und sie liebte seine Bambi-Augen, die sie ein ums andere Mal zum Mittelpunkt ihrer Aufnahmen machte. »Was für ein Instrument spielen Sie?«, wollte sie wissen.

»I play the bass guitar«, antwortete Paul.

»Haben Sie sie hier? Dann würde ich gerne noch ein Foto mit Gitarre machen.« Was sie dann auch taten. Paul mit Gitarre auf dem Deck von Tante Rosas Hausboot. Der Wind zauste sein Haar, er blickte ein wenig versonnen in die Ferne, als versuche er, dort zu sehen, was die Zukunft für ihn und seine Band wohl bringen würde. Vielleicht war sogar ein wenig Angst in diesem Blick, denn alle wussten, dass neun von zehn Bands, die Abend für Abend auf St. Pauli auftraten, schon nach kürzester Zeit in Vergessenheit gerieten. »Have you see us yet?«, wollte der Musiker wissen.

»Ich? Ob ich Sie gesehen habe?«, fragte Klara. »Nein. Leider noch nicht.«

»You have to come.«

»Ich soll kommen, ja? Okay. Ich werde kommen.«

»Tonight?«

»Entschuldigung?«

»Heute Abend?«

»Heute Abend. Okay«, sagte Klara und machte noch eine letzte Aufnahme, auf der auch die Toilettenfrau des Top Ten Clubs zu sehen war. Warum nicht? Es wäre auf jeden Fall eine gute Idee, auch ein, zwei Bilder von der Band auf der Bühne für den Artikel zu schießen.

»You'll bring your friend?«, wollte Paul wissen und nickte zu Gregor hin, der noch mit Tante Rosa zugange war.

»Gregor? He isn't my friend«, antwortete Klara. »Okay, not my *boy*friend.«

Paul lachte verschmitzt und sprang von seinem Platz auf. »I have to hurry.« Er war schon auf dem Weg nach unten, da drehte er sich noch einmal um. »Do you have a copy of your magazine?«

Etwas ratlos blickte ihn Klara an. Ein paar Brocken Englisch hatte sie ja gelernt nach dem Krieg, als es darum gegangen war, mit den Tommys klarzukommen. Aber letztlich beherrschte sie es eben doch nicht. »Zeitung?«, sagte Paul mühsam.

»Oh! Ob ich ein Exemplar von unserer Zeitschrift dabeihabe? Ja!« Sie holte die neueste Ausgabe aus ihrer Tasche und reichte sie ihm.

»Something to write?« Er bedeutete ihr mit einer Handbewegung, dass er einen Stift brauchte. Und als Klara ihm einen gab, wollte er wissen: »What's your name?« Die Frage kannte sie immerhin. Das hatten die Soldaten auch gerne gefragt, wenn sie es auf ein Mädchen abgesehen hatten. »Klara. My name is Klara.«

To Clara, schrieb er auf das Titelblatt, das ein Modell für Bademoden auf einem Steg an der Binnenalster zeigte. *See you! Paul McCartney*. Dann reichte er ihr das Heft mit einem Zwinkern zurück und war weg.

* * *

Während dort, wo früher der Verkaufsraum des Fotoateliers Buschheuer gewesen war, die Redaktion arbeitete, hatten Klara und Heinz die Dunkelkammer und die sogenannte Herstellung hinten eingerichtet, wo auch zu Herrn Buschheuers Zeiten das

Labor gewesen war. Mit sechzehn hatte Klara hier schon gearbeitet, damals als Aushilfskraft für den bekannten Fotografen. Jetzt war sie selbst eine der Chefinnen in diesen Räumlichkeiten und konnte es manchmal kaum glauben. Den alten Dienstherrn hatte sie leider aus den Augen verloren. Sie wusste nicht, wohin er gegangen war, nachdem er sein Fotoatelier am Rödingsmarkt und die darüber liegende Wohnung aufgegeben hatte. So gerne hätte sie ihm gezeigt, dass sie jetzt wieder hier arbeitete und dass abermals Fotos an diesem Ort entstanden. Ein Atelier hatten sie zwar nicht eingerichtet, weil der Platz für die Redaktionsmitglieder gebraucht worden war. Aber Alfred Buschheuer wäre sicher mit Klaras Arbeit mehr als zufrieden gewesen. Denn mittlerweile war eine Fotografin aus ihr geworden, die den Vergleich mit den bekannten Namen der Branche nicht zu scheuen brauchte. Es war nicht zuletzt ihr »Look«, wie Gregor es immer nannte, der die *Holly* prägte: Bilder, die Geschichten erzählten, gerne Bilder mit einer besonderen Dynamik. Denn Klara liebte es, Bewegung festzuhalten und in ihren Aufnahmen zu vermitteln. Entsprechend lebendig wirkte auch das Magazin. Standen die Mannequins in anderen Zeitschriften meist nur frontal zur Kamera, zeigte die *Holly* sie gehend, laufend, ja manchmal sogar herumwirbelnd oder springend. Wenn über einen Film berichtet wurde, druckte die *Holly* nicht einfach die üblichen Bilder mit den Porträts der Hauptdarsteller von den Plakaten ab, sondern Klara kümmerte sich entweder um Szenenfotos von den Aufnahmen, oder sie machte heimlich selbst im Kino ein paar Schnappschüsse besonders attraktiver Szenen, um sie anschließend Rolf Ungewitters Artikel beizufügen.

Überhaupt: Ungewitter! Der Name war für Klara während ihrer ganzen Zeit bei der *Claire* ein Mysterium geblieben. Denn der Mann hatte nie an einer Redaktionskonferenz teilgenommen oder war aus sonst irgendeinem Grund im Verlag aufgetaucht. Doch immer wieder, wenn ein besonders raffinierter Beitrag von ihm im Heft war, hatte man bewundernd über ihn geraunt.

Gregor hatte ihn natürlich gekannt, aber selten ein Wort über ihn verloren. Umso überraschter waren alle anderen, als er eines Tages in der Tür stand und unverblümt fragte, ob der Posten des Chefreporters noch zu haben sei. »Rolf?«, hatte Gregor gesagt und war aufgesprungen, um den unerwarteten Gast zu begrüßen. »Komm doch herein!«

Ungewitter hatte sich umgesehen, ein paarmal genickt und festgestellt: »Gefällt mir besser als bei Frisch.«

»Du schmeichelst uns«, hatte Gregor erwidert und ihm einen Stuhl angeboten. »Was zu trinken?«

»Kaffee. Schwarz.«

Helga Achter war in die Teeküche gehuscht, um ihm eine Tasse zu holen, während die anderen den Besucher staunend betrachteten. »Sie sind also der berühmte Rolf Ungewitter?«, hatte Vicki gefragt, die als Erste die Sprache wiedergefunden hatte.

»Eher Ungeheuer ...«, hatte Ungewitter bestätigt und mit seinem schrecklich entstellten Gesicht in die Runde gelächelt. »Wie man sieht.«

»Verstehe«, hatte Vicki geflüstert, und es schien, als nähme er es ihr nicht übel, denn er zuckte nur die Achseln und stellte lapidar fest: »Feuersturm. Zur falschen Zeit am falschen Ort.«

Klara bewunderte Rolf Ungewitter. Er hatte eine unfassbar gute Beobachtungsgabe und fand stets die brillantesten Formulierungen. Seine Artikel waren gefürchtet und wurden geliebt. Was Klara aber am interessantesten fand, war, dass sich der Reporter nicht festlegen wollte. Er war nicht bereit, nur über Musik zu schreiben oder nur über Aktuelles, über Stil oder über Trends. Wann immer in der Redaktionssitzung Gregor die Feststellung traf, dass das Heft »noch nicht rund« sei, dass »irgendwas Besonderes« fehlte, wussten die Anwesenden, dass er Ungewitter um eine Story bitten würde. Manchmal kam dieser der Bitte nach, ein andermal nicht. So blieb der neue Chefreporter – Gregor hatte ihm den Posten mit Handkuss gegeben – auch in der Redaktion der *Holly* ein geheimnisvolles Wesen. Nur dass er eben ab und zu auftauchte, was er bei den Redaktionsrunden der *Claire* nie getan hatte – warum auch immer.

»Die Bilder von deinem kleinen englischen Musiker sind großartig geworden«, befand Heinz mit anerkennendem Blick auf die ersten Abzüge, die im Wasserbad sichtbar wurden.

»Er ist zwar nicht mein kleiner Musiker«, erwiderte Klara spitz. »Aber ja, ich finde, er ist fotogen.«

»Heute fast wichtiger, als gut spielen oder singen zu können«, meinte ihr Freund.

»Findest du? Ich weiß nicht.« Klara nahm vorsichtig das erste Foto aus der Wanne. »Ich denke, wenn der Top Ten Club dem Elbkeller die Band abgeworben hat, werden sie nicht so schlecht sein.«

»Vielleicht sollten wir hingehen?«, schlug Heinz vor.

Sie hatte es dem jungen Mann ohnehin versprochen. »Ja«, erwiderte sie. »Warum nicht.«

»Weißt du, wann sie spielen?«

»Gregor sagt, sie sind jeden Abend auf der Bühne.«

Heinz blies die Backen auf und ließ die Luft langsam entweichen. »Sklavenarbeit ist das. Jeden Abend auf der Bühne. Und die haben ja keine Sperrstunde da, die lassen die Musik doch ewig spielen.«

»Gehen wir also heute Abend hin?«

»Ohne Kamera, ja?«

»Mit, mein Schatz.« Klara gab ihm einen Kuss. »Aber nur ganz am Anfang. Danach vergessen wir die Arbeit und amüsieren uns, ja?«

»Wie die Chefin befiehlt«, erwiderte Heinz, als müsse er sich in ein schreckliches Schicksal fügen.

***

Die Luft war zum Schneiden dick im Top Ten Club. Und es war voll. »Tut mir leid, Leute!«, hatte der Mann am Einlass gesagt. »Kein Platz mehr. Kommt morgen wieder.«

Klara hatte ihren Presseausweis gezückt und ihn ihm hingehalten. »Ist beruflich«, hatte sie gesagt. »Wir sind hier, um zu berichten.«

»Voll ist voll«, hatte der Türsteher erwidert.

»Na gut. Ist eure Entscheidung«, hatte Klara gesagt. »Kann man ja selbst entscheiden, ob man lieber einen Bericht über einen lässigen Klub in der Presse hat, wo man willkommen ist und die Leute nett sind, oder ob es lieber ein Report über miese Behandlung und schlechten Service sein soll.«

»He, Mädchen!«, rief der Türsteher. »Willst du mich erpressen? Was soll der Scheiß?« Und weil er erkannt hatte, dass Heinz offenbar zu der jungen Frau gehörte, wandte er sich an ihn: »Soll ich meine Kollegen holen? Wollt ihr hier Ärger haben?«

Heinz hob begütigend die Hände. »Nichts für ungut«, sagte er. »Wir machen ja nur unsere Arbeit. Soll doch ein toller Artikel über einen tollen Klub werden. So was wollen die Leute lesen, stimmt's?«

Nun blickte der Mann wieder auf Klara. »Siehste?«, erklärte er. »So was wollen die Leute lesen! Nichts von wegen miese Behandlung und schlechter Service.«

»Dann sind wir uns doch einig«, sagte Klara und deutete auf die Tür. »Können wir?«

»Klar doch. Immer rin in die gute Stube!«

Sie hatten schon oft darüber gesprochen. Aber eine Erklärung hatten sie beide nicht gefunden: Oft, wenn etwas nicht funktionierte, bat Klara Heinz, sich darum zu kümmern. Der musste gar nicht viel unternehmen – und doch klappte es auf einmal. Ein schwieriger Beamter? Lass einen Mann anrufen, und die Dinge kommen in Bewegung. Eine endlose Diskussion über eine Handwerkerrechnung? Schick deinen Mann, und auf einmal wird es billiger. Ein widerspenstiger Türsteher? Ein kurzer Wortwechsel von Mann zu Mann, und er wird geschmeidig wie ein Katerchen. »Blödmann«, knurrte Klara, als sie die Treppe in den Klub hinuntergingen. Heinz seufzte. »Tut mir leid, Liebling. Ich kann's ja nicht ändern.«

»Nein. Kannst du nicht. Männer sind einfach eine Spezies von ganz besonderen Idioten.« Sie griff nach seiner Hand und lächelte ihm zu. »Mit ganz wenigen Ausnahmen.«

In der Tat war es so voll, dass allein das ein geniales Foto versprach, weshalb Klara ihre Kamera schon auf der Treppe auspackte und einmal übers Publikum hinweg fotografierte. Auf der Bühne herrschte gerade eine kleine Pause, die Instrumente waren verwaist. Klara konnte Paul an einem Platz schräg hinter der Theke erkennen, wo er vergeblich versuchte, sich vor einem aufdringlichen Mädchen in Sicherheit zu bringen, um in Ruhe sein Bier zu trinken. Eine Aufnahme wäre schön gewesen, doch die Entfernung war zu groß, und die Lichtverhältnisse waren zu schlecht. »Ich will nach ganz vorne!«, rief sie gegen den Lärm der Menschenmenge an. »Ich will die Jungs aus der Nähe fotografieren, wenn sie auf der Bühne stehen.«

Heinz nickte und griff nach ihrer Hand. Er war selbst ein erfahrener Fotograf. Aber seit sich herausgestellt hatte, dass Klara eindeutig die aufregenderen Aufnahmen machte, hielt er sich zurück und überließ ihr die wichtigen Aufträge, während er sich vor allem auf die handwerklichen Aspekte in der Redaktion beschränkte. Es machte ihm nichts aus, jedenfalls sagte er das, und Klara war ihm unendlich dankbar dafür. Sie kannte nicht viele Männer, deren Selbstwertgefühl es verkraftet hätte, sich hinter einer Frau einzuordnen. Heinz konnte das. Vielleicht kam es seiner natürlichen Schüchternheit sogar ein wenig entgegen, dass er auf die Weise einer weniger exponierten Arbeit nachging.

Gemeinsam zwängten sie sich durch die Menge und suchten sich einen Platz ganz vorne. Einer der Musiker kam von hinten und nahm seine Gitarre, um sie am Bühnenrand zu inspizieren. Eine Saite schien gerissen. Er hatte das Instrument vom Strom genommen und fädelte nun eine neue Saite auf. Klara ließ sich die Situation nicht entgehen, sondern machte gleich ein paar Aufnahmen. War Paul auf dem Boot ein fröhlicher, zugewandter junger Mann gewesen, so schien dieser Musiker eher verschlossen und in sich gekehrt. Vielleicht lag es auch nur an seinen Augen. Klara kannte diesen Blick – Vicki hatte ihn, wenn sie ihre Brille nicht trug. »Hello«, sagte sie. »My name is Klara.«

»Hi«, grüßte der Gitarrist und setzte ein seltsam weltkluges Lächeln auf. »I'm John.«

»Hello, John.« Aber er hatte sich schon wieder über sein Instrument gebeugt und lauschte jetzt konzentriert dem Klang, während er die Saite stimmte. Die Welt um sich her schien er gar nicht mehr wahrzunehmen – bis Paul und drei weitere junge Männer auf die Bühne sprangen und sich aufstellten. Da kletterte auch John zu ihnen und stöpselte seine Gitarre wieder ein. »Two, three, four …«, zählte Paul und blickte seine Kollegen an. Und dann legten sie los, als müssten sie um ihr Leben spielen. Aber vielleicht taten sie das ja.

* * *

»Sieben Stunden!«, rief Heinz, als sie endlich auf dem Nachhauseweg waren. »Wie kann man das durchstehen? Sieben Stunden.

Jeden Abend. Praktisch die halbe Nacht durch. In dem Lärm. In dieser Luft.« Er griff sich an sein Sakko und roch am Revers, schüttelte sich und schüttelte den Kopf. »Das kann doch kein Mensch aushalten.«

»Die Jungs können es«, stellte Klara lapidar fest.

»Und dann leben sie bei der Klofrau?«

»Nur Paul. Die anderen: keine Ahnung.«

»Wobei die mich am meisten beeindruckt hat.«

»Wer? Die Klofrau?«

»Tante Rosa, ja.« Heinz hatte sie an ihrem Arbeitsplatz besucht und auch dort noch mal ein Foto von ihr gemacht. »Ich meine, hey, das ist sicher keine besonders gut bezahlte Arbeit, es ist hart und mit all den Betrunkenen sicher manchmal auch gefährlich. Aber diese Frau, die macht das jetzt seit Jahren, sie hat für jeden ein gutes Wort übrig, kümmert sich um andere – und dann lässt sie auch noch einen jungen Musiker bei sich übernachten, der im letzten Jahr noch wegen Brandstiftung festgenommen worden ist.«

»Was ist er?«

»Wusstest du nicht? Die Polizei von der Davidswache hat deinen Paul und die anderen abgeholt, nachdem sie in dem Kino, wo sie gehaust haben, einen Brand gelegt hatten.«

»Hm«, machte Klara. »Ich bin beeindruckt. Das hätte ich diesen Jüngelchen gar nicht zugetraut.«

Einen Moment blickte Heinz seine Freundin befremdet an, dann lachte er. »So kannst das auch bloß du sehen.« Er griff nach ihrer Hand und hielt sie fest.

Eine Weile gingen sie schweigend nebeneinander her Richtung Paulinenplatz. Es war nicht weit bis zu Klaras Wohnung, und sie würden wieder einmal diskutieren. Denn während Heinz sich bei seiner Wohnung nicht darum scherte, ob Damenbesuch erlaubt war oder nicht, nahm es Klara genauer. Sie war so stolz auf ihr kleines Zuhause, dass sie auf keinen Fall eine Kündigung riskieren wollte. Das aber war möglich. Denn Vermieter, die unverheiratete Paare bei sich leben ließen, konnten wegen Kuppelei belangt werden, so war nun einmal die Gesetzeslage. »Und wenn wir zu mir gehen?«, fragte Heinz, um das Thema gar nicht erst ansprechen zu müssen.

»Mein Schatz, es ist so spät …«, erwiderte Klara seufzend. Sie hätte ja auch gewollt. Aber jetzt noch bis zur Kirchenallee zu laufen, das mochte sie sich gar nicht erst vorstellen.

»Dann gehen wir vielleicht doch zu dir?«

»Nicht um die Uhrzeit, Heinz«, erklärte sie. »Tagsüber kannst du doch jederzeit bei mir sein, da darf niemand was sagen.« Und manchmal, wenn er tagsüber kam, dann ließ sie ihn auch bleiben, es würde schon niemand etwas bemerken. Aber nachts hatten die Fenster Augen und die Wände Ohren in diesem Haus, in dem – wie überall – die Bewohner einander belauerten. Die Nachbarn waren dabei wahrscheinlich nicht einmal gehässig, sie waren einfach nur neugierig – und sie tratschten zu gerne. Und die Vermieterin, eine Witwe aus Altona, war scharf wie ein Schießhund. Mehrmals schon hatte sie Klara unter die Nase gerieben, dass es ein Fehler gewesen war, an eine ledige Frau zu vermieten, dergleichen bringe nur Unfrieden ins Haus.

Sie waren fast am Paulinenplatz angekommen, da blieb Heinz stehen. »Klara«, sagte er. »So kann das nicht weitergehen.«

Wie vom Donner gerührt hielt auch Klara an und blickte ihm ins Gesicht. Wie? Würde er ihr jetzt ein Ultimatum stellen? Würde er ihr eröffnen, dass er sie zu verlassen beabsichtigte? Würde dieser aufregende und schöne Abend in einer Trennung enden? »Aber Heinz«, sagte sie. »Hör mal, es ist spät. Es war ein langer Tag. Lass uns morgen darüber sprechen, okay?«

Doch Heinz Hertig schüttelte den Kopf und blickte sie mit

ernster Miene an. »Nein, Klara. Morgen wird es auch nicht anders sein als heute. Ich wollte es dir schon länger sagen.« Er atmete tief durch. So leicht fiel es ihm also auch nicht, sie abzuservieren. »Aber heute ist so gut wie morgen oder übermorgen. Na ja …« Er ließ kurz den Kopf sinken. »Eine etwas andere Situation hätte ich mir schon gewünscht. Aber dann soll es eben so sein.« Er straffte sich und erklärte: »Ich möchte nicht mehr so mit dir leben.«

»Heinz!«

»Ich möchte, dass wir heiraten.«

»Was?« Fast dachte sie, er hätte ihr einen Antrag gemacht. Aber es war natürlich das Rauschen in ihren Ohren. Nach der lauten Musik im Klub, nach dem Lärm – und erschöpft war sie auch noch …

»Willst du meine Frau werden?«, fragte Heinz und griff nach ihren Händen.

Sie hätte gerne etwas gesagt. Aber sie brachte keinen Ton hervor. Sie stand nur da, in dieser kühlen Hamburger Frühlingsnacht, in der schon die Morgendämmerung sich zart hinter den Häusern andeutete und die Vögel zu singen begonnen hatten, und schluckte. Schluchzte, schniefte ein wenig. Und dann küsste sie ihn.

***

3.

»*Und was hast du gesagt?*«, fragte Elke aufgeregt, als Klara ihren Freundinnen von Heinz' Antrag berichtet hatte. Gemeinsam mit Rena und Rike saßen sie im Café Keese, wo an diesem Abend wieder Damenwahl sein würde, ein Vergnügen, das sie sich gelegentlich gönnten – auch wenn Rena und Rike alles andere als auf Männerfang waren. Immerhin lebten die beiden schon seit geraumer Zeit als Paar zusammen und schienen immer noch ziemlich glücklich miteinander.

»Ach, Herr Ober!«, rief Klara, um die Spannung ein wenig oben zu halten. »Hätten sie noch einen Sekt-Orange für mich?«

»Kommt sofort, die Dame!«

»Na, es scheint dir jedenfalls nach Feiern zumute zu sein«, stellte Elke spöttisch fest und musterte ihre Freundin mit dem geschulten Blick einer Schneiderin. »An deiner Konfektionsgröße hat sich aber nichts geändert.«

»Wie?« Klara lachte. »Nein! Wo denkst du hin?«

»Na ja, wenn er dir einen Antrag macht, dann könnte es ja sein …«

Doch Klara winkte ab. »Wir passen auf. Heinz ist da wirklich verantwortungsvoll.«

Rena und Rike wechselten vielsagende Blicke, der Kellner kam mit einem Glas Sekt-Orange und stellte es vor Klara hin.

»Also gut«, sagte Elke. »Dürfen wir anstoßen?«

»Ihr dürft!«

Lachend ließen die drei Frauen die Gläser klirren. »Auf Klara und Heinz!«, rief Rena. »Auf Klara und Heinz!«, stimmten die anderen mit ein, als Vicki Voss an den Tisch trat. »Hab ich was verpasst?«

»Und ob, Vicki!«, klärte Elke sie auf. »Unser Klärchen hat sich verlobt!«

Mit einem feinen Lächeln blickte Vicki auf Klara, während sie sich vom Nebentisch einen Stuhl heranzog. »Endlich«, sagte sie und legte eine Hand auf Klaras. »Ich freu mich für dich. Ehrlich gesagt dachte ich schon, ihr schafft es nie.«

Klara nickte. »Da sind wir schon zu zweit. Irgendwie sollte es bisher einfach nicht sein, weil immer irgendetwas war. Erst die Kündigungen bei Frisch. Dann der neue Verlag. Die neuen Räume am Rödingsmarkt. Die ganzen Veränderungen …«

Vicki winkte ab. »That's life, sweetheart!«, sagte sie, wie es die Tommys gerne taten. »Wenn du so denkst, kommst du nie zu was. Das ganze Leben ist eine immerwährende Abfolge von Zumutungen und Katastrophen.« Als sich ihr die verwunderten Blicke der anderen Frauen zuwandten, fügte sie hinzu: »Umso wichtiger, dass immer mal wieder auch was besonders Schönes passiert. So wie eure Verlobung.« Sie griff nach Klaras Glas und hob es. »Dann mal auf dich und deinen Heinz, den nettesten Mann, den es gibt. Hast ihn dir aber auch verdient.« Mit diesen Worten trank sie Klaras Glas leer und winkte dem Kellner, zwei neue zu bringen. Nur Klara wusste, wie bedeutend diese Worte von Vicki waren, die sich kürzlich erst von ihrem Verlobten getrennt hatte, Wilhelm Ohlschläger, den sie alle für den perfekten Ehemann gehalten hatten.

»Und wo werdet ihr heiraten?«, wollte Rike wissen.

»Und vor allem: Sind wir alle eingeladen?«, fügte Elke hinzu.

Klara vergrub kurz das Gesicht in den Händen und blickte dann mit verlegenem Ausdruck auf. »Also, das werdet ihr nicht glauben. Ich kann's ja selbst nicht glauben.« Es war, als hielten die

Frauen um sie herum die Luft an, so gespannt warteten sie auf Auskunft, während im Hintergrund die Band den *Itsy Bitsy Teenie Weenie Honolulu Strandbikini* vom Club Honolulu spielte und der Ansager rief: »Achtung, die Gäste vom schönen Geschlecht! Beim nächsten Stück heißt es wieder Damenwahl!«

Klara atmete tief durch. »Also, natürlich seid ihr eingeladen, und ich würde es euch wirklich sehr übel nehmen, wenn ihr nicht kämt. Wir werden nur auf dem Standesamt heiraten, nicht kirchlich. Und dann gehen wir zu Kaffee und Kuchen in den Alsterpavillon.«

»Schön!«, sagte Elke und nickte beifällig.

»Die eigentliche Feier findet aber dann erst am Abend statt.« Klara blickte geheimnisvoll in die Runde. »Wir veranstalten eine Party auf einem Hausboot im Hafen.«

»Nicht dein Ernst«, sagte Vicki.

»Mein voller Ernst!«

»Bei Tante Rosa? Der Klofrau?«

»Genau bei der.«

Die anderen Freundinnen sahen einander ratlos an. Tante Rosa, das sagte ihnen nichts. Vicki klärte sie auf: »Das ist die Toilettenfrau im Top Ten Club. Scheint so was wie eine Legende zu sein. Wir werden eine Geschichte über sie bringen.« Vicki lachte. »Zurzeit hat sie sogar einen Musiker bei sich aufgenommen, der ...« Sie unterbrach sich und blickte wie vom Donner gerührt zu Klara. »Ihr habt aber nicht die Band engagiert?«

»Doch«, sagte Klara mit leuchtenden Augen. »Heinz hat das gemacht.«

»Ich glaub es nicht«, flüsterte Vicki und setzte sich endlich. »Die spielen bei eurer Hochzeit?« Sie schüttelte den Kopf. »Also, falls du es dir noch mal anders überlegst, Klärchen, sag deinem Heinz, er soll sich bei mir melden, ja?«

Klara lachte und nippte an dem Sekt-Orange, den ihr der Kellner neu gebracht hatte. »Das werde ich ganz sicher – nicht.«

***

Die Redaktionskonferenzen unterschieden sich gewaltig von denen, die Klara im Frisch Verlag erlebt hatte, wo die Frauenzeitschrift *Claire*, der *Hanseat* und *Haushalt heute* erschienen. Herrschte dort ein strenges Regiment der Verlagsobersten, die das Wort erteilten oder entzogen, die den Redakteuren Vorhaltungen machten, Artikel kritisierten oder lobten und auch sonst sehr absolutistisch agierten, so waren die Zusammenkünfte der *Holly*-Redaktion wesentlich lockerer. Wer etwas zu sagen hatte, sagte etwas, es waren mehr Frauen als Männer anwesend, der Umgangston war kumpelhaft, eine Kleiderordnung existierte nicht. Das führte dazu, dass etwa Vicki Voss durchaus einmal im Jumpsuit erschien, Gregor Blum konsequent keine Fliege mehr trug, Heinz Hertig meist mit hochgekrempelten Ärmeln am Redaktionstisch saß, und Klara es genoss, in den warmen Monaten auf Nylonstrümpfe zu verzichten. Natürlich wurde auch hier geraucht, und der Kaffeekonsum war gewaltig. Es hatte aber beides weniger mit dem Stress zu tun, unter dem die Redaktion litt, wie es bei der *Claire* der Fall gewesen war, sondern mit der Lebenslust – und natürlich mit einem gehörigen Mangel an Schlaf.

Klara hatte ja schon bei ihrer Stelle im Frisch Verlag gedacht, man könne gar nicht mehr arbeiten, als sie es tagtäglich getan hatte. Doch seit sie mitverantwortlich war für dieses neue Zeitschriftenprojekt, seit sie sich ganz und gar mit ihrer Arbeit identifizierte, kam sie noch später aus dem Verlag als früher. An manchen Tagen war es weit nach Mitternacht, wenn sie endlich ihr kleines Fotolabor im Hinterzimmer der Redaktionsräume am Rödingsmarkt verließ. Und sie war dabei keineswegs immer die Letzte.

Jeder und jede war buchstäblich bereit, alles zu geben, damit die *Holly* ein Erfolg würde. Bei Frisch zu kündigen war ein mehr als gewagter Schritt für sie alle gewesen. Und es war wahrlich Herausforderung genug, ein neues Magazin am heiß umkämpften Zeitschriftenmarkt durchzusetzen. Aber wirklich schwer geworden war es, nachdem ihr ehemaliger Chef Hans-Herbert Curtius der Neugründung den Kampf angesagt hatte. Curtius, in seinem Verlag der »Liebe Gott« genannt, wollte nichts weniger als den Untergang der *Holly*, so viel war klar. Er hatte es Gregor gesagt, und er ließ im täglichen Geschäft keinen Zweifel daran.

Klara konnte sich noch gut erinnern, wie Gregor irgendwann im Februar in die Redaktionskonferenz gekommen war und so tiefernst in die Gesichter seiner Mitarbeiter geblickt hatte, dass ihr ein Schauder über den Rücken gelaufen war. »Was ist denn los, Gregor?«, hatte sie gefragt. »Du siehst aus, als hätten wir einen Todesfall zu beklagen.«

Der Freund und Chefredakteur hatte geseufzt: »Noch nicht.«

»Noch nicht?«, hatte Vicki fragt. »Liegt jemand im Sterben?«

Gregor hatte hilflos die Arme gehoben. »Die *Holly* – vielleicht.«

»Moment«, hatte sich Heidi Schlosser eingemischt, die Jüngste in der Redaktion, die vorher als persönliche Sekretärin für Curtius gearbeitet hatte und außerdem für einige Zeit seine Geliebte gewesen war. »Die *Holly* ist quicklebendig! Hast du dir mal angeguckt, wie sich die Zahlen entwickeln?«

»Wir schreiben immer noch Verlust.«

»Aber nicht mehr lange, oder?« Heidi hatte sich zur Überraschung aller als ziemlich geschickte Finanzfrau erwiesen. »Wenn wir das Wachstum noch ein Vierteljahr durchhalten, dann kommen wir bei der Druckerei in eine bessere Rabattklasse. Bei gleichzeitig höheren Einnahmen! Und dann sind wir über den Berg. Unser Finanzplan ist …«

»Unser Finanzplan ist nicht für die Kriegswirtschaft ausgelegt«, hatte Gregor Heidi unterbrochen. »Er ist ein Schönwetterplan.«

»Kriegswirtschaft?« Sehr ausnahmsweise mischte sich Heinz in eine solche Diskussion ein. »Was soll das heißen? Was ist passiert?«

»Ich habe mit meinem Vater gesprochen.« Ein mattes, spöttisches Lächeln war über Gregors Gesicht geglitten. »Na ja, geschrien trifft es besser. Zumindest soweit es ihn betrifft. Jedenfalls hat er mich wissen lassen, dass es ihm ein besonderes Vergnügen sein wird, unser Heft zu vernichten. Und uns alle hier dazu.«

»Aber was will er denn machen?«, hatte Klara gefragt. Dabei hätte sie es noch wissen können, mit welchen Mitteln ein Hans-Herbert Curtius seine Gegner zu bekämpfen verstand – selbst wenn es sich um seinen Sohn Gregor Blum handelte.

»Die Bilder vom Auftritt sind schön geworden«, erklärte der Chefredakteur an diesem Tag und legte den Stapel mit Abzügen auf den großen Tapeziertisch, der als Konferenztisch diente. »Schade, dass wir sie wegwerfen müssen.«

»Wegwerfen?« Klara war empört. »Warum das denn? Die Bilder sind eins a!«

»Sind sie, Klärchen, sind sie. Aber sie wurden im Top Ten Club aufgenommen. Und der ist mit einer Veröffentlichung nicht einverstanden.« Gregor zog ein Schreiben aus seinen Unterlagen und warf es zu den Bildern. »Hier. Ein Brief von Eckhorns Anwalt.« Peter Eckhorn war eine feste Größe im Kiez. Er hatte von seinem Vater das Hippodrom geerbt und es zu einem Musikklub umgebaut. Der Top Ten Club war erst im letzten Jahr eröffnet worden.

»Nicht dein Ernst«, sagte Heinz und griff nach dem Dokument. »Aber ein Artikel in der *Holly* ist doch die reinste Werbung für ihn!«

»Sicher. Nur dass Eckhorn solche Werbung in dem Fall offenbar nicht will.« Gregor rieb sich übers Gesicht. »Vielleicht hat es ja was damit zu tun, dass er dicke mit Curtius ist.«

»Und das wussten wir nicht vorher?«, fragte Vicki schockiert.

»Ich wusste es jedenfalls nicht.«

»Aber du vermutest es.«

Gregor zuckte die Achseln. »Es ist offensichtlich, oder? Es trägt ganz einfach die Handschrift von Curtius.« Er nannte seinen Vater nie beim Vornamen, sondern sprach immer nur als »Curtius« von ihm. Das hatte er früher schon getan, nur dass er zu seiner Zeit im Frisch Verlag wie die anderen auch gerne mal vom »Lieben Gott« sprach – wenn auch in seiner typischen Art sehr spöttisch.

»Du hast recht«, stimmte Heinz zu. »Es riecht nach deinem Vater.«

Gregor warf ihm einen warnenden Blick zu. Er mochte auch von Dritten nicht hören, dass man den großen Verleger seinen Vater nannte. Spätestens seit die Vertriebsmannschaft des Frisch Verlags etliche Verkaufsstellen genötigt hatte, die *Holly* aus dem Sortiment zu nehmen, wenn man nicht die sehr viel bedeutenderen Zeitschriften *Claire*, *Hanseat* und *Haushalt heute* verlieren wolle, war das Tischtuch endgültig zerschnitten.

Der positive Effekt dieser Fehde war, dass alle in der Redaktion es »denen vom Baumwall« zeigen wollten – am allermeisten Gregor Blum. Ihr Heft durchzubringen und es groß zu machen, das fühlte sich für sie alle wie ein Kreuzzug an, ein gerechter Krieg, in dem sie für das Schöne, Gute und Wahre kämpften, während die Redaktionen der *Claire* und ihrer Geschwisterzeitschriften das Böse waren.

»Okay«, sagte Klara. »Lassen wir die Bilder raus. Die vom Hausboot sind sowieso die stärkeren.«

»Sind sie«, bestätigte Gregor. »Und ich werde einen Text liefern, den sie sich bei Frisch gerahmt an die Wand hängen werden.«

***

Sie hatten sich alle verändert. Gregor hatte seine Lässigkeit eingebüßt. In der Rolle des Verlegers und Chefredakteurs war er kämpferisch geworden. Allerdings hatte Klara ihn auch im Verdacht, privat unglücklich zu sein. Gregor hatte nie viel von seinem Privatleben preisgegeben. Es hatte eine Zeit gegeben, in der Klara und er sich nähergekommen waren. Doch dann hatte er den entscheidenden Schritt nicht gewagt. Rückblickend war Klara ihm unendlich dankbar. Denn so hatte er den Weg frei gemacht für die Beziehung mit Heinz, den Klara vom ersten Augenblick an ins Herz geschlossen hatte und den sie vielleicht nicht mit glühender Leidenschaft, aber aus tiefster Seele liebte. Heinz mochte kein Mann sein, der das Blut einer Frau in Wallung brachte, auch Klaras nicht. Aber er war der Mann, bei dem man sich ganz und gar zu Hause fühlen konnte – und das tat Klara.

Auch Heinz hatte sich übrigens verändert. War er in seiner Zeit beim Frisch Verlag noch ein sehr zurückhaltender, manchmal gar schüchterner Mann gewesen, so hatte die Verantwortung im neuen Unternehmen, das zu einem kleinen Anteil auch seines war, ungeheure Energie bei ihm freigesetzt. Er war so tatkräftig und entschlossen, wie Klara ihn vorher nie erlebt hatte, und ja, das stand ihm gut! Klara liebte es, wenn er in Redaktionskonferenzen gegen alle anderen Meinungen argumentierte. Sie bewunderte ihn, wenn er die Magazine der Konkurrenz analysierte und präzise offenlegte, wo die *Holly* noch schwächelte. Heinz schaffte es, allen ein klares Bild davon zu vermitteln, wie das eigene Heft aussehen musste, um Erfolg zu haben. Dabei griff er auf eine Methode zurück, die Hans-Herbert Curtius seiner Redaktion eingebläut hatte: So wie Curtius für die *Claire* oder den *Hanseat* erwartete, dass jeder Artikel etwas Besonderes, Überraschendes brachte, damit man nicht einfach Vorhersehbares lieferte, so entwarf Heinz Hertig für die *Holly* einen »Look«, der aufregend war. »Jedes Heft soll überraschen!«, hatte er erklärt. Inhaltlich und optisch.

Und das tat die *Holly*. Das lag allerdings auch daran, dass die Redaktion überraschend anders war als andere Redaktionen, nämlich sehr weiblich. Und die Frauen, die für den Inhalt des Magazins standen, waren Teil der Zielgruppe: Klara, Vicki, Heidi und Elke *lebten* die *Holly*. So jedenfalls hatte es Gregor einmal ausgedrückt – und er hatte damit völlig recht.

Elke war von Klara in die Redaktion geholt worden. Sie kam nur zu den Redaktionskonferenzen und gelegentlichen Einzeltreffen mit einer der Reporterinnen, denn im Hauptberuf war sie Schneiderin und, seit sie das Atelier Brill von der alten Inhaberin übernommen hatte, selbstständige Unternehmerin, was mehr als genug Arbeit für sie gewesen wäre. Doch aus der *Holly* auch ein Heft mit einem starken Schwerpunkt auf Mode zu machen war von Anfang an eines der Markenzeichen gewesen, die Gregor sich für seine Zeitschriftenneugründung ausgedacht hatte.

Elke war vielleicht diejenige, die sich am wenigsten verändert hatte. Immer noch war sie eine quirlige, fröhliche Person, die mit ihrem blonden Lockenkopf und ihren lockeren Sprüchen die Männer nervös machte, dabei allerdings nichts auf ihren Zukünftigen Carl kommen ließ. Die beiden waren inzwischen seit beinahe zwei Jahren verlobt, und alle Freundinnen machten ständig Witze über diese lange Zeit. Allerdings hatte Elke eine klare Haltung. Solange Carl mit seiner eigenen kleinen Firma – er betrieb einen Limousinenservice mit inzwischen drei Wagen und zwei angestellten Fahrern – nicht aus den Schulden raus war, durfte er nicht in den Ehehafen einlaufen.

»Paul hat mir beim Interview erzählt, dass die Band demnächst eine neue Optik erhalten wird«, sagte Gregor, um wieder aufs

Inhaltliche zu sprechen zu kommen. »Könnte man daraus etwas machen?«

»Wer wird sich denn darum kümmern?«, wollte Elke wissen.

»Ich habe keine Ahnung.«

»Wenn sie erfolgreich sind, kann man das neue Aussehen als Vorbild verkaufen. Wenn nicht, interessiert es keinen Menschen«, stellte Elke nüchtern fest, und Klara musste grinsen, weil die Freundin die Gesetze des Pressemarktes so schnell verinnerlicht hatte. Elke sprach schon wie eine alte Redakteurin.

»Das ist der Punkt«, erklärte Gregor. »Die Jungs kennt einfach noch niemand. Die Leute wollen von den ganz Großen lesen. Namen! Wir brauchen Namen!«

Heinz schüttelte den Kopf und nahm einen Schluck von seinem Kaffee. »Du klingst schon wie einer vom Baumwall«, sagte er. »Was wir brauchen, sind Storys, nicht Namen. Und wir haben eine Story.«

»Von der Klofrau?«

»Ja. Und vom Hausboot und einem kleinen englischen Musiker. Das ist eine Story mit ganz viel Herz. Dazu erstklassige Bilder. Tut mir leid, ich finde, es ist alles da. Wir sollten uns unser Selbstvertrauen nicht abkaufen lassen von irgendeinem windigen Winkeladvokaten, der uns schlaue Briefe im Namen eines zwielichtigen Klubbetreibers schickt.«

O ja, Klara bewunderte ihren Heinz. So hatte er immer schon gedacht. Aber jetzt sprach er es auch aus, und alle konnten erkennen, was für einer er war. »Ich finde, Heinz hat recht«, sagte sie.

»Finde ich auch«, stimmte Vicki zu.

»Gut«, sagte Gregor. »Dann sind wir uns einig. Ich mache mich heute an den Text. Morgen Abend ist Redaktionsschluss fürs nächste Heft. Ihr wisst Bescheid.«

Alle nickten, und dann gingen sie alle ihrer Wege.

***

Redaktionsschluss bedeutete immer, dass alle bis in die Nacht arbeiteten, um das Heft fertig zu bekommen. Die Journalisten saßen über ihren Texten, Klara entwickelte die letzten Aufnahmen, Vicki kümmerte sich gemeinsam mit Helga um Bildrechte fremder Fotos und steuerte auch ab und zu mal einen eigenen kleinen Text bei, Heidi las Korrektur, was immer ihr gegeben wurde, und Heinz arbeitete wie ein Besessener das Layout jeder Doppelseite durch, warf um, gestaltete neu, arrangierte anders, legte Gregor Muster vor, fragte die Frauen nach ihrer Meinung. Und gleichzeitig herrschte eine Atmosphäre wie in einem Bienenstock, weil zum Ende hin buchstäblich alles dringend war.

Nur Ungewitter war die Ruhe in Person. Er pflegte sich gegen Redaktionsschluss nur kurz zu zeigen, durchzusprechen, welchen Umfang seine Beiträge haben sollten, dann wieder zu gehen und buchstäblich in der letzten Minute, bevor das Heft in den Satz wanderte, makellose Texte zu liefern, an denen kein Komma mehr geändert werden musste.

Klara bewunderte Ungewitter, der das Schicksal seiner Entstellung mit solcher Würde trug und zugleich der größte Profi war, den sie bisher erlebt hatte – Gregor, Curtius oder die anderen Autoren aus dem Frisch Verlag eingeschlossen.

»Wünsche ein schönes Wochenende«, warf Ungewitter im Vorbeigehen hin, als er die Redaktion wieder verließ.

»Herr Ungewitter!«, rief Klara.

Der Reporter hielt inne. »Ja?«

»Ich wollte Ihnen nur sagen, dass ich Ihre Arbeit großartig finde und sehr stolz bin, dass Sie bei uns sind.«

»Danke, Fräulein Paulsen«, erwiderte Ungewitter. »Nett, dass Sie das sagen.«

»Hätten Sie nicht Lust, nachher noch etwas mit uns trinken zu gehen? Es ist ja gleich Redaktionsschluss.«

Doch Ungewitter schüttelte den Kopf. »Ein andermal vielleicht. Vielen Dank.« Dann verschwand er so schnell, wie er aufgetaucht war. Klara blickte ihm hinterher, wie er den Rödingsmarkt Richtung Rathaus entlanglief und schon bald zwischen anderen Passanten verschwand. Zu gerne hätte sie gewusst, was es mit den schrecklichen Entstellungen auf sich hatte. Doch natürlich würde sie ihn nicht fragen. Das gehörte sich einfach nicht. Und letztlich spielte es ja auch keine Rolle. Der Feuersturm hatte vielen Menschen schweres Leid zugefügt und vielen fürchterliche Verbrennungen. Und jedes dieser Schicksale war gleich schlimm, wenn auch auf andere Weise.

Als Gregor dem Kurier endlich die Lieferung für die Druckerei übergab, war es 23.15 Uhr, und alle waren am Ende ihrer Kräfte. »Danke, Leute«, sagte der Chefredakteur, der zuletzt nur noch herumgebellt hatte, weil die Nerven blank lagen. »Ihr seid meine Helden.«

Vicki schnaubte. »Sehr freundlich, dass du das sagst. Die letzten fünf Stunden klang das anders.«

»Die letzten fünf Stunden waren wir im Krieg«, erwiderte Gregor, was nach einer Rechtfertigung klang, aber dem Ton nach doch als Entschuldigung gemeint war. »Jetzt sind wir im Feierabend.« Er atmete tief durch und rief: »Darf ich euch alle auf was zu trinken einladen?«

»Peekenbrink?«, fragte Heidi.

»Peekenbrink. Gerne.«

Peekenbrink war eine Kneipe an der Ecke Steintwiete, in die sie eigentlich alle gerne gingen. Es gab dort bodenständigen Backfisch, Elbschlossbier und jederzeit gute Stimmung, wofür vor allem der

Wirt verantwortlich war. Denn Rudi Peekenbrink war die gute Laune in Person. Kein Gast, für den er nicht einen Scherz übrig gehabt hätte, keine Situation, der er nicht eine Pointe abgewinnen konnte. Wer bei Peekenbrink einkehrte, fühlte sich wie ein Familienmitglied. Und so war es nicht weiter verwunderlich, dass die Redaktionsmitglieder auch zu vorgerückter Stunde noch mit großem Hallo willkommen geheißen wurden. »Der Herr Blum und seine Blümchen!«, rief Peekenbrink. »Immer rin in die gute Stube!«

»Moin, Chef!«, rief Gregor ebenso launig zurück. »Noch immer nicht von den Gästen unter den Tisch getrunken worden?«

»Ha!«, lachte Peekenbrink. »Da können die lange trinken. Mein Klarer kommt aus der Leitung!« Und zum Beweis hob er ein Wasserglas in die Höhe.

»Guter Mann«, befand Gregor und blickte sich um. Der große Ecktisch, an dem sie immer gerne saßen, wenn sie zu mehreren waren, war besetzt. »Das Hinterzimmer ist wohl heute nicht mehr zu haben, oder?«

»Für Sie immer, Herr Blum, für Sie immer!«, erwiderte der Wirt und kam hinter seiner Theke hervor, um die Schiebetür zum Nebenraum zu öffnen. »Bitte sehr, die Damen und die Herren: das Séparée. Exklusiv zu Ihrer Verfügung.«

»Verbindlichsten Dank, Herr Peekenbrink. Bringen Sie uns mal zwei Flaschen von Ihrem besten Sekt?«

»Zwei Buddels Champagner! Kommen sofort!« Der Wirt kehrte wieder an seinen Platz zurück. Champagner würde es nicht sein, so etwas Teures führten sie hier nicht. Aber das brauchten die Mitglieder der *Holly* auch nicht. Heidi hatte es einmal ausgesprochen: »Champagner erinnert mich an Curtius. Ich trinke lieber Sekt.« Staunend hatten sie alle zu ihr geblickt, staunend, weil sie sich in diesem Satz wiedererkannt hatten. Stil, guter Geschmack, Klasse, das waren Dinge, die man nicht kaufen konnte. Curtius aber war so offensichtlich anderer Ansicht, dass sie sich geradezu verschworen hatten, den Wert der Dinge nicht nach ihrem Preis zu bemessen.

»Ich bin total ausgehungert«, stellte Vicki fest. »Hoffentlich haben sie noch irgendetwas zu essen. Ich würde schon mit Peekenbrinks Hausschuhen vorliebnehmen. Hauptsache, sie stehen schnell auf dem Tisch.«

»Einmal Pantoffelpuffer, Chef!«, rief Gregor nach drüben, und alle lachten, als hätten sie die beiden Flaschen Sekt schon geleert.

»Haben wir nicht mehr, Meister!«, rief der Wirt zurück, der offenbar Kartoffelpuffer verstanden hatte. »Erst morgen Mittag wieder.« Woraufhin sich alle erneut amüsierten.

Die Stunden nach Abschluss der Redaktion waren immer besonders heiter, weil endlich der Druck von den Macherinnen und Machern der *Holly* abfiel. Entsprechend ausgelassen stießen sie alle mit Sekt an, bestellten Frankfurter Würstchen mit Senf, das Einzige, was es um die Uhrzeit noch gab, und feierten die Nummer fünfzehn der *Holly*. Alle wussten sie, dass nach dem Wochenende bereits wieder unter Hochdruck die Arbeit an der Nummer sechzehn beginnen würde. Und alle freuten sich darauf und fürchteten zugleich den Druck, der damit verbunden war, wieder und wieder und immer wieder alle zwei Wochen ein Heft voll mit aufregenden Geschichten und Bildern zu veröffentlichen, von dem niemand im Vorhinein wissen konnte, ob die Leserinnen und Leser es lieben oder langweilig finden würden.

Klara aber wusste: Solange sie selbst für die *Holly* brannte, würde es Leserinnen geben, die sich für das neue Heft begeisterten. Denn die *Holly* war anders als alle anderen Zeitschriften am Markt. Sie war aufregend, sie war mittendrin im Leben, sie war überraschend. Sie war genau so, wie Klara sie sich gewünscht hätte, wenn sie sie nicht selbst gegründet hätten.

4.

Klara liebte den Samstagmorgen! Meist traf sie sich mit Vicki, um gemeinsam durch die Mönckebergstraße zu bummeln. Ab und zu leistete sich eine von beiden ein neues Kleid, eine neue Bluse oder ein Paar Schuhe. Inzwischen waren sie weniger großzügig mit ihrem Geld als zu ihrer Zeit beim Frisch Verlag. Denn bei der *Holly* hatten sie nur ein kleines Gehalt, obwohl sie noch härter arbeiteten als dort. Vicki immerhin hatte nach wie vor einige Verehrer, die sich darin gefielen, sie elegant auszuführen und ihr Geschenke mitzubringen. Nachdem sie sich von Wilhelm Ohlschläger getrennt hatte, schien sie geradezu etwas nachholen zu wollen. Dabei waren alle der Meinung gewesen, Wilhelm sei der perfekte Partner für diese außergewöhnliche Frau. Er war so elegant und souverän gewesen und hatte es doch verstanden, Vicki nichts von ihrem Glanz zu nehmen. Er hatte sie auf Händen getragen und ihr jeden Wunsch von den Augen abgelesen. Keine Frau, die Vicki nicht um diesen Mann beneidet hätte. Nun, vielleicht war er für die kapriziöse Freundin am Ende zu perfekt gewesen. Zu verlässlich und berechenbar. Doch Klara merkte ihr deutlich an, dass die neue Abenteuerlust inzwischen einer gewissen Melancholie gewichen war: Die Freundin erzählte nicht mehr oft von ihren Rendezvous. Und wenn sie erzählte, dann waren es oft spöttische Bemerkungen über die Männer, die »am Ende doch alle gleich« seien, oder gelangweilte Berichte von »den Herren der Schöpfung, die sich ständig produzieren müssen«. Vielleicht wünschte Vicki sich ja doch endlich eine gewisse Beständigkeit, einen Partner, der für mehr als ein paar unterhaltsame Stunden in Restaurant und Kino und vielleicht einmal für ein kleines intimes Abenteuer gut war. »Und?«, fragte sie, als sie im Flur von Klaras Wohnung darauf wartete, dass die Freundin sich zum Ausgehen fertig machte. »Wo werdet ihr wohnen? Hier? Oder bei Heinz?«

Klara seufzte. »Da sprichst du einen wunden Punkt an. Heinz möchte gerne, dass ich zu ihm ziehe, weil seine Wohnung ein bisschen größer ist und auch noch billiger.«

»Und du möchtest diese hier nicht aufgeben?«

»Stimmt genau. Ich liebe diese Wohnung. Kannst du das verstehen?«

Vicki lachte. »Na ja«, sagte sie. »Ich kann verstehen, dass du deine erste eigene Wohnung liebst. Aber dass es diese hier ist – ich weiß nicht.« Sie selbst wohnte im Erdgeschoss eines kleinen Mehrparteienhauses in Harvestehude. Beste Gegend. Teuer, aber gerade noch bezahlbar. Die in den Obergeschossen hatten sogar Alsterblick. Das war natürlich eine andere Liga als Klaras Bleibe am Paulinenplatz, wo es bis mitten in der Nacht laut und lebhaft war und man zur Reeperbahn rüberspucken konnte, so nah war sie.

»Ich mag es, dass hier was los ist«, erklärte Klara. »Bin ja auch in der Nähe aufgewachsen. Und unsere alte Wohnung war auch nicht so weit weg.« Die Wohnung, in der sie mit ihrer Mutter gelebt hatte und aus der sie eiskalt hinausgeworfen worden war. »Außerdem ist es zum Verlag nur ein Katzensprung.«

»Vielleicht solltet ihr euch was Neues suchen«, schlug Vicki vor und schlenderte durchs Wohnzimmer auf den kleinen Balkon, auf dem genau ein winziges Tischchen und ein Stuhl standen. »Wenn ihr Kinder bekommt, wird es sowieso zu eng. Und zu dritt oder zu viert was Neues zu suchen ist noch viel schwieriger.«

»Weißt du was, was ich nicht weiß?«, fragte Klara halb belustigt, halb verärgert.

»Du meinst, ich denke, dass du schwanger bist?« Vicki winkte ab. »So hab ich's nicht gemeint.«

»Also nur, um das klarzustellen: Ich bin nicht schwanger. Wir heiraten nicht, weil wir müssen.« Klara hatte sich hinter sie in die Balkontür gestellt und funkelte sie an. Vicki lachte. »Ach, Klärchen, nun sei doch nicht so empfindlich«, sagte sie und lachte ebenfalls. »Ich freu mich doch für dich. Du und Heinz, ihr seid das perfekte Paar. Ganz ehrlich, ich beneide euch. So einen Mann hätte ich auch gerne.« Sie schlug übertrieben die Hand vor den Mund. »Aber natürlich nicht Heinz! Nicht dass ich jetzt gleich das nächste Missverständnis provoziere.«

»Wir sollten gehen«, bemerkte Klara und verdrehte die Augen. Sie konnte ihrer Freundin nicht böse sein. Vicki Voss war die außergewöhnlichste Frau, die Klara kannte. Sie war nicht nur wunderschön und perfekt gepflegt, sie besaß einen unschlagbaren Sinn für Stil, ein fröhliches Naturell und eine starke Persönlichkeit. Vor allem aber vermochte es Vicki, Freundschaft zu schenken, ohne etwas zu fordern. Vom ersten Zusammentreffen an hatte sie Klara unterstützt, war entgegenkommend und hilfsbereit zu ihr gewesen. Wenn Klara daran zurückdachte, wie naiv und unerfahren, wie unbedarft und unscheinbar sie gewesen war, als der Zufall sie in die Räumlichkeiten des Frisch Verlags verschlagen hatte, dann konnte sie es heute noch nicht so recht glauben. Was immer ihr aber seither an Gutem widerfahren war, das ging auf die eine oder andere Weise auf das Konto von Vicki Voss, die sie damals am Empfang des Verlags begrüßt und ihr danach geholfen hatte, dort Fuß zu fassen. Ohne Vicki hätte sie damals die Stelle als Fotoassistentin nicht bekommen – und sie hätte diese Wohnung nicht. Sie hätte Heinz nicht kennengelernt und wäre heute nicht »Bildchefin« bei der *Holly*. Nun, ohne Vicki gäbe es zweifellos auch das Magazin nicht – und schon gar nicht dessen hinreißenden Namen.

»Wie sollen wir unser Baby bloß nennen?«, hatte Gregor damals gefragt, als er den anderen bei einem verschwörerischen Treffen in seiner Wohnung am Ballindamm seine Pläne für eine neue Zeitschrift vorgestellt hatte. Seine eigenen Vorschläge waren in der Runde durchgefallen. *Music* war zu einseitig gewesen, *Rock* hatte den Frauen zu männlich geklungen. *Das Stil-Magazin* war allen zu umständlich gewesen. Nur *Stil* oder auch *Style* fanden die Frauen ganz gut, die Männer aber zu elitär.

Sie hatten Song- und Filmtitel durchforstet, waren schnell auf *Tiffany* gekommen, weil der Streifen mit so großem Erfolg lief, dass plötzlich alle Frauen wie Audrey Hepburn sein wollten. »Wir könnten uns *Audrey* nennen!«, hatte Gregor vorgeschlagen, denn *Tiffany's* war der Name eines berühmten Juweliers, für den sie einerseits nicht Werbung machen wollten und dessen Widerstand gegen ein Magazin mit diesem Titel nicht auszuschließen war.

Vicki aber hatte es auf den Punkt gebracht: »Die Frauen wollen nicht wie Audrey Hepburn sein«, hatte sie erklärt. »Sondern wie Holly Golightly.« Und wie zum Beweis hatte sie ihre Zigarettenspitze hervorgeholt und sich eine Zigarette angesteckt.

»*Holly*?«, hatte Gregor nachdenklich gefragt. »Ist das nicht auch zu weiblich? Wir sprechen ja nicht ausschließlich Frauen an, oder?«

»Na ja«, hatte sich Heinz eingeschaltet. »Die Männer denken vielleicht an Buddy Holly?« Der Rock-'n'-Roll-Sänger, der vorletztes Jahr tragisch bei einem Flugzeugabsturz ums Leben gekommen war.

»Guter Punkt.«

»Und alle denken an Hollywood«, hatte Klara gesagt und in die Runde geblickt.

Damit war die Sache mit dem Titel beschlossen gewesen: Das neue Magazin würde *Holly* heißen. Und sie wären ab sofort die *Holly*-Redaktion.

»Denk darüber nach«, sagte Vicki, als Klara die Wohnungstür zusperrte. »Zwei Wohnungen werdet ihr euch auf Dauer nicht leisten können, solange wir bei der *Holly* diese mickrigen Gehälter haben.«

»Eigentlich können wir sie uns jetzt schon nicht leisten«, gab Klara zu und seufzte. »Aber ob wir uns eine größere leisten können …«

Vicki hakte sie unter, als sie über den Paulinenplatz gingen. »Jetzt leisten wir uns erst einmal einen Schaufensterbummel«, sagte sie fröhlich. »Und weißt du was? Ich lade dich auf einen Kaffee ein und ein Stück Kuchen, wenn du magst.«

»Ha!«, lachte Klara. »Pech für dich: Ich hab heute noch nicht gefrühstückt.«

So liefen sie vergnügt durch St. Pauli Richtung Großneumarkt und Innenstadt und genossen die Sonne, die an diesem Tag über der Hansestadt strahlte.

* * *

Montag war *Holly*-Tag. Wenn die neue Ausgabe des Magazins erschien, waren alle immer aufgeregt. Wie würde das Heft ankommen? Würde es Reaktionen geben? Wie würde die neue Nummer aussehen? Denn der »Look«, wie Vicki es genannt hatte, war mitentscheidend für den Erfolg der Zeitschrift.

Auf die aktuelle Ausgabe hatte Heinz ein Foto von Marilyn Monroe genommen, das am Set des Films *The Misfits* aufgenommen worden war und die Schauspielerin ebenso nachdenklich wie reizvoll mit einem Glas in der Hand zeigte: klug und zerbrechlich und dabei schöner als auf vielen anderen Bildern, die es von ihr gab. »Man würde sie am liebsten sofort in den Arm nehmen«, hatte Elke gesagt, als Heinz den Umschlagentwurf in der Redaktionskonferenz präsentiert hatte, und alle hatten zugestimmt.

Als Klara das erste Exemplar der neuen Ausgabe in der Hand

hielt, durchströmten sie einmal mehr eine ungeheure Aufregung und großer Stolz auf das gemeinsame Werk. Wie lange diese Gefühle wohl noch anhalten würden? Würde es irgendwann ganz normal sein, die Banderole um den Zeitschriftenstapel aufzuschneiden und ein Heft zur Hand zu nehmen und durchzublättern? Vielleicht. Bisher jedenfalls war es ein Herzschlagmoment.

Sie hatten Artikel über eine Bademodenschau und Misswahlen, über das neue Modell des Chevrolet Corvette, über die Stewardessen von Lufthansa, über Paul Newman in seinem neuen Film *Haie der Großstadt*, über Poolbillard, der sich seit der Premiere dieses Films überall zunehmender Beliebtheit erfreute, über mehrere Bands, die zurzeit in Hamburger Klubs für Furore sorgten – und natürlich über Tante Rosas Hausboot und den musikalischen Untermieter Paul. Auf diesen Artikel war sie tatsächlich besonders stolz, nicht zuletzt, weil die Bilder mal etwas ganz anderes waren, als man sie sonst in den Magazinen der Republik zu sehen bekam.

Klara schnappte sich ein paar Exemplare und verließ die Redaktion, um zuerst zwei davon Elke in ihrem Schneideratelier zu bringen, den Rest würde sie Rena für ihren Friseursalon überlassen.

Der Rathausplatz war wie immer voller Menschen. Vor den Cafés standen Tische und Stühle, und die Gäste genossen die Sonne. Möwen kreisten über dem Alsterfleet, die Frauen trugen ärmellose Kleider, die Herren hatten ihre Jacketts lässig über die Schulter geworfen. Irgendwo spielte ein Akkordeon, die Turmuhr schlug zur halben Stunde. Klara liebte die heitere Stimmung an diesem Tag an diesem Ort.

In der Schneiderei Brill allerdings war von der Fröhlichkeit, die ganz Hamburg ergriffen zu haben schien, nicht viel zu spüren. Vielmehr blickten die beiden Mitarbeiterinnen, die Elke bezahlte, kaum auf, als Klara zur Tür hereinkam. Die Chefin selbst saß über ihren Zeichnungen und trug eine mehr als düstere Miene zur

Schau. »Was ist los?«, fragte Klara, die Elke als unerschütterliche Frohnatur kannte.

»Carl hatte einen Unfall«, sagte die Freundin und brach im nächsten Moment in Tränen aus.

»O Gott!«, rief Klara und setzte sich neben sie, um den Arm um sie zu legen. »Geht es ihm gut? Was ist passiert?«

»Ich weiß es noch nicht«, schluchzte Elke. »Sie lassen mich nicht zu ihm. Ich bin ja nicht seine Frau.«

»Er liegt im Krankenhaus?«

Elke nickte. »Bernd hat mich angerufen, sein Mitarbeiter. Der Wagen … der Wagen wurde aus der Alster geborgen. Er muss irgendwo in Uhlenhorst von der Straße abgekommen und über die Böschung gefahren sein.«

»Aber er lebt!«, stellte Klara fest.

»Er lebt, ja.« Elke schniefte und nestelte ein Taschentuch aus ihrer Schürzentasche.

»Das ist doch mal das Wichtigste.« Klara drückte die Hand der Freundin. »Sollen wir hinfahren? Wo liegt er denn?«

»In Eilbek.«

»Da sind wir doch mit der U-Bahn ganz schnell.«

»Wir können das Auto nehmen«, sagte Elke, die kürzlich auf Carls Betreiben hin den Führerschein gemacht und sich – für die Schneiderei – einen schicken VW-Käfer gekauft hatte.

»Wenn du dir das in dem Zustand zutraust?«

»Nur: Wozu? Wenn sie mich sowieso nicht zu ihm lassen …«

»Dann lass uns was trinken gehen. So aufgelöst, wie du bist, kannst du das jetzt brauchen«, befand Klara.

»Aber wenn sie anrufen …«

»Wir gehen einfach gegenüber ins Café Schröder. Und Frau Hertweg gibt uns gleich Bescheid, wenn ein Anruf kommt, ja?«, wandte sich Klara an eine der Mitarbeiterinnen.

»Natürlich, Fräulein Paulsen«, erwiderte die und nickte bekräftigend.

Wenig später waren sie auf dem Weg nach unten, wo im Nebengebäude das Traditionskaffeehaus Schröder war. Klara bestellte zwei heiße Schokoladen. »Das ist gut für die Nerven«, wusste sie. »Und dann erzählst du mir alles noch mal ganz genau.«

Es stellte sich heraus, dass Carl in den frühen Morgenstunden einen Fahrgast in Winterhude hatte abholen sollen, um ihn zum Flughafen nach Fuhlsbüttel zu bringen. Elkes Freund hatte eine Nachtschicht hinter sich gehabt, der Auftrag wäre die letzte Fahrt für ihn gewesen, ehe er sich den Rest des Tages freigenommen und den Wagen an Bernd Kröger übergeben hätte. Der allerdings hatte vergeblich in der Firma auf seinen Chef gewartet. Stattdessen war irgendwann ein Peterwagen vorgefahren, und zwei Polizeibeamte hatten sich erkundigt. Bei der Gelegenheit hatte Kröger erfahren, dass Carl einen Unfall gehabt hatte, und war zum Krankenhaus in Eilbek gefahren.

»Die Schwester hat gesagt, er liegt im Koma«, sagte Elke und wurde von einem heftigen Heulkrampf durchgeschüttelt.

»Vielleicht braucht sein Körper das, um sich zu erholen«, versuchte Klara zu trösten. Doch auch ihr steckte der Schreck in den Knochen. Koma, das kannte sie. Ihre Mutter hatte drei Tage lang bewusstlos verbracht – dann war sie gestorben. Aber daran wollte sie Elke lieber nicht erinnern. »Bestimmt wird alles gut.«

»Bestimmt«, flüsterte Elke. Sie hofften es. Beide. Natürlich. Aber ob sie es auch glauben durften?

***

Rena wusste noch nichts von den schlechten Nachrichten, die Elke heimgesucht hatten. Hatte sie eben noch voller Freude Klara den

Stapel der neuesten Ausgabe der *Holly* abgenommen, so verschlug es ihr unvermittelt die Sprache, als Klara ihr von Carls Unfall erzählte. »Aus der Alster geborgen«, brachte sie schließlich mit rauer Stimme hervor. »Das klingt ziemlich schrecklich.«

»Ja, das tut es. Elke tut mir so leid!«

»Mir auch. Ich gehe nachher zu ihr rüber.«

Nachher, das würde sehr viel später sein. Denn in Renas Salon Sissi herrschte wie immer reger Andrang an Kundinnen, die sich die Haare nach der neuesten Mode machen lassen wollten. Seit Rena auf Klaras Betreiben hin zweimal in der *Claire* als *die* Friseurin von Hamburg erwähnt worden war, konnte sich der Salon vor Terminanfragen nicht mehr retten. Rena war buchstäblich für jede Kundin, die nicht auftauchte, dankbar, um wenigstens ab und zu ein paar Minuten für sich zu haben. Dabei hatte sie inzwischen mehrere Mitarbeiterinnen. Allerdings waren zwei von ihnen auch schon wieder weggegangen – sie hatten geheiratet und die Schere gegen den Kochlöffel eingetauscht.

»Und das ist das neue Heft? Sieht toll aus.« Rena betrachtete die Monroe auf dem Titel. »Wenn ich das hier auslege, werden alle diese Frisur haben wollen.« Die Friseurin nickte anerkennend. »Sind aber auch super gemacht. Tolles Volumen, sehr eleganter Schwung – und dabei fallen die Haare so natürlich.« Sie lachte. »Verrückt, oder? Das Einfachste ist am kompliziertesten.« Sie umarmte Klara. »Danke, dass du mir welche gebracht hast.«

»Immer gerne. Und du kannst mir ja dann auch die Haare machen, wie sie Marilyn trägt.« Was ein Scherz war. Denn Rena hatte Klara auf deren Wunsch einen Kurzhaarschnitt verpasst, aus dem beim besten Willen keine Mähne mehr zu zaubern war. »Ich geh dann wieder.«

»Mach es gut, Klärchen«, verabschiedete sich Rena. »Und wenn du was hörst wegen Carl, ruf mich bitte an, ja?«

»Das mache ich natürlich.«

Dann war Klara wieder draußen, wo sich nun doch ein paar massige Wolken vor die Sonne geschoben hatten. Plötzlich war es frisch geworden. Der Wind ließ Klara frösteln. Ja, es war so: Alles Schöne konnte sich im Handumdrehen in nichts auflösen und dem Düsteren Platz machen.

***

Nach dem Heft war vor dem Heft, so lautete die Regel, die alle in der Redaktion verinnerlicht hatten. War eine Nummer erschienen, so wurde schon an der nächsten gearbeitet. Manche Geschichten hatten ohnehin einen längeren Vorlauf, andere Sachen wurden neu entwickelt. Man hatte sich noch kaum an einer Ausgabe der *Holly* erfreut, da herrschte schon wieder Hektik in den Verlagsräumen, weil die nächste rechtzeitig fertig werden musste.

Weil im Verlag der *Holly* nicht wie im Frisch Verlag fünfzig, sondern nur sechs Redaktionsmitglieder, der Chefredakteur und eine Sekretärin anwesend waren, sparte sich Gregor eine »Nachlese« wie Hans-Herbert Curtius, wenn dessen Zeitschriften erschienen: eine Kritik an Inhalt und Form, bei der gelobt und getadelt wurde wie in der Schule. Es hätte auch nicht zur *Holly* gepasst, bei der ja alle Co-Verlegerinnen und Co-Verleger waren, weil außer der Sekretärin Frau Waibel alle mit einer kleinen Einlage Anteile am Verlag erworben hatten. Trotzdem ließ Gregor es sich nicht nehmen, das Heft am Anfang der Konferenz ausgiebig zu loben. »Unsere bisher beste Nummer«, befand er. »Ihr wart großartig! Danke.«

»Guter Chef, gute Mannschaft«, warf Ungewitter ein, so ganz beiläufig, als wäre es einfach nur eine Selbstverständlichkeit. Und alle nickten, während Gregor bescheiden den Blick senkte. »Elke ist heute nicht da, weil ihr Freund einen Autounfall hatte«, stellte Gregor des Weiteren fest. »Wir hoffen natürlich, dass es ihm ganz schnell wieder gut geht.« Er legte die Hände auf die Tischplatte. »Gut«, sagte er. »Ich habe mir ein paar Themen überlegt. Und ich bin gespannt, was ihr alles für Ideen habt.«

Dann legte er dar, was er interessant fand, was ihn bewegte, was er sich wünschte, ehe reihum alle anderen ihre Überlegungen vortrugen. Klara stieß mit ihrem Vorschlag, eine Fotostrecke über aktuelle Bademoden zu bringen, auf viel Zuspruch. Heinz fand, man könne statt über Automobile auch einmal einen Artikel über Motorräder machen, eine Idee, die noch weiter diskutiert werden sollte. Vicki wurde mit einem Artikel über »Das perfekte Picknick« beauftragt, Heidi sollte »Neue Handtaschen-Trends« recherchieren. Gregor selbst hatte sich italienische Mode vorgenommen, Ungewitter sollte eine Kritik über den Film *West Side Story* schreiben, der zwar noch nicht in den Kinos war, aber aufgrund Ungewitters enger Kontakte Kontakte zu den Amerikanern war er sich sicher, ihn vorher ansehen zu können.

Ehe Klara nach Hause ging, sie würde an diesem Tag bei Heinz übernachten, machte sie noch einen Abstecher zur Schneiderei Brill, die auf dem Weg lag. Doch Elke war nicht da, das Atelier geschlossen. Vielleicht hatte die Freundin ja endlich erreicht, dass sie Carl im Krankenhaus besuchen durfte. Klara hoffte es. Vor allem hoffte sie, dass es ihm bald wieder besser ging.

* * *

Heinz, der die Redaktion schon etwas früher verlassen hatte, erwartete Klara mit einem warmen Essen. »Hab uns ein Rübenmalheur gemacht«, erklärte er, als er ihr die Tür öffnete. »Braucht aber noch ein bisschen.«

Rübenmalheur, das war ein Eintopf aus Steckrüben und Kartoffeln mit etwas Rindfleisch. Bis das zart war, würden sie tatsächlich noch einige Zeit warten müssen. »Und wenn ich jetzt schon Hunger habe?«, fragte Klara, nur halb scherzhaft, denn tatsächlich krachte ihr schon der Magen. Außer einer Schrippe zu Mittag hatte sie den ganzen Tag nichts gegessen.

»Dann sollten wir uns einfach noch ein bisschen ablenken«, schlug Heinz vor, nahm sie in den Arm und zog sie so eng an sich, dass sich die Frage von selbst beantwortete, womit er sie abzulenken gedachte. »Hm«, machte Klara. »Muss mich aber erst ein bisschen frisch machen.« Sie wand sich aus seiner Umarmung und verschwand im Badezimmer.

Heinz' Wohnung war genau genommen nicht nur ein klein wenig größer als Klaras, sie war auch ein klein wenig komfortabler. Es wäre schon nicht dumm hierherzuziehen. Andererseits hatte Klara St. Georg noch nie sehr gemocht, das Viertel war ihr einfach fremd. St. Pauli, das Schanzenviertel, der Hafen, das war, wo sie sich wohlfühlte – von einigen sehr schäbigen Straßen abgesehen, in die sie aber ohnehin kaum jemals kam, weil dorthin eigentlich nur Männer gingen.

Es war ein so warmer Tag, dass sie sich überwand, rasch unter die eiskalte Dusche zu steigen und ihren Körper abzubrausen. Den Badeofen anzuwerfen hätte einfach zu lange gedauert. Auch wenn Heinz vermutlich dann mit ihr in die Wanne gestiegen wäre. Der Gedanke daran ließ sie schaudern und sich erhitzt fühlen zugleich. Und so war denn der Hunger vorerst vergessen, als sie, nur in ein viel zu knappes Handtuch gehüllt, wieder nach draußen kam.

Heinz saß wie zufällig auf dem Sofa im Wohnzimmer, er war barfuß. Ein wenig störte der Geruch des köchelnden Rübenmalheurs. Aber Klara blendete ihn aus und trat zu ihrem Zukünftigen, um elegant das Handtuch fallen zu lassen und ihm dabei zuzusehen, wie er nach Luft schnappte. »Du bist unglaublich schön«, sagte er heiser. »Weißt du das?«

»Wichtig ist, dass du es weißt«, erwiderte Klara und setzte sich auf seinen Schoß. Sie zog ihm das Unterhemd über den Kopf, während er zärtlich ihre Brüste streichelte, Dann half sie ihm aus der Hose und nahm die vorherige Position wieder ein. »Hast du ein Kondom da?«, fragte sie mit zitternder Stimme zwischen zwei Küssen. Heinz nickte. »Gut. Das ist gut.«

Sie suchten und fanden sich. Sie genossen ihre Lust – und doch hatte Klara das Gefühl, als wäre Heinz nicht ganz bei der Sache. Er war zärtlich, ja, er war stürmisch, das auch, aber er wirkte irgendwie fahrig. »Alles in Ordnung?«, fragte sie ihn schließlich, als sie erschöpft aneinandergeschmiegt lagen und dem Blubbern in der Küche lauschten.

»Klar«, erwiderte Heinz. »Alles in bester Ordnung. Das war toll!«

»War es«, stellte auch Klara fest und richtete sich auf, um ihm in die Augen zu sehen. »Aber irgendwas beschäftigt dich.«

»Mich?«

»Dich, ja. Heinz Hertig. Meinen Verlobten.« Sie schubste ihn zärtlich. »Raus mit der Sprache. Was ist los?«

»Nichts ist los, Klara«, widersprach Heinz und machte sich von ihr los. »Gar nichts. Ehrlich.« Er ging in die Küche und rührte in seinem Eintopf, immer noch nackt.

»Ehrlich«, murmelte Klara für sich. »Ist das so?« Sie erledigte kurz etwas im Bad und schlüpfte dann wieder in ihre Kleider. Als Heinz wieder ins Wohnzimmer kam, blätterte sie bereits in der aktuellen Ausgabe der *Brigitte*, als wäre nichts gewesen. Eilig zog auch Heinz sich an, ohne seine Enttäuschung zu verbergen, dass das kleine frühabendliche Abenteuer schon zu Ende war. Dann erklärte er den Eintopf für fertig und deckte den Tisch in der Küche.

Einmal mehr dachte Klara, was für ein besonderer Mann er war: Er kochte, er bereitete den Esstisch vor, er würde auch abspülen, falls sie es nicht erledigte. Er war praktisch der perfekte Hausmann. Gleichzeitig war er aufmerksam, einfühlsam und kultiviert. Er war groß gewachsen, gepflegt, und er fiel nie durch dumme Sprüche über Frauen auf, wie nahezu jeder Mann zumindest ab und zu. Und nach allem, was Klara in den anderthalb Jahren, die sie inzwischen zusammen waren, sagen konnte, war er ein ganz und gar ehrlicher Mensch!

Umso mehr kränkte es sie, dass er ihr so offensichtlich verschwieg, dass ihn etwas beschäftigte. Etwas stand zwischen ihnen, und er wollte nicht verraten, was es war, ja, er leugnete sogar, dass es etwas gab. Und doch: Da war etwas, das spürte Klara überdeutlich. »Ich werde heute lieber bei mir übernachten«, sagte sie, nachdem sie das Abendessen beendet hatten.

»Wirklich? Aber warum? Ich dachte, wir könnten noch ein bisschen … du weißt schon.«

»Morgen vielleicht.« Nun war auch Klara einsilbig geworden. »Soll ich dir noch beim Abwasch helfen?«

»Nein, nein. Ich mach das schon.« Er bemühte sich nicht zu verbergen, dass er ihr den hastigen Abschied verübelte. Trotzdem fragte er: »Soll ich dich nach Hause bringen?«

Klara winkte ab. »Es ist ja noch ganz hell.«

»Tja, dann …«

Sie gab ihm einen flüchtigen Kuss und war im nächsten Augenblick zur Tür hinaus.

Es war wirklich noch hell und auch sehr belebt in der Stadt. Juni. Bald würden sie den längsten Tag haben. Klara liebte die langen Abende. Eigentlich hatte sie vorgehabt, mit Heinz noch ein wenig spazieren zu gehen. Daraus war nun nichts geworden. Sie beschloss, einen kleinen Umweg zu machen und alleine etwas an der Alster entlangzulaufen. Also spazierte sie hinter dem Hauptbahnhof den Steintorwall entlang Richtung Ballindamm und dann zum Jungfernstieg hin.

Bald hatte die Sorge um Elkes Freund Carl die Gedanken an Heinz' merkwürdiges Verhalten verdrängt. Ob sie noch einmal in der Schneiderei vorbeigehen sollte? Aber nein, das war Unsinn, Elke würde um die Uhrzeit nicht mehr arbeiten. Wenn sie nicht mehr bei Carl war, dann würde sie zu Hause sein in ihrer kleinen Wohnung in der Poststraße. Kein großer Umweg.

Klara ging etwas schneller und langte wenige Minuten später vor dem Haus an, in dem Elke wohnte. Doch die Freundin war nicht da. Eine kurze Zeit blieb Klara ratlos vor der Tür stehen und sah sich um, als erwarte sie, dass Elke jeden Moment um die Ecke kommen könnte. Das allerdings passierte nicht. Stattdessen stellte sie überrascht fest, dass ganz in der Nähe ein Mann eine Schaufensterauslage studierte, den sie schon in der Kirchenallee in der Nähe von Heinz' Wohnung gesehen hatte.

Nachdenklich machte sie sich auf den Weg Richtung Hohe Bleichen. Als sie sich umwandte, sah sie, dass der Mann in die gleiche Richtung ging. Kurz entschlossen blieb sie stehen und marschierte zurück, an ihm vorbei Richtung Neuer Wall, um dort hastig rechts abzubiegen und am Alsterfleet entlangzulaufen. Erst an der Adolphsbrücke hielt sie kurz inne und blickte noch einmal über ihre Schulter. Hatte sich dort hinten jemand in einen Hauseingang gedrückt? Mit heftig pochendem Herzen rannte Klara zum Adolphsplatz und über den Mönckedamm bis vor zur Alten Wallbrücke, um von dort auf den Rödingsmarkt einzubiegen und so schnell wie möglich in die Redaktion zu fliehen, wo sie schweißgebadet hinter der Tür stehen blieb und nach draußen blickte. Doch der Mann war nicht mehr zu sehen. Sie hatte ihn abgehängt – falls er sie wirklich verfolgt hatte.

***

Elke hatte es geschafft, zu ihrem Verlobten vorgelassen zu werden. Geholfen hatte dabei, dass die Gattin des Chefarztes der Chirurgie eine treue Kundin der Schneiderei Brill war. In den nächsten Tagen tauchte Elke nicht mehr in ihrem Geschäft auf, sondern wachte an Carls Bett und pflegte ihn, bis er tatsächlich aus dem Koma erwachte. Er hatte eine Kopfverletzung davongetragen, die aber wohl ausheilen und hoffentlich keine bleibenden Schäden hinterlassen würde, mehrere gebrochene Rippen – und er hatte einen Finger verloren. Sein Glück war , dass der Wagen sich beim Sturz in die Alster an einem Pflock verfangen hatte, an dem ein Boot vertäut gewesen war. So war das Fahrzeug nicht vollständig ins Wasser gerutscht. Andernfalls wäre er mit Sicherheit ertrunken.

Elke hatte sich geschworen, dass sie ihren Carl heiraten würde, und zwar so schnell wie möglich, wenn er nur wieder aufwachte. Und als er es endlich tat, da hatte sie ihn vor vollendete Tatsachen gestellt: »Am Tag deiner Entlassung gehen wir aufs Standesamt.« Das hatte sie auch Klara und Rena erzählt, die sie traf, nachdem sie sich zum ersten Mal wieder aus dem Krankenhaus wegtraute. »Man weiß nie, was morgen kommt«, sinnierte sie bei Tee und Bisquits im Alsterpavillon. »Wenn ich morgen aus dem Fenster falle oder von einer Straßenbahn überfahren werde, dann will ich nicht als Jungfrau sterben.«

»Als Jungfrau? Du?«, rief Klara lachend.

»Na ja. Sinngemäß«, gab Elke zu. »Ihr wisst schon, was ich meine.«

Von dem Tag an hatte sie den Spitznamen *die sinngemäße Jungfrau* in der kleinen Freundinnenrunde.

Egon Fröhlich, den Klara schon seit der Zeit kannte, als sie selbst aushilfsweise als Bedienung im Alsterpavillon gearbeitet hatte, erkundigte sich nach Carl und war höchst erfreut, dass alles gut gegangen war. Er hatte »Herrn Diel« gelegentlich rufen lassen, wenn ein besonders wohlhabender Kunde einen Wagen für eine etwas längere Heimfahrt brauchte. »Nur das Auto ist natürlich jetzt Schrott«, erklärte Elke düster. Nachdem der größte Schock überwunden und auch die ungeheure Erleichterung wieder verflogen war, drängten sich Alltagsfragen in den Vordergrund.

»Aber die Versicherung wird das doch sicher bezahlen«, versuchte Egon Fröhlich zu beruhigen.

»Ja«, sagte Elke. »Vielleicht.« Es war klar, dass sie nicht so recht daran glauben konnte. Denn wenn es eine Gewissheit bei Versicherungen gab, dann die, dass sie jedes nur erdenkliche Schlupfloch suchten, um nicht für Schäden aufkommen zu müssen.

»Seien Sie beruhigt, Fräulein Elke«, erwiderte der Kellner. »Ihr Verlobter wird das schon deichseln. Der hat ein Talent für so was, das hab ich im Gespür.« Womit er vermutlich recht hatte. Wenn einer Dinge geregelt bekam, dann Carl.

»Und wird es auch eine Feier geben?«, fragte Klara, als Egon Fröhlich wieder verschwunden war.

»Hochzeitsfeier, meinst du?« Elke zuckte die Achseln. »Ich weiß es noch nicht.«

»Aber sicher werden wir feiern!«, rief Rena kopfschüttelnd. »Du denkst doch nicht, dass wir dich ohne ein Fest unter die Haube schlüpfen lassen !«

Elke wand sich. »Solange nicht klar ist, ob er den Wagen ersetzt bekommt …« Sie seufzte. »Schätze, wir müssen das Geld zusammenhalten.«

Klara legte ihre Hand auf Elkes. »Das stemmen wir schon.« Und zu Rena sagte sie: »Was meinst du? Wäre das nicht ein schönes Hochzeitsgeschenk?«

»Eine kleine Feier?«

Klara nickte.

»Und ob! Dann weißt du ja jetzt, was wir dir schenken, Elke.«

Und sie stießen auf die bevorstehende Hochzeit an und darauf, dass es eine Party geben würde, auch wenn sich das Brautpaar vielleicht gerade gar keine leisten konnte.

***

Als Klara etwas später auf die Toilette ging, hatte sie ein merkwürdiges Gefühl. Als würde sie beobachtet. Doch ein schneller Blick auf den Flur und durch den Vorraum ließ sie nichts Ungewöhnliches erkennen. Erst als die Tür zu den Damentoiletten wieder hinter ihr zufiel und sie im Begriff war, nach oben zu den Freundinnen zurückzukehren, stand auf einmal ein Mann vor ihr, der ihr vage bekannt vorkam. »Fräulein Paulsen?«

»Kennen wir uns?« Und im selben Augenblick wusste sie es: Es war der Mann, der sie in der Poststraße und den Alsterfleet entlang verfolgt hatte. Sie wollte schon an ihm vorbeistürzen, da hielt er ihr eine Karte hin. »Meister«, sagte er. »Vom STERN. Wir würden gerne mit Ihnen sprechen.«

»Vom … STERN?« Der STERN war das größte Magazin in Deutschland. Er wurde in Hamburg produziert und war außer Konkurrenz. »Gibt es ein Problem?«

»Das denke ich nicht. Also jedenfalls nicht von unserer Seite.«

Klara zögerte. »Ich verstehe nicht …«

»Meine Chefs würden sich gerne mit Ihnen unterhalten.«

»Unterhalten? Worüber?«

Zwei Frauen gingen vorbei zu den Toiletten, einen Augenblick lang schwiegen Klara und der Mann.

»Über Sie, Paulsen.«

»Über mich. Wieso sollten sie sich über mich unterhalten wollen?«

Der Mann nahm ein Päckchen Zigaretten heraus, bot Klara eine an, die den Kopf schüttelte, steckte sich dann selbst eine an und nahm einen Zug, dessen Rauch er nachdenklich in die Luft blies. »Ich verstehe, wenn Sie sich zieren«, sagte er.

Klara runzelte die Stirn. »Ich wüsste nicht …«

»Aber sehen Sie es mal so: Es gibt Angebote, die bekommt man nur ein Mal.«

»Angebote. Und um was für ein Angebot geht es hier gerade?«

»Wir bieten Ihnen das doppelte Gehalt.«

»Wer ist wir?«, fragte Klara. »Der STERN?«

Der Mann nickte und lächelte undurchsichtig.

»Sie haben ja keine Ahnung, wie wenig ich verdiene«, erwiderte Klara und lachte fast ein wenig bitter. Denn das war nun einmal die Achillesferse an ihrer Anstellung bei der *Holly*.

»Ich spreche nicht von Ihrem aktuellen Gehalt, sondern von dem, das Sie bei der *Claire* verdient haben.«

An der Stelle musste Klara schlucken. »Sie meinen das Doppelte von dem, was mir der Frisch Verlag gezahlt hat?«

Der Mann nickte. »Plus Bonus«, stellte er fest. »Zweitausend auf die Hand, wenn Sie zu uns wechseln.«

»Klärchen?«, rief Rena, die plötzlich auf der Treppe stand, weil sie oben offenbar die Freundin vermissten. »Alles in Ordnung?«

»Alles gut, Rena, danke«, rief Klara zurück. »Ich spreche hier nur kurz mit Herrn …« Sie deutete auf den Mann. Doch der war von einem Augenblick auf den anderen verschwunden.

***

5.

Dass es Petrus in diesen Wochen so gut mit Hamburg meinte, war ein Geschenk, das Klara unbedingt mitnehmen musste: Wenn sie fürs nächste Heft eine Fotostrecke über aktuelle Bademoden bringen wollte, war jetzt der richtige Zeitpunkt für Recherchen vor Ort – in den Bädern und am Elbstrand! Und wann ließ sich schon das Schöne mit dem Nützlichen, wann ließen sich Pflicht und Vergnügen so ideal miteinander verbinden?

»Vicki? Heidi?«, sagte Klara, als sie am nächsten Tag in die Redaktion kam. »Euch beide brauche ich. Könnt ihr bitte nach Hause fahren, euer Badezeug holen und dann wieder hierherkommen? Wir fahren nach Ohlsdorf. Ins Freibad.«

»Ist jetzt Urlaub?«, fragte Vicki. »Hab ich was verpasst?«

»Ihr müsst mir bei meinen Fotos für den Bademodenartikel helfen.«

Heidi schüttelte ungläubig den Kopf. »Wieso solltest du uns dazu brauchen? Wir haben hier einen Job zu erledigen.«

»Dann nehmt euch von mir aus auch was zu schreiben mit, aber macht euch fertig, und zwar schnell. Ich will den Tag nutzen. Ich brauche schöne Fotos. Und dazu brauche ich schöne Frauen.«

»Hört, hört«, murmelte Gregor und blickte amüsiert zu den drei Redakteurinnen.

»Ich gehe davon aus, du stimmst mir zu?«, fragte Klara ihn.

»War nie mehr einer Meinung mit dir«, versicherte er ihr mit einem Grinsen. »Haben wir den Artikel eigentlich auf Bademoden für die Frau beschränkt?«

»Haben wir, Gregor«, warf Vicki hin. »Mach dir keine Hoffnungen.« Die Frauen lachten und packten ihre Sachen.

Vicki stieg auf ihr Fahrrad, Heidi lief ein Stück weit zu Fuß neben Klara her und verabschiedete sich dann Richtung Herrengraben, wo sie wohnte. Der Gedanke, mit den Kolleginnen und Freundinnen ins Freibad zu gehen, war erst auf dem Weg in die Redaktion in Klara gereift, weshalb sie nun überflüssigerweise noch einmal nach Hause musste, um ihr Fahrrad zu holen und den Badeanzug. Hätte sie früher daran gedacht, wäre sie von Anfang an mit dem Fahrrad zum Rödingsmarkt gekommen. Und sie hätte sich vielleicht sogar noch etwas Neues gekauft. Denn der Badeanzug, den sie ihr Eigen nannte, war mindestens so aus der Mode wie aus der Form.

Nun, immerhin für die Fahrt hatte sie etwas Hübsches anzuziehen, ihr weiß gepunktetes blaues Kleid und den Sonnenhut, den sie sich vor ein paar Wochen gekauft hatte. Dazu die Sonnenbrille, und sie wäre glatt für ein Cover der *Brigitte* in Betracht gekommen. Für die *Holly* hätte es freilich nicht gereicht.

Als die drei Frauen wenig später Richtung Ohlsdorf starteten, blickte ihnen so mancher junge Mann hinterher, und hie und da tönte sogar ein Pfiff durch die leichte Sommerluft. Klara hatte ihre Fotoausrüstung in einem großen, gut gepolsterten Korb auf dem Gepäckträger verstaut, Heidi hatte so kleines Gepäck dabei, als wollte sie nackt baden, und Vicki glänzte mit einer nagelneuen Strandtasche in roten und weißen Streifen. Wie immer bewunderte Klara die Freundin für ihren untrüglichen Sinn für Stil und ihren dabei so eigenwilligen Geschmack.

***

Unter der Woche vormittags war das Ohlsdorfer Freibad noch schwach besucht. Lebhaft würde es erst werden, wenn die Kinder aus der Schule kamen. Da die meisten Männer in der Arbeit waren, war dies die Zeit, in der die meisten Frauen im Schwimmbad waren. Klara und ihre Freundinnen legten ihre Badetücher aus und sahen sich um. Es waren einige alte Damen da, aber auch ein paar junge Mütter mit kleinen Kindern, die noch nicht zur Schule gingen. Allerdings mussten sie schon bald feststellen, dass man im Freibad von Ohlsdorf nicht unbedingt jederzeit die neuesten Bademoden ausführte. Vielmehr wirkten die meisten Frauen, als hätten sie noch Modelle aus der Vorkriegszeit mitgebracht. Es überwogen große, unförmige Einteiler in dunklen Farben – wobei von Farben kaum die Rede sein konnte. Dunkelblau, Braun, Dunkelgrau, Schwarz. Damit hätten sie auch zu einem Begräbnis gehen können, ohne groß aufzufallen.

Klara allerdings durfte sich kaum beschweren. Sie selbst trug mit ihrem Badeanzug nicht dazu bei, dass die Liegewiesen einem Laufsteg glichen, auch sie präsentierte sich in Schwarz, allerdings mit etwas Bein. Vickis hochgezogene Augenbraue verriet, dass sie missbilligte, was sie sah. »Im Ernst?«, fragte sie zu allem Überfluss auch noch.

»Meine Güte!«, rief Klara. »Ich gehe doch kaum ins Freibad!«

»Würde ich auch nicht«, erwiderte die Freundin trocken. »Mit so was.«

Sie selbst trug einen gewagt knapp geschnittenen Einteiler, der asymmetrisch nur über eine Schulter reichte und die andere kokett frei ließ, und natürlich sah sie hinreißend aus. Doch Heidi stellte sie beide in den Schatten. Als sie aus der Umkleide kam, hatte sie nur einen winzigen Zweiteiler an. »Meine Herren!«, rief Vicki, als sie sie sah. »Da kann man ja nur neidisch werden.«

Heidi zuckte die Achseln. »Na ja«, sagte sie. »Den Fummel hat mir Curtius geschenkt. Ihr kennt ihn ja.« Natürlich kannten sie ihn, den großen Frauenliebhaber, der seine Sekretärinnen stets mit

Kennerblick unter optischen Gesichtspunkten wählte, um sie dann auch zu seinen Geliebten zu machen.

»Geschmack hat er jedenfalls«, stellte Klara fest. Und die beiden anderen nickten. Denn in der Hinsicht waren sich zweifellos alle einig, die jemals mit dem Mann zusammengearbeitet hatten.

Mit Vicki und Heidi hatte Klara immerhin zwei Modelle vor der Kulisse eines Freibads im strahlenden Sonnenschein, die sich im Heft bestens machen würden. »Und bekommen wir dann auch die Gage als Mannequins?«, wollte Heidi wissen.

»Wenn's nach mir geht, gerne«, erwiderte Klara. »Aber Gagen sind mit dem Chefredakteur zu verhandeln. Ich bin hier nur die Fotografin.«

»Jaja«, jammerte die Freundin gekünstelt. »Sie werden uns wieder bloß von Pontius zu Pilatus schicken, und am Ende stehen wir ohne was da.«

»Ohne was?« Die beiden anderen lachten über diesen Doppelsinn. So wurde es für die drei Frauen von der *Holly* ein fröhlicher, entspannter Tag im Freibad, den sie nach einigen Aufnahmen auf der Wiese, auf dem Badetuch, auf der Leiter zum Sprungbrett, am Beckenrand und mit den Füßen im Wasser schließlich dem eigentlichen Zweck der Institution widmeten: dem Baden.

* * *

Einen herrlichen Sommertag lang hatte Klara beinahe alle Sorgen vergessen, die sie in diesen Wochen umtrieben: die finanziellen Nöte, Heinz' merkwürdiges Verhalten, Carls Unfall, den seltsamen Mann, der sie verfolgt hatte, um ihr schließlich ein unmoralisches Angebot zu machen … Unmoralisch war das eine. Unwiderstehlich das andere. Der STERN … Das war journalistisch *die* Adresse in Deutschland! STERN-Fotografin zu sein, dafür hätten andere gemordet. Nun ja, sie hätte es vielleicht auch getan, überlegte Klara, als sie am späten Nachmittag auf ihrem kleinen Balkon saß, eine Tasse Tee in der Hand, und einem flirtenden Paar im Hinterhof zusah. Aber die *Holly* zu verlassen, ob sie das getan hätte ... Ob sie es tun *würde*?

Sie holte das Kärtchen, das ihr der Mann gegeben hatte. Fritz Meister. Ein Büro in Harvestehude und eine Telefonnummer. Hm. Das markante STERN-Logo war nicht darauf. Sie blickte auf die Uhr. Kurz vor fünf. Einer plötzlichen Eingebung folgend schlüpfte sie in ihre Sandalen, schnappte sich ihre Geldbörse und lief hinunter zur Telefonzelle, sich wieder einmal verfluchend, weil sie sich immer noch nicht um ein eigenes Telefon gekümmert hatte – zuerst aus Sparsamkeit, dann aus Faulheit und jetzt wieder aus Sparsamkeit.

Sie wählte die Nummer der berühmten Zeitschrift. »Redaktion STERN, Höttgens«, meldete sich eine weibliche Stimme schon nach dem ersten Klingeln.

»Ja, hallo, Klara Paulsen hier. Ich hätte gerne Herrn Meister gesprochen.«

»Meister?«

»Fritz Meister, ja.«

»Hm. Ist der neu bei uns?«

»Das kann ich Ihnen leider nicht sagen.«

»Dann warten Sie mal kurz, ich sehe nach.« Ein wenig klang die Frau wie Vicki, wenn sie am Redaktionstelefon saß, oder wenn sie früher Anrufe für den Frisch Verlag entgegengenommen hatte. Dieses Aufgeräumte, Umsichtige, Aufmerksame, das musste man können. Vicki konnte es. Die Frau hier konnte es auch. Was allerdings in der Sache nichts half: »Tut mir leid«, erklärte Frau Höttgens wenig später. »Einen Herrn Meister kann ich auf meiner Liste nicht finden. Meister? Sind Sie sicher?«

»So steht es auf der Karte, ja.«

»Tja.« Die Rezeptionistin überlegte. »Wo soll er denn arbeiten, Ihr Herr Meister?«

»Vielleicht in der Personalabteilung?«, überlegte Klara laut. Wenn er sie schon für den STERN zu rekrutieren versucht hatte, musste er ja zumindest in Kontakt mit der Personalabteilung stehen.

»Dann verbinde ich Sie einfach mal dorthin, ja?«

»Gerne. Vielen Dank!«

Doch auch dort kannte man keinen Herrn Meister. Etwas ratlos hängte Klara den Hörer auf und trat nach draußen. Ein Mann vom STERN, den man dort nicht kannte und auf dessen Visitenkarte das typische Logo fehlte.

Nachdenklich stand Klara eine Weile auf dem Paulinenplatz, ehe sie die Telefonzelle noch einmal betrat und die Nummer des geheimnisvollen Mannes wählte. Diesmal dauerte es etwas länger, bis jemand ranging. »Meister?«

»Guten Abend. Paulsen hier.«

»Fräulein Paulsen!« Offenbar hatte er ihren Anruf schon erwartet. »Wie schön. Sie haben sich also entschieden.«

»Ich habe mich keineswegs entschieden«, stellte Klara richtig. »Ich möchte nur wissen, wer Sie sind. Denn vom STERN sind Sie nicht.«

Es war nur ein kurzes Zögern, doch es war lang genug, um Klara zu zeigen, dass diese Aussage nicht in sein Konzept passte. »Fräulein Paulsen«, sagte der Mann. »Manchmal sind die Dinge etwas komplexer. Falls Sie sich jetzt fragen, ob es ein Angebot gibt wie das, das ich Ihnen gemacht habe, dann kann ich Ihnen versichern: Ja, das gibt es.«

»Was heißt komplexer, Herr Meister?«, wollte Klara wissen.

»Das würde ich Ihnen gerne persönlich erklären«, erwiderte der Mann. »Darf ich Sie zu einem Gespräch in unser Büro am Harvestehuder Weg einladen?«

Für einen Moment war Klara versucht, einfach aufzuhängen. Es war offensichtlich, dass hier ein falsches Spiel gespielt wurde, dass jemand sie zu manipulieren versuchte und die ganze Geschichte einfach nicht seriös war. Doch dann siegte die Neugier. »Morgen früh um acht am Hafen. Pier Nummer zehn«, sagte sie deshalb. Und dann beendete sie das Gespräch, ohne auf eine Antwort zu warten. Sie wusste, er würde kommen.

* * *

Als Klara am nächsten Morgen den Treffpunkt erreichte, erwartete sie der Mann schon. »Fräulein Paulsen!«, grüßte er. »Guten Tag!« Er lupfte den leichten Sommerhut, den er zum teuren Anzug trug. »Danke, dass Sie gekommen sind.« Er sagte es, als hätte er Ort und Zeit für das Treffen bestimmt, doch Klara überhörte diese seltsame Bemerkung. Sie nickte in Richtung einer der Wartebänke. »Setzen wir uns«, sagte sie und ging voraus.

Einen Augenblick saßen sie schweigend nebeneinander und blickten auf die Elbe, wo die ersten Dampfer mit der Flut ausliefen. »Nun?«, fragte Klara schließlich. »Wie kommt es, dass Sie mir eine Stelle beim STERN anbieten und dass man Sie dort nicht einmal kennt? Was hätten Sie als Nächstes im Angebot? Pressesprecherin der Bundesregierung? Hoffotografin von Ludwig XIV.?«

Der Mann lachte. »Sie haben Humor, Fräulein Paulsen«, sagte er. »Und Sie sind klug.« Er nickte. »Sie haben also recherchiert und herausgefunden, dass ich nicht für den STERN tätig bin.« Er lächelte süffisant und blickte sie an. »Aber hätten Sie sich sonst mein Angebot angehört?«

»Es gibt kein Angebot«, erwiderte Klara. »Sie haben keinen Auftrag. Ihre Geschichte war eine Lüge.«

»Nur zum Teil, Fräulein Paulsen. Es gibt ein Angebot, und zwar ein sehr großzügiges. Ich wiederhole: das doppelte Gehalt! Plus

Bonus, wenn Sie unterschreiben. Und ich darf Ihnen heute sogar mitteilen, dass der Bonus nicht zwei-, sondern dreitausend Mark betragen würde. Nur dass die Stelle nicht beim STERN wäre.«

In dem Moment fiel es Klara wie Schuppen von den Augen. Auf einmal war alles glasklar! »Sondern bei der *Claire*, richtig?«

»Ich sage ja, Sie sind klug«, erklärte der Mann lächelnd. »Deshalb gehe ich auch davon aus, dass Sie das Angebot annehmen werden.«

Klara schüttelte den Kopf. »Sie überraschen mich«, sagte sie. »Wieso sollte ich zur *Claire* zurückgehen? Nur wegen Geld? Wenn mir Geld so wichtig wäre, dann wäre ich nicht weggegangen.«

»Sie sind aus mehreren Gründen weggegangen«, erklärte Herr Meister und studierte seine äußerst gepflegten Hände. »Erstens natürlich aus Rachsucht. Sie haben es Herrn Curtius verübelt, dass er … nun ja, lassen wir das. Zweitens aus Loyalität. Sie wollten Herrn Blum nicht im Stich lassen. Drittens aus Abenteuerlust, ein schönes Motiv, finden Sie nicht? Sie haben sich ganz einfach vom Reiz der Aufgabe verlocken lassen.« Er faltete die Hände und blinzelte genüsslich in die Sonne. »Und genau das ist der Grund, weshalb ich glaube, dass Sie auch mein Angebot annehmen werden.«

»Zurück zur *Claire* zu gehen?« Klara lachte. »Wo ist da das Abenteuer?«

»Nun«, sagte der Mann und wandte ihr seinen durchdringenden Blick zu. »Curtius beabsichtigt, ein neues Magazin zu starten. Eines, das es mit dem STERN aufnehmen kann. Und Sie sollen die Art-Direktorin werden.«

»Art-Direktorin?« Ein Begriff, den Klara nicht kannte.

»Sie wären zuständig für den Look der Zeitschrift. Mit Verantwortung, eigenen Leuten und, wie gesagt, einem stolzen Gehalt, das Sie ja angesichts Ihrer gegenwärtigen Situation sicherlich gut brauchen können.«

Klara schnappte nach Luft. Woher wusste er … Und dann: Was für ein Angebot! Die Verantwortung für den Auftritt einer ganzen Zeitschrift, Mitarbeiterinnen, ein Magazin vom Format des STERN.

»Ich weiß«, sagte Herr Meister. »Es klingt zu schön, um wahr zu sein. Ist es aber. Übrigens soll ich Ihnen Grüße von Herrn Curtius ausrichten. Er hat Ihre Tieraufnahmen in sein privates Arbeitszimmer in Blankenese gehängt und würde sich freuen, Sie als neue Mitarbeiterin einmal dorthin einladen zu dürfen.«

»Curtius? Mich?« Klaras Stimmung schwankte zwischen überrascht und empört. Der Frisch-Verleger hatte damals ihre Aufnahmen von entlaufenen Affen des Hagenbeck'schen Zoos gekauft und sie damit unendlich stolz gemacht.

»Denken Sie darüber nach«, sagte der Mann und stand auf. Er deutete eine knappe Verbeugung an, setzte seinen Hut wieder auf und verabschiedete sich mit: »Sie wissen ja, wie Sie mich erreichen. Ich freue mich auf Ihren Anruf.«

***

Immer noch schien Heinz etwas mit sich herumzutragen. Und immer noch kam er nicht mit der Sprache heraus. Zu Mittag ging Klara mit ihm rüber zu Peekenbrink, der an diesem Tag Frikadellen anbot, dazu Kohlgemüse. »Also«, sagte Klara, als der Wirt die Teller vor sie hingestellt und guten Appetit gewünscht hatte. »Irgendwas ist los. Sag mir endlich, was dich beschäftigt. Hast du eine andere?«

Heinz hätte nicht verdatterter gucken können. »Was?«, keuchte er. »Wie kommst du nur darauf?«

Klara hatte auch nicht wirklich erwartet, dass es so etwas war. Sie wusste, wie sehr Heinz sie liebte. »Aber irgendwas beschäftigt dich. Du bist die ganze Zeit abwesend. Keine Ahnung, wo deine

Gedanken sind. Aber bei mir sind sie jedenfalls nicht.« Es klang beleidigter, als sie es beabsichtigt hatte. Doch jetzt, da sie es ausgesprochen hatte, spürte sie erst, wie sehr es sie quälte. »Ich möchte einfach wissen, was los ist.«

Heinz atmete tief durch. »Es ist wegen … wegen unserer Zukunft«, sagte er. »Wegen der Hochzeit, weißt du …«

»Bekommst du kalte Füße?«

Lächelnd schüttelte er den Kopf. »Nein. Ganz sicher nicht. Dich zu heiraten ist das Größte, was ich mir vorstellen kann. Ich habe dich ja gar nicht verdient.«

»Ach, Heinz«, sagte Klara und legte ihre Hand auf seine. »Was ist es denn dann?«

»Ich habe Angst.« Er seufzte. »Das heißt: Ich hatte Angst. Davor, dass wir es vielleicht auf Dauer nicht stemmen würden. Ich meine, Ehe, das bedeutet doch auch, dass wir vielleicht Kinder wollen, oder?« Darüber hatten sie schon öfter gesprochen, und sie waren sich einig gewesen, dass sie Kinder wollten, wenn auch vielleicht nicht gleich.

»Aber wir verdienen doch beide, Heinz.«

»Ja«, sagte er. »Jetzt. Aber wenn du Mutter bist … Und bei der *Holly* verdienen wir zu wenig. Zu zweit reicht es, wenn wir beide verdienen. Aber wenn nur noch ich verdiene und wir dann sogar zu dritt wären …«

Klara lächelte ihn an. »Ach, Schatz«, sagte sie. »Das überlegen wir uns dann, ja?«

»So lange wollte ich nicht warten«, erwiderte Heinz und senkte den Blick. Auf einmal war es wieder da, dieses unbekannte Etwas, das in den letzten Tagen zwischen ihnen gestanden hatte.

»So lange wolltest du nicht warten«, wiederholte Klara und versuchte, sich einen Reim darauf zu machen. »Was soll das heißen? Was hast du gemacht?«

Er konnte ihr nicht in die Augen sehen, als er es aussprach: »Ich werde die *Holly* verlassen«, flüsterte er. »Ich habe ein anderes Angebot bekommen.«

Es war so verwirrend, so überraschend, dass Klara die Worte fehlten. Verständnislos blickte sie Heinz an, der tief durchatmete. »Zum 1. Oktober.«

»Zu Frisch«, sagte Klara mit rauer Stimme.

»Woher weißt du das?«

***

Ain't She Sweet

Hamburg, 1961

1.

Sie waren davon ausgegangen, dass im Juli das Wetter am schönsten wäre. Doch der Himmel öffnete gerade in dem Moment alle Schleusen, als Klara und Heinz auf die Stufen vor dem Standesamt traten, um von den versammelten Hochzeitsgästen bejubelt zu werden.

»Halleluja!«, rief Helga Achter, deren Kleid in Sekunden so durchnässt war, dass man die Unterwäsche sehen konnte. »So begossen, wie ihr hier werdet, kann das nur eine fruchtbare Ehe werden!«

»Es kann nur besser werden!«, rief Gregor. »Viel besser!« Er hatte sich sein Sakko über den Kopf gezogen.

Vicki, die einen Schirm bei sich trug, hatte eilig Heidi darunter gezogen, sodass die beiden Freundinnen in dem Chaos aussahen wie Gäste, die nur zu Besuch waren.

Klara und ihr frisch Angetrauter liefen die Treppe hinunter zum Wagen, der ein paar Meter weiter wartete. Carl stand mit triefender Kappe neben der Hintertür und riss sie auf, als die Neuvermählten neben dem eleganten Mercedes Benz anlangten. »Das Brautpaar lebe hoch!«, rief er, so laut er nur konnte, um gegen den Lärm des Wolkenbruchs anzukommen. Und die anderen Anwesenden wiederholten: »Es lebe hoch! Hoch! Hoch!« Und dann waren Klara und ihr Heinz schon drinnen im schützenden Fahrzeug, auch sie völlig durchnässt, aber überglücklich. Beide brachen sie in Gelächter aus, als sie nach draußen blickten und die Hochzeitsgemeinde vor dem Regen fliehen sahen. »So was haste noch nicht erlebt!«, staunte Klara und nahm ein Taschentuch aus ihrer Handtasche, um sich das Gesicht und, soweit möglich, die Haare zu trocknen.

»Nein. Das hat, glaub ich, noch keiner erlebt«, stimmte Heinz zu und zog sein am Körper klebendes Hemd etwas von der Brust. »Das war ja fast eine Unterwasserhochzeit.«

»Stimmt!«, sagte Carl, der vorne ebenso tropfte wie die beiden hinten. »Ihr hättet Taucheranzüge tragen sollen.« Er ließ den Motor an. »Wir aber auch«, fügte er hinzu und lachte. »Das Gute ist, da wird man sich in Jahrzehnten noch dran erinnern.«

Dass Carl sie fuhr, war für Clara ein ganz besonderes Geschenk. So lange hatte Elke um ihren Freund bangen müssen – und dann war er eines Tages aus dem Koma aufgewacht und einfach aufgestanden, als wäre nichts gewesen.

In der Zeit seiner Bewusstlosigkeit waren die körperlichen Wunden vollständig verheilt, wenn man von dem verlorenen Finger absah. Doch was noch nicht wieder in Ordnung war, war sein Gedächtnis: Carl litt an großen Erinnerungslücken. Das belastete auch die Beziehung zu Elke sehr. An Heirat, wie sie das eigentlich geplant hatte, war jedenfalls nicht zu denken.

Während der Fahrt zur Speicherstadt musste Carl immer wieder anhalten, weil die Scheiben des Wagens so beschlugen. Aber als sie endlich neben Tante Rosas Hausboot am Sandtorhafen vorfuhren, waren die drei Insassen immerhin so gut wie trocken, weil es auf den völlig überfluteten Straßen so langsam vorangegangen war.

»Ich dachte schon, ihr versetzt mich!«, rief die Bootsbesitzerin. »Ihr lasst mich mit einem Dutzend Kuchen hier alleine, und ich muss sie alle selber essen. Na, dann kommt mal her und lasst euch umarmen!« Und damit drückte sie zuerst Klara und dann Heinz an ihren mehr als üppigen Busen und ging mit ihnen nach drinnen, obwohl es draußen mittlerweile nur noch tröpfelte.

Als wenig später die ersten Gäste eintrudelten, strahlte die

Sonne vom Himmel, als wäre es nie anders gewesen. Klara und Heinz hatten sich extra einen Nachmittagstermin am Standesamt geben lassen, weil sie noch den frühen Abend mit Live-Musik haben wollten: Die Band würde ab acht Uhr wieder im Klub spielen müssen. Carl hatte zwei Wagen für sie reserviert: einen für die Musiker, einen für die Instrumente, damit sie bis kurz vor acht noch auf dem Boot bleiben konnten und trotzdem rechtzeitig auf der Reeperbahn waren.

Paul, der Klara ja schon kannte, begrüßte sie wie eine alte Freundin und stellte sie den anderen Jungs aus der Band vor: dem lässigen John, dem stillen George, dem smarten Stu und dem munteren Pete. Jeder Typus schien in der Gruppe vertreten zu sein – und vielleicht machte das die Band zu etwas Besonderem. Soweit Klara gehört hatte, waren sie kürzlich mit dem berühmten Tony Sheridan im Studio gewesen. Jedenfalls war Klara überglücklich, dass Heinz die Band hatte für die Hochzeitsfeier organisieren können. Aber wie wild galoppierte ihr Herz, als die jungen Engländer anfingen zu spielen und das Hausboot binnen Sekunden in ein Tollhaus verwandelten. »Unsere erste Song ist für Claire«, sagte Paul mit seiner sanften Stimme, als er ans Mikrofon trat. Er sagte Claire, und für einen kurzen Augenblick zuckte Klara zusammen. Aber dann spielte die Band los, und alle, wirklich alle waren auf den Beinen. Sogar Tante Rosa tanzte zu der Musik, die über den Sandtorhafen schepperte und das Hausboot buchstäblich zum Wanken brachte: »Ain't she sweet!«, sangen die Beatles.

»Well see her walking down that street.
Yes I ask you very confidentially
Ain't she sweet?«

***

Für die Hochzeitsnacht hatte Gregor dem Brautpaar als Geschenk eine Übernachtung im Atlantic Hotel reserviert. »Eigentlich eine Verschwendung«, hatte Elke bemerkt. »Ihr werdet so spät ins Hotel kommen, dass ihr dort kaum Zeit habt.«

So war es auch. Als Klara und Heinz endlich auf ihr Zimmer kamen, dämmerte schon der Morgen herauf und ließ die Binnenalster, die sie von ihrem Fenster aus sehen konnten, rötlich-golden glitzern.

»Ich wünschte, ich könnte dir jeden Tag solchen Luxus bieten«, sagte Heinz, als er hinter Klara ans Fenster trat und die Arme um sie legte. »Na ja, genau genommen biete ich ihn dir nicht einmal heute.«

»Ach, Heinz!«, flüsterte Klara. »Wer braucht schon ein Zimmer im Atlantic oder Stuck an den Decken?« Sie drehte sich um und blickte ihm in die Augen. »Ob die Bettwäsche aus Brokat ist oder aus einfachem Baumwolltuch, ist mir egal. Hauptsache, ich liege mit dir darin!«

»Wenn das so ist«, erwiderte Heinz und hob sie hoch, um sie zum Bett zu tragen und sanft dort hinzulegen, ehe er begann, ihr aus den Strümpfen und aus dem Kleid zu helfen. Und aus allem anderen.

Es war eine Hochzeitsnacht, wie Klara sie sich erträumt hatte. Natürlich waren sie längst ein eingespieltes Team, wussten, wie es ging und was sie mochten. Und doch: Klara genoss es, dass Heinz sich ganz besonders darum bemühte, sie zu verwöhnen, und das nicht nur einmal. Zwischendurch öffnete er die Flasche Champagner, die in einem Sektkübel neben dem Bett stand, und sie stießen auf eine glückliche und lange Ehe an. »Ich wünsche dir, dass es dir nie langweilig mit mir wird«, flüsterte Heinz.

»Und ich wünsche dir, dass du dir nie eine andere Frau wünschst«, sagte Klara mit blitzenden Augen.

»Dann kenne ich einen Wunsch, der ganz sicher in Erfüllung gehen wird«, erklärte Heinz.

»So einen Wunsch kenne ich auch«, sagte Klara leise und beugte sich zu ihm, um es mit einem langen, zärtlichen Kuss zu besiegeln.

Als sie im gleißenden Licht des Tages erwachten, hätten sie das Zimmer längst räumen müssen. Klara erschrak. »Bis wann können wir hierbleiben?«

Auch Heinz war überrumpelt. »Ich rufe bei der Rezeption an.«

»Dann gehe ich ins Bad und mache mich rasch fertig.«

Heinz telefonierte mit dem Empfang, erfuhr, dass die Buchung eine spätere »Abreise« beinhalte und man sich geehrt fühlen würde, wenn »die Herrschaften Hertig« noch den Frühstücksraum beehren würden, zumal es »ein kleines Arrangement« gebe. Eine Nachricht, die Heinz seiner frisch Angetrauten unter der Dusche überbrachte, die zur Freude beider groß genug war, um von zwei Gästen gleichzeitig benutzt zu werden – wenn sie sich nur eng genug aneinanderschmiegten.

Das Arrangement bestand aus einem blumengeschmückten Tisch mit einer üppigen Sahnetorte und einem Korb mit frischen Früchten sowie einer Flasche Jahrgangssekt. Klara war ganz gerührt. »Gehört das zum Zimmer?«, fragte sie den Kellner verlegen, als dieser sich anschickte, die Flasche zu öffnen. »Ich meine: Ist das inklusive?«

»Zum Zimmer gehört es meines Wissens nicht, gnädige Frau«, erwiderte der livrierte Ober. »Aber es ist natürlich bezahlt.«

Das Geheimnis wurde gelüftet, als wenig später Rena und Elke durch die Tür kamen. »Halleluja!«, rief Letztere. »Wir dachten schon, ihr taucht nicht mehr auf.«

»Hallo!«, grüßte Heinz und bot den beiden einen Platz an. »Was macht ihr hier?«

»Na ja«, erklärte Rena. »Wir haben uns gedacht, ein schönes Frühstück wäre nach der anstrengenden Feier vielleicht eine gute Idee.«

»Und nach der anstrengenden Nacht«, fügte Elke grinsend hinzu.

»*Ihr* habt das für uns arrangiert?« Klara sprang auf, um die Freundinnen zu umarmen.

»Mhm«, machte Elke. »Und wir wollen noch was machen.« Sie deutete zur Tür. Dort stand ein älterer Herr mit einer Fotokamera.

»Herr Buschheuer?«

»Klara! Ich meine: Frau Hertig!«, grüßte der ehemalige Chef. »Ich freue mich für Sie und gratuliere herzlich zur Vermählung! Ihnen natürlich auch«, wandte er sich an Heinz und schüttelte ihm die Hand. »Buschheuer, angenehm.«

»Herr Buschheuer! Ich habe so viel von Ihnen gehört. Wie schön, Sie kennenzulernen.« Heinz griff nach einem Stuhl vom unbesetzten Nachbartisch. »Setzen Sie sich doch bitte zu uns!«

Doch Alfred Buschheuer winkte ab. »Nein, nein, Herr Hertig, vielen Dank. Ich bin nur hier, um einen kleinen Auftrag zu erledigen.« Er hob seine Kamera hoch. »Die Damen haben mich gebucht, um einige schöne Erinnerungsfotos zu schießen. D*as junge Ehepaar im Atlantic Hotel.*«

Nun war es um Klaras Fassung geschehen. Unvermittelt schossen ihr Tränen in die Augen. »Ihr habt Herrn Buschheuer gefunden«, sagte sie schniefend. »Das ist … das ist so wundervoll. Danke! Und danke, dass Sie gekommen sind, Herr Buschheuer! Ich … ich weiß gar nicht, was ich sagen soll. Ich habe Sie damals gesucht. Aber niemand wusste, wo sie hingegangen sind und …« Sie musste sich schnäuzen. Dann blickte sie die Freundinnen vorwurfsvoll an. »Warum habt ihr nichts gesagt? Ich hätte Herrn Buschheuer so gerne zu meiner Hochzeit eingeladen!«

Doch der alte Herr winkte ab. »Ihre beiden Freundinnen hatten mich schon gefragt. Aber so eine Feier, das ist nichts für mich, Frau Hertig. Ich wäre mir da schrecklich fehl am Platze vorgekommen.«

»Umso mehr freuen wir uns, dass Sie heute hier sind«, erklärte Heinz und legte den Arm um seine Frau, die immer noch um Fassung rang. »Wären Sie so freundlich, wenigstens einmal mit uns anzustoßen? Und ihr auch?«, fragte er in Richtung von Elke und Rena.

Sie ließen den Ober noch drei Gläser bringen, sahen ihm etwas befangen beim Einschenken zu und tranken dann auf Vergangenheit, Gegenwart und Zukunft, ehe Alfred Buschheuer das Brautpaar bat, zunächst am unberührten Frühstückstisch zu posieren, sodann vor den großen Fenstern zur Alsterseite hin, schließlich auf den Stufen vor dem Haus und auf der mächtigen Treppe, um ein schönes Foto nach dem anderen zu machen: Erinnerungen an den tatsächlich schönsten Tag im Leben der Klara Hertig, geborene Paulsen.

***

Zwei Entscheidungen hatten sie getroffen, um ihrem Glück nicht selbst im Wege zu stehen: Heinz hatte seine Zusage für den Frisch Verlag zurückgezogen, er würde nicht wieder für Curtius arbeiten, sondern bei der *Holly* bleiben. Und Klara hatte zugestimmt, die Wohnung am Paulinenplatz aufzugeben und zu ihm zu ziehen, sodass sie sich die Miete leicht leisten konnten.

Dennoch fiel es Klara schwer, als sie zum letzten Mal auf ihren kleinen Balkon trat und ins Viertel blickte, das sie so mochte, als sie ein letztes Mal über den Platz schlenderte und sich innerlich von den Geschäften und Lokalen verabschiedete, und als sie schließlich die Tür des Lieferwagens mit all ihren Sachen darin schloss, um endgültig umzuziehen in die Kirchenallee, die ihr trotz der Tage und Nächte bei Heinz immer noch fremd war.

Mit Klaras Möbeln wurde es bei Heinz sehr eng. Das Bett hatten sie zwar verkauft, ebenso eine Kommode und etliche kleinere Dinge, von denen sie nicht zwei brauchten. Immerhin: Der doppelte Kleiderschrank war ein Gewinn! Denn Heinz hatte seinen kaum zur Hälfte gefüllt – und Kleider waren etwas, was Klara liebte! Mit ihren Vorhängen war es auch bei Heinz gleich viel gemütlicher – sie hängte seine beigen Gardinen ab und ihre blauen auf. Ihren ziemlich spektakulären Stehtisch mit Barhockern aus dem Alsterpavillon, der aus einem alten Schiffsschornstein gemacht war, funktionierten sie zu einer kleinen Hausbar um, auf die Heinz die wenigen Spirituosen stellte, die er besaß – weitere Flaschen würden folgen. Und die Partys, die sie hier hoffentlich auch ab und zu feiern würden, würden kuschelig werden, das stand fest. »So richtig weitläufig ist es nicht«, stellte Heinz mit schiefem Grinsen fest.

»Ist halt das Liebesnest eines frisch verheirateten Paares«, erwiderte Klara. »Da muss es ein bisschen intimer sein.«

»Guter Punkt.« Heinz schlang die Arme um sie und hob sie hoch, um sie herumzuwirbeln.

»Nicht!«, rief Klara. »Nicht.« Sie ließ sich wieder von ihm absetzen. »Mir ist heute nicht ganz gut.« Genau genommen war ihr seit der Hochzeitsfeier nicht mehr ganz gut. Irgendwie hatten dieser Tag und die Nacht sie mitgenommen. Immer wieder war ihr schwindelig, manchmal sogar richtiggehend schlecht.

»Soll ich dir einen Tee machen?«

»Das wäre lieb, danke.« Welcher Mann machte schon solche Angebote? Täglich machte Klara sich bewusst, was für ein Glückspilz sie war. Heinz hatte ihr vom ersten Tag an gefallen. Aber wie sehr sie ihn mochte, wie sehr sie ihn *liebte*, das hatte sie erst herausgefunden, als sie ihn besser kannte. Dankbar sah sie ihm zu, wie er in der Küche hantierte. Ein bisschen linkisch mochte er wohl sein, dieser hochgewachsene, schmale Mann mit dem störrischen

Haar und dem verträumten Blick. Aber was er anfasste, machte er richtig. Und auf Tee verstand er sich besonders gut. Klara war ja immer der Ansicht gewesen, Tee sei nicht das Richtige für sie, sie müsse Kaffee trinken. Seit sie Heinz' Aufgüsse trank, hatte sich das geändert. Denn er machte den Tee so kräftig und rund, dass man sich so richtig munter fühlte, nachdem man eine Tasse getrunken hatte. »Mit Milch und Zucker?«, fragte er über die Schulter.

»Schwarz. Wie dein Haar, mein Schatz«, sagte sie und fand, dass es eigentlich schade wäre, den ganzen freien Tag außerhalb des Bettes zu verbringen. »Trinkst du auch einen?«

»Mhm.«

»Und hinterher?«

»Was immer du magst, mein Liebling«, erklärte Heinz und wandte sich zu ihr um. »Präferenzen?«

»Mhm«, machte nun auch Klara und lächelte ihn vieldeutig an.

»Oh! Aber jederzeit!«

Sie hatten das ganze Wochenende für den Umzug geplant, waren aber am Samstagnachmittag schon fertig. Elkes Freund Carl hatte geholfen. Gemeinsam hatten die beiden Männer die schwereren Teile in Heinz' Wohnung hochgetragen, den Rest hatten Klara, Elke, Rena und ihre Freundin Rike hinaufgeschleppt. Den restlichen Samstag hatten sie die Möbel hin und her geräumt, um sie einigermaßen platzsparend aufzustellen, danach hatten sie sie eingeräumt, und schließlich waren die Freunde gegangen und Klara und ihr Mann halb ohnmächtig ins Bett gefallen und hatten zu nichts mehr als einem Gutenachtkuss Energie gehabt.

Jetzt, am Sonntag, sah die Welt schon ganz anders aus. »Und dann …«, sagte Klara.

»Und dann?«

»Dann zeigst du mir mal die besten Plätze in deinem Viertel. Wir machen einen Spaziergang.«

Ein Vorschlag, den Klara zwei Stunden später bereute. Denn St. Georg erwies sich für sie einfach nicht als Ort, an dem sie sich wohlfühlen konnte. Zur Bahnhofseite hin blühte das Straßengewerbe, Richtung Alster war das Viertel tot, und nach Westen hin lagen die Fabriken. Gewiss, das alles gab es auch auf St. Pauli. Doch dort arbeiteten die Damen in einem Vergnügungsviertel mit Klubs und Bars und Kinos, die stillen Orte waren idyllisch, und statt Fabriken gab es den Hafen mit seiner ganz besonderen Atmosphäre.

So wurde es ein zäher, schweigsamer Marsch, den sie immerhin in der Bodega Nagel beendeten, einem Lokal, in dem Heinz am Abend manches Mal gegessen oder Freunde getroffen hatte.

Dass Hochzeit und Umzug auch dazu geführt hatten, dass Klara endlich auch mit Heinz' Freundeskreis vertraut wurde, war ein Nebeneffekt, den sie sehr genoss. Denn es waren durchweg sympathische Menschen. Da waren Olaf Freudenberg, ein Kamerad aus Kriegstagen, Theo Ziegler, ein ehemaliger Nachbar, und Günther Jauner, den sie immer »alter Jauner« nannten und der dem Namen womöglich in seiner Eigenschaft als Bankbeamter gerecht wurde. Ihn hatte Heinz vor Jahren im letzten Moment zurückgerissen, als er beinahe vor einen herankommenden Bus gestürzt wäre. Seither ließ Jauner keine Gelegenheit aus, aller Welt zu erzählen, wie Heinz ihm das Leben gerettet hatte. »Und dann«, führte er aus, als sie sich an diesem Tag zufällig in der Bodega Nagel trafen, »dann hat er mich am Mantel gepackt und so heftig nach hinten gerissen, dass der Mantel in Stücke ging.« An der Stelle pflegte Günther Jauner zu lachen. »Mit der Folge, dass *ich* nicht in Stücke gegangen bin!« Er nickte ein paarmal zur Bekräftigung und blickte dann zu Klara. »Sie haben sich den Richtigen ausgesucht, Frau Hertig. Mit unserem Heinz kann Ihnen nichts Schlimmes mehr passieren.«

***

Das Nächste, was passierte, war allerdings etwas unbedingt Gutes. Klara stellte fest, dass die Übelkeit und die Schwäche, die sie seit einigen Tagen verspürte, keineswegs eine Formschwäche waren, sondern etwas ganz anderes, Überraschendes und, ja, Wunderbares: Sie war schwanger.

»Bist du sicher?«, fragte Elke, als sie sie am nächsten Tag in ihrer Mittagspause drüben im Atelier besuchte. Neugierig musterte die Freundin sie.

»Ich bin überfällig«, sagte Klara. »Seit drei Wochen. Mir ist morgens schlecht. Mir fehlt die Energie. Und hier …« Sie griff sich an die Brüste. »So empfindlich waren die noch nie.«

»Hm«, machte Elke. »Dann wirst du bald die BH-Größe wechseln müssen.«

»Und die Kleidergröße«, stimmte Klara zu.

»O ja! Die auch!« Und sie lachten beide, obwohl Klara bei allem Glück auch ein wenig bang war.

»Weiß es der Herr Gemahl schon?«

»Der Herr Gemahl, das klingt, als hätte ich meinen Großvater geheiratet. Nein, Heinz hat keine Ahnung.«

»Und wann sagst du es ihm?«

Klara zögerte. »Ich gehe davon aus, dass er sich freuen wird«, sagte sie. »Allerdings … na ja, ich finde, ein bisschen sicherer sollte die Sache sein, oder?«

Elke nickte. »Kann ich verstehen«, stimmte sie zu. Es war ja nichts Ungewöhnliches, dass eine Schwangerschaft nicht hielt. »Dann halte ich mal lieber auch die Klappe.«

»Das wäre nett«, sagte Klara. »Ich meine: Wenn du's nicht herumerzählst.« Sie wusste natürlich, dass sie sich auf Elke verlassen konnte. Auch wenn sie nicht immer ganz schlau aus ihr wurde. »Sag mal«, wollte sie wissen. »Hattet ihr nicht vor, schnellstens zu heiraten, wenn Carl wieder gesund ist? Ich meine, das ist er doch jetzt auch schon seit ein paar Wochen. Und sein Erinnerungsvermögen ist doch auch wieder besser, oder?«

Auf einmal sah Elke bei Weitem nicht mehr so fröhlich drein wie üblich. »Das stimmt schon. Wir könnten. Und: Ich wollte auch.«

»Aber er nicht?«

»Doch. Carl will schon auch.« Elke beugte sich wieder über ihre Stoffe und zeichnete Schnittlinien mit Kreide auf. »Aber … Na ja, er hat eine Menge Geld aufgenommen.«

»Du meinst Schulden?«

»Schulden, ja. Und wenn wir heiraten …« Sie blickte auf. Kummerfalten lagen auf ihrer Stirn, etwas, das Klara gar nicht von ihr kannte. »Na ja, ich habe mein eigenes Unternehmen, weißt du. Wenn er pleitegeht, dann geht nur er pleite.«

»Aha«, sagte Klara. »Aber wenn ihr verheiratet seid, dann hängst du mit drin.«

Elke nickte. »Carl meint, es wäre klüger, wenn wir noch warten.«

Klara legte ihrer Freundin den Arm um die Schultern. »Dein Carl ist ein kluger und treuer Mann. Er hat sich das sicher gut überlegt. Und ihr seid doch auch so glücklich, oder?«

Elkes Schultern zuckten. »Sicher. Das sind wir. Es wäre nur so schön gewesen. Ich beneide dich, Klärchen.«

»Ich bin sicher, es wird bald so weit sein«, versuchte Klara, sie zu trösten. »Und dann sind wir dran, dir eine tolle Feier auszurichten!«

***

Die *Holly* eilte einstweilen von Höhenflug zu Höhenflug. Mit jeder Ausgabe kamen Tausende neuer Abonnements hinzu. Auch die Verkäufe an den Kiosken schossen in die Höhe, sodass sich schon bald die Frage nach einer neuen Druckerei stellte. Denn die bisherige in Altona war für solche Kapazitäten nicht ausgelegt. Gregor war jeden Tag stundenlang unterwegs, um Papier zu bestellen, Aufträge herauszugeben, Konditionen zu verhandeln und jede Art von Kooperation einzugehen, die nur möglich war, um das Magazin davor zu bewahren, mit einem Absturz auf die neuen Herausforderungen zu reagieren.

Seine ständige Abwesenheit machte die Entscheidungsfindung in der Redaktion zwar nicht einfacher, aber die Arbeit schneller: Es fanden weniger Konferenzen statt, jede und jeder konnte sich mehr auf seine eigene Tätigkeit konzentrieren. Und jeder war so gefesselt von seinen Aufgaben, dass niemand bemerkte, wie Klaras Gesichtszüge zunehmend weicher wurden und ihre Kleidung immer bequemer. Wann immer sie konnte, zog sie sich in die Dunkelkammer zurück oder rückte aus, um zu fotografieren. Nie zuvor hatte sie so eigenständig gearbeitet. Oft war sie am Vormittag unterwegs, um Modeaufnahmen zu machen, am Nachmittag in der Redaktion, um Bilder zu entwickeln, und am Abend noch einmal unterwegs, wenn es galt, eine Veranstaltung zu dokumentieren oder etwas aus dem Bereich Musik und Show zu fotografieren.

An manchen Abenden schlief Heinz schon, wenn sie endlich nach Hause kam. Dann setzte sie sich in die Küche, machte sich noch eine Tasse Kakao und genoss die Ruhe nach einem hektischen, langen Tag. Und manchmal, wenn sie ins Bett schlüpfte, erwachte er doch und begrüßte sie mit einem Kuss oder, wenn er noch nicht ganz tief geschlafen hatte, auch mehr. Es waren besonders zärtliche, innige Stunden, in denen sie oft eng umschlungen schliefen und Klara den Atem ihres Mannes in ihrem Nacken spürte. »Ich weiß es«, flüsterte er eines Nachts.

»Was weißt du, Schatz?«, fragte sie erschrocken.

»Ich bin nicht blind.« Er richtete sich leicht auf. »Du wirst jeden

Tag noch schöner, weißt du das?« Sie konnte seine Augen im Halbdunkel des Schlafzimmers, das nur von der hereinscheinenden Straßenlaterne erleuchtet wurde, schimmern sehen. »Jeden Tag.«

»Hm. Ich weiß nicht, was ich jetzt denken soll«, erwiderte Klara. »Mir kommt es eher andersherum vor.«

»Dann ist es also wahr?«

Sie nickte.

»Warum hast du es mir nicht gesagt?«

»Ich hatte Angst, mein Lieber.«

»Angst? Wovor? Dass ich mich nicht freuen würde? Das wäre ja verrückt!«

»Nein.« Auch sie richtete sich auf und legte ihre Hand auf seine Wange. »Dass es vielleicht nichts werden würde.«

»Hm.« Einen Augenblick schwieg Heinz. »Und wann kann man es sicher sagen?«

Klara zuckte die Achseln. »Also, so ganz sicher kann man sich wohl noch ziemlich lange nicht sein. Aber wenn drei Monate rum sind, dann kann man so einigermaßen sicher sein, denke ich.«

»Und wann sind drei Monate rum?«

Klara räusperte sich. »Na ja«, sagte sie. »Genau genommen: heute?«

Da lachte Heinz Hertig und sprang aus dem Bett. »Wir werden Eltern!«, rief er.

»Schschsch«, machte Klara, die fürchtete, die Nachbarn könnten sie hören.

»Warum? Das darf doch jeder wissen!«, beharrte Heinz und kniete sich auf einmal vors Bett, um ihre Hände zu nehmen. »Klara Hertig«, sagte er feierlich. »Du bist die wundervollste Frau auf der ganzen Welt, und ich liebe dich über alles. Und ich bin so froh, dass ich dich habe. Und so dankbar, dass du mir ein Kind schenken wirst! Ich weiß gar nicht, was ich sagen soll!«

Da war es Klara, die lachte. »Dafür bist du aber beredt, mein Schatz!«, stellte sie fest und zog ihn zurück ins Bett. »Aber ich danke dir für die schönen Worte. Jetzt komm wieder schlafen. Morgen wird ein weiterer langer Tag. Und ich brauche ein bisschen Energie für unser Kind.«

»Für unser Kind«, flüsterte Heinz und wiederholte es noch mehrmals: »Für unser Kind.«

* * *

2.

Dass Renas Lebensgefährtin Rike beim Rundfunk arbeitete, erwies sich als großer Vorteil. Denn Rike war dadurch eine erstklassige Informationsquelle. Wann immer in der Stadt etwas Außergewöhnliches stattfand, gab sie der Redaktion der *Holly* einen Hinweis, ob es nun Überraschungsauftritte bekannter Musiker waren, Neuigkeiten aus dem Showbusiness oder Themen, die in den Radioredaktionen gerade heiß diskutiert wurden und deshalb zweifellos bald im Sender eine Rolle spielen würden. Sie war es, die als Erste erfuhr, dass die Amerikaner einen Schimpansen in den Weltraum geschickt hatten, woraufhin Klara von Elke einen »Astronautenanzug« für eines der Hagenbeck'schen Tiere fertigen ließ und den Affen »im Einsatz« fotografierte. Sie hatte die Gerüchte über den Bau einer innerdeutschen Mauer so frühzeitig erfahren und den »Hollys« weitergegeben, dass das Magazin pünktlich zu dem bestürzenden Ereignis eine Sonderausgabe »Ost-Mode – Die heißesten Trends« herausbringen konnte. Und sie konnte am Rande eines Radiointerviews arrangieren, dass der oscarprämierte Schauspieler Maximilian Schell sich Zeit für ein Fotoshooting mit Klara nahm, bei dem ihn Gregor interviewte – ein Glanzlicht der Weihnachtsausgabe, die wieder voller Überraschungen steckte.

Immer mal wieder versuchte Gregor, Rike zu überreden, doch endlich zur *Holly* zu wechseln. Aber mehrmals ließ sie ihn abblitzen. »Ganz ehrlich, ihr habt genug gute Autoren«, sagte sie bei einem Redaktionstreffen kurz vor Heiligabend. Ich bin interessanter für euch, wenn ich euch weiterhin mit Informationen aus dem Rundfunk versorge. Und wertvoller.«

Also blieb es dabei, dass die Redaktion zweimal im Monat ein großes Blatt stemmte, obwohl sie selbst klein blieb. Natürlich gab es freie Mitarbeiter: Autoren, die nicht zum festen Stamm gehörten, aber gelegentlich einen Beitrag schrieben. Doch es blieben wenige, denn schon bald hatte sich etwas herauskristallisiert, das Gregor den »*Holly*-Sound« nannte, eine sehr flotte Schreibe, die sich nicht immer um die Angemessenheit der Wörter oder die Vollständigkeit von Sätzen scherte, sondern stattdessen schnell, direkt und gerne vergnüglich zu lesen war. Den allerdings beherrschten nicht viele.

Klara beherrschte ihn, nur kam sie kaum zum Schreiben, weil die ganze Last der Bildbeschaffung und Fotografie auf ihr lastete. Gerne hätte sie öfter einen Artikel verfasst. Aber nur sehr selten schaffte sie es auch. Für den Bademodenbeitrag hatte sie den Text geliefert. Für ein Stück über die schönsten Straßencafés in Hamburg ebenfalls – ein Beitrag, der allerdings denkbar kurz war, weil Hamburg einfach nicht über allzu viele solche Orte verfügte. Mit Heidi arbeitete sie seit einiger Zeit gemeinsam an einem Artikel über »Traumfrauen – Was macht sie wirklich aus?«. Aber ob der Beitrag jemals fertig würde, stand in den Sternen: Sie konnten sich schon nicht einigen, wer als Traumfrau gelten durfte. Klara schwebte eher Marlene Dietrich vor, Heidi plädierte für Audrey Hepburn, Rike betrachtete eher Simone Beauvoir als Traumfrau oder Eleanor Roosevelt. »Ihr könnt sie doch alle nehmen!«, hatte Rena eingeworfen, als sie wieder einmal erhitzt diskutierten. Sie hatten sich am Abend in der Bodega Nagel getroffen.

»Das könnten wir«, sagte Klara. »Nur dass es dann kein Artikel wird, sondern eine Sammlung von Miniaturen, kleinen Porträts.«

»Und? Dann wird es eben so eine Sammlung.« Rena wollte nicht, dass ihre Freundinnen stritten.

»Dann hat es aber nichts in der *Holly* zu suchen«, stellte Klara kategorisch fest. »Die *Holly* ist kein politisches Magazin. Und sie wendet sich nicht an alte Damen.«

Rike warf die Arme in die Luft. »Denkst du, Eleanor Roosevelt ist nur für alte Damen interessant?« Sie schob ihr halbleeres Glas von sich, als wäre der Wein sauer geworden.

»Nein. Das denke ich nicht. Aber sie ist eher was für, keine Ahnung, den STERN von mir aus. Oder eher noch den SPIEGEL.«

»Oder die *Brigitte*«, meinte Rena.

»Eher nicht«, gab Klara zu bedenken und rührte etwas Zucker in ihren Tee. »Soweit ich weiß, war die ehemalige First Lady der Amerikaner auch …« Ein winziges Zögern. »… lesbisch.«

Die beiden Freundinnen sogen gleichzeitig scharf die Luft ein. Klara hatte einen wunden Punkt getroffen. »Und deshalb hat sie vermutlich auch nichts in der *Holly* zu suchen, oder?«, meinte Rena, leiser als sonst.

Klara aber fühlte sich getroffen. »So denkt ihr von mir? Und von der *Holly*? Kennt ihr mich so wenig? Und die andern? Schaut euch das Heft doch mal an. Und dann schaut euch die *Brigitte* an! Die *Holly* ist ein Magazin für junge Frauen, die die Welt erobern wollen. Die *Brigitte* ist eines für Frauen, die … die einfach werden wollen wie alle anderen.«

»Wie alle anderen Heterofrauen«, stellte Rike klar.

»Absolut! Das ist doch genau der Punkt! Sonst wäre Mrs. Roosevelt auch dort genau richtig. Der STERN, der kann so was bringen.«

»Und die *Holly*?«

»Die auch! Aber nicht, wenn es sich um alte Damen handelt – oder um solche, die schon lange tot sind.«

»Tut mir leid«, sagte Rena begütigend. »Du hast recht. Ich hätte dir nicht unterstellen sollen, dass …«

Rike legte ihrer Freundin die Hand auf den Arm. »Es ist, weil wir empfindlich sind. In dem Punkt, der so wichtig für uns ist und dessentwegen wir uns schon so lange vor der Welt verstecken müssen. Kannst du das verstehen?«

Klara nickte. »Das kann ich. Mir tut es auch leid. Ehrlich.«

Und so war der Frieden zwischen den Freundinnen wiederhergestellt – doch der Artikel war weiterhin weit davon entfernt, fertig zu werden oder auch nur eine konkrete Form anzunehmen.

Immerhin hatte Rike von einem neuen Elvis-Film erfahren, der demnächst in die deutschen Kinos kommen würde: *Blue Hawaii*. »Soll allerdings kein Meisterwerk sein«, hatte sie gewarnt.

»Das ist egal«, hatte Klara erwidert. »Elvis ist das Meisterwerk. Und Hawaii, das ist eine großartige Kulisse.«

Sie erinnerte sich, dass sie für ihren Beitrag über Bademoden auch einige Fotos unter dem Stichwort »Hawaii« abgelegt hatte, und entschloss sich, noch einmal in der Redaktion vorbeizugehen, um sie sich vorzunehmen.

Inzwischen war es längst Abend, aber es brannte noch Licht im Büro. Beherzt stürmte Klara durch die Tür – und blieb erschrocken vor einem Paar stehen, das in äußerst delikater Umarmung auf dem Sessel hinter dem Besprechungstisch lag. »Frau … Waibel?«, stotterte Klara fassungslos.

Die Redaktionssekretärin rappelte sich auf und zog ihre Kleider gerade. »Frau Hertig. Guten Abend«, keuchte sie. »Ich … es … es tut mir leid.«

Der Mann, der bei ihr war, wandte sich zur Seite und griff nach seinem Hut. Im nächsten Augenblick war er draußen, ohne ein Wort zu sagen. Kannte sie ihn? Es schien ihr so, doch wollte ihr nicht einfallen, woher. Einen Moment noch stand Klara rat- und fassungslos da. Dann atmete sie durch und stellte fest: »Es ist spät. Wir gehen jetzt besser beide nach Hause.«

Die Sekretärin nickte, murmelte etwas Unverständliches und

verließ die Redaktionsräume so überstürzt, als wäre sie auf der Flucht. Kopfschüttelnd sah Klara ihr nach. So etwas hätte sie Frau Waibel eigentlich gar nicht zugetraut – weder die Leidenschaft noch den Mut. Denn es war ja durchaus keine Seltenheit, dass noch spät in der Redaktion gearbeitet wurde. Und die Sekretärin war ein eher blasses, ältliches Fräulein. Aber so konnte man sich täuschen. Vielleicht stimmte es ja, und stille Wasser waren wirklich besonders tief. Beinahe bedauerte Klara es ein wenig, dass sie die beiden aufgescheucht hatte. Was hätte es schon ausgemacht, wenn Frau Waibel hier ein kleines, prickelndes Abenteuer erlebt hätte? Es wäre wohl in der Tat das Beste, wenn sie nun auch nach Hause ginge. Die Bilder konnte sie auch morgen durchsehen. Sie knipste das Licht aus, stellte fest, dass auch drüben in ihrem Studio noch Licht brannte, warf einen Blick in die Räume und wollte auch hier schon die Lampe löschen, als sie noch einmal einen Schritt näher trat. Die Fotos vom Interview mit dem Schauspieler Schell … sie lagen anders da, als sie sie angeordnet hatte. Und auch die Bilder aus der Mappe mit der Aufschrift »Traumfrauen« waren nicht sortiert, wie sie sie sortiert hatte.

* * *

»Kann doch sein«, murmelte Heinz müde, als sie zu ihm unter die Bettdecke schlüpfte. »Irgendwer hat sich die Sachen halt angesehen. Die Bilder sind schließlich nicht dein Privateigentum, sie gehören der Redaktion.«

»Trotzdem«, beharrte Klara. »Ich habe ein ungutes Gefühl. Wir besprechen doch alle unsere Themen.«

»Gregor hat immerhin das Interview mit Schell geführt.« Heinz klang unleidlich. Er mochte es nicht, wenn sie »die Arbeit mit ins Bett brachte«. Zu Hause wollte er sie nicht mit der Redaktion teilen, da wollte er sie ganz für sich haben. Und im Grunde ging es ihr umgekehrt nicht anders. Aber diesmal beschäftigte sie etwas, da konnte sie nicht tun, als wäre nichts.

Sie tat es schließlich trotzdem und ließ ihren Mann schlafen, auch wenn sie wusste, dass sie selbst noch länger wach liegen und über die Sache grübeln würde. Aber bald würden die Nächte ohnehin nicht mehr so ruhig sein. Und sie wusste, dass sie nicht alleine würde aufstehen müssen, wenn ihr Baby schrie. Heinz war ganz einfach die Sorte Mann, die sich den Weg zur Wiege nicht sparte. Da sollte er wenigstens in der Zeit ihrer Schwangerschaft noch seine Nachtruhe bekommen.

Irgendwann war sie dann doch eingeschlafen. Im Traum war ihr Ellen Baumeister erschienen, die ehemalige Sekretärin von Verleger Curtius, die Selbstmord begangen hatte. Am Morgen war sie schweißgebadet aufgewacht und als Erstes unter die Dusche gestiegen. Sie war gerade fertig, als ihr Mann ins Bad kam, offensichtlich neugierig – sehr offensichtlich. »Och«, sagte er. »Schon fertig?«

»Schatz«, erwiderte Klara. »Das ist jetzt nicht mehr so schlau.« Nein, sie würde nicht mehr gemeinsam mit ihm duschen, bis das Kind da war. Bei einer unbedachten Bewegung auszurutschen und zu stürzen, das wollte sie auf keinen Fall riskieren. Allerdings brachte der Anblick seiner morgendlichen Erektion ihr Blut durchaus auch in Wallung. »Wir können ja noch einmal rübergehen«, schlug sie vor.

Wirklich zufrieden war sie letztlich auch mit dieser Variante nicht. Der Bauch störte sie ganz einfach. Sie fand schlicht nicht die Position, die sich gut angefühlt hätte. So gut, wie es sich jedenfalls normalerweise mit Heinz anfühlte. Nun, bald wäre es ja ausgestanden. Und dann … »Jetzt wüsste ich zu gerne, was du denkst«, sagte Heinz, während er mit den Haaren in ihrem Nacken spielte.

»Das werde ich dir ganz sicher nicht sagen«, erwiderte Klara und lachte. »Sonst kommen wir den ganzen Tag nicht aus dem Bett!«

»Ach, das würde mir aber überhaupt nichts ausmachen.«

»Dir nicht. Aber Gregor.«

Heinz seufzte theatralisch. »Gregor spielt in dieser Ehe definitiv eine viel zu große Rolle.«

»Tja«, beschied ihn Klara und krabbelte aus dem Bett. »So ist das eben, wenn man einen Kollegen heiratet. Da steigt man immer auch mit der Arbeit ins Bett.«

Heinz grinste und schnellte hoch, um noch rasch ihren Po zu küssen, ehe sie sich anziehen konnte. »Ich liebe meine Arbeit!«, rief er.

***

Die Unförmigkeit, mit der sie zunehmend zu kämpfen hatte, ärgerte Klara auch deshalb, weil es schlicht nichts Schönes anzuziehen gab. Dreimal schon war sie bei Elke im Atelier gewesen – und jedes Mal war sie wieder abgezogen, ohne sich für einen der Vorschläge ihrer Freundin zu erwärmen. Gewiss, Elke hatte ein paar relativ schöne Entwürfe für Umstandsmode in der Schublade. Aber sie waren eben nur *relativ* schön. Klara hatte ja absolut nichts gegen »weibliche Formen«, sie selbst war nicht annähernd so zierlich wie etwa Vicki oder gar Heidi. Doch der Bauch, den sie inzwischen vor sich hertrug, machte sie nervös.

»Wir könnten eine Strecke über Schwangerschaftsmode in der *Holly* bringen!«, schlug Elke an einem scheußlichen Februartag vor, an dem Klara den Weg nach Hause für einen Aufenthalt in ihrem Atelier unterbrach, um sich ein wenig aufzuwärmen und zu trocknen.

»Ich weiß nicht, ob das die *Holly*-Leserinnen interessiert«, gab Klara zu bedenken.

»Aber warum denn nicht? Die werden schließlich auch mal schwanger.«

»Ja«, sagte Klara. »Mal. Aber meistens sind sie's nicht. Und dann ist das Thema für sie uninteressant.«

Elke wiegte den Kopf. »Vielleicht ist das so. Aber vielleicht auch nicht.« Sie blickte auf ihre Entwürfe. »Im Grunde geht es ja auch gar nicht um Mode bei dem Thema.«

»Sondern?«, fragte Klara verständnislos.

»Es geht um das eigene Selbstverständnis! Bin ich noch schön, obwohl ich anders aussehe? Bin ich noch eine richtige Frau, obwohl ich gerade ein Kind im Bauch trage?«

»Na ja«, warf Klara ein. »Wer sollte ein Kind im Bauch tragen, wenn nicht eine Frau?«

»Bin ich noch begehrenswert?«, präzisierte Elke und blickte ihre Freundin vielsagend an. »Ich bin sicher, viele Frauen halten sich für hässlich und unförmig und alles andere als begehrenswert, verstehst du?«

Klara zögerte ein wenig. Es war nicht so, als hätte sie das nicht auch selbst schon von sich gedacht – zunehmend, wenn sie ehrlich war. »Aber was willst du machen?«, sagte sie. »Ein Bauch lässt sich nicht wegreden. Dicke Beine werden nicht dünner, indem wir sagen, macht nichts, du siehst trotzdem super aus.«

»Vielleicht sollten wir auch nicht reden, sondern zeigen.«

»Zeigen? Was? Den Bauch? In riesigen, zeltartigen Kleidern?« Klara lachte freudlos. »Du bist süß.«

»Den Bauch, ja«, beharrte Elke. »Aber vielleicht auch einfach ohne.«

»Ohne was?«

»Ohne Kleid. Nur den Bauch.«

***

Sie hatten die Kamera neben der einen Säule des Schneiderateliers aufgestellt, sodass sie in den sich spiegelnden Spiegeln neben Klara, die an der anderen Säule stand, sichtbar war. Es war die Position, in der sonst die Kundinnen ihre Kleider betrachteten: zwischen den Spiegeln stehend, mit denen die beiden Säulen verkleidet waren, sodass sie sich gleichzeitig von vorne und von hinten betrachten konnten. Jetzt war es der Bauch, den Klara betrachtete. Sie hatte sich bis auf die Unterwäsche ausgezogen, und sie hatte hübsche Unterwäsche gewählt. Dennoch würde sie einen Bildausschnitt machen, der nur den obersten Rand ihres Slips zeigte. Und sie hielt sich den linken Arm vor die Brust und damit über den nach vorne gewölbten Babybauch, sodass auch ihr BH nur ansatzweise sichtbar wurde. Das allerdings machte die Pose eher aufregender, denn es wirkte beinahe, als hätte sie gar keinen an.

»Kannst du bitte den linken Vorhang etwas auf- und den rechten dafür etwas zuziehen?«, bat sie Elke, die ihr bei den Selbstporträts zur Hand ging.

Die Freundin tat wie ihr geheißen und stellte sich dann wieder neben die Kamera, die Klara mit dem Selbstauslöser betätigen würde, den sie – für die Fotolinse unsichtbar – in der rechten Hand hielt.

»Bin ich gut im Bild?«

»Perfekt«, sagte Elke. »Die Bilder werden der Hit!«

Vielleicht, dachte Klara. Vielleicht würden sie ein Hit. Vielleicht würden sie ihr auch eine Menge Ärger einbringen. Denn eine schwangere Frau halb nackt vor der Kamera, das hatte man noch nicht gesehen. Und man wollte es ja vielleicht auch nicht sehen. Aufnahmen wie diese konnten die Karriere einer Fotografin durchaus zerstören. Andererseits: Wann, wenn nicht jetzt sollte sie solche Bilder machen? Natürlich würde sie sie zuerst nur Heinz zeigen und dann gemeinsam mit ihm beschließen, ob sie sie wirklich veröffentlichen sollte. Zumal sie nun einmal kein Mannequin war – und das betraf nicht nur die Figur, sondern auch das Gesicht. Klara mochte für Heinz wunderschön sein und für manch anderen Mann ganz hübsch. Aber die Wahrheit war, dass sie vermutlich einfach nur durchschnittlich aussah. Durchschnittlich gut, ja. Aber auch nicht mehr.

»Du siehst wahnsinnig schön aus«, sagte Elke prompt, als hätte sie ihre Gedanken gelesen.

Klara lachte. »Das sagst du nur, weil du meine Freundin bist.«

»Nein! Im Ernst!«

»Dann sagst du es, weil du dir heimlich …« Klara stockte. In dem Augenblick wurde es ihr erst bewusst: Natürlich, die Freundin bewunderte ihren Babybauch, weil sie selbst gerne einen gehabt hätte.

»Stimmt schon«, sagte Elke und seufzte. »Aber ich traue mich nicht, solange wir nicht verheiratet sind.«

»Das kann ich gut verstehen«, erwiderte Klara. »Dann hoffe ich, dass ihr es bald sein werdet.«

Sie machte Bilder von vorne und von der Seite, wandte sich dem Licht zu und vom Licht weg, ließ Elke mehrmals die Beleuchtung ändern, indem sie sie bat, die Vorhänge anders zu öffnen beziehungsweise zu schließen und auch den Reflektor, den sie ebenfalls mitgebracht hatte, mal hierhin, mal dorthin auszurichten.

Sich selbst zu fotografieren bedeutete eine ganz neue Herausforderung. War Klara sonst eher die Sorte Fotografin, die den perfekten Augenblick abzuwarten verstand, um dann auf den Auslöser zu drücken, musste sie hier experimentieren. Sie konnte sich ja nicht selbst im Sucher sehen. Natürlich hatte sie eine Vorstellung davon, wie eine bestimmte Haltung und eine bestimmte Beleuchtung wirken würde. Aber ob die Aufnahmen, für die sie ihre Freundin immer wieder bat, sich wie sie neben die Säule zu stellen, am

Ende scharf sein würden, ob ihre Formen ähnlich klar herauskommen würden wie Elkes schmale Gestalt? Das mussten die Abzüge zeigen. Vorher gab es bei dieser Art zu arbeiten keine Gewissheiten.

Umso verblüffter war Klara, als sie am nächsten Tag die ersten Aufnahmen im Fixierbad sich herausbilden sah: Die Kontraste waren härter als erwartet, die Bilder waren gestochen scharf. Nur einige hatten eine gewisse grobkörnige Anmutung – und das waren die, die Klara am allerbesten gefielen, weil gerade diese Unschärfe den Fotos etwas Geheimnisvolles gab. Und ihr Blick auf diesen Bildern, auf denen sie das Gesicht der Kamera zugewandt, aber über die Linse hinweg gesehen hatte, wirkte nahezu magisch. So schön hatte sie sich selbst nie empfunden wie ausgerechnet auf diesen Aufnahmen. Vielleicht hatte Elke recht, und es gab eine besondere Art von Schönheit, die eine Schwangerschaft bei Frauen bewirkte?

Jedenfalls nahm sie das erste Bild dieser Strecke heraus und trocknete es, legte es dann ganz vorsichtig in eine der Fotomappen, bedeckte es mit Seidenpapier und steckte es ein. Diese Aufnahme sollte Heinz bekommen.

***

Nicht nur Heinz Hertig war hingerissen von Klaras mutigen Bildern. Also zeigte sie sie auf der nächsten Redaktionskonferenz. »Das hab ich so noch nicht gesehen«, stellte Gregor fest und warf Klara einen anerkennenden Blick zu. »Also, mal ganz abgesehen, dass du wie immer ausgesprochen hübsch aussiehst, Klärchen, sind das ziemlich starke Bilder.«

»Sind es«, stimmte auch Ungewitter zu, der sich sonst mit Redebeiträgen gerne zurückhielt. »Sie sollten eine der Aufnahmen zum Titelbild machen.«

»Zum … Titelbild?« Nun war es Klara, die plötzlich Respekt

bekam. Sie selbst als Covergirl eines Magazins? Und das halb nackt? »Ich … ich weiß nicht.«

»Doch!«, sagte Gregor. »Der Kollege hat recht. Wenn wir das mit guten Themen versehen, wird die Ausgabe legendär!«

Legendär. Vielleicht. Aber wollte sie das? Ihren Babybauch vor aller Welt zeigen? »Wir hätten gar keinen Aufhänger für ein solches Titelbild«, warf sie ein. »Was für einen Grund sollten wir haben, irgendeine Frau in der Schwangerschaft auf das Cover zu bringen, und dann noch dazu in einer solchen Pose?«

»Warum hast du die Bilder denn gemacht, Klärchen?«, fragte Gregor tückisch.

»Ich … ich habe sie eigentlich für mich gemacht«, erklärte Klara etwas gehemmt.

»Weil du …«

»Weil ich mir selbst zeigen wollte, dass …« Klara schlug die Augen nieder. »Dass ich nicht hässlich bin, bloß weil ich aussehe wie eine Elefantenkuh«, sagte sie leise.

Da schaltete sich Ungewitter noch einmal ein. »Sie sehen nicht aus wie eine Elefantenkuh, Klara. Sie sehen großartig aus. Und die Bilder beweisen es. Sie haben es sich also selbst bewiesen – und Sie beweisen es dem Rest der Welt. Vorausgesetzt, Sie zeigen die Bilder. Denn darum geht es doch letztlich, oder? Die Welt zu zeigen, wie sie ist: aufregend, überraschend, und ja, schön! Mit Ihren Bildern zeigen Sie allen anderen Frauen da draußen, die gerade schwanger sind oder es gerne wären oder sich davor fürchten, dass sie kein bisschen weniger attraktiv oder begehrenswert oder souverän sind, wenn sie ein Kind tragen. Also ich kann nur sagen: Mir imponieren die Aufnahmen. Und ehrlich gesagt imponiert mir so schnell nichts.«

Es war vermutlich der längste Monolog, den der geheimnisvolle Starautor jemals in einer Redaktionssitzung vorgetragen hatte.

Entsprechend beeindruckt schwiegen die anderen einen Augenblick, ehe Klara erwiderte. »Das ändert nichts daran, dass wir ein Thema bräuchten. Und das haben wir nicht.«

»Aber das ist doch das Thema!«, rief Gregor und warf die Arme in die Luft. »Starke Frauen! Schwanger, na und? Die Zukunft ist hier! So was brauchen wir. Einen Artikel, der schwangere Frauen rausholt aus der verschämten Ecke und sie stattdessen zu Heldinnen der Gesellschaft erklärt. Außerdem sehen die Bilder aus, als könnte man auch als werdende Mutter noch Spaß haben. Und das liest jede Frau gerne, oder? Rolf«, wandte er sich an Ungewitter, »schreiben Sie uns dazu ein Stück?«

Der zuckte die Achseln. »Einen lustvollen, positiven Artikel über die moderne Frau mit Kinderwunsch? Zweitausend Zeichen?«

»Genau so! Nichts Medizinisches. Ein Essay«, stimmte Gregor zu.

Ungewitter steckte sich eine Zigarette an und lächelte feinsinnig. »Lassen Sie ihn eine unserer Kolleginnen hier schreiben. Woher soll ein Mann wissen, wie sich eine schwangere Frau fühlt, wie viel Spaß sie hat und so weiter. Ich würde das gerne aus der Feder einer Frau lesen.« Der Wind schlug gegen die Tür der Redaktionsräume. »Das lenkt auch ein bisschen von dem Schietwetter ab.«

***

3.

Das Schietwetter allerdings nahm eher noch zu. Angesichts der Wetterlage beschloss Gregor, die Redaktionskonferenz vorzeitig zu beenden, damit sich alle auf den Nachhauseweg machen konnten. »Hoffentlich ist es morgen wieder entspannter«, sagte er. »Kommt gut heim und bleibt mir bitte gesund! Ich brauche euch hier alle!«

Was absolut stimmte. Die Redaktion war schlicht viel zu klein für ein Heft vom Kaliber der *Holly*. Einige Zeit mochte das gut gehen. Aber irgendwann wäre es definitiv gefährlich. Wenn zwei Leute gleichzeitig krank würden … Klara mochte es sich gar nicht vorstellen. Und demnächst würde sie selbst zumindest für ein paar Tage ausfallen, wenn sie ihr Kind bekam, dann mussten die anderen wenigstens eine Ausgabe ohne sie stemmen. Heinz würde natürlich ihren Part mitübernehmen. Erstens, weil er es konnte. Zweitens, weil er sich der Redaktion verpflichtet fühlte. Aber auch er würde an den Grenzen seiner Belastbarkeit arbeiten, so viel war klar. Und das in einer Zeit mit wenig Schlaf.

Der Sturm schlug ihr ins Gesicht, als sie nach draußen trat. Sie spannte zwar einen Schirm auf, machte ihn aber gleich wieder zu: Es hatte keinen Sinn. Entweder ginge das Ding kaputt, oder sie flöge wie Mary Poppins über die Dächer der Stadt.

Als sie zum Mönckedammfleet kam, schwappte ihr das Wasser schon entgegen, bald würden der Rödingsmarkt und die umgebenden Straßen überflutet sein. So was hatte sie noch nicht erlebt. Gleichzeitig graupelte es, dass sie vor Kälte mit den Zähnen klapperte, während sie hastig den Alten Wall entlanglief. »Gut, dass du noch nicht da bist«, sagte sie zu dem Kind in ihrem Bauch. »Du sollst erst einmal Sonnenschein und Frühlingsluft kennenlernen.« Sie hielt beide Hände auf ihren Bauch, auch weil sie Angst hatte, es könnte etwas passieren. Wohin sie auch blickte, herrschte Chaos: Vor einer Werkstatt bei der Adolphsbrücke hing ein Schild halb abgerissen über der Tür. Über dem Fleet flatterten die Verdeckplanen mehrerer Lastkähne, die fortgerissen worden waren. Die Besitzer eines Lokals versuchten, ein eingeschlagenes Fenster mit Brettern zu sichern. Und wo immer Menschen unterwegs waren, huschten sie so schnell sie nur konnten davon, die Köpfe zwischen die Schultern gezogen, die Kragen hochgeklappt. Wer einen Südwester hatte, trug ihn heute. Klara hatte keinen. Sie lief in ihrer üblichen Kleidung nach Hause, durchnässt schon nach wenigen Metern. Dabei war all das erst der Anfang.

***

Als sie endlich in der Wohnung ankam, war Heinz schon da. »Ich bin dir hinterher!«, rief er. Die Sorge war ihm ins Gesicht geschrieben. »Ich wollte dich einholen und mit dir gemeinsam gehen bei dem Wetter. Aber du bist offenbar eine anderer Route gegangen.«

Klara kämpfte sich aus den klitschnassen Sachen, die ihr am Leib klebten. »Trotzdem bin ich froh, dass du da bist«, erwiderte sie. »Jetzt könnte ich eine Tasse Tee gut gebrauchen.«

»Hab den Kessel schon aufgesetzt«, sagte Heinz. »Und den Boiler im Bad angeheizt. Ein schönes warmes Bad wird dir jetzt auch guttun.«

O ja, das würde es. Klara war ihm dankbar, dass er sich schon darum gekümmert hatte. Denn es dauerte immer eine knappe halbe Stunde, bis der Boiler heiß war, und sie selbst hatte offenbar auch keine Begabung, das Ding richtig zu heizen. Es war eine Kunst! Zuerst musste man ein paar Seiten Zeitungspapier hineinlegen und vorsichtig etwas Holz darauf schichten, nicht zu dickes! Dann, wenn das Holz Feuer gefangen hatte, hieß es, etwas dickere Scheite nachzulegen. Und erst wenn diese ebenfalls brannten, durfte man Kohle dazugeben. Legte man die dicken Scheite zu früh hinein, entflammten sie nicht, und alles war vergebens. Legte man die Kohle zu früh auf, erstickte sie die Flammen darunter … Heinz beherrschte das Spiel aber perfekt, und so genoss es Klara, wenig später in eine Wanne voll warmen Wassers zu sinken, in das sie etwas Badeschaum gegeben hatte, sodass das Bad frisch duftend einlud, lange darin zu bleiben.

»Soll ich dir den Rücken abreiben?«, schlug Heinz vor.

»Den Rücken«, sagte Klara und lächelte mit geschlossenen Augen. Sie hatte sich so gemütlich in die Wanne gelegt, dass sie beinahe hätte einschlafen können, zumal sie es unendlich genoss, wie leicht ihr Bauch in dieser Situation war. »Du Schelm.«

»Ach«, behauptete ihr Mann. »Ganz ohne Hintergedanken, wirklich!« Nur um sogleich hinterherzuschieben: »Aber wenn du natürlich willst, dass ich …« Er zögerte.

»Dass du was?« Ihr Grinsen wurde breiter.

»Na ja …«

»Du kannst ja mal mit Abreiben beginnen, wo du gerade hinkommst«, schlug sie vor.

»Hm. Wenn du unbedingt meinst …« Nun war es Heinz, der grinste. Allerdings nicht mit geschlossenen Augen.

So ging der Abend mit zärtlichen Spielen hin, während draußen der Sturm tobte und Hamburg zunehmend vom Wasser überspült wurde und der Nachrichtensprecher im Radio nebenan verkündete: *Zwischenzeitlich sind auch die Sommerpolder vollständig geflutet. Der Tieden-Niedrigstand erreicht zur Stunde an vielen Orten den Stand eines normalen Tiedehochwassers. Der Fährverkehr an Unterelbe und Unterweser wurde eingestellt, es wird erwartet, dass die Nachttide …*

Wozu die Bewohner der Stadt aufgefordert wurden und welche Gefahren für den nächsten Tag drohten, hörten Klara und Heinz im Badezimmer nicht.

***

St. Georg war von den Überflutungen, die es inzwischen an den unterschiedlichsten Stellen der Stadt und vor allem am Hafen gab, weit weniger betroffen. Im Gegenteil: Als Klara in einer Phase sehr geringen Regens nach draußen trat, meinte sie, das Schlimmste sei längst überstanden. Die Deiche vor der Stadt hatten wohl gehalten, der Regen ließ nach, die Flut, die den Wasserspiegel der Elbe stets um bis zu zwei Metern anhob, hatte sich erkennbar nicht weiter ausgewirkt, zumindest soweit sie es in diesem Viertel wahrnehmen konnte. Vor allem hatte der Wind nachgelassen, sodass sie sogar einen Schirm tragen konnte, wofür Klara wirklich dankbar war.

Heinz hatte an diesem Tag den Auftrag, das Grafikbüro zu besuchen, das Gregor mit Entwürfen für ein neues Logo des Heftes beauftragt hatte. Dabei ging es um mehr als nur ein markantes Zeichen, das überall aufgedruckt wurde und die linke obere Ecke der Umschläge zieren würde, es ging im Grunde um die Basis für die Gestaltung des ganzen Heftes. Da das Grafikbüro in Eilbek lag, hatte Heinz die entgegengesetzte Richtung nehmen müssen, sodass Klara einmal mehr allein unterwegs war.

Sie hatte nicht nur einen Schirm dabei, sondern auch Regenzeug angezogen und Stiefel, von denen sie hoffte, sie würden auch dicht halten, wenn sie ein Stück durch tiefere Pfützen laufen musste. Womit sie nicht gerechnet hatte, war, dass die Pfützen schon am Alsterfleet den Gehweg vollständig bedeckten. Wo der Kanal verlief, war nur am Geländer erkennbar. Mehrmals stolperte Klara über einen Bordstein, der unter Wasser lag, und einmal wäre sie fasst hingefallen, wenn nicht ein kräftiger Mann einen beherzten Schritt auf sie zu gemacht und sie am Arm gepackt hätte. »Frau Hertig?«, fragte er, als sie sich aufrichtete und er ihr Gesicht sah.

»Herr … Jauner?« Einer von Heinz' Freunden.

»Ja! Ich freue mich zwar, Sie zu sehen«, erklärte er. »Aber ehrlich gesagt bin ich etwas erschrocken, dass Sie in dem Zustand … Sie verstehen. Sie sollten …«

Unvermittelt wurde Klara bewusst, dass sie Richtung Rödingsmarkt dem Wasser immer weiter entgegenlief. »Aber es kann doch nicht sein …«, sagte sie. »Ich meine, die Elbe kann doch nicht so hoch stehen, dass hier alles überflutet ist!« Doch während sie es aussprach, erkannte sie, dass es genau so war: Ein großer Teil der Stadt lag unter Wasser. »Das ist … das ist …«

»Schrecklich«, stimmte Herr Jauner zu. »Und unbedingt ein Grund, dass Sie auf sich achten – und auf das Kind. Und dass Sie nach Hause gehen. Ich hoffe, Heinz ist auch daheim?«

»Er ist heute in Eilbek.«

»Na, das liegt wenigstens in der anderen Richtung. Obwohl ich nicht sicher bin, ob sie dort nicht auch schwere Überschwemmungen haben. Hören Sie«, erklärte er. »Ich muss leider weiter. Wir haben natürlich auch eine Krisensituation in der Bank. Darf ich mich darauf verlassen, dass Sie sich nicht unnötig in Gefahr bringen?«

Klara nickte. »Natürlich«, sagte sie. »Ich muss ja auch auf das Kind aufpassen.« Sie war zu schockiert von der Erkenntnis, wie riesig das Ausmaß der Naturkatastrophe war, deren Zeugin sie hier wurde, um seinen Gruß zu erwidern. Stattdessen blickte sie ihm nur kurz hinterher und watete dann wieder zurück Richtung St. Georg.

Sie war froh, dass es nach Westen hin auf der Mönckebergstraße wieder möglich war, nicht im Wasser zu gehen. Hier war nur die

Fahrbahn überschwemmt, die Gehsteige lagen gerade noch so über der Flut. Jenseits des Bahnhofs wurde es besser, auch wenn selbst hier durch jeden Rinnstein ganze Sturzbäche liefen. Als Klara das Wohnhaus in der Kirchenallee betrat, atmete sie auf. Was hatte sie nur geritten, bis in die Stadtmitte zu gehen? Hoffentlich ging es Heinz gut, hoffentlich war er gut durchgekommen und würde heil zurückkehren. In den äußeren Bezirken des Hamburger Raums lagen viele Flächen, die in solchen Fällen überflutet sein würden, es gab Dämme, die dort verliefen und standhalten mussten, und längst nicht alles, was dort an Bauwerken stand, hatte die Qualität, die die innerstädtischen Gebäude hatten.

Klara zog sich die nassen Schuhe aus, ehe sie die Wohnung betrat, heizte ein und griff zum Telefonhörer, um in der Redaktion anzurufen. Doch die Leitung war tot. Offenbar hatten die Fluten die Telefonmasten umgerissen. Nun, an einem solchen Tag würde jeder verstehen, wenn man nicht zur Arbeit erschien. Vermutlich waren auch die anderen zu Hause oder jedenfalls auf dem Weg in die Redaktion stecken geblieben. Der Rödingsmarkt würde noch stärker betroffen sein als der Rathausmarkt, so viel stand fest. Mein Gott, was machten nur die Menschen, die dort wohnten, was machten die, die im Hafenviertel lebten oder in der Speicherstadt? Klara schlug die Hände vor den Mund, als ihr Tante Rosa einfiel, deren Hausboot mit Sicherheit im am schlimmsten betroffenen Gebiet ankerte.

Sie machte das Radio an und lauschte den Berichten. Es schien gar kein anderes Thema mehr zu geben als die Sturmflut. Wie auch: In Hamburg und in vielen anderen Städten und Gegenden in ganz Norddeutschland waren über Nacht Tausende Menschen obdachlos geworden. Häuser waren unbewohnbar geworden, Keller und Erdgeschosse überflutet, Straßen unbenutzbar, Vorräte vernichtet und alles, was nicht niet- und nagelfest war, fortgespült.

… ist im Gebiet des Klütjenfelder Hauptdeichs mit zahlreichen Toten zu rechnen, sagte der Sprecher. *Ein Großteil der zwischen Spreehafen und Ernst-August-Kanal befindlichen Behelfsunterkünfte wurde von den Wassermassen davongerissen.*

Schockiert hörte Klara die Meldungen und fröstelte, während sie aus dem Fenster starrte in der Hoffnung, Heinz würde nur schnell wieder nach Hause kommen.

Schwer getroffen wurden neben Finkenwerder auch Waltershof, Billbrook, Neuenfelde und Moorburg, erklärte der Sprecher. *Auch hier gab es zahlreiche Tote, viele Menschen werden noch vermisst. Es steht zu befürchten, dass viele Bewohner der Viertel in ihren Häusern ertrunken sind. Rettungskräfte befinden sich rund um die Uhr im Einsatz, um jene zu retten, die sich in höher gelegene Stockwerke oder auf die Dächer ihrer Häuser geflüchtet haben …*

»Ach, Kleines«, sagte Klara leise und streichelte ihren Bauch. »Es tut mir leid, dass du in eine so grausame Welt geboren wirst.« Sie musste an den Krieg denken, der ihre eigene Kindheit aufs Schrecklichste geprägt hatte. Wie alle Menschen hatte sie gelitten in jenen finsteren Jahren. Aber anders als hier und heute war der Albtraum damals selbst verschuldet gewesen. Die Menschen hatten die gerechte Strafe für das Elend bekommen, das in ihrem Namen über die Welt gebracht worden war, auch wenn es – gerade für Hamburg – eine unvorstellbar grausame gewesen war. Diesmal war die Apokalypse nichts als eine Geißel der Menschheit, für die niemand etwas konnte – und die doch alle ertragen mussten.

Und dann, plötzlich, verstummte das Radio, das Licht fiel aus. Stromausfall. Erschüttert legte Klara das Gesicht in ihre Hände und schluchzte. So viele Tote und Vermisste. So große Not überall. Und mit jeder schrecklichen Meldung, die sich an die vorhergehenden schrecklichen Meldungen reihte, war ihre Angst gewachsen, es könnte Heinz etwas zustoßen. Denn auch wenn es aufgehört hatte zu regnen und der Wind offenbar langsam drehte, waren die gewaltigen Wassermassen, die die Stadt umgaben und einen Großteil von ihr überflutet hatten, eine riesige Gefahr.

Und dann hörte sie endlich die Tür gehen. »Heinz?«

»Klara!« Er kam in die Küche gelaufen. »Ich bin ja so froh, dass es dir gut geht!«

»Und ich erst, mein Lieber!« Sie fielen sich in die Arme. Dann fiel Heinz' Blick auf die nassen Schuhe und den nassen Mantel an der Garderobe. »Du … du warst draußen?«

»Ich bin bis zum Rathausmarkt gekommen«, erzählte Klara. »Und dann … Es war so schrecklich, Heinz! Man hat die Straßen nicht mehr gesehen und die Gehwege. Alles war wie ein riesiger Fluss, aus dem die Häuser herausschauen.« Sie blickte starr, als könnte sie es geradewegs vor sich sehen. »Ich habe Herrn Jauner getroffen. Er hat mir … geholfen.«

»Geholfen?«

»Ich bin gestolpert. Aber er hat mich aufgefangen. Und dann gesagt, ich soll nach Hause gehen.«

»Du hättest gar nicht erst rausgehen sollen!«

»Aber du bist doch auch raus«, erwiderte Klara und blickte zu ihm auf.

»Ja«, sagte er. »Das war auch falsch.«

»Jedenfalls bin ich so froh, dass du wieder da bist. Ich hatte solche Angst um dich! Dass dir etwas zustößt!«

Heinz streichelte ihr über die Wange, küsste sie auf die Stirn und legte die andere Hand auf ihren runden Bauch. »Keine Sorge, Klärchen. Ich passe schon auf mich auf. So schnell werdet ihr mich nicht los.«

***

4.

Die Schäden, die die Flut in der Redaktion angerichtet hatte, waren unfassbar groß. Als Klara und die anderen sich am nächsten Tag am Rödingsmarkt trafen, stand das Wasser immer noch knöcheltief in allen Räumen. An der Wand konnte man erkennen, dass es bis zu einem halben Meter hoch gewesen war. Alles, was nicht auf Tischen oder in den höheren Fächern der Regale gestanden hatte, war vollkommen zerstört. Fassungslos stand Klara vor der Ruine dessen, was noch vor zwei Tagen eine moderne, schicke Redaktion gewesen war. Die Feuchtigkeit war in die Wände gezogen und von dort in die Bilder, die überall hingen: Cover der ersten *Holly*-Nummern, Fotos von Elvis, Marilyn Monroe und natürlich Audrey Hepburn. Vieles, was eigentlich hoch genug gelagert gewesen wäre, war herabgefallen, weil Tische und Stühle von den Fluten verschoben oder umgeworfen worden waren.

Heidi brach in hemmungsloses Schluchzen aus, als sie ihren Arbeitsplatz sah: Schwarz von Nässe und Schlick standen Stuhl und Schreibtisch vor ihr. Absurderweise schwammen ein Paar Pumps, die sie als Ersatzschuhe stets im Büro hatte, in der nebengelegenen Fensternische. Alles war zerstört – nur die Schreibmaschine thronte wie funkelnagelneu über der Tischplatte, die offenbar nur einen Millimeter oberhalb des Wasserspiegels gelegen hatte.

Gregor trauerte um seine seidenen Fliegen, die in einer Schublade seines Schreibtischs gewesen waren, auch wenn er sie in letzter Zeit selten getragen hatte, Ungewitter um seine Zigarren. Vicki war die Einzige, die sich in Optimismus versuchte: »Wir hätten sowieso mal ordentlich aufräumen müssen.«

Doch es gab keinen Grund für Optimismus. Je weiter sich das Wasser zurückzog und je deutlicher wurde, wie groß die Schäden waren, umso entsetzter waren sie alle. Vor allem Gregor war am Boden zerstört. »Die Bilder für die nächste Ausgabe sind alle zerstört«, ächzte er, als er die Archivschränke untersuchte. »Die Layouts sind unbrauchbar. Es wird kein nächstes Heft geben.«

»Es wird ein nächstes Heft geben«, tröstete ihn Vicki. »Nur die nächste Nummer wird es vielleicht nicht geben.«

»Vielleicht? Ganz sicher.« Gregor schüttelte fassungslos den Kopf. »Und ob es die übernächste gibt, das steht in den Sternen. Der Schaden hier … Selbst wenn wir aus diesem Albtraum irgendwann wieder eine funktionierende Redaktion machen sollten, ich weiß nicht, wie wir das alles zahlen sollen.«

»Immerhin, Klaras Babybauchfotos haben es heil überstanden«, versuchte Heidi, der ganzen Tragödie etwas Tröstliches abzugewinnen. »Damit steht schon mal ein super Thema für die nächste Ausgabe.«

»Das Stück bringen wir ganz sicher nicht in einer Notausgabe«, widersprach Gregor. »Denn mehr wird es kaum sein können – falls wir's überhaupt schaffen.«

Existenzängste waren nichts Besonderes in der Redaktion der *Holly*. Die Finanzen des Heftes waren vom ersten Tag an auf Kante genäht. Doch dass eine Neuanschaffung nahezu aller Geräte sowie die Wiederherstellung der Räume Geld verschlingen würde, das schlicht nicht vorhanden war, lag auf der Hand. Entsprechend schweigsam begannen die Redaktionsmitglieder mit den Aufräumarbeiten. Zunächst musste alles weggeschafft werden, was nicht mehr zu gebrauchen war. Dann galt es, den restlichen Schlick und Unrat, der ins Haus gelaufen war, hinauszuschaffen. Vicki und

Heidi schrubbten die Wände ab, während Klara Papiere und Fotografien sortierte, weil ihr die anderen wegen ihrer Schwangerschaft verboten, mit ihnen zu putzen. Gregor kümmerte sich darum, Ersatz für die kaputten Schreibmaschinen zu finden. Dankbar waren sie alle, dass zumindest die Fotoausrüstung beinahe unbeschadet geblieben war: Im Studio waren alle Arbeitsgeräte hoch genug gelagert gewesen, um nicht ein Raub der Fluten zu werden. Und doch: Als die Redaktion am Abend dieses ersten Tags mit Aufräumarbeiten zusammenkam, war die Ernüchterung groß.

»Es sieht nicht viel besser aus als heute Morgen«, stellte Heinz nüchtern fest und rieb sich den schmerzenden Rücken.

»Das gilt leider auch für die Finanzen«, erklärte Gregor. »Und für die Schreibmaschinen. Schreibwaren Domke kann uns ein Exemplar liefern, aber nur gegen Vorkasse. Flechtner liefert drei, aber erst in vier Wochen, selbstredend auch nur gegen entsprechende Anzahlung.« Er seufzte. »Ich habe uns jetzt vom SPIEGEL zwei Maschinen geliehen. Die Kollegen waren so freundlich. Allerdings brauchen sie sie spätestens übernächsten Monat wieder zurück. Revision.« Er warf die Hände in die Luft. »Handwerker habe ich gesucht wegen der Leitungen. Niemand zu bekommen. Na ja, kein Wunder. Die sind alle entweder selbst abgesoffen oder haben schon Aufträge bis nächsten Sommer. Klar, wenn ich Geld ausgeben könnte …«

»Gregor?«, meldete sich Heidi. »Vielleicht kann ich helfen?«

»Bitte?«

»Ich hab ein bisschen Geld.« Heidi lächelte beinahe entschuldigend. »Geerbt.«

»Du hast geerbt?«

»Mein Opa ist vor einem Vierteljahr gestorben. Er hat mir ein Häuschen hinterlassen. Also, das ist jetzt nicht eigentlich Geld. Aber wir könnten es doch beleihen, oder?«

»Du würdest eine Hypothek auf das Häuschen von deinem Großvater aufnehmen?«, fragte Gregor ungläubig. »Für die *Holly*?«

»Na ja. Eigentlich vor allem für euch«, sagte Heidi und zuckte die Achseln. »Ihr seid irgendwie alles, was ich hab.«

Keiner hatte sich jemals Gedanken darüber gemacht, wie eigentlich Heidi Schlosser lebte. Sie war einfach eines Tages da gewesen im Chefbüro von Hans-Hermann Curtius, jung und schön und schick, das perfekte Spielzeug für den erfolgreichen Lebemann. Und dann war sie stark genug gewesen, dort hinzuwerfen und die anderen in das Abenteuer *Holly* zu begleiten. Spätestens seit damals war sie für die anderen ein großartiger Kumpel. Dass sie ungebunden war, wusste man. Aber sonst … »Du hast keine Familie?«, fragte Klara in die plötzliche Stille hinein, selbst betreten, weil sie sich nie darüber Gedanken gemacht hatte.

»Ach«, antwortete Heidi. »Der Krieg. Gibt vielleicht noch jemanden. Aber ich bin verloren gegangen. Wir kamen ja aus Pommern.«

»Und wo bist du dann aufgewachsen?«, wollte Vicki wissen.

»Mal hier, mal da«, erklärte Heidi mit einem beinahe entschuldigenden Lächeln. »Aber ich hatte einen Opa hier. Also: in Pinneberg. War nicht wirklich mein Opa. Aber hat mich bei sich aufgenommen.« Man konnte ihr ansehen, wie gern sie ihn gehabt hatte.

»Und der ist jetzt gestorben und hat dir sein Häuschen in Pinneberg vermacht?«

Heidi nickte. »Hab ihn so oft besucht, wie ich konnte.«

»Mensch, Heidi«, sagte Heinz. »Du bist wirklich ein feiner Kerl. Aber das können wir nicht annehmen, dass du da jetzt Schulden aufnimmst. Am Ende ist das Häuschen auch weg.«

Kurz herrschte Schweigen in der Redaktion. Nur das Tropfen ringsumher war zu hören, denn alles, was sich vollgesaugt hatte, entließ die Feuchtigkeit wieder. Dann räusperte sich Gregor. »Ich finde, Heinz hat recht«, erklärte er. »Es sei denn …« Er zögerte, blickte sich um und wiegte den Kopf. »Es sei denn, wir verzinsen dir das, und jeder hier ist bereit, eine persönliche Bürgschaft zu übernehmen. Natürlich nur über einen Anteil, der seinem eigenen Geschäftsanteil entspricht.« Er fixierte jeden Einzelnen. »Und es muss einstimmig beschlossen werden.«

***

Trotz des guten Plans, den Gregor mithilfe von Rolf Ungewitter ausarbeitete und dem alle aus der Redaktion zustimmten, dauerte es erheblich länger als erhofft, bis Heidis großartige Geste wirksam werden konnte. Zuerst musste die Bank zustimmen, die den Wert des Häuschens in Pinneberg erwartungsgemäß deutlich niedriger einschätzte. Dann brauchte es einen Notartermin. Das Grundbuchamt musste tätig werden, um die Hypothek einzutragen … So verging die Zeit, in der Gregor mehr damit beschäftigt war, Kassen- und Überbrückungskredite zu organisieren und natürlich Handwerker, als das neue Heft zu konzipieren und zu beaufsichtigen. Heinz übernahm in der Zeit die stellvertretende Chefredaktion und war gleichzeitig auch Chef vom Dienst, um den Menschen, die so sehr unter der Flut gelitten hatten, das zu liefern, wonach sie sich vor allem anderen sehnten: etwas zum Träumen.

Und das taten sie! Mit Elkes Hilfe gelang Klara eine zauberhafte Modestrecke, auf der die schönsten Modelle für das kommende Frühjahr vorgestellt wurden. Rolf Ungewitter steuerte ein großes Porträt von Fats Domino bei, der vor Kurzem in Hamburg aufgetreten war. Vicki schrieb einen Beitrag über einen neuen Tanz namens Twist. Heidi stellte sich als Modell für eine gewagte Frisurenkreation von Rena zur Verfügung: Mit wenigen Kunstgriffen wurde aus einer lässigen Langfrisur eine hochelegante Abendfrisur und mittels einer süßen Schleife ein kesser Freizeitkopf – alles geknipst von Klara, die in jenen Tagen kaum noch aus der Dunkelkammer kam.

So wurde aus der Krisenausgabe der *Holly* eine der unterhaltsamsten, leichtesten Nummern, die die Zeitschrift bis dahin gehabt hatte. Nichts außer dem Umfang ließ erahnen, wie schwer erkämpft dieses Heft war und dass die Mitglieder der Redaktion buchstäblich alles gaben, um es zu ermöglichen: Bis Heidis Geld endlich verfügbar war, plünderten sie alle ihre Notgroschen, und sie arbeiteten bis spät in die Nächte.

Am letzten Abend, als die Ausgabe endlich in Druck gegangen war, saßen sie noch zusammen, diesmal nicht bei Peekenbrink und auch nicht im Alsterpavillon, wo sie ja eine freie Runde genossen, da beide nach den Überflutungen noch geschlossen hatten, sondern bei Gregor zu Hause, der erst kürzlich in eine Wohnung am Ballindamm gezogen war, und stießen mit einer seiner letzten Flaschen Spumante an, die er »zur Feier der Wiedergeburt des Magazins« geöffnet hatte.

»Ich wusste gar nicht, dass wir tot waren«, spöttelte Vicki.

»Wir waren so was von tot«, erklärte Gregor ohne den geringsten Hauch von Ironie. »Und ob das Baby durchkommt, wissen wir noch nicht.« Er unterbrach sich und blickte auf Klara. »Entschuldige! Ein schlechtes Bild.«

»Schon gut«, erwiderte sie. »Hab jetzt immerhin schon mal eine schwere Geburt üben können.«

Die Gesellschaft lachte. Irgendwie waren sie alle einfach nur erleichtert. Erst jetzt spürten sie, wie sehr die zurückliegenden Tage alle an ihnen gezerrt hatten. Und alle hatten sie ja auch noch ihre privaten Nöte angesichts der Flutkatastrophe, sei es, weil die eigene Wohnung betroffen war, sei es, weil – wie in Vickis Fall – die Eltern sehr gelitten hatten, sei es, weil sie Freunden hatten helfen müssen oder Freunde verloren hatten. So wie Rolf Ungewitter, der als Einziger an diesem Abend nicht in der Lage war, sich ein Lächeln abzuringen. Stattdessen blickte er düster zum Fenster hin, als könnte er dort schon die nächste Katastrophe heraufziehen sehen, und verkündete unheilvoll: »Wer weiß, wie es weitergeht. Die Schlacht haben wir vielleicht gewonnen. Aber den Krieg …«

»Ach, Rolf!«, rief Vicki, die entschlossen war, sich diese kostbare Stunde der Erleichterung nicht verderben zu lassen. »Nun sei kein Frosch. Es wird auch wieder besser.«

Ungewitter nickte, ohne zu ihr hin zu sehen. »Ja. Und die Toten werden wieder lebendig.«

»Eine tolle Wohnung hast du, Gregor!«, wechselte Heidi schwungvoll das Thema. »Hat es keine Einweihungsparty gegeben? Oder war ich bloß nicht eingeladen?«

Gregor winkte ab. »Für so was wie eine Einweihungsparty war schlicht keine Zeit«, erklärte er. »Wann hätte die denn sein sollen? Seit wir mit der *Holly* an den Start gegangen sind, hatte ich noch kein einziges Wochenende, an dem ich nicht gearbeitet habe.«

»Scheint ein Trend zu sein«, warf Vicki ein. »Ich kann mich auch nur noch ganz vage erinnern, dass es mal etwas gab, das einen Namen hatte wie, hm, Freizeit?«

»Freizeit?«, sagte Klara. »Echt jetzt? So was gibt es?«

So alberten sie ein wenig herum, ohne den armen Rolf Ungewitter aber aus seinem Trübsinn herausreißen zu können. Der verabschiedete sich früh. Doch auch die anderen blieben nicht lange. Die Plackerei der letzten Tage steckte ihnen einfach in den Knochen. Auch Klara und Heinz wünschten Gregor schon früh eine gute Nacht. »Aber Heidi hat recht«, sagte Klara beim Gehen. »Du hast dir wirklich ein ganz wunderschönes Zuhause geschaffen. Sehr geschmackvoll und modern. Vielleicht sollten wir mal eine Geschichte darüber im Heft machen.« Sie ließ den Blick über die japanischen Drucke schweifen, die an den Wänden hingen, und über die weißen Sofas, die so gar kein bisschen bieder wirkten, ganz anders als die Sitzmöbel in anderen Wohnungen.

»Um Himmels willen!«, rief Gregor. »Wie angeberisch wäre das denn? Nein, das lassen wir mal schön sein.« Und doch: »Aber eine Strecke über schicke Einrichtungen, das wäre vielleicht was. Gute Idee, Klärchen! Immer wieder gute Ideen, die du hast!«

***

Oh, Baby!

Hamburg, Frühling 1962

1.

Je näher die Schwangerschaft ihrem Ende kam, umso beschwerlicher wurde es für Klara. Längst konnte sie nicht mehr Fahrradfahren. Ihre Beine schmerzten, sobald sie längere Strecken ging. Auf Redaktionssitzungen tat ihr der Rücken weh. Größere Fotoshootings übernahm jetzt meist Heinz, der sich auch sonst unendlich geduldig und fürsorglich um sie kümmerte. Wenn sie morgens aus dem Bad kam, erwartete er sie mit Frühstück. Wenn sie erschöpft neben ihm aufs Sofa sank, massierte er ihre Füße. Wenn sie keine Energie mehr hatte, etwas zu unternehmen, setzte er sich zu ihr und las ihr etwas vor, oder sie lauschten einfach dem Radio. Manchmal, wenn sie ein zärtliches Bedürfnis hatte, verwöhnte er sie auf andere Weise und machte sie glücklich, vielleicht sogar mehr als auf dem üblichen Weg.

Und dann, die Geburt mochte noch zwei oder drei Wochen entfernt sein, stand er plötzlich mit einer großen Kiste vor der Tür. »Vorsicht!«, rief er, als sie ihm öffnete. »Schwer. Schwer und unhandlich.« Sie trat zur Seite und ließ ihn vorbei. Behutsam setzte Heinz die Kiste im Wohnzimmer ab und atmete auf. »Hatte mich mit dem Gewicht verschätzt«, sagte er mit strahlendem Lächeln.

»Was um alles in der Welt ist das?«

»Etwas, das jemand wie du unbedingt braucht.«

»Hm. Was bitte schön ist *jemand wie ich*?«

»Ein moderner Mensch«, erklärte Heinz. »Jemand, der wissen will, was in der Welt los ist und der immer auf der Höhe der Zeit sein will.«

Da war es ihr auf einmal sonnenklar: »Du hast einen Fernseher gekauft?«

»Ratenzahlung«, bestätigte Heinz. »Mach dir keine Sorgen.«

»O Heinz!«, rief Klara und fiel ihm um den Hals. »Das finde ich großartig!«

»Da bin ich froh«, erwiderte ihr Mann. »Ich dachte schon, du wäschst mir den Kopf, weil ich so eine verrückte Anschaffung getätigt habe.«

»Aber es ist genau, wie du sagst! Leute wie wir brauchen einen Fernseher! Wenn wir wissen wollen, was die Leute beschäftigt, wenn wir wissen wollen, was auf der Welt passiert, dann ist das Radio einfach nicht mehr zeitgemäß. Oh, ich bin so stolz auf dich!«

Der Stolz wurde auch nur ein klitzekleines bisschen getrübt dadurch, dass es bis zum nächsten Tag dauerte, dass Heinz, zuletzt mithilfe des Hausmeisters, das Gerät betriebsbereit bekam. Der Empfang war letztlich passabel. Aber etwas enttäuscht waren die beiden doch, dass das Bild nur unscharf übermittelt wurde und der Ton ziemlich rauschte.

»Das wird sicher besser, wenn wir endlich eine Hausantenne haben«, versicherte ihnen der Hausmeister.

»Ja«, meinte Heinz. »Vermutlich.«

Und dann guckten sie Fernsehen. Schon nach wenigen Minuten hatten sie die schwache Qualität vergessen. Denn der Blick auf einen anderen Ort zur selben Zeit fesselte sie sehr. »Ich weiß noch, wie ganze Menschentrauben vor dem Fotoatelier Johannsen hingen, als die ihren Fernseher ins Schaufenster stellten«, sagte Klara.

»Tun sie heute noch, wenn ein Fußballspiel läuft.«

»Es ist schon faszinierend, oder?«

»Absolut«, stimmte Heinz zu. »Wer weiß, vielleicht werden wir eines Tages sogar auf der anderen Seite gesehen werden können.«

»Du meinst, wir sehen die, und die sehen uns?«

»So ähnlich.«

»Das liebe ich an dir«, sagte Klara. »Du bist einfach ein romantischer Spinner.«

* * *

Die letzten Tage, als sie schon »überfällig« war, ging Klara nicht mehr in die Redaktion. Auch Heinz blieb viel zu Hause, um im entscheidenden Augenblick zur Stelle zu sein und Klara ins Krankenhaus bringen zu können.

Oft saßen sie gemeinsam vor dem neuen Fernsehapparat und guckten die Nachrichten oder den Krimi-Mehrteiler *Das Halstuch* nach einer Geschichte von Francis Durbridge. Es machte Klara Spaß, auch mitreden zu können. Denn tatsächlich guckte so gut wie jeder, der ein Fernsehgerät hatte, diesen Straßenfeger. Praktisch das ganze Land schien zu rätseln, wie die Sache ausging.

Aber ausgerechnet während der letzten Folge setzten die Wehen ein. Klara war unendlich froh, dass Heinz schon zu Hause war. Andererseits wäre sie lieber am Tag in die Klinik gegangen. Jetzt war dort doch nur der Notdienst … »Mach dir keine Sorgen, mein Liebling«, sagte Heinz, der wie immer alles unter Kontrolle hatte. »Herr Conrad steht in zwei Minuten mit dem Wagen vor dem Haus, in einer guten Viertelstunde bist du schon drüben in der Alsterklinik.« Dort wollte sie ihr Kind zur Welt bringen, nicht in St. Marien, wo ihre Mutter gestorben war, auch wenn das Krankenhaus näher lag. »Danke, Schatz«, sagte sie und spürte, wie die nächste Wehe sich ankündigte.

Der Hausmeister wartete tatsächlich bereits mit seinem Kleintransporter vor dem Haus, als sie nach unten kamen. Es war ein

Wagen mit Führerhaus und Ladefläche, was bedeutete, dass sie sich zu dritt nach vorne quetschen mussten, da es zu regnen begonnen hatte und das Fahrzeug hinten kein Verdeck hatte. Klara ließ sich nicht anmerken, wie beschwerlich die Fahrt für sie war. Sie war Herrn Conrad ja unendlich dankbar. »Jetzt müssen Sie auch warten, bis Sie erfahren, wie der Fall ausgeht.«

»Sie meinen den Film, Frau Hertig!« Der Hausmeister lachte. »Ja. Wir haben auch geguckt. Bei Fleischers im ersten Stock. Wir selber haben ja noch kein Fernseher.«

»Wird sicher auch nicht mehr lange dauern«, versuchte Heinz sich im Klönschnack, um Klara etwas abzulenken.

»Weihnachten!«, erwiderte Herr Conrad. »Das steht schon mal fest. Wird sonst nüscht geben. Aber das leisten wir uns, meine Frau und ich.«

»Gute Idee«, fand Heinz, während Klara neben ihm ein Stöhnen unterdrückte.

Dass alle diesen Film guckten, hatte immerhin den Vorteil, dass die Straßen wie ausgestorben waren. So schnell waren sie noch nie hinüber nach Grindel gekommen. Nun gut, Herr Conrad hielt sich vielleicht auch nicht durchgehend an die erlaubte Geschwindigkeit. Aber an diesem Abend saßen schließlich auch die Polizeibeamten vor dem Fernseher. »Da sind wir schon!«, rief er, als er an der Notaufnahme vorfuhr. »Warten Sie, ich helfe Ihnen raus.« Er sprang aus dem Wagen, lief um die Motorhaube herum und riss die Beifahrertür auf, um Klara eine Hand zu reichen. Im Moment, da sie von der Trittstufe auf die Straße stieg, platzte die Fruchtblase. Erschrocken schrie Klara auf. Heinz, der hinter ihr aus dem Wagen geklettert kam, hakte sie unter und sagte: »Alles ist gut, mein Engel. Wir sind ja jetzt da.«

Schon kam ein Sanitäter gelaufen und winkte einen zweiten herbei. Die Hochschwangere auf beiden Seiten stützend gingen sie mit ihr nach drinnen, während Heinz dem Hausmeister von Herzen dankte und ihnen dann folgte.

»Hallo? Wohin wollen Sie?«, fragte der Mann von der Aufnahme, der hinter einem Fenster mit Guckloch saß.

»Meine Frau ist gerade hier hereingekommen«, erklärte Heinz. »Sie erwartet ein Kind.«

»Und Sie?«

»Ich … ich begleite sie«, stotterte Heinz irritiert.

»Der Wartebereich ist über den Haupteingang zu erreichen«, beschied ihn der Mann von der Aufnahme. »Gehen Sie raus und dann links und am Ende des Gebäudes noch mal links. Sie sehen dann schon das Schild.«

»Ich habe ihre Tasche hier!«, sagte Heinz, halb verärgert, halb verzweifelt. Von Klara war längst nichts mehr zu sehen, sie war mit den beiden Sanitätern in den Tiefen des Gebäudes verschwunden.

»Die können Sie bei mir lassen.« Der Mann deutete auf eine Tür, seitlich seines Fensters, die halb offen stand. Und auf Heinz' skeptischen Blick hin fügte er hinzu: »Ich kümmere mich darum.«

* * *

In der Abteilung Gynäkologie und Geburtshilfe übergaben die beiden Männer Klara in die Obhut einer Stationsschwester, die sie auf einer Liege Platz nehmen hieß, nachdem sie eine Gummimatte darübergebreitet hatte. »Wir wollen ja nicht, dass Sie uns hier alles einsauen«, sagte die Frau wenig feinfühlig. »Wird ein bisschen dauern, bis ich eine Hebamme für Sie habe. Frau Scholz ist gerade bei einer Geburt, Frau Renner muss ich erst anrufen. Aber die kommt aus dem Schanzenviertel mit dem Fahrrad.«

»Sonst ist niemand da, der mir jetzt helfen kann?«

Die Stationsschwester lachte. »Vielleicht fragen wir mal den Herrn Chefarzt?«, schlug sie vor, als wäre es der größte Witz.

»Meine Sachen«, wagte Klara zu erwähnen.

»Ja, was ist mit Ihren Sachen? Haben Sie gar nichts mitgebracht?«

»Mein Mann hat die Tasche getragen.«

»Na, der wird inzwischen wahrscheinlich über alle Berge sein«, stellte die Stationsschwester trocken fest. »Ist auch besser so. Männer haben keine Nerven für so was wie eine Geburt.«

Die hatte Klara allerdings auch nicht. Und die Schwester machte sie nur noch nervöser. Außerdem spürte sie die nächste Wehe durch ihren Leib fahren. Sie stöhnte und klammerte sich mit beiden Händen an den Rand der Liege.

»Na, ich bring Sie mal besser in den Kreißsaal. Dann haben wir das schon mal erledigt«, sagte die Schwester und gab Klara ein Zeichen, ihr zu folgen.

Durch einen schier endlosen Gang gelangten sie zu den Kreißsälen, wo die Schwester Klara einen Kittel reichte, den sie anziehen sollte. »Bitte von vorne reinschlüpfen«, ordnete die Schwester an. »Und vorher die Unterwäsche ausziehen.«

Klara nickte und zog sich aus, ohne darauf zu achten, dass die Frau sie neugierig beobachtete. »Das wird ein ordentlicher Brocken sein«, kommentierte die Schwester, als sie Klaras Bauch betrachtete. »Schätze mal, vier Kilo. Eher mehr.«

Klara spürte, wie ihr übel wurde. Sie hielt sich an einem Infusionsständer fest und schloss für einen Moment die Augen. »Besser, Sie legen sich jetzt mal hin. Frau Renner wird ja hoffentlich bald da sein. Wenn Sie etwas brauchen, klingeln Sie einfach nach mir.« Es klang nicht, als wäre es aufrichtig gemeint. Dennoch nickte Klara, murmelte »Danke« und legte sich auf das Bett, dessen Bezug so rau und hart war, als wollte man es den Gebärenden extra schwermachen, sich hier wohlzufühlen.

So gut behütet sich Klara in den Monaten der Schwangerschaft gewusst hatte, so einsam fühlte sie sich mit einem Mal. Gewiss, die Geburt konnte einem niemand abnehmen, die musste man als Mutter immer selbst durchstehen. Und niemand wusste vorher, ob es eine leichte oder eine schwere Geburt werden würde, oder hätte groß etwas daran ändern können. Aber nun ganz allein in diesem kalten Zimmer in diesem riesigen Krankenhaus zu liegen, ohne dass es einen Menschen gegeben hätte, mit dem sie hätte sprechen können, während sie auf die Hebamme wartete, das schnürte ihr in dem Moment die Brust zu. Fast war sie dankbar, als eine weitere Wehe ihren Schmerz durch Klaras Leib schickte. So wusste sie wenigstens, wohin mit ihrer Angst und ihrer plötzlichen Traurigkeit. Traurig, ja, das war sie. Dabei hätte sie sich doch glücklich fühlen müssen wie nie in ihrem Leben: An diesem Abend, in dieser Nacht würde sie ihrem ersten Kind das Leben schenken!

Frau Renner tauchte auf, als Klara gerade im Begriff war, aufzustehen und nach der Schwester zu rufen, weil sie dachte, man hätte sie völlig vergessen.

»Es ist alles gut, Frau …«

»Hertig.«

»Frau Hertig. Wir haben schon so viele Kinder zur Welt gebracht, das schaffen wir auch mit Ihrem«, erklärte die Hebamme, die eine drahtige Frau um die sechzig war und Klara zwar nicht sympathisch, aber jedenfalls auf beruhigende Weise erfahren schien. »Jetzt mal schön die Beine auseinander.« Sie schmierte sich die Hände mit einer fettigen Salbe ein und begann, den Stand der Dinge zu ertasten.

***

Am Haupteingang, wo man Heinz gebeten hatte zu bleiben, hatte sich endlich eine Krankenschwester gefunden, die bereit war, die

Tasche mit Klaras Sachen zur Geburtshilfeabteilung zu bringen. »Und ich kann sicher nicht mitkommen?«, fragte er in der Hoffnung, dass nicht alle hier so strikt wären wie die Mitarbeiter der Notaufnahme.

»Tut mir leid«, erwiderte die Schwester. »Männer haben da nichts zu suchen. Außer den Ärzten natürlich.«

»Aber ich bin ja der Vater.«

»Mag schon sein. Aber glauben Sie mir, Väter sind die Schlimmsten!« Die Schwester lächelte ihn begütigend an. »Kommen Sie einfach morgen früh wieder, dann ist hoffentlich alles erledigt.«

»Morgen früh«, sagte Heinz und schüttelte den Kopf. »Ich kann doch nicht … Meine Frau bringt hier ein Kind zu Welt, und ich soll schlafen gehen?«

»Wer weiß, wie lange Sie nicht mehr ruhig schlafen werden!«, gab die Schwester fröhlich zu bedenken. »So eine letzte Nacht ohne schreienden Säugling, klingt das nicht verlockend?«

Für Heinz tat es das nicht. Und die Schwester konnte es ihm ansehen. »Haben Sie ein Telefon zu Hause?«, fragte sie schließlich.

»Natürlich, wieso?«

»Dann schlage ich vor, Sie gehen heim, und wir rufen Sie an, wenn das Kind da ist.«

»Das würden Sie wirklich tun?«

Die Schwester blickte sich um, als wollte sie sichergehen, dass es niemand hörte. »Normalerweise nicht«, flüsterte sie. »Wir sind ja hier kein Elternsekretariat. Aber ich sehe ja, dass Sie sich kümmern wollen. Und wenn Sie mich fragen, ist es sowieso besser, die Väter sind informiert.«

Heinz nahm ihre Hand in seine. »Tausend Dank«, sagte er. »Dann gehe ich jetzt trotzdem so schnell ich kann nach Hause. Falls etwas ist, erreichen Sie mich jederzeit, und ich komme sofort hierher.«

»So machen Sie es«, stimmte die Schwester zu. »Und wenn Sie nichts hören, dann kommen Sie einfach morgen um acht Uhr wieder her.«

»Wenn ich nichts höre?«, fragte Heinz verdattert.

Verwundert musterte ihn die Schwester. »Eine Geburt kann lange dauern, wussten Sie das nicht? Manchmal liegt eine Frau die ganze Nacht und noch den halben Tag in den Wehen, bis das Kind endlich kommt.«

Heinz nickte und verabschiedete sich. Doch, er hatte das natürlich gewusst, so was hatte man ja schon gehört. Aber er hatte es verdrängt. Er wollte einfach, dass es schnell ging und möglichst schmerzlos und leicht und …

Als er nach draußen trat, hatte es wieder zu regnen begonnen. Es machte ihm nichts aus. Sein Gesicht war ohnehin nass, weil ihm Tränen herabliefen. Es waren Tränen der Hilflosigkeit und Tränen des Mitgefühls mit seiner Frau, die in diesen Stunden ganz allein war und ihr erstes Kind zur Welt bringen musste. Nun ja, ganz allein würde sie wohl nicht sein, es war ja eine Hebamme bei ihr und vielleicht auch ein Arzt. Aber ihr Mann durfte nicht bei ihr sein. Halb blind lief er die Rothenbaumchaussee hinab Richtung Binnenalster. Auf einmal fühlte er sich unendlich müde. Die Uhr über dem Eingang eines Juwelierladens am Neuen Jungfernstieg zeigte inzwischen beinahe Mitternacht an.

Kurz hielt er inne und atmete durch. Was für ein Unsinn, versuchte er, sich zu sagen, dass ich hier mein Los beklage. Ich bekomme ein Kind! Meine Frau ist rechtzeitig im Krankenhaus gewesen! Morgen werden wir Eltern sein! Und dann kann und werde ich so viel Zeit mit Klara und unserer Kleinen verbringen wie nur möglich! Da fiel ihm auf einmal auf, dass er sich immer vorgestellt hatte, sie würden ein Mädchen bekommen. Und er spürte, dass diese seltsame Vorstellung einen Grund hatte: Sie *wür-*

den ein Mädchen bekommen! Ein gesundes, fröhliches Mädchen, so klug und hübsch wie Klara.

Mit einem Mal wurde ihm wieder bewusst, was er wirklich war: der glücklichste Mann auf Erden! Beschwingt nahm er seinen Weg wieder auf, ohne auf seine Müdigkeit zu achten, auf den Regen, auf seinen eben noch übermächtigen Wunsch, in der Klinik zu bleiben. Oder auf das Auto, das im selben Moment, in dem er über die Straße ging, aus den Colonnaden bog. Schnell. Viel zu schnell.

***

Gegen vier Uhr rief die Hebamme den diensthabenden Arzt, der wenig später kam und Klara ebenfalls untersuchte. »Es liegt immer noch nicht richtig«, stellte er trocken fest. »Haben Sie versucht, es zu drehen?«

»Seit Stunden!«, versicherte ihm Frau Renner. »Aber das Kind arbeitet nicht mit.«

»Saugglocke?«

»In der Position?«

»Dammschnitt?«

Die Hebamme blickte den Arzt an, als hielte sie ihn für unzurechnungsfähig. »Doch nicht in der Phase, Herr Doktor«, sagte sie. »Dazu müsste das Kind fast da sein.«

»Was empfehlen Sie also?«

»Ich denke, sie braucht einen Kaiserschnitt.«

Der Arzt sog scharf die Luft ein. »Ist nicht mein Metier«, erklärte er dann.

»Tja«, sagte die Hebamme, ohne drauf zu achten, dass die schweißgebadete, völlig erschöpfte Klara das Gespräch hörte. »Soweit ich weiß, ist Professor Bürkel erst am Morgen wieder da. Und Doktor Tewes wird auch nicht viel früher eintreffen.«

Der Arzt legte sein Stethoskop auf Klaras Bauch und lauschte. »Die Herztöne klingen normal«, stellte er fest. »Wir werden noch warten.«

Jetzt senkte die Hebamme doch die Stimme. »Dann gefährden wir das Kind. Und die Mutter.«

Der Arzt schien nicht die Absicht zu haben, seine Pläne zu ändern.

»Hören Sie«, sagte Frau Renner. »Machen wir es so: Ich versuche es jetzt noch einmal. Aber wenn wir das Kind in einer Stunde nicht draußen haben, schneiden Sie die Frau auf.«

Der Arzt sagte nicht Ja noch Nein, sondern blickte nur auf Klara, als wollte er sie warnen. Dann verließ er mit einem knappen Nicken den Kreißsaal.

Klara griff nach der Hand der Hebamme. »Wird es gut gehen?«

Die zuckte die Schultern. »Das weiß nur Gott, gute Frau«, sagte sie. Im Laufe der zurückliegenden Stunden war sie um einiges milder und mitfühlender geworden. Offenbar ging ihr trotz ihrer langjährigen Erfahrung der Schmerz der Mutter bei einer schweren Geburt doch immer noch nahe. »Wir müssen uns jetzt einfach noch einmal richtig Mühe geben, Sie und ich«, erklärte sie. »Das Kind liegt immer noch quer. Es muss sich aber mit dem Kopf nach unten drehen, sonst bekommen wir es ohne Kaiserschnitt nicht raus. Und einen Kaiserschnitt möchte unser Herr Doktor hier ja leider nicht machen.« Sie legte ihre Hände auf Klaras Bauch, streichelte ein wenig, massierte dann und begann schließlich, stärker zu drücken – seitlich und von oben. Mit kreisförmigen Bewegungen versuchte sie, die Lage des Kinds im Bauch zu verändern. Im Laufe der Zeit wurden ihre Griffe immer kräftiger, und sie legte sich halb auf Klaras linke Seite. Die stöhnte auf und war einer Ohnmacht nahe, als die Hebamme plötzlich sagte: »Jetzt haben wir es fast am richtigen Platz.« Auf einmal ließ sie nach und strich beinahe zärtlich über Klaras Bauch, dessen Form sich verändert hatte. »Jetzt sind Sie wieder dran, Frau Hertig.«

Die Hebamme nahm ihren Platz zwischen Klaras Beinen wieder ein und fettete noch einmal den Muttermund ein, legte dann eine Hand etwas oberhalb des Kindes auf den Bauch und wies Klara an: »Auf drei pressen Sie bitte. Jetzt müssen wir es schaffen, ja?«

»Ja«, stimmte Klara mit zusammengebissenen Zähnen zu. Sie versuchte, an Heinz zu denken, der sich sicher unendliche Sorgen machte.

»Eins«, zählte die Hebamme.

Was für eine Erlösung würde es für ihn sein, wenn das Kind endlich da und alles gut gegangen war.

»Zwei.«

Sie wollte ihm dieses Kind schenken!

»Und drei! Jetzt bitte mit aller Kraft. Ausatmen. Und pressen. Jaaa. Guuut. Und Luft holen und kurz durchatmen. Sie machen das gut, Frau Hertig. Und dann wieder bei drei, ja?«

Endlich! Jetzt würde sie bald Mutter sein!

»Eins.«

Und Heinz wäre Vater. Der Vater ihres Kindes!

»Zwei!«

Dann wären sie eine richtige kleine Familie!

»Drei! Und jetzt noch einmal. Kräftig. Trauen Sie sich, Frau Hertig! Seien Sie stark. Sie schenken gerade ein Leben! Wir haben es fast geschafft. Noch ein bisschen. Ja! Gut! Genau so! Und noch einmal. Jetzt bringen wir es zu Ende, kommen Sie, Sie machen das großartig! Und noch einmal, ein letztes Mal und …« Und da spürte Klara, wie auf einmal eine unvorstellbare Last von ihr abfiel und alles, was sich eben noch zum Zerreißen gespannt angefühlt hatte, erleichtert wurde. Und sie selbst fühlte sich so erleichtert, dass sie kaum hörte, was die Hebamme sagte, sondern unwillkürlich in Tränen ausbrach und schluchzte, während Frau Renner das Kind abnabelte und in die Höhe hielt und ihm einen Klaps gab und es auf Klaras Brust legte und eine Decke über sie beide breitete und sagte: »Ich gratuliere, Frau Hertig. Sie sind Mutter eines wunderhübschen Mädchens geworden!«

* * *

2.

Elke war die Erste an Klaras Kindbett. »Klärchen!«, rief sie. »Ich dachte schon, dass ihr hier seid!«

»Elke. Wie schön, dass du gekommen bist.« Klara versuchte ein Lächeln. Doch so recht wollte es ihr nicht gelingen. »Kommt Rena auch?«

»Na ja, ich hab jetzt erst einmal alleine mein Glück probiert, weil wir ja nicht sicher wussten, ob es wirklich so weit ist. Und Rena muss im Salon sein. Weißt ja.«

»Natürlich«, murmelte Klara und blickte auf ihr winziges Kind hinab, das sie gerade erst angelegt hatte.

»Nun sag schon, was ist es denn?«

»Ach, das hat Heinz dir noch gar nicht gesagt? Ein Mädchen!«

»Ein Mädchen! Wie schön! Und wisst ihr denn schon, wie ihr es nennen wollt?« Elke unterbrach sich selbst. »Entschuldige. Jetzt erzähl erst einmal, wie war es denn? Ging es leicht? Oder musstest du sehr leiden?«

Klara blickte an Elke vorbei aus dem Fenster. Am liebsten hätte sie nicht daran zurückgedacht. Andererseits war sie unendlich dankbar, dass die Sache gut ausgegangen war. »Wann hast du mit Heinz gesprochen?«, fragte sie.

»Mit Heinz? Noch gar nicht! Ich weiß noch von gar nichts!« Elke strahlte sie an, bis sie bemerkte, dass etwas nicht in Ordnung schien. »Wieso? Wann soll ich denn mit Heinz gesprochen haben?«

»Aber woher wusstest du, dass es so weit war?«, fragte Klara so ernst, dass Elkes Fröhlichkeit wie weggeblasen war.

»Na, ich hab's mir gedacht. Ihr wart nicht erreichbar. Gestern Abend nicht und heute Morgen auch nicht … Und ich wusste ja, dass du in der Alsterklinik entbinden willst. Also dachte ich mir, ich gucke auf gut Glück mal vorbei und frage einfach am Empfang, ob du hier bist. Und dann …« Sie brach ab. »Wieso? Was ist los?«

»Das heißt, du hast Heinz nicht erreicht? Gestern Abend nicht und heute Morgen auch nicht?«

»Nein. Er ist nicht ans Telefon gegangen«, erwiderte Elke irritiert. »Aber das macht doch nichts. Ich hab's ja auch so herausgefunden. Und jetzt bin ich hier und möchte endlich deine kleine Tochter mal betrachten.«

»Elke«, sagte Klara. »Kannst du bitte mal bei mir zu Hause vorbeigehen?«

»Jetzt?«

»Ja. Jetzt.«

»Natürlich, das mach ich gerne für dich. Aber wieso?«

Klara musste sich zusammennehmen, um es auszusprechen: »Heinz war noch nicht hier. Er hat seine Tochter noch nicht gesehen.«

***

Vom Krankenhaus aus hatte Elke noch einmal in Klaras Wohnung angerufen, jedoch abermals niemanden erreicht. Also versprach sie der Freundin, hinzufahren und nachzusehen, was los war. Klara gab ihr den Hausschlüssel und schickte ein heimliches Gebet gen Himmel. Was um alles in der Welt war mit Heinz geschehen? Wo war er geblieben?

Klara konnte sich kaum auf ihr Kind konzentrieren. Immer wieder musste sie böse Ahnungen verscheuchen, immer wieder kehrten sie zu ihr zurück. Die Schwester, die zwischendurch nach dem Rechten sah, merkte gelassen an: »Er wäre nicht der erste frischgebackene Vater, der die Nacht auf der Reeperbahn zugebracht hat. Machen Sie sich mal keine Sorgen, der schläft bestimmt nur seinen Rausch aus.«

Sie kannte ihn ja nicht. Aber Klara kannte ihn. Sie wusste, dass Heinz dergleichen nie getan hätte. Nein, je länger es dauerte, umso gewisser war sie, dass ihrem Mann etwas zugestoßen sein musste.

Als Elke zurückkam, traf auch Gregor gerade ein, der einen Blumenstrauß mitbrachte. Elke hatte auch in der Redaktion nach Heinz gefragt, ihn aber natürlich nicht angetroffen. »Klärchen!«, rief Gregor und versuchte, möglichst munter zu klingen. »Du hast die Welt um eine weitere wundervolle Frau bereichert, habe ich gehört! Ich gratuliere!«

»Ach, Gregor«, jammerte Klara. »Aber Heinz taucht nicht auf.«

»Ihr habt euch nicht gestritten, oder? Nein, natürlich habt ihr das nicht«, beantwortete Gregor seine Frage gleich selbst. »So was würde zu euch beiden nicht passen. Und selbst dann …« Er wurde ernster. »Ich verstehe, dass du dich sorgst. Auf der anderen Seite …«

»Ja?«

»Für so etwas wie eine Vermisstenmeldung ist es zu früh, denke ich.«

Klara schnappte nach Luft. »Vermisstenmeldung? Glaubst du etwa, es ist … er ist …«

»Ich glaube gar nichts, Klara«, sagte Gregor. »Ich denke nur laut.« Er blickte zu Elke. »Sie waren bei Hertigs zu Hause, ja? Ist Ihnen da irgendetwas aufgefallen?«

»Eigentlich nicht«, sagte die Freundin. »Nur dass der Fernseher lief.«

»Oh! Das könnte doch bedeuten, dass Heinz noch ferngesehen hat, oder?«

In dem Moment fiel es Klara wieder ein: »Nein«, hauchte sie. »Ich erinnere mich, wir haben gemeinsam ferngesehen – und dann vergessen, den Apparat auszuschalten. Das bedeutet …« Sie rang um Fassung.

»Das bedeutet, dass Heinz gar nicht mehr nach Hause gekommen ist«, sagte Elke und schlug die Hände vor den Mund.

***

Es war der Erscheinungstag der neuen *Holly*-Ausgabe. Doch die Redaktion saß weder bei der üblichen Besprechung, noch kam irgendjemand auf die Idee, zu Peekenbrink gehen zu wollen. Stattdessen waren sie alle damit beschäftigt, in den Krankenhäusern und Polizeistationen Hamburgs anzurufen, um herauszufinden, ob es einen Unfall mit einem männlichen Opfer gegeben hatte oder sonst jemand einen Hinweis geben konnte. Tatsächlich gab es einige männliche Unfallopfer, die meisten auf St. Pauli. Sie waren als Alkoholleichen in Ausnüchterungszellen gelandet, auf dem Strich überfallen und ausgeraubt worden, einer war ins Gleisbett der Hochbahn gefallen und schwer verletzt worden, ein anderer hatte sich von einer Brücke gestürzt und sich beide Beine gebrochen. Doch keiner von diesen Männern war Heinz Hertig.

Am Jungfernstieg allerdings hatte es einen tödlichen Verkehrsunfall gegeben. Ein Mann war von einem Fahrzeug erfasst und überfahren worden. Als er von zwei Gästen des Hotels Vier Jahreszeiten, die noch einen Spaziergang unternommen hatten, gefunden worden war, war es für jede Hilfe zu spät gewesen – und der Unfallfahrer über alle Berge. »Sie können gerne vorbeikommen«, hatte der Mitarbeiter der Alsterklinik gesagt, der Vicki Voss am Telefon davon berichtet hatte. »Falls Sie ihn kennen, können Sie ihn wenigstens identifizieren. Denn bisher wissen wir nicht, wer es ist.«

Vicki wusste nicht, ob sie es über sich bringen würde hinzugehen. Auch wenn es nicht Heinz war: Einen toten Mann vor sich liegen zu sehen, womöglich in schrecklichem Zustand, das schien ihr eine grauenhafte Vorstellung. Es erinnerte sie an die schreckliche Zeit, in der der Krieg auch in die Hansestadt gekommen war und besonders grausam gewütet hatte. Viele Tote hatte sie damals gesehen. Ein Anblick, den sie in ihrem ganzen Leben nicht noch einmal durchstehen wollte. Ungewitter, der erkannte, wie sehr sie der Gedanke quälte, legte ihr eine Hand auf die Schulter. »Ich werde hingehen. Das ist nichts für eine so mitfühlende Frau wie Sie.«

Dankbar blickte sie zu ihm auf. »Würden Sie das wirklich für mich tun?«

»Ich tu es ja für Herrn Hertig«, merkte Ungewitter an. »In der Hoffnung, dass er's nicht ist.«

»Danke.« Dass er es nicht für Heinz tat, war klar. Der würde nichts davon haben – schon gar nicht, wenn er es nicht war. »Wir können auch zu zweit hingehen«, schlug sie vor und hoffte, dass der Reporter es für pro forma hielt. Was er auch tat. Er nickte nur gütig, griff dann nach seinem Hut und war so schnell aus der Tür, dass Vicki gar nichts mehr zu ihm sagen konnte.

Es dauerte lange, bis er wiederkam. In der Zwischenzeit telefonierten alle weiter und immer weiter jede nur erdenkliche Möglichkeit ab, wo Heinz geblieben sein könnte. Gregor machte seine Schwester in Eppendorf aus, Heidi rief im Frisch Verlag an, Vicki probierte es in der Bodega Nagel und sogar im Top Ten Club, um sich Tante Rosa ans Telefon holen zu lassen. »Natürlich erinnere ich mich«, sagte die Toilettenfrau. »Die beiden haben schließlich ihre Hochzeit auf meinem Kahn gefeiert! Und der ist verschwunden? Das sieht ihm nicht ähnlich, glauben Sie mir, Schätzchen. So einer ist der nicht. Ich hoffe, Sie finden ihn bald. Dat Klärchen muss ja ganz durch den Wind sein.«

Vicki bedankte sich und legte auf. Sie betrachtete die Liste, die sie angelegt hatte und auf der jede Nummer, die sie angerufen hatte, durchgestrichen war: Sie waren alle durchgestrichen. Niemand wusste, wo Heinz Hertig abgeblieben war, niemand hatte ihn gesehen oder von ihm gehört. Er war wie vom Erdboden verschwunden.

Nach und nach hatten sie alle ihre Listen abgearbeitet und versammelten sich stehend um den Redaktionstisch. »Tja«, sagte Gregor. »Wenn ich ehrlich bin, weiß ich gerade nicht, was wir weiter tun sollen. Mutter und Kind wohlauf – aber vom Vater fehlt jede Spur. Ich schätze, es gibt nicht viele Telefone in Hamburg, die wir heute nicht angerufen hätten. Das macht mir schon Sorgen. Andererseits: Vielleicht haben wir bloß nichts herausgefunden, weil nichts passiert ist?«

In dem Moment öffnete sich die Tür, und Ungewitter trat ein. Er nahm seinen Hut ab und trat zu den anderen. »Ihr steht schon«, sagte er. »Das ist gut.«

***

Sie mussten es Klara gar nicht mehr sagen. Als sie im Krankenhaus auftauchten, brauchte sie nur in die Gesichter ihrer Freunde und Kollegen sehen, um es zu wissen: Es war etwas Schreckliches geschehen. Das Schlimmste.

Vicki war die Erste, die vortrat und Klara in die Arme nahm. Eine ganze Weile verharrten sie so, nebeneinander auf dem Bett sitzend, bis Vicki mit rauer Stimme flüsterte: »Es tut mir so leid, Klara. Es tut mir so unendlich leid.«

Klara nickte. Sie konnte nicht sprechen. Sie nickte nur, während sie Wange an Wange mit der Freundin weinte.

Heidi tat es der Freundin gleich und schlang die Arme um Klaras bebenden Körper, nachdem Vicki sich wieder erhoben hatte. »Ach, Klara«, sagte sie leise. »Die Welt ist so ungerecht. Dein

Heinz war so ein guter Mensch. Und jetzt …« Dann brach sie selbst in Tränen aus und fand nur mühsam ihre Fassung wieder.

Das Baby in der Wiege begann zu schreien, als hätte es verstanden, worüber die Erwachsenen gerade sprachen. Klara fand nicht die Kraft, aufzustehen und es herauszuheben. Da trat Gregor an das Bettchen und griff nach der Kleinen. »Schschsch«, machte er und hob das Kind behutsam heraus, um es ein wenig auf seinem Arm zu wiegen. »Klara«, sagte er. »Wir sind alle unendlich traurig. Und wir fühlen alle so sehr mit dir, das kannst du dir gar nicht vorstellen. Als wir es erfahren haben, stand jedem von uns die Erschütterung ins Gesicht geschrieben.« Er schluckte. Es fiel ihm sichtlich schwer, kluge und tröstende Worte zu sprechen, untröstlich wie er selbst war. »Aber wir haben uns eines geschworen, die wir hier stehen, Vicki, Heidi, Rolf und ich: Wir werden für dich da sein und dich unterstützen, wie wir nur können. Dieses Kind hier …« Er blickte auf das Baby in seinem Arm, das sich beruhigt hatte. »Dieses Kind soll ganz viele Mütter und Väter haben. Wenn du erlaubst, wollen wir alle hier Paten deiner kleinen Tochter werden und uns mit dir um sie kümmern.« Er reichte Klara die Kleine und legte ihr dann die Hand auf die Schulter. »Und Heinz wird für immer ein Ehrenmitglied in unserer Redaktion sein und vor allem in unserem Freundeskreis.«

Klara nickte nur, sie war nicht fähig zu sprechen. Sie hielt das Kind auf ihrem Arm und hatte zugleich das Gefühl, als wäre sie gar nicht hier, als sähe sie all dies nur aus großer Ferne oder durch eine dicke Glasscheibe. Es war, als hätte ihr Leben gar nichts mit ihr zu tun, so seltsam war ihr zumute.

»Können wir irgendetwas für dich tun, Klärchen?«, fragte Vicki, die wieder zu ihr getreten war. »Gibt es irgendetwas, das …« Sie unterbrach sich. »Nein«, sagte sie leise. »Natürlich nicht. Was sollten wir schon tun?«

Die Stationsschwester tauchte plötzlich in der Tür auf. »Es ist jetzt keine Besuchszeit!«, schimpfte sie. »Bitte verlassen Sie sofort das Zimmer!«

»Aber …«, versuchte Vicki, etwas vorzubringen.

»Das gilt ohne Wenn und Aber!«, erklärte die Schwester. »Sie verlassen jetzt sofort das Zimmer.«

»Gute Frau«, mischte sich Ungewitter ein. »Sie wissen nicht, was geschehen ist. Frau Hertig hat eben erfahren, dass sie ihren Mann verloren hat. Wie hartherzig kann man denn sein, um Himmels willen!«

»Ich … oh.« Für einen Augenblick war die Schwester stumm. Es war der Augenblick, in dem Klara aufstand und Vicki ihr Kind reichte. »Halt sie bitte kurz«, sagte sie. »Die Schwester hat recht. Wir gehen besser.« Sie stand auf und zog sich ihre Jacke über und schlüpfte in die Schuhe.

»Aber Sie …«, warf die Schwester ein. Doch Klara winkte ab. »Wir verlassen jetzt sofort das Zimmer«, wiederholte sie deren Worte, während sie wieder nach ihrem Kindlein griff. Und dann ging sie voraus, ihre restlichen Habseligkeiten hinter sich lassend, nur das Baby im Arm und den Schmerz im Herzen, untröstlich und einsam im Kreise ihrer Freunde.

***

Moonriver

Hamburg, Herbst 1962

1.

»Ihr könnt bei mir wohnen!«, versicherte ihr Vicki mit allem Nachdruck. »Ich würde mich freuen, wirklich.«

»Ich weiß, Vicki«, erwiderte Klara. »Aber das würde nicht passen. Hanna und ich in deiner schicken Wohnung … in einem halben Jahr wird sie krabbeln. Und dann bald laufen! Außerdem …«

»Außerdem was?«

»Außerdem brauchst du deine Unabhängigkeit, Vicki. Ich kenne dich jetzt lange genug.« Spätestens seit Vicki sich von ihrem letzten Freund getrennt hatte, der allen wie der perfekte Ehemann für diese außergewöhnliche Frau erschienen war, wussten sie, dass Vicki ihre Freiheit brauchte. Sie war schlicht nicht für »geordnete Verhältnisse« gemacht.

»Es würde mir nichts ausmachen, Klara, wirklich!«, beharrte Vicki und steckte sich eine Zigarette an.

»Ich weiß«, sagte Klara. »Trotzdem. Danke. Es wird sich schon was finden.« Es *musste* sich etwas finden! Denn die Situation hatte sich in den letzten Wochen zugespitzt. Nach Heinz' Tod war Klara erst einmal wochenlang in ein tiefes Loch gefallen und hatte kaum die Kraft aufgebracht, irgendetwas anderes zu tun als zu trauern und die Kleine zu versorgen. Sie hatte nicht arbeiten können, die Redaktion der *Holly* wäre beinahe zusammengebrochen, denn mit Heinz' und Klaras Wegfall gab es niemanden, der sich um die Gestaltung des Heftes, um die Bilder, um die Herstellung und alles, was damit zusammenhing, gekümmert hätte. Und das waren nun einmal Bereiche, die die anderen gar nicht hatten übernehmen können, weil sie nichts davon verstanden. Gregor hatte verzweifelt nach Ersatz gesucht, hatte zwei Leute aus anderen Verlagen abgeworben, von denen einer schnell wieder weg gewesen war. Eine Ausgabe der *Holly* konnte nicht erscheinen, was zahlreiche Kündigungen von Abonnements zur Folge gehabt hatte. Die Einnahmen aus den Verkäufen hatten in der Kasse gefehlt, die Druckerei hatte auf Kompensation für den ausgefallenen Druckauftrag geklagt. Am Ende hatte Gregor die Gehälter für September und Oktober nicht zahlen können – und an dem Punkt hatte Klara erkennen müssen, dass auch in ihrer Kasse kein Geld mehr war. Ihr bisschen Erspartes hatte sie für die Trauerfeier und die Beerdigung ausgegeben, Gehalt war nicht mehr reingekommen. Und Heinz' Rücklagen waren auch nicht der Rede wert gewesen, nachdem sie einiges an Anschaffungen für das Baby getätigt hatten. Es war also nur eine Frage der Zeit, dass sie die Wohnung in St. Georg würde verlassen müssen, die allerdings ohnehin zu teuer war, jetzt, da Klara mit ihrer winzigen Tochter allein darin wohnte. Sie hatte das tiefste Tal der Verzweiflung der ersten Wochen und Monate nach Heinz' Tod halbwegs hinter sich gelassen, auch wenn sie immer noch in Tränen ausbrach, sobald die Wohnungstür hinter ihr zuschnappte und sie allein mit ihrem Kind war. Seit Anfang November arbeitete sie auch wieder.

»Ach, Klärchen«, sagte Vicki seufzend. »So lass dir doch helfen.«

»Ich lasse mir helfen«, erwiderte Klara tapfer. »Aber jeder soll mir so helfen, dass es auch für ihn gut ist.«

Vicki blies den Rauch ihrer Zigarette in die Luft. »Dann hoffe ich, dass das klappt.«

Im Dezember würden die Gehälter wieder ausgezahlt, das hatte Gregor versprochen, nachdem er mit der Bank eine Überbrückung vereinbart hatte. Alle wussten, dass er dafür sein gesamtes persönliches Vermögen verpfändet hatte. Vermutlich hatte aber noch mehr geholfen, dass Gregor der Sohn des großen Verlegers Hans-Herbert Curtius war – und dass die Bankiers nicht wussten, dass Curtius nur darauf wartete, dass sein Sohn mit seinem eigenen Verlag pleiteginge.

***

Die erste Novemberausgabe der *Holly* war ein Heft mit Schwerpunkt auf musikalischen Themen. Man hatte noch einmal einen Bericht über die Band, die im Sommer auf Klaras Hochzeit gespielt hatte: die Beatles. Inzwischen traten sie im Star Club auf, der nicht ganz so zwielichtig war wie der Top Ten Club oder gar der Elbkeller. Hier gaben sich wirklich bekannte Musiker und Bands die Klinke in die Hand. Und die, die noch nicht bekannt waren, würden es bald sein.

Gregor hatte ein Arrangement mit dem Besitzer des Klubs getroffen, das ihm erlaubte, ein paar Bühnenaufnahmen der Band zu zeigen. Sie waren gut, aber nicht so gut wie Klaras Bilder, die sie seinerzeit im Top Ten Club gemacht hatte – gemeinsam mit Heinz. Es schnürte ihr immer wieder den Hals zu, wenn sie über Szenen und Erlebnisse stolperte, die ihr das kurze gemeinsame Leben mit ihrem Mann vor Augen führten.

»Als Beatles-Expertin hast du die Klofrau vom Top Ten Club herangezogen?«, rief Ungewitter, als er in der Konferenz das Heft durchblätterte.

»Sie kennt die Jungs besser als jeder andere!«, erwiderte Gregor. »Außerdem fand ich es witzig.«

Das war es natürlich auch. Wenngleich es für Klara noch ein Stich war, den sie verspürte: Tante Rosa hatte ihnen schließlich ihr Hausboot für die Hochzeitsfeier zur Verfügung gestellt. »Ich bringe ihr nachher ein Exemplar vorbei«, sagte sie tapfer. »Ist ja immerhin mit einer Aufnahme von ihr.«

»Das ist eine gute Idee«, befand Gregor. »Wir könnten ihr als kleines Dankeschön ein paar Abzüge überlassen?«

»Muss ich aber erst machen. Ich kann sie ihr ja nachliefern«, schlug Klara vor.

»Mach es ganz so, wie du willst.«

Aus ihrem Korb in der Ecke der Redaktionsstube meldete sich Hanna. »Aber erst muss ich mich um die Kleine kümmern«, sagte Klara und nahm ihr Kind mit sich nach hinten in die Dunkelkammer, um es zu wickeln und zu stillen.

Wenig später waren sie unterwegs zur Speicherstadt. Klara hatte auf den Kinderwagen verzichtet, den ihr die Freunde zur Geburt geschenkt hatten, und trug das Kind stattdessen in einem Tuch bei sich. Noch war die Kleine so leicht, dass es auch auf längeren Strecken nicht zu beschwerlich wurde.

»Klärchen!«, rief Tante Rosa, die gerade im Begriff gewesen war, das Hausboot zu verlassen. »Ich muss aber jetzt zum Dienst.« Dann erst erkannte sie, dass Klara ein Kind bei sich trug. »Nicht wahr, oder? Ist das deines?«

»Sie heißt Hanna.«

Rosa trat ganz nah an sie heran und blickte mit ihren munteren, leuchtenden Augen auf das Baby. »Ist die aber allerliebst!«, befand sie. »Und sieht aus wie der Mama aus dem Gesicht geschnitten!« Begeistert spielte sie mit den winzigen Fingern des Kindes und strahlte, als Hanna ihren Zeigefinger fest umklammerte. »Der Papa ist bestimmt mächtig stolz auf die Kleine, was?«

Klaras Gesicht verzerrte sich, und sie blickte zur Seite.

»Oha! Hab ich was Falsches gesagt? Es ist doch hoffentlich alles in bester Ordnung bei euch?« Erschrocken ließ die mächtige Frau Hannas Fingerchen los.

»Ach, Tante Rosa«, sagte Klara leise, um Fassung bemüht, »mein

Heinz …« Sie schluckte. »Er ist …« Sie flüsterte jetzt, als wäre es dadurch weniger grausam und weniger wahr: »Er ist tot.«

Bestürzt blickte die massige Frau von Klara zu ihrem Kind. »Das kann doch gar nicht sein«, sagte sie schließlich. »Er ist doch noch so jung!«

»Ja. Das war er. Ein Unfall.« Sie zuckte hilflos die Achseln. »Er hat die Kleine gar nicht gesehen. Kein einziges Mal.«

»O Gott, o Gott, o Gott«, murmelte Tante Rosa. »Das ist ja furchtbar traurig.« Sie trat zu Klara und drückte sie und das Kindlein an ihren üppigen Busen. »Das tut mir schrecklich leid, Klärchen! Und du …« Sie ließ die beiden wieder los und streichelte dem Baby über die Wange. »Musst jetzt ohne Papa aufwachsen. Du armes Würmchen.« Sie versuchte ein Lächeln. »Aber weißt du, was? Das schaffst du. Ich hab das auch geschafft.« Sie blickte zu Klara. »Lebt dein Vater noch?«

Klara schüttelte den Kopf. »Schon lange nicht mehr. Ist im Krieg geblieben. Hab ihn nur in meiner frühen Kindheit erlebt.«

»Ja, die Geschichte kenn ich«, sagte Tante Rosa. »Die müssen viele erzählen. Sollen wir doch noch rasch auf einen Tee zu mir reingehen? Oder auf was Kräftigeres?«

»Nein, nein«, wehrte Klara ab. »Sie müssen arbeiten. Und ich wollte auch eigentlich nur das hier vorbeibringen.« Sie zog das Exemplar der *Holly* aus ihrer Tasche und reichte es der Toilettenfrau. »Auf Seite 14 gibt es ein Foto von Ihnen.«

»Oh! Das ist aber nett, vielen Dank! Ich werde noch berühmt!«

»Ich bringe Ihnen morgen noch ein paar richtige Abzüge. Als kleines Dankeschön.«

»Na, wenn das so ist, dann bestehe ich aber auf einem Tee bei der alten Tante Rosa. Morgen um drei?«

Klara nickte. »Gerne. Morgen um drei. Danke.«

»Da nich für! Bis morgen!« Sie drückte Mutter und Kind noch

einmal und machte sich dann auf den Weg zu ihrem Arbeitsplatz auf St. Pauli.

***

Auch wenn sie alle auf ihre Gehälter verzichtet hatten, man sah der *Holly* an, dass es eine Sparausgabe war. Sie war dünner als die vorangegangenen Nummern, und Teile des Layouts hatten die Redakteure zusammengebastelt, um Grafikerkosten zu sparen. Es fehlte einfach die Handschrift, die Klara und Heinz eingebracht hatten. Aber das würde sich ab jetzt ändern. Solange es irgendwie möglich war, wollte Klara versuchen, ihren Ausfall in den zurückliegenden Monaten wettzumachen, und wenn sie rund um die Uhr arbeiten musste.

Als sie am Kiosk von Herrn Olpe vorbeikam, grüßte sie ihn. »Moin, Herr Olpe! Wie geht es Ihnen?«

»Moin!«, grüßte der Zeitschriftenhändler zurück. »Sie hab ich aber schon lang nicht mehr gesehen!« Er beugte sich vor. »Und das ist das kleine Fräulein … wie heißen Sie jetzt? Hertwig?«

»Hertig.«

»Na, dann mal herzlich willkommen, Frau Hertig!«, grüßte der Mann Richtung Hanna. »Ein hübsches Kindchen haben Sie da bekommen. Da kann man nur gratulieren.«

»Danke, Herr Olpe. Sehr nett von Ihnen.« Sie deutete auf die neue *Holly*, die in der Auslage präsentiert war. »Ich hoffe, Sie verkaufen unser Heft gut.«

»Na ja«, erwiderte der Kioskbesitzer. »Geht gerade nicht mehr so gut, das Heft. War im Sommer noch um einiges besser. Aber bei der Konkurrenz, was?« Er hob etwas hilflos die Hände. »Aber an Ihnen kommt man so oder so nicht vorbei!«, rief er, und es wirkte, als solle sich Klara darüber freuen. Sie folgte seiner Geste und blickte nach links, wo die Frauenzeitschriften präsentiert wurden.

Einen Moment verstand sie gar nicht, was sie sah. Sie brachte es schlicht im Kopf nicht zusammen. Dann war sie erst einmal sprachlos. »Das … das ist die neue Ausgabe der *Claire*?«, stotterte sie schließlich.

»Druckfrisch. Und das schönste Titelbild, das sie je hatten, wenn ich das sagen darf.« Er lächelte sie vielsagend an, ehe sein Blick an dem Kind hängen blieb. »Ich bin sicher, das wird die bestverkaufte *Claire* aller Zeiten. Und Sie werden daran nicht unschuldig sein, Frau Hertig!« Er sagte es, als wäre es ein Kompliment, und zweifellos war es auch als solches gedacht. Nur dass Klara es nicht so empfinden konnte. Sie empfand das Cover und Herrn Olpes Bemerkung eher wie einen Schlag ins Gesicht. »Sie hatten es am Ende selbst noch gar nicht gesehen?«

Klara schüttelte den Kopf.

»Dann erlauben Sie, dass ich Ihnen das Heft schenke.« Herr Olpe griff hinter seine Theke, zog ein Exemplar der *Claire* hervor und reichte es Klara. »Danke«, hauchte sie und steckte das Magazin weg, ohne es aufzuschlagen. »Sehr freundlich.« Dann wankte sie davon, ohne zu wissen, was sie von alledem halten sollte, außer dass es eine Ungeheuerlichkeit war.

Es war nicht weit bis zur Redaktion am Rödingsmarkt. Aber auf seltsame Weise fühlte es sich an, als müsste sie endlos gehen. Hanna in ihrem Tuch hatte zu schreien begonnen, doch Klara hörte sie kaum, weil es in ihrem Kopf toste und brauste.

Es waren nur Gregor, Helga und die Sekretärin, Frau Waibel, anwesend, als sie durch die Tür trat und mitten im Raum stehen blieb. »Klärchen? Alles in Ordnung?«, fragte der Chefredakteur, der sie als Erster sah und sofort erkannte, dass etwas nicht stimmte.

»Ich …« Klara sah sich um, ließ sich auf einen Stuhl sinken und zog die *Claire* aus ihrer Tasche. »Das … das ist die neue Ausgabe«, sagte sie mit rauer Stimme. »Hast du schon gesehen?«

»Was? Die *Claire*? Nein, warum?« Gregor nahm ihr das Heft ab und blickte auf das Titelbild. Dann war auch er einen Augenblick lang sprachlos, ehe er sich neben Klara setzte. »Und du wusstest von nichts?«

Verständnislos blickte Klara ihren Kollegen und Freund an. »Wie kommen die zu diesen Bildern?«, fragte sie statt einer Antwort. »Die waren doch hier gut aufgehoben.«

Helga, die hinzugetreten war, betrachtete die *Claire* und schüttelte den Kopf. »Und dann mit dieser Überschrift!«

Gregor legte die Zeitschrift auf den Redaktionstisch, als wäre sie giftig. Das Magazin, für das sie alle jahrelang gearbeitet hatten, hatte sie auf doppelte Weise beraubt. Einerseits, indem es eine Story ankündigte, die schon lange auf dem Plan der *Holly* stand: »Traumfrauen – Was sie zu unseren Heldinnen macht.« Andererseits, weil es mit einem Cover-Foto aufwartete, das sogar Gregor sprachlos machte: dem Bild der hochschwangeren Klara Hertig, entstanden als Selbstporträt bei Metropol Moden für die *Holly*.

***

2.

Die Claire war das Stadtgespräch. Ganz Hamburg schien sich über das Cover der Zeitschrift äußern zu müssen. Und wo immer Klara hinkam, wurde sie erkannt. Beim Einkauf im Edeka erfuhr sie an der Käsetheke: »Ganz schön gewagt, gute Frau! Aber Respekt, Sie haben ja schnell wieder eine schlanke Linie bekommen.« Und an der Kasse: »Es geht mich ja nichts an, aber Ihr Bild auf der Zeitung, das fand ich, na ja, ziemlich unpassend. So was tut man doch nicht.« Im Treppenhaus musste sie sich anhören: »Ehrlich, Frau Hertig, das hätte ich nicht von Ihnen gedacht.« Und: »Tolle Bilder, Frau Hertig! Gut, dass sich das mal eine Frau traut!«. Jede und jeder hatte eine Meinung zu den Fotos. Dass sie auf einem Heft erschienen waren, für das Klara seit geraumer Zeit gar nicht mehr arbeitete, interessierte niemanden, dass die Aufnahmen geklaut worden waren, schon gar nicht. Das schien aber selbst für Rena und Elke kein Thema zu sein, als sie sich am frühen Abend bei Rena zu Hause trafen. »Kannst stolz auf die Fotos sein, Klärchen!«, stellte Elke im Brustton der Überzeugung fest.

»Das wäre ich auch«, erwiderte Klara. »Wenn sie nicht in der *Claire* erschienen wären, sondern bei uns. Und mit meiner Zustimmung.«

»Ach was«, warf Rena ein. »In der *Claire* bekommen sie doch noch viel mehr Aufmerksamkeit! «

Klara nickte. »Leider. Ja. Ich wünschte, es wäre andersherum. Aber versteht ihr denn nicht? Die können doch nicht einfach Fotos von mir drucken ohne meine Zustimmung.«

»Natürlich hast du damit recht«, stimmte Elke zu. »Aber sieh es doch mal so: Die Bilder sind eine Ermutigung! Für uns Frauen! Und deshalb macht es nichts. Oder, na ja, von mir aus macht es was. Aber unterm Strich ist es trotzdem gut, oder?«

Unterm Strich fühlte sich Klara vor allem betrogen und ausgenutzt und hintergangen und beklaut, egal, wie ermutigend ihr nackter Schwangerschaftsbauch für andere Frauen sein mochte. »Und was hat das mit Lieselotte Pulver zu tun und mit Ruth Leuwerik? Oder mit Maria Callas?« Denn diese und einige andere Frauen hatte die *Claire* als »Traumfrauen« in ihrer Titelgeschichte genannt. Marilyn Monroe ebenfalls und auch Caterina Valente. »Von denen hat keine ein Kind bekommen. Sie sind auch keine ganz normalen Frauen wie ich oder wie ihr. Die haben gar nicht kapiert, worum es geht, wenn man einen Artikel über Traumfrauen schreibt!«

Renas Freundin Rike schien zu ahnen, worauf Klara hinauswollte. Trotzdem fragte sie: »Und worum geht es?«

Klara sah eine nach der anderen an. »Seht euch an«, sagte sie. »Rena, du bist eine erfolgreiche Geschäftsfrau mit eigenem Friseursalon, so wie du, Elke, mit deiner Schneiderei. Und Rike, du arbeitest beim Rundfunk! Ihr beide seid ein Liebespaar, obwohl das wirklich nicht einfach ist«, ergänzte sie mit Blick auf Rena und Rike. »Aber ihr schafft das. Und das ist bewundernswert. Es geht darum, dass man eben gerade kein Filmstar mit perfekten Maßen sein muss, um eine Traumfrau zu sein, versteht ihr? Es geht darum zu zeigen, dass jede Frau das Recht hat, bewundert zu werden. Weil es für keine Frau leicht ist auf dieser Welt. Und wenn man das am Beispiel einer Hochschwangeren zeigen will – dann gut! Nichts dagegen! Aber meinen Halbakt auf das Heft zu setzen und drinnen dann nur von Film- und Opernstars zu erzählen, die immer unerreichbar sein werden für Lieschen Müller, das ist einfach unfair.« Leise fügte sie hinzu: »Auch mir gegenüber.«

Rena griff nach ihrer Hand und dann nach Elkes, die es ihr gleichtat und ebenfalls eine Hand nach Klara ausstreckte und eine nach Rike, sodass sie um den Tisch saßen wie Hexen ums magische Feuer. »Also«, sagte sie dann. »Eigentlich wollte ich fragen, ob jemand Tee möchte. Aber ich denke, auf die Traumfrauen von Hamburg stoßen wir besser mit Sekt an.«

»Wir haben Sekt?«, fragte Rike erstaunt.

»Vorhin geholt. Ist noch nicht ganz kalt, fürchte ich, aber dafür wirkt er besser!« Lachend ging Rena in die Küche und holte Gläser und Schaumwein, um den Freundinnen einzuschenken.

»Und?«, wollte Rike wissen. »Wird Gregor etwas unternehmen?«

»Er hat es gesagt«, erzählte Klara. »Wenn es nach ihm geht, verklagen wir die *Claire* so, dass sie praktisch ihr gesamtes Vermögen an die *Holly* überschreiben muss.«

»Das klingt nach einem Plan!«, rief Elke und kicherte. »Ich sehe schon die Schlagzeilen: »Frisch Verlag pleite. *Holly* gewinnt eine Million neue Leserinnen dazu!«

Klara seufzte. »Im Moment wären wir schon froh, wenn wir nicht dauernd weitere Leserinnen verlieren würden.«

»So schlimm?«

»Schlimmer. Was uns an Einnahmen fehlt, wird im Heft sichtbar, weil wir nicht das Geld für teure Fotostrecken und Bildrechte haben und auch nicht alles selber machen können. Und je schwächer das Heft aussieht, umso schlechter wird es verkauft. Es ist ein Teufelskreis.«

»Vielleicht«, überlegte Rike laut. »Vielleicht könnten wir ja mal einen Artikel über euch im Rundfunk bringen, was meinst du?«

»Das würdet ihr?«

»Ich muss natürlich fragen. Aber wenn wir eine gute Geschichte zu erzählen hätten, wüsste ich nicht, weshalb die Redaktion Nein sagen sollte.«

»Na, die gute Geschichte liegt doch wohl auf der Hand!«, erklärte ihre Freundin und deutete auf das Heft, das vor ihnen auf dem Tisch lag. »Die Traumfrauen, die die *Holly* machen – und das Covergirl der *Claire*. Wenn das keine Geschichte ist ...«

***

Wenn es eine Frau gab, auf die Klaras Idee von einer Geschichte zutraf, wer *wirklich* eine Traumfrau war, dann war es Tante Rosa. Denn die Toilettenfrau des Top Ten Clubs schaffte es, die niedrigste Arbeit mit der größten Würde zu vollbringen und trotz der Geringschätzung, die ihr die Gesellschaft entgegenbrachte, den Menschen ihrerseits stets Freundlichkeit und Hilfsbereitschaft entgegenzubringen. Auf welch wundervolle Weise Klara das aber selbst erfahren würde, das hätte sie sich nicht auszumalen vermocht, als sie am nächsten Tag erneut zum Sandtorhafen ging, um Tante Rosa die versprochenen Abzüge zu bringen.

»Kindchen!«, rief die ebenso fröhliche wie üppige Frau, als sie sie sah. »Du bist ja über Nacht zu einer Berühmtheit geworden!«

»Erinnern Sie mich nicht daran, Tante Rosa«, erwiderte Klara. »Daran ist nichts gut.«

»Papperlapapp«, sagte die Klofrau und winkte Klara, aufs Boot zu kommen. »Die Bilder sind großartig. Ich wünschte, jemand hätte mich damals so aufgenommen.«

»Damals? Sie haben auch Kinder?«

»Eines«, sagte Tante Rosa leise. »Hatte ich. Ist lange tot. Der Feuersturm ... Die Kleine hat's nicht überlebt.«

»Wie schrecklich«, murmelte Klara. »Das tut mir furchtbar leid.«

»Tja. So war das eben. Manche sind mit dem Schrecken davongekommen, manchen ist alles genommen worden. Auf einen Tee?«

»Gerne.«

Klara kletterte hinter ihr her in die Kabine. Es war wirklich hübsch und wohnlich bei der Frau, die vielleicht sechzig Jahre alt sein mochte. »Paul …«

Tante Rosa winkte ab. »Ist längst ausgezogen. Zurzeit sind sie ja wieder hier. Aber zwischendurch waren sie in England. Ich sage dir …« Sie hantierte mit dem Wasserkessel und einer Teekanne. »Aus den Jungs wird noch was, das hab ich im Gespür! Hab ja schon viele erlebt bei uns im Klub. Aber diese Band, die sprüht vor Energie.« Sie lächelte, als sie an Paul und seine Kollegen dachte. »Spielen jeden Abend sieben, acht Stunden lang – und sogar die letzten paar Lieder sind immer noch mitreißend. Also, mir gefallen die Jungs.«

Klara nickte. Den Eindruck, dass aus der Band noch etwas werden würde, hatte sie auch. Außerdem: »Mein Mann hat das auch gesagt. Mit den Beatles, meine ich.«

»Ach, der gute Heinz«, erinnerte sich Tante Rosa. »Das war ein feiner Mensch.« Sie setzte sich neben Klara und legte ihren Arm um sie, als wären sie älteste Freundinnen. »Und wie kommt ihr denn zurecht, deine Kleine und du, jetzt, wo dein Mann nicht mehr da ist?«

Klara versuchte, gefasst zu bleiben. »Die Kollegen im Verlag helfen mir sehr. Jetzt zum Beispiel kümmert sich gerade Vicki um das Kind. Bis ich wieder zurück bin.«

Tante Rosa nickte. »Das ist gut. Aber zu Hause bist du natürlich alleine und musst alles neben dem Beruf her erledigen. Das ist kein Pappenstiel, ich weiß ja, wovon ich spreche.« Sie deutete in ihr kleines Reich.

»Na ja, da sprechen Sie was an, Tante Rosa.« Klaras Stimme zitterte ein wenig, als sie sagte: »Ich muss mir jetzt auch noch was Neues suchen. Die Miete ist für mich allein einfach zu teuer.«

»Zahlt denn der Verlag nicht genug?«

»Der Verlag zahlt, so viel er kann. Aber die letzten zwei Monate habe ich kein Geld bekommen.« Sie schob eilig hinterher: »Keiner von uns! Es geht gerade schlecht. Und die Ersparnisse sind weg. Die Beerdigung und alles, Sie verstehen …«

Tante Rosa stand auf und brühte den Tee auf. »Hm«, machte sie. »Wie gesagt, Paulchen ist ausgezogen«, sagte sie dann, als wäre es das Normalste von der Welt. »Wenn du möchtest, kannst du seine kleine Kajüte haben. Deine Sachen können wir im Frachtraum lagern, solange ihr hier wohnt.«

***

Der Raum auf dem Hausboot war winzig. Es gab nur ein schmales Bett, eine kleine Kommode, einen Waschtisch und ein Bullauge, durch das Klara auf den Fleet hinaus und hinüber zu einem der Kontorhäuser blicken konnte, wo ein großes Schild *Geestmann & Cie. Caffee* hing, von dem die Farbe abblätterte.

»Is nich sehr komfortabel hier«, stellte Tante Rosa entschuldigend fest. »Und Fahrradfahren ist auch eher nich.« Sie lachte begütigend. »Aber besser als unter der Brücke.«

»Ach, Tante Rosa, ich weiß gar nicht, was ich sagen soll«, versuchte Klara, ihrer Rührung Ausdruck zu verleihen. »Wir können doch nicht einfach hier einziehen!«

»Wenn ihr nich mögt, geht das natürlich in Ordnung«, stellte die Matrone fest und hob die Arme.

»Mögen!«, rief Klara. »Mögen würden wir doch! Aber das geht doch nicht. Ich meine, das ist doch hier Ihr Zuhause. Und mit dem Kind bin ich auch ziemlich anstrengend. Da ist oft nicht viel Nachtruhe.«

Die Klofrau lachte. »Wenn ich Nachtruhe wollte, würde ich nicht im Musikklub arbeiten, Kindchen«, erklärte sie.

»Und was würden wir Miete zahlen?«

»Nun zieht erst mal ein«, sagte Tante Rosa. »Und dann sehen wir weiter. Hat ja keinen Zweck, wenn wir jetzt über Miete reden. Erst einmal braucht ihr ja ein Dach überm Kopf, was? Und da reicht zur Not auch ein Bootsdach, glaub mir.«

»Also, wenn Sie das wirklich ernst meinen …«, sagte Klara, die ihr Glück kaum fassen konnte. Da hob die Besitzerin des Kahns die Hand und erhob Einspruch: »Aber nur unter einer Bedingung, damit das klar ist, ja? Wenn du noch einmal Sie zu mir sagst, werf ich dich eigenhändig über Bord!«

Erleichtert lachte Klara auf. »Das kriege ich hin«, sagte sie. »Danke, Tante Rosa.« Und auf deren erhobene Augenbraue hin fügte sie hinzu: »Du bist wirklich die Beste.«

Da lachten sie beide und wussten, dass sie echte Freundschaft geschlossen hatten.

***

Für Hanna schien der Umzug aufs Hausboot der reinste Segen. Das stete sachte Schaukeln des Kahns wirkte so beruhigend auf die Kleine, dass auch Klaras Nächte unmittelbar erholsamer wurden. Oft lagen sie aneinandergeschmiegt in der kleinen Koje, in der vor Kurzem noch Paul geschlafen hatte. Wenn Hanna nicht bei ihrer Mutter im Bett lag, lag sie in einem Korb daneben. Es war so eng in Klaras Kajüte, dass sie die meisten ihrer Habseligkeiten entweder verkaufte oder bei Freunden unterbrachte, bis sie sie wieder benutzen konnte. Lediglich den Fernseher brachte sie mit aufs Hausboot und schenkte ihn Tante Rosa. Denn die hatte bisher noch keinen gehabt und konnte vor Begeisterung über dieses wertvolle Geschenk gar nicht an sich halten.

In den folgenden Tagen saßen die zwei Frauen oft am Abend gemeinsam vor dem Gerät und guckten *Maverick* oder *Bonanza* oder was sonst an amerikanischen Serien und Filmen lief. Tante

Rosas großer Held war John Wayne. Klara liebte Filme mit Sophia Loren oder Katherine Hepburn, sie mochte Frauen, die sich nichts sagen ließen. Auf Lustiges konnten sich die beiden Frauen sowieso einigen. Und die *Haifischbar*, die in Hamburg aufgezeichnet wurde, war Pflichtprogramm, zumal Tante Rosa praktisch jeden Gast persönlich kannte und stolz darauf war, dass er nun im Fernsehen auftrat.

An den Wochenenden machte Klara mit Hanna ausgedehnte Spaziergänge am Hamburger Hafen, durch die Speicherstadt und die Fleete entlang, wenn es nicht zu eisig oder regnerisch war. Manchmal kam sie auf ihrem Weg auch am Baumwall vorbei, wo der Frisch Verlag seine Büros hatte. Dass die *Claire* mit ihrem Foto auf dem Cover erschienen war, empfand Klara immer noch als Verrat. Wäre ihr einer aus der Redaktion begegnet, sie hätte ihn zur Rede gestellt. Aber tatsächlich lief ihr nur einmal ein Mann über den Weg, den sie zu kennen glaubte, aber zunächst nicht einordnen konnte. Er war jedenfalls keiner der Reporter oder sonstigen Verlagsleute, mit denen sie zu ihrer Zeit bei Frisch enger zusammengearbeitet hatte.

Wer es wirklich war, das fiel ihr erst ein, als sie am nächsten Morgen die Redaktion der *Holly* betrat und ihr Frau Waibel einen Guten Morgen wünschte. Natürlich! Daher kannte sie das Gesicht! Wie vom Donner gerührt blieb sie stehen und starrte die Sekretärin an. »Ist alles in Ordnung, Frau Hertig?«

Klara antwortete nicht, sondern ging durchs Konferenzzimmer in Gregors Büro, wo sie den Kinderwagen an die Seite schob und sich auf den Besucherstuhl gegenüber von seinem Schreibtisch setzte. »Gregor? Ich weiß jetzt, wie die *Claire* zu meinen Bildern gekommen ist.«

***

3.

»Diesmal gibt es Krieg!«, polterte Gregor in der Redaktionskonferenz, die er einberufen hatte, nachdem ihm Klara von ihrer Beobachtung erzählt hatte. Es war nicht seine Art, so zu sprechen, aber offenbar war auch für ihn der Druck inzwischen zu groß, um noch mit der Leichtigkeit und mit dem Witz zu agieren, die man von ihm gewohnt war.

»Gregor, wir sind doch schon längst im Krieg«, erwiderte Vicki kühl und nach einem Zug von ihrer Zigarette.

»Ja«, stimmte der Chefredakteur zu. »Das stimmt. Aber wir haben nicht gekämpft. Nicht wirklich. Das wird sich ändern. Wenn Curtius meint, er kann uns fertigmachen, dann hat er sich getäuscht. Der Diebstahl wird ihn noch teuer zu stehen kommen.« Beinahe meinte Klara, ein böses Lächeln auf dem Gesicht des Freundes zu entdecken. »Das wird das teuerste Bild, das er je bezahlen musste. Und er *wird* bezahlen.«

»Können wir uns das überhaupt leisten, Gregor?«, fragte Heidi ein wenig ängstlich. »Ich meine: Wir haben jetzt schon kein Geld für Gehälter und so. Wenn wir jetzt auch noch einen Anwalt zahlen müssen …«

Jetzt war es eindeutig ein Grinsen, das über Gregors Gesicht huschte. »Wenn wir ihn zahlen müssten, hätten wir tatsächlich ein Problem«, sagte er. »Aber wir sind zum Glück nicht die Einzigen, die eine Rechnung mit Curtius offen haben.« Was immer er damit meinte, er schien sich seiner Sache sehr sicher zu sein.

»Und was machen wir mit Frau Waibel?«, fragte Klara, die hin-

und hergerissen war zwischen Zorn und Mitleid. Denn auf der einen Seite war es offensichtlich, dass die Redaktionssekretärin dem Frisch-Mitarbeiter den Zugang zu ihren Fotos ermöglicht hatte. Auf der anderen Seite war ein Rauswurf eine harte Angelegenheit, vor allem, wenn er mit einem entsprechenden Zeugnis verbunden war, das nirgends nützlich sein würde.

»Um Frau Waibel kümmere ich mich«, sagte Gregor. »Mach dir darüber keine Gedanken.«

»Wie soll das gehen, Gregor? Sie hat mich …« Ja, was? Bloßgestellt? Ausgenutzt? Hintergangen? Alles irgendwie, aber nichts so ganz genau: Klara hatte die Bilder ja für eine Veröffentlichung gemacht, sie war im Übrigen nicht das Ziel der Aktion gewesen, sondern im Grunde nur das Mittel zum Zweck. Die ganze Sache hatte sich nicht gegen Klara gerichtet, sondern gegen die *Holly*. Aber die *Holly* war auch ihr Baby.

»Sie hat unser Vertrauen missbraucht«, erklärte Gregor. »Sie hat uns hintergangen und einen Diebstahl an uns unterstützt. Sekretärin, das heißt nicht zuletzt Vertrauensträgerin. Da steckt schon das Wort *secret* drin. Wenn sie das nicht kapiert, ist sie sowieso falsch in dem Beruf.« Seine Wut schien sich dennoch viel weniger gegen Frau Waibel zu richten als gegen seinen Vater. Vielleicht weil er ahnte, dass sich die Sekretärin selbst hatte ausnutzen lassen, dass man eine Art »Romeo-Spion« auf sie angesetzt hatte, um an Redaktions-Interna zu kommen, und weil sie am Ende ebenfalls zu den Verlierern gehören würde. Zu der Sitzung war sie nicht eingeladen worden, ein erstes Gespräch hatte Gregor am Morgen mit ihr geführt, ehe er sie »bis auf Weiteres freigestellt« hatte. »Im Moment will ich sie sowieso noch nicht mit ganz harten Bandagen angehen.« Gregor blickte ein Redaktionsmitglied nach dem anderen an. »Wir profitieren davon, wenn sie kooperiert. Ihre Zeugenaussage wird ein Tiefschlag für Curtius sein.«

Allgemeines Nicken. Man war mit Gregors Vorgehen einverstanden, auch wenn nicht klar war, wie er die Anwaltskosten umgehen wollte. »Klara«, sagte er. »Kannst du morgen Nachmittag mit mir nach Harvestehude kommen?«

»Sicher«, erwiderte Klara. »Ich bin hier. Wir können jederzeit überall hingehen.«

»Sehr gut. Und vielleicht kannst du was möglichst Biederes anziehen.«

***

Hanna erwies sich als der reinste Engel. Je größer sie wurde, umso neugieriger war sie. Das war zwar mitunter anstrengend, weil sie nicht viel schlief und schon früh krabbelte. Aber es hatte auch den Effekt, dass sie aufmerksam lauschte, wenn man sich mit ihr beschäftigte. Das half nicht nur, sie zu beruhigen, wenn sie unzufrieden war, für Klara war es auch eine wundervolle Möglichkeit, sich von den düsteren Gedanken abzulenken, die sie immer wieder befielen.

Manchmal, wenn Hanna in den Abendstunden wach war, erzählte Klara von ihrem Papa. Sie machte Heinz zu einem Piratenkapitän und Tante Rosas Hausboot zu seiner Galeere, mit der er die sieben Weltmeere bereiste und Abenteuer erlebte, durch Sturm und Wellen segelte, immer auf dem Weg zu ihr, seiner kleinen Tochter, die wohlbehütet auf einer kleinen Insel im immerwährenden Sonnenschein lebte. Sie erzählte ihr, was die Möwen einander erzählten, die draußen vor dem kleinen Bullauge kreisten oder auf den Pollern standen und hereinblickten. Sie erzählte ihr davon, dass Tante Rosa in Wirklichkeit eine Königin war, die sich aber tarnte und ihr Schloss in ein kleines Hausboot verwandelt hatte, damit niemand hinter ihr Geheimnis käme, und dass Olaf in Wahrheit ein verwandelter Prinz sei, den Tante Rosa eines Tages heiraten würde.

Überhaupt: Olaf. Zu dem etwas übergewichtigen Hauskater des Kahns hatten Klara und ihre kleine Tochter sofort eine enge Freundschaft geknüpft. Diese Mischung aus vermutlich unzähligen verschiedenen Rassen schien von allen nur das Beste und Friedlichste geerbt zu haben. Kam ein Fremder auf das Boot, streifte er meist nur einmal kurz um dessen Beine und machte es sich dann wieder an einem seiner Lieblingsplätze bequem. Denn Olaf war ziemlich alt. Wie alt, wusste niemand: Tante Rosa hatte ihn zusammen mit dem Hausboot vom Vorbesitzer übernommen.

Manchmal lagen sie alle drei zusammen auf dem Fernsehsofa in Tante Rosas kleiner Wohnstube, und kuschelten, Klara erzählte, das Baby und der Kater lauschten, das Boot schaukelte leicht, und das Leben war beinahe so etwas wie schön und der Schmerz in Klaras Brust beinahe erträglich.

Am Morgen nahm Klara ihre Kleine mit in die Redaktion. Gregors Wort, dass alle sie unterstützen würden, hatte sich mehr als bewahrheitet: Wenn sie mit dem Kinderwagen in die Redaktion kam, war Hanna meist eingeschlafen und blieb dann für einige Zeit ruhig. Nach dem Aufwachen kümmerte sich entweder Heidi oder Vicki um sie, und beide waren hinreißend mit ihr, weil sie so erkennbar begeistert von dem Mädchen waren und es ihnen auch nichts ausmachte, wenn sie sie aus dem Wagen nehmen und herumtragen mussten oder wenn Hanna tatsächlich einmal für einige Zeit schrie. Am rührendsten war freilich Gregor selbst, der darauf bestand, von Klara Wickeln zu lernen, und der eines Tages mit einem Fläschchen in der Redaktion aufgetaucht war. »Dann kannst du auch mal mehr als zwei oder drei Stunden unterwegs sein«, hatte er erklärt.

Das war inzwischen auch schon wieder fünf Wochen her, und Hanna begann bereits, mehr als nur Milch zu sich zu nehmen. Was das Wickeln allerdings etwas geruchsintensiver machte.

»Das soll bieder sein?«, fragte der Chefredakteur, der sie gebeten hatte, an diesem Tag möglichst konservativ gekleidet zu kommen, als sie ihren Mantel ablegte.

»Findest du es etwa mondän?«, fragte Klara zurück. Sie hatte sich ein Kleid aus Elkes Schneiderei angezogen: etuiartig geschnitten, leicht tailliert, in dunklem Grün, dazu ein Bolerojäckchen im passenden Farbton und blickdichte Strumpfhosen.

»Hm, mondän nun auch wieder nicht. Aber ein Kittelkleid wäre mir lieber gewesen.«

»Dann hättest du ein Kittelkleid anordnen müssen, Gregor«, erwiderte Klara spitz und wusste nicht, ob sie sich über seine Worte ärgern oder amüsieren sollte.

»Gut. Wir haben unseren Termin um 14.30 Uhr.«

»Aha. Und wirst du mir gelegentlich noch mitteilen, welche Art von Termin das ist?«

»Wir treffen uns mit unserem Anwalt«, sagte Gregor. »Der uns in der Angelegenheit mit den Fotos vertritt.« Er zögerte. »Und der uns auch sonst in diesem Krieg helfen wird.«

***

Die Kanzlei lag in bester Gegend, vordere Reihe, direkt an der Außenalster Nähe Alsterpark. Im Schein der Wintersonne strahlte die weiße Villa, als wollte sie den Gästen den Weg leuchten. Am Eingang hing ein poliertes Messingschild, darauf die Namen *Conzen Bremer Ungewitter.*

»Ungewitter?«

»Rolfs Bruder«, erklärte Gregor und hielt Klara die Tür auf.

Drinnen herrschte eine gediegene Atmosphäre von seriösem Reichtum. Die Wände waren getafelt, auf den Marmorböden lagen Perserteppiche. Am Empfang saß eine Dame mittleren Alters, die in unscheinbares Grau gekleidet war und deren ungeschminktes

Lächeln einen überaus vertrauenserweckenden Eindruck vermittelte. »Guten Tag, die Herrschaften«, sagte sie.

»Blum und Hertig«, stellte Gregor sie beide vor. »Wir haben einen Termin bei …«

»Herrn Dr. Ungewitter, ich weiß. Willkommen.« Die Frau erhob sich und bat die Gäste, ihr zu folgen. Leicht hinkend ging sie voraus in einen Konferenzraum, der ein wenig an das Büro von Hans-Herbert Curtius im Frisch Verlag erinnerte: Großformatige moderne Gemälde hingen hier gegenüber den riesigen Fenstern. »Darf ich Ihnen etwas zu trinken anbieten?«

»Ein Wasser vielleicht?«, fragte Klara schüchtern.

»Und einen Kaffee dazu?«, schlug die Empfangsdame vor.

»Wenn Sie mich schon fragen …«

»Für Sie auch, Herr Dr. Blum?«

»Nein, danke. Für mich nichts.«

»Doktor?«, fragte Klara verblüfft, als die Frau die Tür hinter sich zugezogen hatte.

Gregor zuckte die Achseln. »In Kunstgeschichte«, erklärte er achselzuckend.

»Ich bin beeindruckt. Das wusste ich gar nicht.«

»Besser, du vergisst es gleich wieder«, sagte Gregor und winkte ab. »Und erzähl es den anderen nicht. Ich bilde mir nichts darauf ein.« Er räusperte sich. »Es ist nur manchmal hilfreich. Dann erwähne ich es.«

»Zum Beispiel, wenn du einen Termin bei der Bank hast? Oder beim Anwalt?«

»Zum Beispiel. Ja.«

Die Tür öffnete sich wieder, und ein freundlicher, untersetzter Herr trat ein, der Klara so bekannt vorkam, dass sie unwillkürlich sagte: »Herr Ungewitter?«

»Frau Hertig, nehme ich an«, erwiderte der Mann. »Ich

freue mich, Sie kennenzulernen. Ich habe schon viel von Ihnen gehört.«

»Das haben in der letzten Zeit leider viele«, erwiderte Klara, die annahm, er spiele auf das Cover-Foto auf der *Claire* an.

»Ist das so? Nun, nehmen Sie bitte Platz.« Er reichte zuerst ihr und dann Gregor die Hand, der sich ebenfalls vorstellte und dann hinsetzte.

»Wir sind zu dritt?«, wollte Gregor wissen.

»Mein Bruder wird gleich dazustoßen«, erklärte der Anwalt. »Sie kennen ihn ja, er war noch nie ein Ausbund an Pünktlichkeit.« Dann wandte er sich an Klara: »Frau Hertig, würden Sie mir bitte in eigenen Worten erzählen, was Sie in der Redaktion beobachtet haben, als Sie einmal am Abend überraschend dort aufgetaucht sind, wann das war und was dann passiert ist?«

Klara schilderte die Begebenheit, als sie Frau Waibel in der Redaktion in einer intimen Situation überrascht hatte, wie sie die Sekretärin heimgeschickt hatte, wie sie zunächst festgestellt hatte, dass ihre Bilder nicht mehr in der richtigen Ordnung dagelegen hatten, wie sie die Sache angesichts ihrer persönlichen Situation aber rasch vergessen hatte, wie sie dann vorgestern den Mann, der bei Frau Waibel gewesen war, aus dem Frisch Verlag hatte kommen sehen und eins und eins zusammengezählt hatte …

Inzwischen kam die Sekretärin, servierte Kaffee und Wasser für Klara und einen Tee für den Anwalt, und gerade als sie fertig war, trat ein anderer Ungewitter ein: Rolf, der zur Redaktion gehörte und der Bruder dieses Mannes hier war. »Moin«, grüßte der knapp.

»Tag, Herr Ungewitter«, grüßte Klara zurück, während Gregor nur nickte und die Hand hob.

»Alles geklärt? Curtius pleite?«

»Setz dich, Rolf, und lass uns die Sache mit der nötigen Ernsthaftigkeit besprechen«, forderte ihn sein Bruder auf. Er nahm eine

Mappe zur Hand und schlug sie auf. »So«, sagte er. »Dann wollen wir uns mal ansehen, was wir alles gegen den Frisch Verlag und seinen Inhaber und Chefredakteur in der Hand haben.«

***

Als Klara an diesem Abend nach Hause ging, konnte sie kaum glauben, was sie alles erfahren hatte – aus dem Leben von Hans-Herbert Curtius. Aus dem Leben von Rolf Ungewitter. Und aus dem Leben ihres Mannes Heinz Hertig. Denn die Schicksale dieser drei Männer waren auf eine düstere Weise miteinander verknüpft gewesen.

Vicki begleitete die Freundin und ihre kleine Tochter noch ein Stück, weil sie an diesem Abend mit einem Verehrer in einem Lokal Bei den Mühren verabredet war. »Wusstest du, dass die Geschichte nicht stimmt mit dem Feuersturm?«, fragte Klara sie. »Ungewitter hat sich seine Verletzungen auf ganz andere Weise zugezogen.«

Vicki ging ein paar Schritte, ohne zu reagieren. Dann sagte sie: »Ich habe es mir schon gedacht. Es muss etwas anderes dahinterstecken.«

»Du hast es geahnt?«

»Ungewitter war 1943 nicht in der Stadt. Als der Feuersturm war, meine ich. Ich habe mal seine Personalakte in die Hand bekommen, als ich bei Frisch gearbeitet habe. Demnach ist er erst Anfang 44 wieder zurückgekommen und dann nicht wieder in den Krieg geschickt worden. Gegen Kriegsende war er dann noch bei der Flak. Er muss sich seine Verbrennungen im Krieg zugezogen haben.« Sie blickte hinüber zur Speicherstadt, die finster vor ihnen lag und gerade in der düsteren Jahreszeit abends keine gute Gegend war. »In Italien.«

»Ja«, sagte Klara. »Im Pressebataillon.«

»Woher weißt du das?«

»Er hat es mir erzählt. Wir waren mit Gregor beim Anwalt. Ungewitter. Dietrich. Harvestehuder Weg. Feinste Gegend.«

»Ungewitter? Der Anwalt? Dann ist er mit unserem Ungewitter verwandt?«

»Sein Bruder, ja. Und ich denke, wenn unser Ungewitter nicht so entstellt wäre, würden sie sich gleichen wie ein Ei dem anderen.«

»Du meinst, sie sind Zwillinge?«

»Ich denke, ja.«

»Interessant.«

»Noch viel interessanter ist, was er über dieses Pressebataillon gesagt hat«, erzählte Klara. »Er war da nicht der Einzige, den du kennst.«

»Ach?«

»Heinz war auch dort.«

»Dein Heinz?«

»Mhm. Und Curtius.«

»Nicht dein Ernst!«

»Doch. Curtius war der Chef.« Sie blieben vor dem Lokal stehen, in das Vicki zu gehen beabsichtigte. »Was sonst«, sagte die Freundin. »Curtius ist ja praktisch zum Chefsein geboren.«

Hanna im Wagen fing an, sich zu melden. Klara rüttelte ein wenig an dem Gefährt, blieb aber sehr behutsam, denn der Kinderwagen aus dritter oder vierter Hand war nicht mehr im besten Zustand. »Wenn stimmt, was Ungewitter erzählt hat, hat Curtius drei seiner Untergebenen in ein Himmelfahrtskommando geschickt, aus dem nur zwei zurückgekommen sind. Sie sollten eine Untergrunddruckerei der Partisanen ausheben und wurden dabei erwischt. Die Widerständler haben sie in dem Haus eingeschlossen und Feuer gelegt.«

Mit schreckgeweiteten Augen starrte Vicki ins Leere. »Ganz nach deutscher Methode«, sagte sie leise.

»Tja, sie haben es offenbar gelernt«, stimmte Klara zu. »Jedenfalls hat es einer nicht geschafft. Heinz konnte Ungewitter rausziehen. Aber den Dritten nicht.« Auch Klara blickte ins Nichts, als könnte sie die Szene in den umbrischen Bergen vor sich sehen. »Er hat mir nie davon erzählt.«

Vicki griff nach ihrer Hand, während Hanna im Wagen schrie. »Dein Heinz war einfach durch und durch ein guter Mensch. Vollbringt eine Heldentat und erwähnt es nicht einmal.«

»Ich denke, es hat ihn wohl eher gequält, dass er nicht auch den anderen Kameraden noch hatte retten können.«

»Ja«, sagte Vicki. »Das glaube ich.« Sie streckte die andere Hand in den Kinderwagen und streichelte dem Kind über die Wange. »Dein Papa war ein ganz Besonderer, weißt du? Kannst stolz auf ihn sein.« Und mit einer kleinen Pause fügte sie hinzu: »So schade, dass du ihn nicht kennenlernen durftest.« Sie richtete sich wieder auf. »Und das wollen sie Curtius jetzt vorhalten?«, fragte sie dann. »Aber es war Krieg, Klärchen. Da werden die grausamsten Dinge getan, und niemand wird dafür zur Verantwortung gezogen.«

»Curtius hatte gar nicht das Kommando«, verriet Klara ihrer Freundin. »Er war am Tag zuvor abgesetzt und zurückbeordert worden. Er hätte die drei Männer nicht in die Druckerei schicken dürfen. Wäre er noch ihr Vorgesetzter gewesen, dann wär's ein Befehl gewesen. So war's ein Betrug. Denn er hatte seine Abberufung verheimlicht.«

»Dann hat er den dritten Mann auf dem Gewissen«, flüsterte Vicki entsetzt. »Und Ungewitters grausame Entstellung auch.«

Klara nickte. »Und das ist auch der Grund, weshalb er sich nach dem Krieg so um die beiden gekümmert hat, um Ungewitter und um Heinz. Er hatte ein schlechtes Gewissen.«

»Ja«, stimmte Vicki zu. »Oder er wollte sie unter Kontrolle haben und sichergehen, dass keiner von ihnen die Geschichte ausplaudert.«

»Nun, Ungewitter wird. Er ist unser Trumpf im Krieg mit Curtius.«

»Ungewitter«, sagte Vicki. »Er ist ein ziemlich merkwürdiger Mann. Und ein ziemlich faszinierender.«

***

Nicht nur Rolf Ungewitter war faszinierend, sondern auch sein Bruder Dietrich. Innerhalb kürzester Zeit hatte er alle Register gezogen und einen Schriftsatz vorbereitet, in dem Hans-Hermann Curtius nicht weniger als vier schwere Verbrechen nachgewiesen wurden, wobei am schwersten Mord wog. »Mit dem werden wir natürlich nicht durchkommen«, erklärte der Anwalt gelassen, während er die Mappe mit der Strafanzeige auf den Konferenztisch in der Redaktion fallen ließ. »Wenn er wegen eines Kapitalverbrechens verurteilt wird, dann wegen fahrlässiger Tötung. Aber darum geht es nicht.«

Gregor schüttelte irritiert den Kopf. »Darum geht es nicht? Worum geht es denn dann? Ich dachte, wir wollen, dass Curtius endlich für seine Verbrechen zur Verantwortung gezogen wird!« Zornig griff er nach einer Streichholzschachtel und brach zwei der kleinen Zündhölzchen ab, ehe Vicki ihm ihre Zigarettenspitze reichte, damit er seine an ihrer brennenden anstecken konnte.

»Natürlich soll Curtius seine Strafe bekommen«, dozierte Dietrich Ungewitter und schritt in aller Ruhe im Raum auf und ab. »Aber Strafe ist doch nicht nur das, was im Gesetz steht, habe ich recht?« Er schien keine Antwort zu erwarten, sondern marschierte und sprach weiter: »Fünf Jahre? Für den Tod eines Kameraden? Bei guter Führung und angesichts seiner Beziehungen, die er sicher auch ins Justizministerium unterhält, ist er nach spätestens drei Jahren wieder draußen.«

»Hm«, machte Gregor und zog an seiner Zigarette. »Ihnen ist klar, dass Sie in Rätseln sprechen? Hatten wir nicht einen Plan?«

»Operation Nike«, bestätigte der Anwalt.

»Die Rachegöttin«, murmelte sein Bruder und betrachtete ihn spöttisch.

»Ja, das ist unser Plan. Und er sieht die Vernichtung der Person Hans-Hermann Curtius vor. Natürlich nicht physisch!« Dietrich Ungewitter hob beide Hände. »Vielmehr sozial.« Umspielte da etwa ein diabolisches Lächeln seine Mundwinkel? Fasziniert betrachtete Klara diesen Mann, der in seinem teuren Anzug mit der feinen Krawatte wirkte wie der buchstäbliche Wolf im Schafspelz. Durch und durch zivilisiert und kultiviert, gebildet und eloquent, mehr als jeder Mensch, den sie bisher kennengelernt hatte – von Curtius abgesehen. Doch mit einem ausgeprägten Jagdinstinkt ausgestattet, der ihn zum gefährlichen Raubtier werden ließ. So wie Curtius. Keine Frage, der Anwalt war ein gefährlicher Mann. Gut, dass er auf ihrer Seite stand.

»Und das erreichen wir, indem wir ihn wegen etwas anzeigen, von dem wir jetzt schon wissen, dass er nicht dafür verurteilt werden wird?«, fragte Gregor, sichtlich verärgert.

»Absolut! Ich bin überrascht, dass Sie den tieferen Sinn hinter dieser Finte nicht erkennen!«, erwiderte der Anwalt.

»Vielleicht mögen Sie ihn uns ja erklären.« Gregor stieß unwillig den Rauch aus der Nase.

In dem Moment nickte Vicki lachend und murmelte: »Das ist wirklich ein raffinierter Plan.« Und auf die fragenden Blicke der anderen: »Herr Dr. Ungewitter hat völlig recht! Juristisch mag Curtius nicht wegen Mordes belangt werden. Aber in den Augen der Gesellschaft hat er den jungen Mann auf dem Gewissen, den

Heinz nicht mehr aus dem brennenden Gebäude retten konnte. Jeder wird ihn deshalb als Mörder betrachten! Und wenn das Gericht ihn wegen Mordes freispricht, wird das die Leute empören, und sie werden noch einmal darüber sprechen, nachdem sie schon darüber gesprochen haben, als die Klage eingereicht wurde. Und zwar …«

»… weil die Presse diesen Fall genüsslich aufnehmen und groß darüber berichten wird!«, beendete Gregor den Gedanken. »Klar! Sie sind genial, Herr Dr. Ungewitter.«

»Ach, sagen wir einfach, ich tue meine Arbeit.« Der Anwalt winkte ab. »Jedenfalls beeinflusst eine solche Berichterstattung auch die Gerichte, das ist nun einmal eine Tatsache. Wenn ein Richter weiß, dass seine Entscheidung in dem einen Anklagepunkt dem Rechtsempfinden der Bevölkerung nicht entspricht, wird er versuchen, in den anderen Anklagepunkten, wenn er ihnen denn stattgibt, eher eine harte Strafe folgen zu lassen. Die härteste Strafe aber wird für Herr Dr. Curtius sein …«

»… dass er gesellschaftlich geächtet wird«, flüsterte Gregor fasziniert – und nun war er es, dem ein diabolisches Lächeln ins Gesicht gezeichnet war.

***

4.

Während die Sorgen um die *Holly* langsam etwas abnahmen, begannen sich andere Sorgen in Klaras Leben einzustellen – wesentlich schwerwiegendere. Denn seit einigen Tagen litt Hanna an einer Erkältung, die nicht leichter wurde, sondern eher heftiger. Zunächst hatte sie nur ein wenig gefiebert und ab und zu gehustet. Doch seit zwei Nächten bekamen sie beide kaum noch Schlaf, weil die Kleine immer wieder von heftigen Hustenattacken gebeutelt wurde.

Tante Rosa fuhr an Hausmitteln auf, was man nur heranziehen konnte: Sie kochte Salbeitee und machte dem Kindchen Wadenwickel, solange Klara in der Arbeit war. Und wenn sie zu Hause war, dann fragte die Freundin, ob sie irgendetwas tun könne. Klara saß stundenlang am Bett und streichelte ihrer Tochter übers Haar, sang leise Lieder für sie, machte kleine Spiele mit ihr und erzählte ihr immer wieder von ihrem Vater, auch wenn die Kleine noch nichts davon verstand.

Am vierten Tag schienen Husten und Fieber etwas nachzulassen. Erleichtert wagte Klara zum ersten Mal einen kleinen Spaziergang am Fleet entlang, um wenigstens für ein paar Minuten den Kopf frei zu bekommen von all den Sorgen, die sie umgetrieben hatten. Doch am Abend war es schlimmer als zuvor. Und in der Nacht klang Hannas Husten manches Mal wie ein Trommelfeuer, so heftig und wiederkehrend wurde sie von den Attacken geschüttelt. »Klärchen, da muss ein Doktor her«, stellte Tante Rosa nüchtern fest, als sie irgendwann gegen fünf Uhr morgens in der Tür zu der kleinen Kajüte stand, die sich Klara mit ihrer Tochter teilte. »Das macht mir Sorgen.«

Klara nickte. »Und mir erst. Ich bin schon ganz krank vor Angst.« Sie legte die Hand auf Hannas Stirn. »Sie glüht richtig. Die Wickel helfen auch nicht mehr viel.« Sie schüttelte den Kopf. »Aber woher soll ich jetzt einen Arzt bekommen?«

»Schau«, sagte Tante Rosa. »Jetzt ist sie eingeschlafen. Vielleicht kann sie ja jetzt ein, zwei Stunden ausruhen, vielleicht sogar ein bisschen mehr. Und in der Zeit solltest du auch schlafen.«

»Aber ich habe Angst«, sagte Klara. »Wenn ich schlafe, merke ich nicht, wenn das Fieber noch weiter hochgeht. Außerdem kann ich die Wickel nicht wechseln und …« Sie schluchzte. Mein Gott, warum musste denn alles so unendlich schwer sein?

»Ich bleibe hier bei euch und passe auf«, erklärte die Freundin. »Um die Wickel kümmere ich mich auch, wenn es nötig ist. Wenn nicht, dann lassen wir Hanna lieber in Ruhe, damit sie schlafen kann. Und um acht wecke ich dich. Dann haben die Ärzte sicher geöffnet.«

Klara nickte. »Ja«, sagte sie. »Danke, Rosa. Ich weiß gar nicht, wie ich dir danken soll.« Völlig erschöpft ließ sie sich neben ihre kleine Tochter aufs Bett sinken und war so schnell eingeschlafen, dass sie gar nicht merkte, wie Tante Rosa eine Decke über sie breitete.

Es war ein tiefer, traumloser Schlaf, aus dem nicht die Hand der Freundin sie weckte, sondern ein ganz schreckliches Geräusch, das klang, als wäre jemand kurz vor dem Ertrinken. »Hannchen!«, rief Klara und tastete nach ihrer Tochter. Tante Rosa, die auf ihrem Stuhl kurz eingenickt war, schreckte ebenfalls hoch. »O Gott, o Gott!«, rief sie und griff nach dem Fieberthermometer. Aber auch so war deutlich zu erkennen, dass die Kleine hoch fieberte. Vor allem rang sie um Atem. »Sie … sie bekommt keine Luft«, rief

Klara und schlug die Hände vor den Mund. »Was machen wir bloß?«

»Ich laufe um einen Arzt«, sagte Tante Rosa. »Bleib du hier.«

»Nein, ich beeile mich. Ich gehe schon«, erwiderte Klara. Doch die Freundin legte ihr eine Hand auf den Arm. »Lass mal. Du musst bei der Kleinen bleiben.« Der Blick, mit dem sie es aussprach, war deutlicher als jede Erklärung: Wenn etwas Schlimmes passiert, würdest du dir Vorwürfe machen, weil du nicht da warst. Klara nickte tapfer und blickte ihr hinterher.

Tante Rosa konnte sehr überzeugend sein. Offenbar hatte ihr das auch geholfen, einen Arzt zu organisieren. Denn schon wenig später hörte Klara, wie jemand an Deck kam. Und nur ein paar Augenblicke danach stand die Freundin mit einem Mann in der Tür der Kajüte, der eine Tasche bei sich trug und dessen Miene vor allem eines besagte: Keine Sorge, alles wird wieder gut.

***

Dr. Bode schien wirklich der rettende Engel zu sein. Er verschrieb Hustensaft und Tinktur, vor allem aber ein Antibiotikum, das er auch Klara zur Vorbeugung empfahl. »Es ist gut möglich, dass Sie sich angesteckt haben«, erklärte er. »Bei Ihrer Tochter müssen wir außerdem damit rechnen, dass eine Lungenentzündung daraus wird oder eine Mittelohrentzündung, auch wenn ich bisher noch keine Anzeichen dafür feststellen konnte.«

»Was hat sie denn um alles in der Welt?«, wollte Klara wissen. »So eine Erkältung muss doch auch wieder weggehen.«

»Wenn es eine Erkältung wäre, wäre sie in einer Woche vollständig vorbei, Frau Hertig«, erwiderte der Arzt. »Aber das ist eindeutig ein Fall von Keuchhusten. Sie sollten auf keinen Fall im selben Bett schlafen. Am besten nicht einmal im selben … in derselben

Koje«, verbesserte er sich und blickte sich um. »Nett haben Sie es hier. Man möchte direkt einziehen.«

Klara schenkte ihm ein dankbares Lächeln. Er hatte eine ungemein beruhigende Art. Wer über die Einrichtung eines Hausboots spricht, konnte keine düsteren Nachrichten verbergen. »Ist nicht meines«, sagte sie. »Das Boot gehört Tante Rosa.« Erst jetzt fiel ihr auf, dass sie nicht einmal wusste, wie ihre Freundin mit Nachnamen hieß, geschweige denn, ob Rosa ihr echter Vorname war oder ob sie womöglich bloß auf dem Kiez so genannt wurde.

»Jedenfalls sehr nett, wirklich.« Dr. Bode verstaute sein Stethoskop in der Tasche und nickte Klara aufmunternd zu. »Das wird wieder, haben Sie keine Angst. Ihre Kleine ist ein kräftiges Mädchen. Und wenn Sie ihr schön regelmäßig die Medikamente geben, dann wird sie sicher schon bald wieder alles unsicher machen hier.« Er zwinkerte freundlich und reichte ihr die Hand. »Ich komme in zwei Tagen wieder und sehe nach ihr. Sollte wider Erwarten etwas sein, rufen Sie mich einfach, ja?«

»Das mache ich«, sagte Klara. »Die Geschäftszeiten sind …?«

Der Arzt lachte. »Krankheiten halten sich nicht an Geschäftszeiten«, stellte er fest. »Wenn was ist, einfach bei mir klingeln. Ich wohne im Haus, in dem auch die Praxis ist. Wenn ich da bin, komme ich – egal, wie spät es ist. Oder wie früh.«

»Sie sind ein guter Mensch, Herr Dr. Bode«, sagte Klara beschämt und erleichtert.

»Ach«, erwiderte er. »Ich versuche nur ein guter Arzt zu sein.« Er lachte. »Und glauben Sie mir, das ist schwer genug.«

Dann war er zur Tür hinaus, und Klara setzte sich zu ihrer Kleinen ans Bett, die jetzt wieder eingeschlafen war, nachdem Dr. Bode ihr etwas Hustensaft eingeflößt hatte. Was für ein Glück, dass Tante Rosa darauf bestanden hatte, ihn zu rufen. Klara war ihr unendlich dankbar.

Es klopfte. Die Freundin streckte den Kopf herein. »Und? Was sagt er?«

»Keuchhusten.«

»Hm. Dachte mir schon so was.« Sie trat näher und streichelte Hannas Wange. »Armes kleines Würmchen.« Dann blickte sie auf Klara. »Aber jetzt, wo sie schläft und etwas gegen das Fieber und den Husten bekommen hat: Wollen wir uns ein bisschen nach oben setzen? Heute ist ein wunderschöner Frühlingstag!«

Das war er tatsächlich. Klara war die letzten Tage so von der Sorge um ihre Tochter absorbiert gewesen, dass sie gar nicht mitbekommen hatte, wie wunderbar warm es geworden war. Draußen strahlte der Himmel, die Möwen kreisten über dem kleinen Hausboot, und Tante Rosa hatte eine Kanne mit Kaffee auf die Kiste bei der Bank gestellt, die in solchen Fällen als Tisch diente und in der allerlei Gerätschaften lagerten, deren tieferer Sinn sich Klara bisher nicht erschlossen hatte.

Die Bootsbesitzerin brachte außerdem zwei Tassen mit nach draußen und einen Teller, auf dem zwei Franzbrötchen lagen. »Wohl bekomm's«, sagte sie. »Du wirst nicht drauf geachtet haben, aber: Wenn du nicht aufpasst, dann musst du dir bald eine komplett neue Garderobe zulegen.«

»Bitte?« Klara blickte an sich herab. »Was stimmt mit meiner alten nicht?« Sie war ja durchaus stolz auf die Stücke, die sie besaß. Denn seit sie beim Frisch Verlag angefangen hatte, hatte sie Geld, das sie zur Seite legen konnte, bevorzugt für hübsche Kleider, Strümpfe und Jäckchen ausgegeben.

»Na, guck dich mal im Spiegel an, Madame!« Tante Rosa schüttelte amüsiert den Kopf. »Nichts mehr dran an dir. Das haben die Trauer gemacht und die Sorgen. So was zehrt, kannst mir glauben, ich kenn mich da aus.«

In den letzten Wochen war Klara wirklich schmal geworden.

Zuerst die Trauer um Heinz, dann die Sorgen wegen der Zeitschrift und jetzt auch noch die Angst, weil Hanna so krank war … »Hm. Vielleicht ist das gar nicht so schlecht? Ich kann Elke fragen. Sie wird mir die Sachen gewiss enger schneidern.«

»Enger ist kein Problem«, stimmte Tante Rosa zu und lachte. »Aber falls mal wieder ein bisschen was auf deine Rippen kommt, wirst du sie nicht mehr weiter machen lassen können. Und glaub mir, die Männer mögen gern ein bisschen weiblichere Frauen!«

Die Männer, dachte Klara. Was interessierten sie schon die Männer. Heinz war tot. Und sie konnte sich kaum vorstellen, dass es nach ihm noch einmal einen Mann wie ihn geben würde.

***

Natürlich hatte Klara sich angesteckt und fieberte schon am selben Abend hoch. Sie litt aber zuerst vor allem an Schnupfen und tränenden Augen. Der Husten kam mit Verzögerung und war bei Weitem nicht so schlimm wie bei ihrer Tochter. Vielleicht half es ihr auch, dass sie sah, wie es Hanna geradezu stündlich besser ging. Schon am zweiten Tag nach Beginn der Gabe von Antibiotika hielt es die Kleine kaum noch im Bett. Am dritten Tag veranstaltete sie in der Kajüte ein solches Chaos, dass Tante Rosa beschloss, mit ihr einen ausgedehnten Hafenspaziergang zu machen, damit Klara wieder ein wenig Kraft schöpfen konnte.

Elke kam an diesem Tag vorbei und brachte einen Topf mit Hühnersuppe, die sie extra für Klara gekocht hatte. Als sie die Freundin sah, erschrak sie. »Mein Gott, Klärchen, was ist denn los? An dir ist ja gar nichts mehr dran!«

»Die Kleine hatte Keuchhusten«, jammerte Klara. »Ich hab mich angesteckt. Sei bloß vorsichtig. Am besten, du gehst wieder.«

»Ach was«, tat Elke die Warnung ab. »Ich pass schon auf. Außerdem muss sich ja jemand um dich kümmern.«

»Rosa hat …« Ein Hustenanfall schüttelte Klara.

»Tante Rosa kümmert sich um die Kleine«, erklärte Elke. »Schätze, Hanna ist das Kind, das sie nie hatte.« Sie holte ein kleines Einmachglas mit Schweineschmalz aus der Tasche und gab Klara ein Zeichen, sich mal obenrum frei zu machen.

»Hatte sie doch«, erzählte Klara mit rauer Stimme. »Ist aber im Krieg gestorben.«

»Mein Gott, die Arme. Hat's kein bisschen leicht und doch so ein großes Herz, was? Denk nur: Das Kind stirbt im Krieg, sie lebt ohne Mann auf einem alten Kahn im Hafen. Und dann arbeitet sie die Nächte durch als Toilettenfrau …«

»Sie ist ein Engel, sag ich dir«, stimmte Klara zu. »Ich würde sie am liebsten ständig umarmen und ihr danken.«

Das Schweineschmalz verrieb Elke auf Klaras Brust und Rücken, dann legte sie jeweils ein zusammengefaltetes Küchentuch darauf und zog das Nachthemd wieder herunter. »So, jetzt wird dir gleich wohlig warm.«

»Na ja, warm ist mir schon.« Klara seufzte. Dass es nun auch sie noch hatte treffen müssen …

»Glaub mir, das ist ein altes Hausmittel meiner Großmutter. Die hatte sieben Kinder – und jedes ist erwachsen geworden!«

»Dann muss sie's ja wissen, deine Oma.«

»O ja«, sagte Elke und lächelte wehmütig. Ja, sie hatten alle so viele Verluste zu beklagen. Die einen, weil ihre Liebsten im Krieg geblieben waren, die anderen, weil Hunger und Krankheit sie ihnen genommen hatten, und manche, weil das Schicksal nun einmal grausam war. So wie in Heinz' Fall.

»Und wie geht es dir?«, unterbrach Klara die etwas melancholische Stimmung, die plötzlich über ihnen hing.

»Mir? Na ja. Es geht.«

»Klingt nicht, als wolltest du sagen, es geht gut.«

Elke seufzte und wischte sich verstohlen mit dem Handrücken über den Augenwinkel. »Es ist wegen Carl.«

»Carl? Was ist mit ihm? Geht es ihm gut?« Seit er sie einmal für Fotoaufnahmen nach Bremerhaven gebracht hatte, als Elvis nach Deutschland gekommen war, verstand Klara sich bestens mit ihm. Er war ein aufgeweckter, lustiger Mann, der es mit seinem Limousinenservice wissen wollte. Seit er den Unfall gehabt hatte, schien er allerdings nur noch zu arbeiten.

»Ihm geht's scheinbar besser als mir«, erklärte Elke. »Mit der Situation, meine ich.«

Klara griff nach ihrer Hand. »Weil ihr noch nicht verheiratet seid?« Sie verstand ihre Freundin so gut! Mit einem Mann zusammen zu sein war heikel, wenn man keine Ehe eingegangen war. Es konnte jederzeit zu einem »Unfall« kommen. Und wenn der Mann dann nicht zu seinen Pflichten stand … »Habt ihr denn immer noch keinen Termin für die Trauung?«

»Nein«, sagte Elke und schluckte. »Und es wird jetzt auch keinen mehr geben. Ich habe Schluss gemacht.« Und ehe Klara nachfragen konnte, fügte sie hinzu: »Genau deshalb. Ich wollte ihn heiraten. Aber er … er …«

»Wollte nicht?«

»Ach, er hatte immer irgendwelche Gründe, warum es nicht ging. Mal sollte erst der neue Standort bezogen werden, mal ging es seiner alten Mutter schlecht. Und dann hat er auch noch behauptet, er wolle mich schützen.«

»Schützen? Wovor?«

»Vor seinen Schulden. Er musste einen Kredit aufnehmen, um drei weitere Wagen zu kaufen. Wenn wir verheiratet wären, dann würde auch ich für diesen Kredit haften, hat er gesagt.«

»Aber ist es denn nicht so?«

»Natürlich ist es so! Das ist doch die Idee von Ehe, Klara! Zwei

Menschen teilen alles. Das Schöne und das Schwierige. Wenn ich keine Probleme haben will, dann kann ich ein Gänseblümchen heiraten.« Elke schniefte.

»Ein ... Gänseblümchen?«, wiederholte Klara und kicherte.

»Stimmt doch, oder?« Elke zog die Nase hoch, während dicke Tränen aus ihren Augen fielen.

»Ein ... Gänseblümchen!«, rief Klara und musste lachen. So wie Elke: Die lachte auch und weinte zugleich. So saßen die Freundinnen beisammen und lachten, weinten und husteten, während ein sanfter Wind das Boot ins Schaukeln brachte und alles vielleicht doch gar nicht so tragisch war, wie sie es beide noch vor wenigen Augenblicken empfunden hatten.

***

Dr. Bode stellte bei seinem nächsten Besuch fest, dass Hanna sich weit schneller erholte, als es üblicherweise bei dieser Krankheit der Fall war. Elkes Hausmittelchen nahm er zwar mit einer gewissen Amüsiertheit zur Kenntnis, konnte aber nicht verhehlen, dass sie gemeinhin als wirksam betrachtet wurden. »Offen gestanden hat meine Mutter das auch immer benutzt. Und ich bin gut durch meine Kindheit gekommen. Was in der Zeit ja keine Selbstverständlichkeit war.« Er schien in eine ungewisse Ferne zu blicken, als er das sagte. Vermutlich war seine Mutter lange tot.

»Sie passen auf sich auf und bleiben noch einige Zeit im Bett?«, fragte er, als ginge er schon davon aus, dass sich seine Patientin nicht daran halten wollen würde.

»Ich versuche es, Herr Doktor«, erwiderte Klara folgsam.

»Gut. Es ist ja nichts gewonnen, wenn Sie Ihre Krankheit verschleppen«, erklärte er. »So was kann böse ausgehen.« Er konnte ja nicht wissen, dass genau das bei Klaras Mutter passiert war.

»Ja«, sagte sie. »Das wollen wir vermeiden.«

Auch an den nächsten Tagen kam Elke immer wieder vorbei und brachte Klara etwas zu essen oder nahm die kleine Hanna, um mit ihr einen Spaziergang zu machen. Sie war genauso in das Mädchen verliebt wie alle anderen. Mit ihren dunklen Locken und den großen neugierigen Augen sah sie ihrer Mutter wie aus dem Gesicht geschnitten ähnlich. Doch war sie um einiges lebhafter, was Ausflüge mit ihr zunehmend zu kleinen Abenteuern machte. Denn seit sie zu laufen begonnen hatte, gab es für Hanna kein Halten mehr. Vor allem Vögel hatten es ihr angetan. Wo immer sie einen entdeckte, lief sie hin, um mit ihm zu spielen. Im Hafen war das keine besonders gute Idee, denn die Möwen saßen bevorzugt an Stellen, die für ein Kleinkind gefährlich waren. So beschloss Elke nach dem zweiten Beinaheunfall an einer der Landungsbrücken, das Mädchen lieber mit zu sich ins Atelier zu nehmen.

Natürlich war auch dort die Begeisterung über den jungen Besuch groß, und die Mitarbeiterinnen der Schneiderei Brill überboten sich in Entzückensbekundungen. Aber auch hier lauerte überall Gefahr: Scheren, Nähmaschinen, Stecknadeln … Wohin immer auch die kleine Hanna griff, es schien nahezu ein Naturgesetz zu sein, dass man hinzuspringen und sie vor der eigenen Abenteuerlust retten musste. Als Elke schließlich am Abend wieder mit dem Mädchen auf Tante Rosas Hausboot kam, war sie entsprechend mit den Nerven runter. »So was hab ich noch nicht erlebt«, klagte sie, allerdings mit einem Lächeln in den Augen. »Vor diesem Kind ist ja wirklich nichts sicher!«

»Da sagst du was«, stimmte Klara zu, die sich an diesem Tag endlich deutlich besser fühlte. Das Fieber war weg, und sogar der Husten hatte nachgelassen. Nur die Nase war noch dicht, und die Augen tränten schrecklich. »Seit sie auf ihren eigenen Beinchen unterwegs ist, kann man sie keine Sekunde mehr aus den Augen lassen.«

»Stimmt. Sie ist ein kleiner Teufelsbraten.« Elke grinste. »Aber sie ist auch unglaublich süß. Meine Mädels waren auch ganz hingerissen von ihr.« *Ihre Mädels*, so bezeichnete Elke die Mitarbeiterinnen gelegentlich.

»Kenne ich aus der Redaktion«, gab Klara zu. Sie wollte nicht angeben mit ihrer Tochter. Aber sie war ja selbst der Ansicht, dass es kein entzückenderes Kind gab auf dieser Welt. Nun ja, wie vermutlich alle Mütter.

»Ich überlege ernsthaft, ob wir nicht mal eine Kinderlinie machen sollten.«

»Kinderlinie«, sagte Klara. »Wie das klingt. Du meinst Mode?«

Da endlich vertraute Elke ihrer Freundin an, was sie sich in den letzten Wochen und Monaten überlegt hatte: »Klara? Ich will den Laden unten mieten. Den unter der Schneiderei, du weißt schon, wo bis letzten Monat der Eisenwarenladen war.«

Erstaunt musterte Klara sie. »Und was willst du mit dem Laden machen? Die Schneiderei hat doch genug Räume, oder?«

»Für die Schneiderarbeiten schon. Aber ich will nicht mehr nur Auftragsarbeiten übernehmen oder Änderungsschneiderei betreiben.«

»Du willst deine eigene Mode machen?«, gab Klara einen Schuss ins Blaue ab.

»Genau!«, rief Elke und strahlte. »Du weißt, dass ich schon immer am liebsten eigene Entwürfe gemacht habe. Als die alte Frau Brill noch am Leben war, hat sie das nicht gerne gesehen. Sie fand, dass die besten Geschäfte die sind, von denen man schon vorher weiß, ob man ein Stück verkauft bekommt oder nicht.«

»Womit sie nicht ganz unrecht hatte, wenn du mich fragst«, warf Klara ein.

»Dann findest du meine Idee blöd?«

»Überhaupt nicht!«, rief Klara. »Im Gegenteil!« Beinahe hätte sie ihre Freundin umarmt, riss sich aber im letzten Augenblick zusammen und lächelte sie nur an. »Wenn jemand Mode kann, dann du. Ich glaube, ich habe noch nie jemanden getroffen, der sich so gut vorstellen kann, wie ein Kleid aussehen muss, wie du. Du weißt genau, wie die perfekte Länge ist und der perfekte Schnitt. Und du findest für jedes Problem eine Lösung!«

Elke blickte beschämt zu Boden. »Das ist lieb, dass du das sagst, Klara«, erwiderte sie. »Aber du übertreibst völlig. Ich finde nur, es wäre schade, immer nur im Kämmerchen zu sitzen und anderer Leute Zeug zu nähen, wenn man doch selber … na ja, wenn man Mode machen könnte!« Leise fügte sie hinzu: »Und sei es nur für eine Handvoll Frauen, die sie vielleicht tragen mögen.«

Klara lachte und griff nun doch nach ihren Händen. »Also, so viel hab ich im Leben gelernt, Elke: Talent und Leidenschaft werden belohnt. Und du bist die talentierteste und leidenschaftlichste Schneiderin von ganz Hamburg. Mindestens.«

Dankbar für den Zuspruch, erzählte Elke ihrer Freundin, wie sie sich das alles vorgestellt hatte, was genau ihr vorschwebte, womit sie anfangen und wie sie das Geschäft entwickeln wollte. Klara war beeindruckt, wie detailliert sie sich das Projekt überlegt hatte, bis hin zur großen Eröffnungs-Modenschau. »Und wann soll die Eröffnung sein?«, wollte sie wissen.

»Wenn alles gut geht, Anfang Oktober. Ich könnte die Räume ab September haben. Es gibt allerdings noch keinen Mietvertrag.« Elke seufzte. »Man müsste einen guten Anwalt kennen.«

Klara musste nicht lange überlegen: »Keine Sorge, so einen kennen wir.«

»Und man müsste ihn sich leisten können …«

»Ha! Ich bin sicher, für einen neuen Anzug aus deiner Werkstatt wird er gerne bereit sein, sich um alle deine Formalitäten zu kümmern.« Sie würde gleich morgen versuchen, sich einen Termin bei

Dietrich Ungewitter geben zu lassen. Denn so viel war klar: Elke hatte Großes vor, und sie würde alle Hilfe brauchen, die sie bekommen konnte. Und Klara war diejenige, die helfen konnte, musste und vor allem wollte.

***

Killing me softly

Hamburg, Spätsommer 1963

1.

Die Sommerwochen vergingen in der Redaktion der *Holly* in einer Mischung aus alltäglichem Wahnsinn und gespannter Erwartung. Gregor hatte drei »Hospitantinnen« eingestellt, die voll Enthusiasmus im Verlagsalltag mitwirkten, ohne Bezahlung, aber in der Hoffnung, früher oder später übernommen zu werden und in eine Festanstellung zu wechseln. Zwei Fraktionen hatten sich zu diesem Thema in der Redaktion gebildet. Die einen fanden Gregors Idee genial, die anderen fanden sie perfide. »Das geht einfach nicht in Ordnung«, schimpfte Klara an einem Abend, den sie nach Längerem endlich einmal wieder gemeinsam bei Peekenbrink verbrachten. Die drei jungen Frauen, um die es ging, waren nicht eingeladen gewesen, weil Gregor auch »ein paar Interna« hatte besprechen wollen, das hieß: Informationen, die nur die Gesellschafter etwas angingen. »Du nutzt ihre Hoffnungen aus und lässt sie für lau arbeiten.«

»Sie lernen auch was bei uns!«, hielt der Chefredakteur ihr entgegen.

»Aber sie arbeiten wirklich viel. Ich glaube nicht, dass eine von ihnen schon mal pünktlich in den Feierabend gegangen ist.«

»Willkommen im Klub«, murmelte Vicki.

»Na ja«, sagte Klara. »Der Unterschied ist, dass wir wenigstens ein Gehalt haben. Und dass uns der Laden gehört.«

Gregor beugte sich vor und raunte über den Tisch: »Ich könnte ihnen auch gar nichts bezahlen, selbst wenn ich wollte, verstehst du? Wir haben schlicht nicht das Geld!«

»Dann hätten wir sie nicht einstellen dürfen«, beharrte Klara. Es widerstrebte ihr zutiefst, dass hier mit den Träumen dreier junger Mädchen gespielt wurde, die keine Ahnung hatten, wie es um die *Holly* wirklich bestellt war, und die deshalb dachten, früher oder später würde es dann schon eine feste Stelle und Gehalt geben. Sie warf die Arme in die Luft. »Ich find's einfach nicht richtig!«

»Na ja«, gab Heidi zu bedenken, die immerhin ihr ganzes Erbe in den Verlag gesteckt hatte. »Im Grunde beuten wir uns doch alle selbst aus, oder? Ich meine: Hat eine von euch noch viel übrig? Wir zahlen uns zwar ein Gehalt, aber wir zahlen es nicht zuletzt von unseren eigenen Ersparnissen, die wir reingesteckt haben. Das zumindest machen die drei nicht.«

Das brachte Klara auf eine Idee: »Und wenn wir sie am Verlag beteiligen?«

Die anderen starrten sie ungläubig an. »Du willst ihnen Anteile am Verlag geben?«

»Nicht viel, vielleicht jeder ein oder zwei Prozent«, schlug Klara vor. »Es wäre eine Anerkennung. Und wenn die *Holly* mal richtig Gewinn macht, wäre das doch etwas wert, oder?«

Gregor blickte vor sich hin, als könnte er in der Ferne etwas Faszinierendes sehen. »Freunde«, murmelte er. »Vielleicht ist das wirklich des Rätsels Lösung.« Er hob die Hand und rief zur Theke hinüber: »Rudi, die nächste Runde geht auf mich!«

»Jetzt machst du uns aber neugierig«, stellte Vicki fest und öffnete einen Knopf ihrer Bluse, weil es in dem kleinen Lokal so warm war, nur um ihn gleich wieder zu schließen, nachdem sie den Blick eines Gastes vom Nachbartisch bemerkt hatte.

»Wir gründen eine Mitarbeitergesellschaft, versteht ihr?«

Sie verstanden es nicht. Zumindest zunächst nicht. Doch nachdem ihnen Gregor sein Modell, wie alle Mitarbeiterinnen und

Mitarbeiter der *Holly* zukünftig am Erfolg beteiligt sein würden, erklärt hatte, fand die gesamte Runde, dass es eine großartige Idee sei. Im Grunde war es ganz einfach: Fünfzig Prozent des Verlags würden auf eine eigene Gesellschaft übertragen, Gregor nannte sie Mitarbeiter-Holding. Wenn der Verlag schwarze Zahlen schrieb, wurde folglich die Hälfte dieses Gewinns an die Mitarbeiter-Holding ausgeschüttet – und die verteilte diese Erlöse zu gleichen Teilen an alle Mitarbeiterinnen und Mitarbeiter, egal, ob es sich um den Geschäftsführer handelte oder um eine Sekretärin. »Schätze, das ist ziemlich revolutionär«, erklärte Vicki anerkennend.

»Nicht meine Erfindung«, gab sich Gregor bescheiden. »Aber ein gutes Konzept. Und ein ziemlich zeitgemäßes, finde ich.«

Ungewitter am anderen Tischende lachte. »Klingt wie der reinste Kommunismus. Pass bloß auf, dass dich nicht der Verfassungsschutz unter die Lupe nimmt.«

Gregor grinste. »Das wäre mal eine schöne Geschichte fürs Heft.«

So ging der Abend in gelöster Stimmung hin, und die Freunde trennten sich im Bewusstsein, dass die *Holly* ein Unternehmen war, in dem es fair zuging und in dem niemand ausgenutzt wurde, bloß weil es die Umstände dem Verlag ermöglichten.

Am nächsten Morgen berief Gregor eine Redaktionssitzung ein, zu der auch die drei Hospitantinnen und die Sekretärin Frau Waibel gebeten wurden. Letztere hatte lange um ihre Stelle bei der *Holly* bangen müssen, nachdem es ihre Affäre gewesen war, die den Diebstahl von Klaras Babybauchbildern ermöglicht hatte. Seit Kurzem hatte sie »bis auf Widerruf« ihre Arbeit wieder aufnehmen dürfen. »Wir haben einen Beschluss gefasst«, erklärte der Chefredakteur und blickte bedeutungsvoll in die Runde. »Mit *wir* meine ich die Gesellschafter. Ich möchte darauf hinweisen, dass dieser

Beschluss einstimmig gefasst wurde und dass er für jeden Einzelnen unter den Gesellschaftern ein Opfer bedeutet, für manche mehr, für manche weniger.« Was stimmte, denn er selbst besaß ja bisher fünfzig Prozent der Anteile am Verlag der *Holly*. Die neue Regelung jedoch würde ihn ein Vermögen kosten. »Jeder der Gesellschafter tritt die Hälfte seiner Anteile an eine Mitarbeiter-GmbH ab. Diese Gesellschaft wird an allen Gewinnen der *Holly* folglich mit fünfzig Prozent beteiligt sein. Und sie wird diese Anteile gleichberechtigt an alle Mitarbeiterinnen und Mitarbeiter des Verlags, die mindestens ein Jahr lang für die *Holly* gearbeitet haben und am 31. Dezember eines Jahres ungekündigt hier tätig sind, ausschütten.«

»Gleichberechtigt wie?«, fragte Sabine, die unter den drei Hospitantinnen meist das Wort führte.

»Nach Köpfen.«

»Jeder kriegt gleich viel?«

»Jeder. Sie, ich, Frau Waibel …«

Gregor wurde durch das Klingeln des Telefons unterbrochen. Frau Waibel eilte zu ihrem Schreibtisch und meldete sich wie üblich mit: »Redaktion *Holly*, Petra Waibel am Apparat.« Dann ging ein Ruck durch ihren Körper, als hätte ein Feldwebel »Habacht!« befohlen, ehe sie den Hörer vom Ohr nahm, die Sprechmuschel zuhielt und zu Gregor blickte. »Die Bank für Sie, Herr Blum.«

Mit einem entschuldigenden Lächeln stand Gregor auf und ließ sich den Anruf auf sein Telefon rüberstellen. Die anderen sahen sein gewinnendes Lächeln, das er – schon aus psychologischen Gründen – immer aufsetzte, wenn er mit Geldgebern sprach, dann sahen sie seine Stirn sich furchen, dann, wie er seine Fliege etwas lockerte, während er wenig bis nichts sagte. »Aber es muss doch eine Frist geben. … Und per wann? … Das ist sicher ein Missver … Wir sollten einen Termin … Definitiv? Was soll das heißen? … Hören Sie, die *Holly* ist *die* Erfolgsgeschichte der deutschen Presselandschaft. Keine andere Zeitsch… Gut … Ja … Ich … Auf Wiederhören.« Dann ließ er die Hand mit dem Hörer sinken und blickte seinerseits zurück zu den anderen. »Sie stellen die Darlehen fällig. Alle.«

»Die Bank?« Ungewitter setzte sich aufrecht hin. »Mit welcher Frist?«

»Mit keiner«, sagte Gregor blass. »Wir müssen sofort zurückzahlen. Wenn wir es nicht tun, sperren sie uns den Laden zu.«

»Wenn wir es tun, können wir ihn selber zusperren«, flüsterte Vicki.

* * *

An diesem Abend hatte Klara das Gefühl, als würde alles in ihrem Leben den Bach runtergehen. Heinz war tot, die Wohnung war weg, die *Holly* würde schließen. Damit hatte sie keine Einkünfte mehr – und ihre Ersparnisse, die sie ja in den Verlag gesteckt hatte, waren ebenfalls unwiederbringlich verloren. »Ach, Kindchen«, klagte sie, während sie den lieben Kopf ihrer kleinen Tochter streichelte und ihr beim Einschlafen zusah. »Was soll nur aus uns werden?«

Sie erinnerte sich an ein Lied, das ihre Mutter ihr immer gesungen hatte. Die hatte es von einer Hebamme, die sie vor vielen Jahren auf Helgoland gekannt hatte. Leise sang sie es für Hanna und weinte dabei ein wenig, weil es so unendlich traurig war:

Mariechen saß weinend im Garten, im Grase lag schlummernd ihr Kind.
Mit ihren goldblonden Locken spielt säuselnd der Abendwind.
Sie war so müd und traurig, so einsam, geisterbleich.
Die dunklen Wolken zogen, und Wellen schlug der Teich.

Der Geier steigt über die Berge. Die Möwe zieht stolz einher.
So weht ein Wind von ferne, schon fallen die Tropfen schwer.
Schwer von Mariechens Wangen eine heiße Träne rinnt:
Sie hält in ihren Armen ein kleines, schlummerndes Kind.

Unvermittelt stand Tante Rosa in der Tür, die Hand auf der Brust. »Du singst dieses Lied?«, flüsterte sie ergriffen und nickte Klara zu, nur weiterzusingen.

Hier liegst du so ruhig von Sinnen, du armer, verlassener Wurm!
Du träumst von künftigen Sorgen, die Bäume bewegt der Sturm.
Dein Vater hat dich verlassen, dich und die Mutter dein;
drum sind wir arme Waisen auf dieser Welt allein.

Tante Rosa hatte die Verse mitgekrächzt. Doch an dieser Stelle mussten sie beide abbrechen, weil sie allzu sehr von Tränen übermannt wurden.

Es dauerte eine Weile, bis die Bootsbesitzerin tief durchatmete und sagte: »So. Jetzt ist aber gut. Die Kleine schläft. Ich bleibe hier und passe auf sie auf. Und du gehst jetzt mal ein büschen raus und amüsierst dich.«

»Aber musst du denn heute Abend nicht arbeiten?«, fragte Klara, die überrascht war, dass Tante Rosa überhaupt noch auf dem Boot war. Normalerweise fing sie um die Zeit mit ihrem Dienst an.

»Heute nicht«, erklärte sie und stemmte die Fäuste in die Seiten. »Der Chef hat sich eingebildet, dass meine Groschen Abendeinnahmen wären. Ich soll sie abgeben, schließlich würde er mir ja einen Lohn zahlen.«

»Nicht wahr, oder?«, entgegnete Klara verblüfft. »So eine Chuzpe hat der?«

»Der kriegt eben den Kragen nicht voll. Aber da hat er sich geschnitten, der Herr Klubbesitzer. Kann er seine Toiletten selber putzen!«

»Und du hast keine Angst, dass jemand anderes die Stelle bekommt?«

Tante Rosa winkte ab. »Wenn's so ist, such ich mir was anderes«, sagte sie unerschrocken. »Gibt Leute, die werden mich vermissen. Die kommen überhaupt nur in den Klub, weil ich da bin. Gute Musik gibt's schließlich auch woanders.«

Klara musste lachen. »Das finde ich eine klasse Haltung, Rosa«, sagte sie. »Man muss wissen, was man sich wert ist.«

»Mhm«, stimmte die Klofrau des Top Ten Clubs zu. »Und man muss wissen, was man wert ist. Wenn er will, dass ich meine Groschen abgebe, nehm ich meine Kundschaft mit in den Star Club. Die nehmen mich da mit Kusshand.«

»Was ich absolut glaube!«, bestätigte Klara. »Und es macht dir wirklich nichts aus, auf die Kleine aufzupassen?«, kam sie auf das Angebot der Freundin zurück.

»Mach dir mal keine Gedanken, Klärchen. Ich könnte dieses Kind nicht mehr lieben, wenn's mein eigenes wäre.« Sie zwinkerte. »Außerdem haben wir hier einen Fernseher, und ich freu mich, wenn ich mal das Abendprogramm sehen kann.«

***

Nur wenige Augenblicke später hüpfte Klara vom Bootsrand auf den Kai. Sie würde nicht ausgehen, sie würde Elke besuchen. Denn zum Fröhlichsein hatte sie keinen Anlass. Aber der Trost, sich mit ihrer ältesten und liebsten Freundin zu unterhalten, würde ihr jetzt guttun.

Sie lief über die Brooksbrücke und die Mattentwiete Richtung Rathausmarkt. Dort, wo die Große Johannisstraße in die Mönckebergstraße überging, hatte Elke ihre Schneiderei. Es war ein stolzes altes Bürgerhaus, das im Krieg natürlich völlig zerstört gewesen, inzwischen aber wiederaufgebaut worden war und beinahe wie einstmals aussah. Als sie davorstand, war sie schon ein wenig stolz darauf, dass ihre Freundin jetzt hier ihr eigenes kleines Unternehmen hatte. Die Räume im Erdgeschoss, wo eine Eisenwarenhandlung gewesen war, standen leer, die großen Fenster waren mit Zeitungspapier beklebt.

Oben brannte noch Licht. Natürlich. Auch Elke arbeitete ja meist bis spät am Abend. Klara läutete, froh, dass sie die Freundin antraf. Elke war mehr als überrascht, sie zu sehen, freute sich aber sichtlich. »Das war eine gute Idee, dass du zu mir gekommen bist«, erklärte sie. »Ich kann gerade ein bisschen Aufmunterung gebrauchen.«

»Du auch?«, rutschte es Klara heraus.

»Wieso? Was ist denn bei dir schon wieder?«, fragte Elke und griff nach Klaras Händen.

»Ach. Früher oder später musste es ja passieren. Die *Holly* ist pleite. Wir müssen alle Kredite zurückzahlen, die wir von der Bank bekommen haben. Es ist aber kein Geld da. Seit der Flut im letzten Jahr sind wir nur mit größter Not durchgekommen. Vielleicht hätten wir's ja auch noch eine Weile geschafft. Aber nun …« Sie schluckte, wischte sich die Augen und atmete durch. »Aber sag mal, was ist mit dir?«

Beschämt blickte Elke zu Boden. »Wenn ich es mit dir vergleiche, dann komme ich mir albern vor, dass ich mich beklage.« Sie seufzte. »Die Trennung von Carl … ich bin immer … immer noch so …« Es sollte tapfer klingen. Doch im nächsten Moment schossen Tränen in Elkes Augen, und sie begann zu weinen. »Entschuldige«, schluchzte sie und presste sich eine Hand auf den Mund.

Klara nahm die Freundin in der Arm und tröstete sie. »Ach, Elke, das kann ich so gut verstehen. Ich weiß doch, dass du ihn geliebt hast.«

»Er ist so ein … er war so ein … so ein schöner Mann«, presste Elke hervor und lachte. »Verrückt, oder?« Sie schniefte. »Als ob es darauf ankäme.« Hastig griff sie nach einem Stück Stoff auf einem Schneidertisch, neben dem sie standen, und schnäuzte kräftig hinein.

Klara zuckte die Schultern. »Erstens hast du recht, Carl sieht wirklich gut aus. Und zweitens finde ich, dass es nicht schadet, wenn die Männer sich auch ein bisschen Mühe geben mit ihrem Erscheinungsbild.«

Elke nickte. »Stimmt schon.« Mit einem wehmütigen Lächeln fügte sie hinzu: »Er hat sich ja auch sonst Mühe gegeben. Wenn du verstehst, was ich meine. Das wird mir fehlen. Sehr. Aber diese Art, dass immer das Geschäft zuerst kommt und dann erst die Freundin. Dass er lieber die Hochzeit verschiebt als die Geschäftserweiterung … Das hat mich einfach gekränkt.« Sie blickte auf. »War das blöd?«

»Nein«, sagte Klara. »Das kann ich gut verstehen. Irgendwann will man, dass die Zukunft beginnt!«

»Ja!«, rief Elke. »Du sagst es! Genau das ist es! Ich will nicht mehr warten. Wenn Carl warten will, soll er warten. Ich will weiterkommen. Und wenn ich das nicht mit ihm kann, dann eben ohne ihn.«

Klara griff nach ihren Händen. »Und das wird dir auch gelingen. Außerdem gibt es ja noch andere schöne Männer.«

Nun musste Elke grinsen. »Vielleicht sollte ich mehr Herrenmode machen«, überlegte sie. »Dann könnte ich sie mir jedenfalls sehr genau ansehen, ehe ich mir einen aussuche.«

»Guter Plan!«, stimmte Klara zu und lachte. »Mach einfach eine Herrenboutique unten auf.«

»Willst du mal sehen?«, fragte Elke unvermittelt. »Wir sind schon am Einrichten.«

»Wirklich? Ja, das würde ich mir sehr gerne anschauen!«

***

Elke musste lachen, als sie Klaras schockiertes Gesicht sah. »Gib es zu«, sagte sie. »Du kannst dir nicht vorstellen, wie aus diesem Chaos eine Boutique werden soll. Das geht mir manchmal auch so. Vor allem, wenn die Handwerker wieder irgendetwas nicht fertig gemacht haben und einfach in den Feierabend gehen. Aber glaub mir, das wird der schönste Laden von ganz Hamburg!«

Sie tänzelte um eine der beiden Säulen, die auch in diesem Stockwerk den großen Raum trugen. »Hier machen wir Spiegel drauf, so wie oben«, erklärte sie. »Aber über die Spiegel kommen noch extra Lampen, sodass man sich ganz genau betrachten kann. Außerdem wird das Licht von den Spiegeln reflektiert und macht den ganzen Laden heller. Deshalb können wir auch die Wände farbig streichen.«

»Farbig? Echt jetzt?«

»Flieder! Ich liebe diese Farbe. Man muss nur aufpassen, dass der Ton nicht zu dunkel wird, sonst wirkt der Raum viel kleiner.« Elke kicherte. »Hat mir der Malermeister erklärt.«

»Und die Vorhänge?«, fragte Klara neugierig.

»Keine Vorhänge. Ich will, dass die Leute reingucken.«

»Aber wenn jemand was anprobiert …«

»Das macht die Passanten doch nur neugierig!« Elke strahlte. Sie war in ihrem Element. »Ich will was zeigen, verstehst du? Und hier …« Sie wandte sich der großen Rückwand zu und breitete ihre Arme aus. »Hier brauche ich deine Hilfe.«

»Meine? Willst du Fotos aufhängen?«

»Exakt. Und zwar richtig große.«

Auch Klara konnte es richtiggehend vor sich sehen: »Die Monroe, die Hepburn und vielleicht noch … hm …«

»Nein«, erwiderte Elke. »Keine von denen. Ich will was Eigenes.«

»Aha? Fotos von dir?«

Verwirrt schüttelte Elke den Kopf. »Nein, so meine ich's natürlich nicht.« Sie kicherte. »Nö. Das geht besser. Ich hab schon ein paar Mannequins im Blick.«

»Mannequins«, stellte Klara anerkennend fest. »Für deine Modenschau?«

»Du hast es erfasst!«, rief Elke. »Und nicht nur eine! Ab jetzt wird es jeden Frühling und jeden Herbst eine Präsentation meiner Entwürfe geben, mit Laufsteg und Teppich und allem. Und der Laufsteg …« – sie schritt zwischen den beiden Säulen hindurch Richtung Fensterfront – »… kommt hierhin.«

Klara konnte es förmlich vor sich sehen. »Das ist genial, Elke«, sagte sie. »Eine Boutique mit Laufsteg. Und ich mache Fotos bei deiner Modenschau!«

Elke kam zu ihr zurück und hielt sie an beiden Oberarmen. »Ich hatte gehofft, dass du das vorschlägst. Wenn ich dich als Fotografin dabeihabe, dann … dann wird es ein Ereignis!« Sie rief es mit solcher Begeisterung, dass Klara lachen musste. »Du bist wirklich großartig, Elke«, sagte sie. »Weißt du das? Ich habe es im ersten Moment erkannt, als du mich damals angesprochen hast.« Das war am Hafen gewesen, als Elke ihr nach einem Sturz geholfen und ihren zerrissenen Mantel kurzerhand gratis repariert hatte. »Du bist was Besonderes.«

Die Freundin indes winkte ab. »Ach was«, sagte sie. »Ist nichts Besonderes, was Besonderes zu sein. Das sind wir doch letztlich alle, oder?«

Und dann gingen sie wieder nach oben, damit Klara sich die ersten Modelle vorführen lassen konnte. Denn die Eröffnung der

Boutique würde schon in wenigen Wochen sein, und Elke war nicht nur mit den Geschäftsräumen schon weit, sondern noch viel mehr mit ihrer ersten »Kollektion«.

***

2.

Im Grunde hätten sie an diesem Tag gar nicht in die Redaktion kommen brauchen. Die *Holly* war schließlich zahlungsunfähig, der Geschäftsbetrieb war de facto eingestellt. Deshalb überraschte es Klara, als sie am Rödingsmarkt Heidi und Frau Waibel, Rolf Ungewitter und Gregor antraf. Und noch mehr überraschte es sie, dass nach ihr nicht nur Vicki eintraf, sondern kurz darauf auch zwei der drei Hospitantinnen: Christel und Inge. »Immerhin sind fast alle zur Beisetzung erschienen«, sagte Gregor sarkastisch. »Also, falls es euch interessiert, ich war noch einmal bei der Bank, gleich heute früh. Unser feiner Herr Geschäftskundenbetreuer hat mir in knappen Worten noch einmal mitgeteilt, was er mir gestern schon am Telefon gesagt hat. Die Kredite sind fällig gestellt, und zwar mit heutigem Tag. Das heißt, dass wir Punkt null Uhr heute Nacht offiziell zahlungsunfähig sind. Ich werde deshalb heute beim Amtsgericht einen Insolvenzantrag stellen. Und die Bank wird verwerten, was es zu verwerten gibt.« An der Stelle grinste er beinahe das spitzbübische Grinsen, das ihn früher ausgemacht hatte. »Es wird nicht viel zu holen geben. Das tut mir für die Gläubiger leid. Aber nicht für die Bank. Ich danke euch allen für euren Glauben an das Projekt, möchte mich dafür entschuldigen, dass es mir nicht gelungen ist, die Sache besser zu machen. Ich weiß, ihr habt hier unglaublich viel investiert, und die Pleite trifft euch mindestens so hart wie mich.« Er blickte zu Heidi hin, aber auch zu Klara, von denen die eine ihr Erbe verlor, während die andere nun nicht nur ohne eigene Wohnung, sondern auch noch ohne Arbeit dastand, dafür aber mit einem Kind, für das sie sorgen musste. Er faltete die Hände. »Ich kann nur sagen, es tut mir unendlich leid.«

Einen Moment lang herrschte Schweigen, dann trat Klara einen Schritt vor und sagte: »Das hast du sehr schön gesagt, Gregor. Aber vielleicht war's zu früh.«

Verständnislos sah der Chefredakteur auf.

»Ich konnte die ganze Nacht nicht schlafen. Das war zwar hart, aber vielleicht war es für etwas gut. Es gibt da nämlich jemanden, der uns womöglich helfen könnte.«

***

Günther Jauner von der Hanseatischen Handelsbank AG staunte nicht schlecht, als ihm von seiner Sekretärin wenig später »eine Delegation mit dringlichem Anliegen« angekündigt wurde, die in der Schalterhalle auf ihn warte. Wer die Herrschaften seien? Außer einer »gewissen Frau Hertig, die behauptet, Sie zu kennen« war darüber leider nichts bekannt. Frau Hertig allerdings kannte Herr Jauner durchaus, weshalb er sich schon wenige Augenblicke später hinunterbegab, um die Herrschaften nach ihrem Anliegen zu fragen.

»Ich will gleich zur Sache kommen, Herr Jauner«, sagte Klara. »Wir sind der Chefredakteur, die Leitende Bildredakteurin und die Chefin vom Dienst der Zeitschrift *Holly*.« Sie deutete nacheinander auf Gregor, auf sich und auf Vicki. »Sie kennen unser Magazin ja von Heinz.«

»Aber natürlich, Frau Hertig. Und meine Frau liest es ausgesprochen gerne! Ich übrigens auch, wenn ich das sagen darf«, entgegnete der Bankier und deutete auf eine Sitzgruppe in der Ecke der Halle.

»Vielleicht sollten wir besser in Ihr Büro gehen?«, schlug Klara vor und erntete von Gregor einen skeptischen Blick, während

Günther Jauner nur den Finger hob und feststellte: »Sie haben ganz sicher recht, Frau Hertig. Wenn Sie mir bitte folgen wollen …« Er ging voraus, die Treppen hoch in den ersten Stock und dann zu seinem Büro. Seiner Sekretärin, die im Vorzimmer saß, trug er auf, noch »Kaffee für die Herrschaften« zu bringen, dann setzten sie sich alle, und Klara fuhr fort: »Die *Holly* ist eine Erfolgsgeschichte. Mit einer einzigen Ausnahme im letzten Jahr haben wir bis zum Hochwasser im Februar mit jeder Ausgabe einen deutlichen Auflagenzuwachs gehabt.«

Der Bankier nickte und beobachtete seine Gäste dabei ganz genau. Er schien jedes Wort, das Klara ihm vortrug, abzuspeichern.

»Allerdings hat uns die Katastrophe viel Geld gekostet. Das hat dazu geführt, dass wir nicht mehr über die nötigen Rücklagen verfügen, um fällige Kredite zu bedienen.«

»Gibt es denn fällige Kredite?«, fragte Herr Jauner.

»Bis gestern gab es die nicht«, schaltete sich Gregor ein. »Aber gestern hat unsere Bank sämtliche Darlehen fällig gestellt. Mit sofortiger Wirkung.«

»Mit sofortiger Wirkung heißt: rückzahlbar heute?«

Gregor nickte.

»Um welche Summe geht es?«

Gregor nannte eine Zahl, die auch Klara und Vicki staunen ließ. Noch mehr staunten sie, als der Bankier sagte: »Nun, das ist ja eigentlich nicht die Welt. Und Sie können die Summe nicht aufbringen und fragen nun bei mir wegen einer Umschuldung nach? Das heißt, ich muss Sie meinerseits nach den Sicherheiten fragen, die Sie erbringen können.«

Das war der Augenblick, in dem Gregor in sich zusammenzusinken schien. »Was es an Sicherheiten gab …«

»Moment!«, fiel ihm Klara ins Wort. »Das ist es ja gerade. Wir wollen gar kein Darlehen!«

Die Blicke der drei anderen – des Bankiers wie der Kollegen – hätten nicht verblüffter sein können. »Weshalb sollten Sie uns einen Kredit geben, wenn ihn die Kollegen von der Konkurrenz uns nicht mehr geben wollen!«

»Dann verstehe ich nicht ganz …«

»Was wir vorschlagen, ist eine Beteiligung.«

»Unseres Hauses? An Ihrem Verlag?« Nun schien der Herr im eleganten Anzug amüsiert. »Aber Sie werden doch verstehen, dass die Hanseatische Handelsbank sich nicht an einer Mode- oder Musikzeitschrift beteiligen kann. Das schiene mir absurd. Ich meine … Ich wüsste nicht einmal, in welchem Geschäftsbereich wir hier agieren sollten.«

»Aber Unternehmensbeteiligungen sind doch ein wichtiger Teil Ihres Geschäfts!«, mischte sich Gregor ein, der sofort erkannt hatte, wie klug der Gedanke von Klara war. »Ich bin sicher, Sie haben Aktien in Millionenhöhe in Ihrem Geschäftsbericht stehen.«

»Ja, Aktien …«

»Aktien sind nichts weiter als Beteiligungen an einer Kapitalgesellschaft. Unser Verlag ist eine GmbH, also auch eine Kapitalgesellschaft. Sie können also jederzeit Anteile erwerben.«

»Hm«, machte Günther Jauner und blickte von einem zum andern. »Gesetzt den Fall, ich bekäme das bei der Geschäftsleitung grundsätzlich durch, dann hätten wir immer noch das Problem, dass ein Blatt wie Ihres nicht den Anforderungen an die Seriosität genügt, die ein Haus wie unseres stellt.«

Klara wusste nicht, woher sie den Mut nahm, aber sie beugte sich vor und faltete die Hände, als müsste sie einem ahnungslosen Kind den Lauf der Welt erklären. »Sie kennen sicher den *Hanseat*?«

»Die Zeitschrift? Selbstverständlich. Die ist quasi Pflichtlektüre unter Geschäftsleuten.«

»Nun, wie wäre es, wenn Sie Einfluss auf ein solches Heft hätten?«

Der Bankier lächelte ein wenig. »Was wollen Sie damit sagen?«

Klara breitete die Arme aus und erklärte: »Vor Ihnen sitzen drei der wichtigsten ehemaligen Mitarbeiter des *Hanseat.*« Was natürlich nicht wirklich stimmte: Gregor hatte ab und an einen Artikel für das Heft geschrieben, Klara für die Bilder gesorgt – und Vicki war Empfangsdame gewesen. Trotzdem: »Wir sind in der Lage, Ihnen Ihr eigenes monatliches Wirtschaftsmagazin zu liefern. *Der Kaufmann*!«

»*Der Ökonom*?«, warf Gregor ein, auf dessen Stirn sich kleine Schweißtröpfchen gebildet hatten.

Günther Jauners Lächeln war breiter geworden. »Das war nicht geplant, oder? Das ist Ihnen gerade eben eingefallen, hab ich recht?« Er griff nach einer Dose, in der er Zigaretten aufbewahrte, und hielt sie seinen Gästen der Reihe nach hin. Vicki und Klara nahmen sich eine, Gregor lehnte dankend ab. Dann lehnte der Bankier sich zurück, steckte sich eine an und blies nachdenklich den Rauch in die Luft. »Das wäre schon eine schöne Idee. *Der Ökonom.* Oder wie auch immer. Etwas ganz Seriöses. Mehr Finanzwesen, als der *Hanseat* hat. Bisschen mehr über den Tellerrand, nicht so auf Hamburg konzentriert … Und das könnten Sie wirklich?«

»Wenn die finanzielle Ausstattung stimmt, werden wir Ihnen das beste Wirtschaftsblatt liefern, das es in der ganzen Republik gibt«, erklärte Gregor. Und so, wie er es sagte, spürte Klara, dass er es sogar ernst meinte.

»Tja.« Der Bankier blickte zur Uhr. »Wir haben noch vierzehn Stunden. Wir sollten sie nutzen.«

***

Diesmal war es auf dem Hausboot, dass die Sektkorken knallten. »Auf Klara!«, rief Gregor, der es noch immer nicht fassen konnte, dass sie die Katastrophe in buchstäblich allerletzter Minute abgewendet hatten. Vicki hatte von einem ihrer Verehrer ein paar Flaschen Schaumwein organisiert, Tante Rosa hatte ein paar Schrippen in Scheibchen geschnitten und mit Wurst, Käse und Gewürzgürkchen belegt, sodass schöne Kannapees entstanden waren, Ungewitter hatte zwei neue Schallplatten mitgebracht, darunter die erste von den Beatles. So kam es, dass das kleine Hausboot im Sandtorhafen an diesem Abend von einer fröhlichen, lärmenden Gesellschaft bevölkert war, zu der nicht nur der enge Kern der Redaktion gehörte, sondern auch die drei Hospitantinnen, die nun richtige Arbeitsverträge bekommen würden. Außerdem hatte Gregor den Plan, zwei weitere Redakteure einzustellen, um die Truppe inhaltlich stärker aufzustellen.

»Und?«, fragte Klara. »Schon eine Idee, wo du suchen willst?«

Gregor lächelte schräg. Offenbar war es ihm durchaus unangenehm, als er sagte: »Ich würde gerne Lothar abwerben.«

»Lothar? Von der *Claire*?« Mit Lothar Schröder war Klara eine Zeit lang gegangen. Er war ein guter Kerl. Aber eben nicht mehr ihr Freund. Stattdessen hatte er eine andere Mitarbeiterin des Frisch Verlags geheiratet, nachdem Klara ihm gestanden hatte, dass sie ihn nicht zum Mann nehmen wollte. »Aber er ist mit …«

»Ist er nicht mehr«, hielt Gregor ihr entgegen. »Ich weiß, was du meinst. Aber es gibt keinen Interessenkonflikt. Die beiden sind … Nun, sie werden sich scheiden lassen.«

»Oh. Das tut mir leid.«

»Und du weißt, dass Lothar ein erstklassiger Reporter ist. Außerdem versteht er was vom Film. Und da möchte ich mehr machen.«

»Aber Film ist doch mein Bereich!« Tatsächlich hatte sie für die letzten Nummern Berichte über mehrere Filme geschrieben.

Eigentlich aus purer Not, weil in der Krise alle mehrere Aufgaben hatten übernehmen müssen. Doch das war etwas, was Klara Freude gemacht hatte. Vielleicht auch, weil sie im Kino so gut wie an keinem anderen Ort den Schmerz und die Einsamkeit nach Heinz' Tod für kurze Zeit vergessen konnte.

»Klärchen, dein Bereich ist die Bildredaktion!«, widersprach Gregor. »Wenn wir im nächsten Quartal eine neue Wirtschaftszeitschrift herausbringen wollen, wird das noch viel mehr Arbeit werden. Da kann ich nicht erwarten, dass du nebenher auch noch Artikel schreibst.«

Klara schnaubte und stellte klirrend ihr Glas beiseite. »Du nicht, Gregor. Du kannst es nicht erwarten. Aber ich. Glaub bloß nicht, dass ich mich in die Dunkelkammer zurückziehe, wenn Lothar kommt!«

Gregor hob entschuldigend die Hände. »Hey, hey!«, rief er. »Nichts für ungut, Klärchen. Ich will dich ja nicht absägen. Du darfst hier machen, was immer du willst. *Du* bist schließlich die *Holly*.« Er blickte ihr in die Augen. »Ich mein's ernst, Klärchen. Du bist die *Holly*.« Und da wurde es Klara zum ersten Mal bewusst: Sie war wirklich die *Holly*. Alles, was sie mochte, alles, was das Leben lebenswert machte, fand in dieser Zeitschrift statt. Sie war wie für sie erfunden.

»Auf Klärchen!«, rief Vicki. »Die uns gerettet hat!«

»Auf Klärchen!«, stimmten die anderen ein und erhoben ihre Gläser.

Und so stießen sie an diesem Spätsommerabend auf dem Hausboot von Tante Rosa im Sandtorhafen an, an dem die ersten Sterne zu funkeln begannen, und auf einmal alles aussah, als könnte es sich doch zum Guten wenden.

* * *

3.

Der Abschied von Tante Rosa fiel exakt auf den Tag, an dem Elke endlich ihre Boutique Metropol Moden eröffnete. Nachdem endlich wieder Geld floss und der Verlag der *Holly* sogar drei Monatsgehälter nachgezahlt hatte, konnte sich Klara wieder eine eigene kleine Wohnung für sich und Hanna mieten – zu ihrer Freude in der Deichstraße und damit so nah am Sandtorkai, dass sie Tante Rosa jederzeit mal eben schnell zu Fuß würden besuchen können. Als Klara, ihr Töchterchen an der Hand, den Koffer im Kinderwagen, an Deck stand, weinten sie beide: die junge Mutter und die alte Matrone.

»Wirst mir fehlen, Klärchen«, krächzte Tante Rosa.

Klara wollte das Gleiche sagen, brachte aber keinen Ton heraus, sondern nickte nur und schluckte ihre Tränen hinunter. Nur Hanna war fröhlich. »Pazierengehen!«, rief sie und deutete an Land.

»Ja«, sagte Klara mit rauer Stimme. »Das tun wir jetzt. Wir gehen in unsere neue Wohnung.«

»Ohnug«, plapperte die Kleine und hüpfte ungeduldig an Klaras Hand. »Ohnug, Ohnug!«

Die beiden Frauen lachten und wischten sich die Tränen weg. »Hach«, sagte Tante Rosa. »Was so ein Kindchen doch süß ist. Ihr müsst mich ganz oft besuchen kommen.«

»Das werden wir«, versprach Klara. »Öfter, als es dir recht ist, wirst sehen.«

»Könnte schwierig werden, das zu schaffen. Nu aber! Ich schätze, deine Freundinnen warten schon!«

Das taten sie wirklich. Heidi und Christel, eine der bisherigen Hospitantinnen und jetzigen Jungredakteurinnen, hatten sich bereit erklärt, an diesem Abend auf Hanna aufzupassen, weil Klara ja fotografieren musste. »Hübsch hast du's hier«, lobte Christel, die mit ihrem strohblonden Haar und den unzähligen Sommersprossen aussah wie aus einem Heimatfilm entlaufen.

»Danke. Irgendwie ist alles noch nicht so, wie es sein soll. Und ich hab ja auch viele Sachen nicht mehr. Da muss ich noch kräftig dran arbeiten.« So vieles hatte sie verkauft, manches verschenkt von all den Dingen, die sie mit Heinz gehabt hatte.

»Na, Hauptsache ist doch, du hast einen Fernseher«, erklärte die junge Frau mit strahlenden Augen. Das war in der Tat immer noch etwas Besonderes. »Dürfen wir?«

»Sicher! Fühlt euch bitte wie zu Hause«, sagte Klara. Sie hatte sich lange dagegen gewehrt, dass Tante Rosa ihn ihr brachte. Doch die war resolut gewesen. »Wenn die interessantesten Sendungen laufen«, hatte sie erklärt, »bin ich sowieso nicht zu Hause.« Nun würden wenigstens die Freundinnen ihren Spaß daran haben. »Ich bin euch ja so dankbar, dass ihr auf Hanna aufpasst«, sagte Klara.

»Darfst du auch sein«, erwiderte Heidi frech. »Ich wäre auch gern zu der Modenschau gegangen.«

»Das tut mir leid«, sagte Klara betroffen. »Ich … wir … Vielleicht …« Doch Heidi winkte ab und lachte. »Das passt schon«, erklärte sie. »Ich bin so erledigt von der vielen Arbeit in der Redaktion, dass ich froh bin, wenn ich mal einen ruhigen Abend einlegen kann. Und das Sofa hier ist richtig gemütlich weich!«

Das hatte Klara vom Vormieter übernommen, ebenso wie die Kücheneinrichtung, für die sie unendlich dankbar war. Und doch trauerte sie ihren schönen Sachen nach. Den Möbeln und sonstigen Gegenständen, die sie mit Heinz zusammen ausgesucht oder noch von ihrer ersten eigenen Wohnung am Paulinenplatz gehabt hatte. Vieles davon war weg. Auf dem Hausboot hatte es dafür einfach nicht genügend Platz gegeben. »Tja«, sagte sie. »Dann bin ich mal weg.« Sie ging in die Hocke und nahm Hannas kleines Gesichtchen in beide Hände. »Mami muss jetzt noch einmal arbeiten gehen, mein Schatz«, erklärte sie ihrer Tochter. »Aber Tante Heidi und Tante Christel bleiben bei dir und passen auf dich auf. Und ich bin auch gar nicht lange weg. Wenn du morgen früh aufwachst, dann liege ich schon neben dir.«

Hanna zuckte die Achseln und trollte sich. Es schien sie nicht besonders zu kümmern, dass ihre Mutter aus dem Haus ging. Sie war es schließlich gewohnt. Und sie kannte Heidi und Christel auch schon aus der Redaktion.

»Also dann, tschüs, ihr beiden!«, rief Klara und winkte.

»Tschüs!«, riefen die jungen Frauen zurück. Dann schnappte sich Klara die große Fototasche, die sie schon vorbereitet hatte, von der Garderobe, ihren leichten Sommermantel und war aus der Tür. Was sie sonst für die Aufnahmen brauchte, hatte sie bereits am Vortag in Elkes neue Räume geschafft: Scheinwerfer, Reflektoren, Kabel …

***

Elke hatte das Schild über dem Laden erst im letzten Augenblick enthüllt. *Metropol Moden* stand nun quer über die ganze Front in eleganten weißen Lettern auf schwarzem Grund, glänzend und selbstbewusst. Darunter waren die Schaufenster hell erleuchtet, und in den Schaufenstern standen nicht Puppen, sondern echte Mannequins! Gelassen auf und ab schreitend präsentierten sie die Herbstkreationen aus Elkes Schneiderei. Wenn sie ans Ende des Schaufensters kamen, blieben sie stehen und legten die Hand an die Hüfte, während sie den Kopf zur Seite neigten, wechselten das Standbein, machten eine halbe Drehung und noch mal eine halbe

Drehung, ehe sie wieder zur anderen Seite stolzierten. »Einen Film müsste man drehen«, murmelte Klara, als sie es sah. Beeindruckt packte sie ihre Kamera aus und machte ein paar Aufnahmen von den Modellen in verschiedenen Posen. Es gab insgesamt vier junge Frauen, die die Mode vorführten, jeweils zwei präsentierten sich mit den Stücken im Schaufenster, während die beiden anderen sich umzogen und dann nach vorne kamen und sie ablösten.

Der Auflauf vor den Schaufenstern war beträchtlich, und es gab einige Beobachter, die die Frage stellten, ob »so etwas« hier überhaupt erlaubt sei.

»Eine Ordnungswidrigkeit ist bisher nicht festzustellen«, kommentierte ein die Szenerie beobachtender Schutzmann.

»Aber das gehört sich doch nicht!«, ereiferte sich eine ältere Dame.

»Schlechter Geschmack ist keine Straftat, gute Frau«, erwiderte der Polizist.

Wer das für schlechten Geschmack hielt, hatte ganz einfach keinen, dachte sich Klara, sagte aber nichts. Sie war hier, um zu fotografieren, und darauf wollte sie sich konzentrieren.

Die beiden anderen Modelle kamen und lösten die ersten Mannequins ab. Klara blickte durch den Sucher, stellte die Linse scharf – und schnappte nach Luft. In einem durchaus gewagten violetten Kleid, figurbetont und mit mutigem Ausschnitt, präsentierte sich auf spektakulären Absätzen und mit hinreißender Frisur niemand anderes als eine von Klaras besten Freundinnen.

Hastig machte sie ein paar Aufnahmen und eilte dann nach drinnen.

»Klärchen!«, rief Elke, die sie sogleich entdeckt hatte. »Hier hinten!«

»Moin, Elke«, grüßte Klara. »Du hast Rena als Mannequin engagiert?«

»Sieht sie nicht fantastisch aus?« Elkes Augen leuchteten, ihre Wangen glühten, es war mehr als offensichtlich, dass sie gerade den Abend ihres Lebens genoss.

»Ja, absolut«, stimmte Klara zu. »Ich meine nur … Wahnsinn! Wie bist du nur darauf gekommen?«

Lachend winkte die Freundin ab. »Das war nicht geplant. Aber mir ist eines von meinen Modellen ausgefallen. Die hatte ich für die etwas kräftigere Mode gebucht. Ist aber krank geworden. Na ja, Rena hatte einfach genau die richtige Figur. Weißt ja: von wegen Rundungen und so.«

»Allerdings!«, stimmte Klara zu. Denn Rundungen hatte Rena. Sie lachte. »Da wird sich mancher Herr im Publikum Hoffnungen machen«, vermutete sie.

»Bei Rena?« Elke stimmte in das Lachen ein. »Tja, Pech gehabt, meine Herren, was?« Sie hob entschuldigend die Hände. »Ich muss jetzt Gäste begrüßen. Der offizielle Teil fängt gleich an.«

Für zwanzig Uhr war die Modenschau angesetzt, was im Schaufenster stattfand war nur ein Vorgeschmack. Falls von den Neugierigen auf dem Bürgersteig jemand teilnehmen wollte, würde er enttäuscht werden: Die Plätze in den Räumlichkeiten von Metropol Moden waren innerhalb kürzester Zeit besetzt gewesen, es hatte beinahe nur Zusagen auf Elkes Einladungen gegeben.

Klara staunte, als sie die Zettel auf den noch leeren Stühlen betrachtete. Für Senator Schiller und Gattin waren Plätze reserviert, für Gräfin Holst und Begleitung, für Fr. Konsul Gerling, für Dr. Nannen und Gattin. Alles, was Rang und Namen hatte in der Hansestadt, schien sich an diesem Abend in der Großen Johannisstraße am Rathausmarkt einfinden zu wollen.

Rasch wechselte Klara den Film und stellte sich neben dem Eingang auf. Die wichtigsten Persönlichkeiten würde sie auf jeden Fall bei der Ankunft auch fotografieren. Wobei sie nicht die Einzige mit dieser Idee war. Ein Pressefotograf von der *Morgenpost* war ebenfalls da. Sie waren sich schon bei verschiedenen Gelegenheiten begegnet. »Moin, Frau Hertig«, grüßte er. »Für wen arbeiten Sie denn jetzt?«

»Jetzt? Für die *Holly* natürlich«, erwiderte Klara erstaunt.

»Ich dachte, die wäre pleite.« Vermutlich war die Bemerkung gar nicht unverschämt gemeint, doch Klara fühlte sich getroffen. »Wie bitte?«, entfuhr es ihr, lauter als gewollt. Einige Umstehende blickten sich nach ihr um.

»'tschuldigung«, murmelte der Kollege. »Ich dachte nur ... Irgendwer hat das erwähnt.«

Sie wurden unterbrochen, weil in dem Moment eine schwarze Mercedes-Limousine vorfuhr, der der Zweite Bürgermeister der Hansestadt Hamburg entstieg.

»Hätte er auch zu Fuß rübergehen können, was?«, sagte Rike, die plötzlich neben Elke stand.

»Hallo, Rike! Stimmt, das hätte er.« Das Rathaus lag schließlich einmal schräg über den Platz.

»Alles gut bei dir? Du siehst ein bisschen verärgert aus.«

»Alles gut«, sagte Klara und machte ein paar Aufnahmen von dem Politiker. »Hab mich nur gerade über einen Kollegen geärgert, der dumme Gerüchte verbreitet.«

»Klingt, als würdest du von meiner Nachrichtenredaktion sprechen«, erklärte Rike mit bedauerndem Lächeln. »Hast du Rena schon gesehen?«

»Allerdings! Sie sieht sensationell aus.«

»Ja, nicht wahr? Ich könnte mich glatt in sie verlieben«, sagte Rike grinsend.

»Heute Abend wirst du jedenfalls eine Menge Konkurrenz bekommen«, zog Klara sie auf. Dann wandte sie sich wieder dem Eingang zu, durch den eben der britische Militärattaché mit seiner

Frau schritt, gefolgt von … Beinahe hätte sie ihre Kamera fallen lassen: gefolgt von einem strahlend aufgelegten Hans-Hermann Curtius und einer engelsgleichen Blondine.

***

»Du hast Curtius eingeladen?«, zischte Klara empört. Elke blickte irritiert auf. Sie war gerade im Begriff gewesen, eines der Kleider noch einmal um eine Winzigkeit zu korrigieren. »Wie bitte? Dachtest du, ich lade einen der wichtigsten Verleger von Hamburg nicht zu meiner Eröffnung ein? Wenn sie über meine Boutique etwas in der *Claire* bringen, ist das wie ein Hauptgewinn im Lotto!«

Klara schnappte nach Luft. Das mochte ja stimmen, sie selbst hatte es einmal bewiesen, als sie einen Artikel über die Schneiderei Brill in das Heft gebracht hatte. »Aber du weißt doch, dass er unser Erzfeind ist!«

»Dafür kann ich nichts, Klärchen«, erwiderte Elke. »Das müsst ihr unter euch ausmachen. Mir hat er nichts getan – aber er könnte mir guttun. Außerdem hat seine neue Muse ein Twinset bei uns in Auftrag gegeben. Im Grunde ist also Curtius der Begleiter unserer Kundin.«

Empört wandte sich Klara ab. Sie wollte nichts sagen, was sie später bereuen würde. Aber dass Elke sich so illoyal verhalten hatte, das kränkte sie zutiefst. Und sie fragte sich, was Gregor wohl sagen würde, wenn er im Laufe dieses Abends mit seinem Vater konfrontiert würde. Denn er war ja auch als Gast angesagt, ebenso wie Ungewitter und Vicki.

Inzwischen begann es sich in dem neuen Modeatelier zu füllen. Klara musste sich zwischen den ihre Plätze suchenden Gästen hindurchzwängen, um wieder zur Tür zu kommen. Eben fuhr der Reeder Rickmers vor, einer der mächtigsten Honoratioren Hamburgs, zur Überraschung aller ohne Begleitung. Natürlich machte

Klara auch von ihm eine Aufnahme. Und doch war sie nicht mehr so bei der Sache wie vorhin noch. Dass Curtius, der sie mit einem vollkommen entspannten Blick gestreift hatte, zu den Gästen gehörte, wühlte sie auf. Immer wieder sah sie zu ihm hin und fand ihn plaudernd und scherzend im Mittelpunkt des allgemeinen Interesses. Es war, wie es immer war: Wo Hans-Hermann Curtius auftauchte, da bildete er das Zentrum des Geschehens.

Und dann stand plötzlich Gregor vor ihr. »Und? Kein Foto vom berühmten Verleger der *Holly*?«, scherzte er.

»Oh, Gregor, entschuldige! Na dann, bitte einmal von der Schokoladenseite.«

Der Freund warf übertrieben die Arme in die Höhe. »Gott, wie soll man sich denn da entscheiden. Unsereins hat bekanntlich nur Schokoladenseiten!«

So gerne hätte Klara über seinen Scherz gelacht, hätte sich gefreut, dass nach den vielen Monaten, in denen Gregor unter Druck gestanden hatte, und den Wochen, in denen er verzweifelt gewesen war, endlich wieder die alte Leichtigkeit durchbrach, die ihn immer ausgezeichnet hatte. Doch angesichts der Situation brachte sie es nicht über sich. »Irgendwer gestorben?«, fragte er prompt, als er erkannte, dass sie offenbar wild entschlossen war, sich nicht zu amüsieren.

»Noch nicht«, entgegnete Klara. »Aber ich würde nicht garantieren, dass es so bleibt.«

»Bitte? Was ist denn passiert?«

»Curtius ist passiert«, knurrte Klara und machte ein paar Aufnahmen von Vera Tschechowa, die Elke irgendwie auf ihre Gästeliste gebracht hatte. Wahrscheinlich würde die Film-Diva im nächsten Moment den *Claire*-Verleger ansteuern. Gregor folgte Klaras Blick und setzte sein typisches schräges Grinsen auf. »Ach«, sagte er, »der Herr Großverleger ist auch hier.«

»Wieso eigentlich?«, flüsterte Klara.

»Na, ich denke, weil er auf der Einladungsliste stand?«

»Nein: Wieso ist er hier und nicht hinter Gittern? Was ist denn nur mit unserer Anzeige los?«

Auf einmal war auch Gregor wieder ernst. »Das ist allerdings eine gute Frage«, sagte er. »Leider gibt es nur schlechte Antworten darauf.«

»Bitte?«

»Es liegt doch auf der Hand, oder?« Gregor blickte düster vor sich hin. »Curtius ist dicke mit den Richtern oder den Staatsanwälten. Oder mit beiden. Die klagen ihn einfach nicht an, weil er sie um den Finger gewickelt hat. Oder weil er sie in der Hand hat.«

»Das heißt, unsere ganze Strategie war umsonst?«

Auf einmal flackerte es in Gregors Augen. Fast schauderte es Klara, als sie ihn betrachtete. So hatte sie ihn noch nie gesehen – und er erinnerte sie beinahe ein wenig an seinen Vater. »Aber es gibt ja nicht nur die Justiz«, sagte er leise. »Klärchen? Ich glaube, ich habe die richtige Idee.«

***

Der Abend war ein fulminanter Erfolg. Elkes Kreationen wurden heftig beklatscht, die Modelle ausgiebig bewundert. Als das letzte Stück seinen Auftritt auf dem Laufsteg hatte, kam auch die Schöpferin der Mode mit vors Publikum und nahm völlig überwältigt einen riesigen Applaus entgegen. Sie verbeugte sich in alle Richtungen, geschmeichelt, gerührt und auch ein wenig erschrocken, was sie durch ihre Präsentation erreicht hatte. Denn so viel war klar: Die Erwartungen an sie würden von jetzt an gewaltig sein.

Klara schoss so viele Bilder wie zuletzt auf Curtius' Jachtausflug zur Einweihung der *Gorch Fock*. Inzwischen hatte sie den letzten Film eingelegt, den sie dabeihatte. Es würde Tage dauern, alle Aufnahmen zu entwickeln. Doch eine Aufnahme wollte sie unbedingt noch machen. »Elke! Stell dich bitte mit deinen Modellen vorne auf den Laufsteg! Ich will dich vom Publikum umrahmt haben!«, rief sie, und Elke tat wie ihr geheißen. Es wurde das Bild eines triumphalen Abends. Das zentrale Bild der zukünftigen Metropol Moden.

»Und Sie sind die Fotografin dieses netten kleinen Abends?«, fragte eine Stimme neben Klara. Sie musste sich gar nicht umdrehen, um zu wissen, wer sie da ansprach.

»Keine Sorge«, sagte Klara. »Sie werden nicht drauf sein. Nicht auf meinen Aufnahmen, Herr Curtius.«

Der Verleger lachte. »Ich mache mir keine Sorgen«, sagte er. »Ihr Kollege von der *Morgenpost* hat mich ausgiebig abgelichtet. Man wird mich also nicht vermissen.«

Gerade, als Klara ihn zur Rede stellen wollte, trat ein Reporter vom *Abendblatt* auf Curtius zu. »Herr Dr. Curtius«, sprach er ihn an. »Was sagen Sie zu den Vorwürfen, Sie wären am Tod eines Kriegskameraden schuld?«

Der Großverleger schnappte hörbar nach Luft. Mit einem Mal schienen sich seine ganze Gelassenheit und seine unerschütterliche Contenance in nichts aufzulösen. »Wie bitte?«, blaffte er den Reporter an. »Sind Sie nicht der Schreiberling vom *Abendblatt*? Wissen Sie nicht, dass Ihr Chef und ich alte Freunde sind? Sind Sie wahnsinnig geworden?«

Mehrere Umstehende blickten sich um.

»Ich empfehle Ihnen, schnellstens hier wegzukommen«, keilte Curtius weiter. »Sonst hänge ich Ihnen eine Klage wegen Ehrabschneidung an!«

»Wir haben erfahren, dass bei der Hamburgischen Staatsanwaltschaft eine Anzeige wegen fahrlässiger Tötung gegen Sie anhängig ist«, zeigte sich der Reporter unbeeindruckt. »Was sagen Sie dazu?«

»Dazu sage ich, dass Sie die längste Zeit beim *Abendblatt* beschäftigt warfen, Sie Wurm!«, brüllte Curtius in den inzwischen totenstillen Raum, bis ihm plötzlich bewusst wurde, dass er alle Aufmerksamkeit auf ein Thema zog, das er besser hätte für sich behalten sollen.

Klara blickte zu Gregor hin und konnte nicht anders, als ihn rasch zu fotografieren. Denn ihr Freund und Kollege hatte ein geradezu teuflisches Lächeln im Gesicht. Und dann machte sie doch eine Aufnahme von Curtius, der sich im Raum umblickte wie ein Tier, das von Jägern umzingelt ist. Vielleicht war er das in diesem Moment auch tatsächlich. Denn nichts macht einen Menschen verletzlicher als das Wissen, dass er nicht mehr entkommen kann.

***

4.

Auch wenn die Staatsanwaltschaft die Anzeige gegen Curtius nicht weiter betrieb, stand der Großverleger unvermittelt im Sturm: Nachdem die *Morgenpost* berichtet hatte, griffen auch andere Zeitungen die Geschichte auf. *Hamburger Verleger ein Mörder?* titelte die lokale Ausgabe einer großen Boulevardzeitung. *Vom Kameraden ins Feuer geschickt* berichtete eine andere. Gregor war begeistert, während die anderen aus der Redaktion eher bedrückt reagierten. »Ich find's nicht gut«, bemerkte Vicki irgendwann, als sie neben Klara in der Dunkelkammer stand und ihr beim Entwickeln der Filme von der Eröffnung der Metropol Moden zusah.

»Ich auch nicht«, stimmte Klara zu. Die Freundin brauchte ihr gar nicht zu erklären, wovon die Rede war. »Ein Gerichtsverfahren ist eine Sache. Da wird verhandelt, und es gibt faire Regeln. Am Ende gibt es ein Urteil. Und wenn man ihm ein Verbrechen nachweisen konnte, darf man ihn als Verbrecher bezeichnen, und er bekommt seine gerechte Strafe.«

»Eben. Aber so ist das bloß eine Hexenjagd mit Vorverurteilung. Er hat zwar Strafe verdient. Aber er muss auch das Recht haben, sich zu verteidigen.« Vicki schnaubte verächtlich. »Nur dass du dich gegen eine Pressekampagne nicht verteidigen kannst. Die kennt keine Regeln, die macht dich einfach nieder.«

Klara blickte auf. »Nun übertreib nicht, Vicki. Du weißt, dass Curtius ein Schwein ist. Denk nur, was er Ellen angetan hat.«

Eine Weile hingen die beiden Freundinnen stumm ihren Gedanken nach. Ellen Baumeister war Curtius' Sekretärin und

Geliebte gewesen. Er hatte sie auf so grausame Weise abserviert, dass sie sich wenig später das Leben genommen hatte. »Schlimm«, sagte Vicki mit belegter Stimme. »Schlimm war das.«

»Ja. Unendlich traurig.«

Von draußen war Lärm zu hören, Geschrei, das Schlagen von Türen. Vicki wollte schon rausgehen, um nachzusehen, doch Klara hielt sie zurück. »Einen Augenblick noch, sonst verdirbst du mir die Bilder.«

Als sie kurz darauf in den Hauptraum der Redaktion traten, fanden sie Gregor und seinen Vater vor: Hans-Hermann Curtius. Sie standen einander gegenüber und starrten einander an. »Alles, was du kannst, hast du bei mir gelernt, du Wurm!«, bellte Curtius, der am ganzen Körper bebte.

Gregor war erstaunlich ruhig. Nur seine Blässe deutete darauf hin, dass auch er gestresst war. »Bei dir«, wiederholte er leise. »Du meinst, von den Leuten, die du dafür bezahlst, dass sie für dich arbeiten. Mag sein! *Von* dir habe ich jedenfalls nichts gelernt. Nichts, außer wie man es nicht machen sollte.«

»Ja!«, rief Curtius höhnisch. »Der Herr Moralapostel! So kennt man ihn! Wasser predigen und heimlich Wein saufen!« Er tat einen Schritt auf Gregor zu, der aber stehen blieb, obwohl Curtius ihn beinahe berührte. »Macht man es so? Dass man Lügen und Dreck über andere verbreitet? Offenbar ist es das, was man macht. Denn ich hätte mich zu so einer schäbigen Kampagne nicht hinreißen lassen! Das ist unterste Schublade!«

Gregor ging gelassen zu seinem Schreibtisch und öffnete die oberste Schublade. Er zog eine etwas vergilbte Zeitschrift hervor und blätterte sie auf. »Mögen sich die Kunstschaffenden der gewaltigen Verantwortung bewusst sein, die ihnen in dieser unserer Epoche zukommt, und das Wort unseres geliebten Führers vor sich hertragen, der in weiser Eingebung schrieb: Wer von der Vorsehung ausersehen ist, die Seele eines Volkes der Mitwelt zu enthüllen, sie in Tönen klingen oder in Steinen sprechen zu lassen ... der wird seine Sprache reden, auch wenn die Mitwelt ihn nicht versteht. Oder hier ...«, sagte Gregor und fuhr fort: »Es ist das herausragende, über alles leuchtende Verdienst unseres Führers, dass er in seiner uns fackelgleich leuchtenden Erkenntnis verdeutlichte, dass die Kunst dem deutschen Volke nicht mit bloßen Säuberungsaktionen und Wohltätigkeit gerettet werden kann.«

Es herrschte Totenstille in der Redaktion, in der inzwischen alle standen, weil es sie nicht auf ihren Stühlen gehalten hatte. »Ist es das, was ich hätte lernen sollen?«, fragte Gregor mit so viel Bitterkeit in der Stimme, dass der Eindruck entstand, als wollte er jeden Augenblick vor Curtius ausspucken. »Speichelleckerprosa für Massenmörder? Ja!«, rief er und klang auf einmal wie eben noch sein Vater. »Der Herr Großverleger lässt sie hinter sich, die Täter von einst und die Opfer von einst! Aber sie bleiben doch für immer in sein Leben eingebrannt. Den Hitler wirst du nicht mehr los, mein werter Herr Papa. Und auch die Männer, die du in den Tod geschickt hast, wirst du nicht mehr los. Kein teures Gemälde, keine teure Geliebte und keine noch so grandiose Party werden sie aus deinem Leben löschen. Und wenn sie aufstehen und sich bemerkbar machen, dann schläfst du schlecht, habe ich recht? Dann verfolgen sie dich auf einmal.« Leise fügte er hinzu: »Mehr als sonst.« Er deutete auf die Tür. »Hier ist der Ausgang, Herr Dr. Curtius. Sie werden die *Holly* nicht in die Knie zwingen. Der Unterschied ist, dass wir nicht nur für uns selbst brennen, sondern auch für das, was wir tun. Im Frisch Verlag denkt jeder nur an sich. Wir hier sind eine Gemeinschaft. Guten Tag. Wir haben einander nichts mehr zu sagen.«

Curtius holte Luft, um noch etwas zu erwidern, starrte seinen Sohn mit hochrotem Kopf an, blickte sich dann nach allen Seiten um, fand sich wie ein wildes Tier in einer Arena, umgeben von Menschen, die ihn anstarrten, und stürmte dann aus der Redaktion, um ein letztes Mal die Tür donnernd hinter sich zuzuschlagen.

***

Offenbar war die Abwerbung von Lothar Schröder der Tropfen gewesen, der für Curtius das Fass zum Überlaufen gebracht hatte. Unvermittelt war aus dem Jäger ein Gejagter geworden: Während die *Holly* mit der Hanseatischen Handelsbank einen neuen finanzkräftigen Partner hatte und endlich wieder Wind unter die Flügel bekam, sah sich Curtius einer Pressekampagne ausgesetzt, die seinen Nimbus zu zerstören drohte und auch seinen Blättern schadete.

Gregor begrüßte Lothar mit einem kleinen Umtrunk in der Redaktion und verkündete bei der Gelegenheit, dass die *Holly* demnächst in größere Räumlichkeiten im Chilehaus umziehen würde. »Und von dort aus werden wir gemeinsam zur Nummer eins auf dem deutschen Zeitschriftenmarkt!«, rief er und erhob sein Glas. »Auf die *Holly* und alle, die für sie arbeiten dürfen!«

»Auf die *Holly*!«, riefen sie alle und stießen an. Der Stolz war ihnen ins Gesicht geschrieben. Auch Klara war stolz, dass sie es anscheinend tatsächlich geschafft hatten, das Ruder herumzureißen. Die letzte Ausgabe hatte sich bereits wieder deutlich besser verkauft. Die Verträge mit dem Grossisten, die Curtius hintertrieben hatte, waren erneuert worden – sogar zu besseren Bedingungen! Die Gehälter waren alle pünktlich gezahlt worden. Und nun trafen also auch nach und nach die Neuen in der Redaktion ein. »Gratuliere, Lothar«, sagte sie zu ihrem ehemaligen Verlobten. »Die *Holly* ist eine gute Wahl.«

»Danke. Ich gratuliere dir auch«, erwiderte Lothar. »Du bist schließlich eine der Gesellschafterinnen.«

Klara lachte. »Bisher hat mir das vor allem Schulden gebracht.«

»Das wird sich sicher ändern. Und so, wie es aussieht, zieht ihr ja jetzt auch richtige Edelfedern an.«

»Spricht da jemand von sich selbst?«, wollte Klara wissen und verbarg nicht, dass sie seine Aussage ziemlich angeberisch fand.

»Ach«, sagte Lothar, »so hab ich das nicht gemeint. Bis *Der Ökonom* an den Start geht, schreibe ich ja nur über Musik und Film. Davon wird man nicht berühmt.«

»Hm. Du weißt, dass Film auch mein Metier ist?«

Lothar stellte sein Glas beiseite und musterte sie. »Willst du mir damit sagen, dass wir Konkurrenten sind?«

Klara leerte ihr Glas und hielt es Frau Waibel hin, die gerade mit der Sektflasche unterwegs war, damit sie es ihr nachfüllte. »Keine Ahnung. Sag du es mir.«

Lothar zuckte die Achseln. »Also wenn es nach mir geht, dann sind wir einfach gute Kollegen. Ich meine: Es gibt doch auch genug Filme und Konzerte und Klubs, über die wir berichten können. Beide, meine ich. Außerdem können wir gemeinsame Artikel fabrizieren!«

»So wie damals, als ich die Fotos gemacht – und dann den Text geschrieben habe?«

»Hoppla!«, rief Gregor, der hinzugetreten war und das kleine Wortgefecht mitbekommen hatte. »Hört mal, ihr zwei, ihr wart doch mal zusammen, oder? Ich meine, da müsstet ihr doch eigentlich wissen, dass ihr beide feine Kerls seid.«

»Feine Kerls«, murmelte Klara und verdrehte die Augen.

»Jedenfalls müssen wir jetzt alle zusammenhalten«, erklärte der Chefredakteur. »Ihr dürft gerne Rivalen sein, aber nur in dem Sinn, dass jeder versucht, den anderen zu überflügeln, okay?«

Klara lachte und warf die Arme in die Luft. »Und wie soll das gehen? Wenn Lothar jetzt die Filmberichterstattung macht, und ich stehe in der Dunkelkammer?«

»Erstens brauchen wir so oder so perfektes Bildmaterial, und zwar mehr denn je, vor allem in der Filmberichterstattung. Und zweitens sagt keiner, dass du nicht weiterhin über Filme schreiben darfst.«

Lothar hatte plötzlich eine Münze in der Hand und fragte: »Kopf oder Zahl?«

»Wofür?«, wollte Klara wissen.

»Kopf ist *Die Vögel*, Zahl ist *Das Mädchen Irma la Douce*.« Er sprach von den zwei Filmen, die in diesen Tagen Premiere hatten, einem Thriller von Alfred Hitchcock und einer romantischen Komödie von Billy Wilder.

»Zahl«, entschied Klara.

»Irma la Douce«, entschied die Münze, als sie wieder auf Lothars Hand landete. Er grinste. »Viel Spaß!«

»Auf die Story kommt es an«, sagte Klara kämpferisch.

»Gute Einstellung«, fand Gregor und zeigte sein schiefes Grinsen. »Die bessere kommt ins Heft.«

***

Perfektes Bildmaterial bestand im Bereich Film eigentlich immer nur aus den Fotos, die die Verleihfirmen den Redaktionen überließen. Eigene Aufnahmen ließen sich nur beisteuern, wenn es möglichst prominent besuchte Premieren gab, was jedoch bei den beiden Filmen nicht der Fall war, zumindest nicht in Hamburg. Nein, Klara würde sich noch etwas einfallen lassen müssen. Aber zuerst würde sie sich den Film ansehen.

Sie rief bei Metropol Moden an, doch Elke war gerade dabei, eine anspruchsvolle Kundin zu beraten und deshalb nicht zu sprechen. Sie rief im Salon Sissi an, doch Rena hatte für den Abend schon eine Einladung zu einer Geburtstagsfeier bei einer Freundin von Rike zugesagt. Vicki verbrachte ihre Abende zurzeit verdächtig häufig mit Rolf Ungewitter, was in der Redaktion für Gerüchte zu sorgen begonnen hatte. Heidi aber sagte sogleich erfreut zu, als Klara sie fragte, ob sie mit ihr ins Kino gehen würde.

Für Hanna konnte sie Christel engagieren, die bereit war, auf die Kleine aufzupassen, wenn Klara ihr dafür zwei Karten für den nächsten Abend mitbrachte.

Und so konnte Klara an diesem Abend das Schöne mit dem Nützlichen verbinden und mit einer Freundin in den UFA-Palast gehen, bei dessen Eröffnung sie vor Jahren mit ihrem Heinz Aufnahmen für die *Claire* gemacht hatte. Wie immer, wenn ein großer Kassenschlager aus Amerika nach Deutschland kam, standen die Gäste Schlange. Eine Weile hatte Klara Sorge, sie würden gar nicht mehr reinkommen. Doch dann waren sie endlich drinnen und hatten mit Reihe sieben, Nummern zwölf und dreizehn, sogar noch einigermaßen gute Plätze. Vor ihnen saßen ein paar junge Frauen, die sich vielleicht ein bisschen zu sehr aufgedonnert hatten und vielleicht ein bisschen zu laut amüsierten, ehe der Film überhaupt angefangen hatte. Heidi stieß Klara in die Seite. »Wenn du mich fragst, sind das Kolleginnen«, raunte sie.

»Kolleginnen? Von uns?«

»Von Irma!« Heidi unterdrückte mühsam ein Kichern.

Von Irma. Natürlich. Das mochte sein. *Das Mädchen Irma la Douce* erzählte die Geschichte einer Prostituierten, die durch allerlei verrückte Zufälle zur Geliebten eines Polizisten wurde. Viel mehr wusste Klara über den Film noch nicht, aber Shirley MacLaine war angeblich hinreißend, und Jack Lemmon, der den Polizisten spielte, wie immer großartig.

Und dann drehten sich die jungen Frauen von den Vordersitzen um und guckten sich die zwei Journalistinnen, die sich hinter sie gesetzt hatten, an. »Anni?«, sagte Klara verblüfft.

»Klara?«, fragte die Frau vor ihr zurück. Und ja, sie war eindeutig eine Kollegin von Irma: die Schminke übertrieben, das Kleid zu eng, das Dekolleté zu tief … »Klara Paulsen?«

Klara nickte. »Hallo, Anni«, grüßte sie. »Schön, dich zu sehen.«

Dann ging das Licht aus, und der Film begann. Klara konnte sich kaum konzentrieren. Ja, gewiss, sie hatte mal gehört, dass Anni angeblich in der Davidstraße arbeiten würde. Aber bis jetzt war es nicht mehr als ein Gerücht gewesen, eines, von dem man hoffen konnte, dass es einfach nicht stimmte. Denn das wünschte man schließlich niemandem. Schon gar nicht einer ehemaligen Mitschülerin, mit der man einige Zeit lang auf dem Schwarzmarkt gemeinsame Sache gemacht hatte.

Das Publikum amüsierte sich prächtig, die Stimmung im Saal war ausgelassen. Als der brave Nestor unversehens als vermeintlicher Zuhälter gefürchtet wurde, kannte mancher im Zuschauerraum kein Halten mehr. Und Shirley MacLaine war wirklich eine Wucht. Sie spielte die junge Frau, die vom Schicksal in ein so undankbares, hartes Leben verschlagen worden war, mit einer Gewitztheit und Herzlichkeit, dass niemand sie hätte verurteilen mögen für ihren »Beruf«. Heidi war eher schweigsam. Sie schien sich ihre Gedanken zu machen nach der seltsamen Begebenheit zu Beginn. Natürlich musste sie sich fragen, wieso Klara offensichtlich vertraut war mit einer Prostituierten. Andererseits: Das hier war Hamburg, hier waren leichte Mädchen nun einmal weitaus dichter gesät als an anderen Orten.

Klara überlegte sich den ganzen Film über, was sie denn tun sollte, wenn das Licht wieder anging. Es stellte sich jedoch heraus, dass sie keine Lösung auf diese Frage finden musste, denn Anni drehte sich abermals zu ihr um, sobald das Licht wieder angegangen war, und sagte: »Kommt ihr noch mit in den Star Club? Wir treffen ein paar Freunde.«

***

Rasch zeigte sich, dass Anni und ihre zwei Kolleginnen zwar die Blicke aller Männer auf sich zogen, sich aber offensichtlich nichts daraus machten, zumindest wenn sie nicht im Dienst waren. Stattdessen waren sie liebenswerte Frauen, die genau die gleichen Themen hatten wie alle anderen Frauen auch: Sie sprachen über Filme, die sie gesehen hatten, Musikgruppen, die sie live erlebt hatten, Schallplatten, die sie sich gekauft hatten, Mode, Lokale und die Macken der Männer. Bereits nach wenigen Schritten, die die fünf Frauen sich vom Globe entfernt hatten, war der Gedanke, dass sie eben mit drei Bordsteinschwalben durch die Stadt spazierten, völlig aus Klaras Kopf verschwunden. »Seid ihr öfter im Star Club?«, wollte sie von Anni wissen.

»Na ja, manchmal wird man eingeladen. Freie Tage gibt's nicht so viele«, erklärte die alte Freundin. »Aber wenn, dann tanzen wir, bis wir nicht mehr können. Stimmt's, Petra?«

Die Angesprochene lachte. »In deinem Fall heißt das nicht viel. Du machst immer gleich schlapp.«

»Ja!«, stimmte die Dritte zu. »Anni ist eher so der Ich-setz-mich-in-die-Ecke-und-schlürfe-meinen-Cocktail-Typ.«

»Ihr seid blöd!«, rief Anni lachend und hob den Arm, um ein Taxi anzuhalten. Der Fahrer fuhr an den Bürgersteig und kurbelte das Seitenfenster herunter. »Tut mir leid, die Damen«, sagte er. »Aber fünf auf einmal, dafür ist mein Autochen zu klein.«

»Papperlapapp!«, rief Anni. »Wir sind doch so zierlich, Herr Direktor. Lassen Sie es uns einfach ausprobieren. Vier von uns quetschen sich nach hinten, eine sitzt bei Ihnen vorne. Und Sie dürfen sich sogar aussuchen, welche!«

Der Fahrer lachte. Er schien zu vermuten, welche Art von Fahrgästen er im Begriff war aufzunehmen. »Na gut«, sagte er. »Wo soll's denn hingehen? Reeperbahn?«

»Reeperbahn?«, rief Petra empört. »Ich darf doch sehr bitten, mein Herr! Wir sind schließlich anständige Mädchen!« Woraufhin die drei von der Davidstraße kicherten, während Klara und Heidi gleichzeitig erröteten und die Blicke senkten. »Wir müssen zur Großen Freiheit 39!«

»Ah!«, rief der Fahrer. »Zum Star Club. Das ist natürlich ganz was anderes. Dann immer rein in die gute Stube.«

Klara, Heidi, Anni und Petra stiegen hinten ein, die junge Frau, die Lotte hieß, setzte sich auf den Beifahrersitz. »Und?«, wollte der Fahrer wissen. »Sind Sie geschäftlich unterwegs?«

»Und wenn's so wäre?«

»Man fragt ja nur.«

»Die Taxifahrer werden auch immer neugieriger«, stellte Petra fest. »Schon mal was von Diskretion gehört?«

»Allerdings«, sagte der Fahrer lächelnd. »Die ist immer gut, stimmt's?«

Anni legte ihre Hand auf Klaras. »Ich hoffe, es ist dir nicht peinlich«, flüsterte sie.

»Was soll mir peinlich sein?«, fragte Klara, wusste aber natürlich, was die Freundin meinte.

»Wir«, sagte Anni.

Klara ließ die Frage unbeantwortet. Viel wichtiger war ihr: »Geht es dir denn gut?«

»Ach, was heißt das schon: gut gehen?«, erwiderte Anni. »Ich komme zurecht.«

»Na ja«, meinte Klara leise. »Ich schätze, es ist nicht so wie in dem Film vorhin.«

Anni lachte. Es klang ein wenig bitter, aber doch auch irgendwie versöhnlich. »Nein. So ist es sicher nicht. Aber das gilt für andere Geschichten auch, oder? Ich meine, wenn du dir eine Liebesgeschichte anschaust, dann ist die auch in Wirklichkeit nie so wie im Kino.«

Klara legte ihre andere Hand auf Annis. »Da hast du recht. Die Wirklichkeit ist eben kein Film. Die hat ihre eigenen Gesetze.« Das brachte sie auf eine Idee. »Sag mal, hättest du morgen Vormittag Zeit, dich kurz mit mir zu treffen?«

»Wenn es nicht zu früh ist …«

»So um elf vielleicht?«

»Hm. Sagen wir halb zwölf. Und wo?«

»In der Davidstraße?«

»Im Ernst?«

»Ich besuche dich an deinem Arbeitsplatz.«

***

Der Star Club war so voll wie an jedem Abend. Mit Heinz war Klara zweimal da gewesen, was ihr schmerzlich bewusst wurde, als sie durch die Tür trat und sich diese sehr eigene Atmosphäre vor ihr ausbreitete: Menschen, dicht an dicht, die alle vom unbedingten Willen beseelt waren, sich zu amüsieren. Im bunten Licht der Scheinwerfer waberten Rauchschwaden unter der niedrigen Decke, auf der Bühne verausgabte sich eine Band, wer tanzen konnte, tanzte – und wer es nicht konnte, tanzte erst recht. Kreischend stürzten sich Petra und das Dritte der drei Mädchen von der Davidstraße ins Getümmel. Anni aber blieb nah bei Klara und Heidi und schrie: »Wollen wir uns an die Bar setzen?« Denn Sprechen ging bei dem Lärm, der hier herrschte, nicht.

»Unbedingt!«, schrie Klara zurück. »Ich brauche jetzt was zu trinken.«

Sie zwängten sich durch und quetschten sich zu dritt auf zwei Barhocker. Klara bestellte Sekt für alle drei. »Der geht auf mich!«

»Da sag ich nicht Nein«, meinte Anni.

Ein Mann, der zwei oder drei Hocker weiter stand, kam zu ihnen herüber und sprach sie an: »Kennen wir uns nicht?« Er grinste anzüglich. »Ich müsste mal auf Toilette und bräuchte Begleitung.«

»Wir sind privat hier«, beschied ihn Anni. »Schätze, Sie finden auch allein hin.«

Lachend schob der Fremde ab.

Der Sekt kam, und die Frauen stießen an. »Und wie läuft's bei dir so?«, wollte Anni von Klara wissen. Die zuckte die Achseln. »Auf und ab«, sagte sie.

»Und im Moment?«

»Endlich wieder auf.«

Anni nippte an ihrem Sekt. »Darauf warte ich auch täglich«, sagte sie. Klara konnte die Worte mehr erahnen als hören. »Auf eine Kippe nach draußen?«, fragte sie. Anni nickte. »Passt du mal auf unsere Gläser auf?«, bat Klara Heidi. Die seufzte, weil sie offenbar lieber frei gewesen wäre, um zu tanzen, stimmte aber zu.

Es gab einen kleinen Hinterhof, auf den sich die Gäste zurückzogen, wenn sie es drinnen nicht mehr aushielten oder ein paar ernsthafte Worte wechseln wollten, denn Letzteres war im Lärm des brodelnden Saals nicht möglich. »Also, erzähl«, forderte Anni ihre alte Freundin auf.

»Na ja, das Wichtigste: Ich bin Mutter geworden. Hab eine kleine Tochter. Sie ist ein Jahr alt.«

»Respekt!«, sagte Anni und guckte auch so. »Das heißt, du hast auch einen Mann? Hast du geheiratet?«

Klara seufzte. »Geheiratet, ja. Aber er ist bei einem Unfall ums Leben gekommen. Ich bin Witwe.«

»Scheiße«, flüsterte Anni. »Und ich dachte, ich hab's schwer. Und trotzdem arbeitest du?« Denn das hatte sie von Klara schon im Taxi erfahren.

»Es ist das Beste, was man machen kann, wenn man verzweifelt ist.«

Anni nickte. »Kann ich verstehen. Manchmal ist das sogar in meinem Beruf so.«

»Mensch, Anni. Hättest du gedacht, dass es so mit uns kommen würde?« Klara hielt ihr ein Päckchen Zigaretten hin, und die Freundin nahm sich eine, dann gab sie ihr Feuer und zündete sich selbst eine an.

»Das kann sich kein Mensch so denken«, sagte Anni. »Gott sei Dank.« Im trüben Licht des Hinterhofs sah die Freundin erschöpft und längst nicht so glamourös aus wie in der goldenen Beleuchtung des UFA-Palasts oder unter den Scheinwerfern des Star Clubs. Vielleicht musste man sich immer wieder vor Augen führen, dass all die Schicksalsschläge, die man parieren sollte, nur eine kleine Auswahl von Zumutungen waren, die das Leben für die Menschen bereithielt. Andere hatten ihre eigenen Zumutungen zu meistern. Manche zerbrachen daran, andere wurden stärker. Und trotz all der Erschöpfung und all der Bitterkeit, die Klara unter dem Make-up im Gesicht ihrer alten Freundin erkennen konnte, erkannte sie doch auch: »Du bist eine wirklich starke Frau, Anni.«

»Da sind wir glatt zwei, was?«

***

5.

Von den Damen war noch kaum eine auf der Davidstraße unterwegs, als Klara am nächsten Vormittag hinkam. Sie nahm es mit einer gewissen Erleichterung zur Kenntnis. Vor allem war sie froh, dass sie Anni bereits antraf. Die Freundin wartete – in »Dienstkleidung« – vor einer Pension, die den Namen Paloma trug. Die Eingangstür, neben der Anni an der Hauswand lehnte, gähnte den Betrachter düster an. »Moin, Anni!«, rief Klara. »Danke, dass du gekommen bist!«

»Moin. Kein Problem. Hatte ja keine lange Anreise«, erwiderte Anni und stieß sich von der Wand ab. »Sollen wir irgendwo einen Kaffee trinken gehen?«

»Kaffee klingt nach einer richtig guten Idee nach dem Abend«, stimmte Klara lachend zu. Also kehrten sie in der noch menschenleeren Paloma Bar ein, wo Klara ihrer Freundin eröffnete, was sie vorhatte: »Ich möchte, dass du mir eine Kritik für die *Holly* schreibst.«

»Wie jetzt?«, fragte Anni verdattert. »Eine Kritik? Was soll ich denn kritisieren? Ich kann doch überhaupt nichts schreiben. Also *so*, dass man's irgendwo abdrucken könnte.«

»Ich möchte wissen, was du über den Film denkst. *Irma da Douce.* Deine Gedanken dazu. Schließlich bist du vom Fach, oder nicht?«

»Hm. Ich weiß nicht, ob ich das gut finde. Was soll ich denn da sagen?«

»Einfach, was dir dazu einfällt, Anni. Nichts weiter. Und wegen der Form mach dir keine Gedanken. Da kann ich dann mithelfen.«

Sie bestellten zwei schwarze Kaffees, den sie beide mit kräftig Zucker, aber ohne Milch tranken. »Selbstverständlich bekommst du ein Honorar dafür!«, erklärte Klara, um jegliches Missverständnis zu vermeiden. »Es ist nicht viel, aber es ist, na ja, eine Anerkennung.« Sie räusperte sich. »Zwanzig Mark.«

»Zwanzig Mark?«, rief Anni. »Na, dafür schreib ich gerne was. Du willst nicht wissen, was ich sonst für zwanzig Mark mache.« In der Tat, das wollte Klara lieber nicht so genau wissen. »Und wann soll ich das schreiben?«

»Na jetzt. Mit mir. Hier. Und anschließend machen wir Fotos.« Klara klopfte auf ihre Kameratasche.

»Wie? Fotos?« Anni rückte eine Winzigkeit von ihr ab. »Willst du mich hier als Bordsteinschwalbe ablichten? Wenn ich mein Gesicht mit so was in der Zeitschrift abgedruckt habe, kann ich vergessen, jemals noch eine richtige Arbeit zu finden.«

Klara hob entschuldigend die Hände. »Du hast recht, entschuldige«, sagte sie. »Darüber habe ich nachgedacht, und ich habe auch eine Lösung dafür. Dein Kopf kommt nicht aufs Bild.«

Klara sah der Freundin an, dass sie hin- und hergerissen war, ob sie bei diesem seltsamen Vorhaben mitmachen sollte. Andererseits: Sie hatte nichts zu verlieren, wenn sie nicht erkennbar war. Klara versicherte ihr außerdem, dass sie mit ihrem Künstlernamen Lolita benannt werden würde. Die zwanzig Mark waren auch nicht schlecht … Also sagte Anni zu, und sie saßen die nächsten zwei Stunden bei zwei weiteren Kaffees in der Paloma Bar und schrieben gemeinsam Annis Kritik der *Irma la Duce*, ehe sie nach draußen gingen und ein paar Aufnahmen machten: Lolita lässig an die Hauswand gelehnt, Lolita mit Zigarette in der Hand, Lolita die Straße entlanggehend. Und so traurig dieses Geschäft war, so bewundernswert hielt sich Anni dabei. Sie beherrschte die Kunst der Illusion.

***

»Klärchen, wir können nicht eine Filmkritik von einer Prostituierten in der *Holly* bringen!«, rief Gregor aus und warf die Arme in die Luft. »Das geht einfach nicht!«

»Gregor, es ist ein Film über eine Prostituierte. Die Leute gehen rein und nehmen es für völlig normal. Aber wenn sie eine Besprechung des Films von einer Prostituierten lesen, denkst du, sie verkraften es nicht?«

»Der Film ist ein Film! Er ist Fiktion!«

»Eben«, sagte Klara. »Und deshalb stellt sich die Frage: Wie viel Wahrheit steckt drin? Niemand weiß das besser als eine Prostituierte.«

»Wo sie recht hat, hat sie recht«, murmelte Ungewitter. »Ich meine, stimmt doch, oder? Wenn's ein Film über einen Rennfahrer wäre, und wir hätten einen Rennfahrer, der uns eine Kritik liefert, dann würden wir das auch bringen. Also: Wenn die Kritik gut ist.«

»Und sie ist gut«, schaltete sich Heidi ein. »Die Frau kennt sich aus, und sie nimmt kein Blatt vor den Mund.« Es war offensichtlich, dass die drei jungen Frauen von vorgestern Abend ihr irgendwie imponiert hatten.

Gregor schüttelte den Kopf. »Okay«, sagte er. »Stimmen wir ab.« Und er schüttelte wieder den Kopf, als die Abstimmung sechs zu zwei ausging. Für Annis Filmkritik. Mit Hinweis auf der Titelseite.

Dass Lothar dafür gestimmt hatte, rechnete Klara ihm hoch an. Denn es bedeutete, dass es keinen Hinweis auf seine Filmkritik der *Vögel* auf dem Umschlag geben würde. Dennoch war er gekränkt. »Das war nicht fair«, beklagte er sich.

»Aber wieso?«, hielt Klara dagegen. »Ich habe mir eben was einfallen lassen.«

»Du hättest eine eigene Kritik schreiben müssen. Dann hätten wir eins zu eins gekämpft. So hast du dir einfach einen Vorteil verschafft, gegen den ich nicht bestehen konnte.«

»Ach, Lothar«, sagte Klara und nahm seine Hände in ihre. »Das ist doch kein Kampf, jedenfalls nicht gegeneinander. Wenn, dann kämpfen wir doch gemeinsam. Für die beste *Holly*, die wir bieten können! Du und ich und wir alle. Bitte lass uns keine Konkurrenten sein. Ich mag dich immer noch – und ich finde, du bist ein ausgezeichneter Journalist, ein echter Gewinn für die *Holly* und für die Redaktion. Ich bin dankbar, dass wir dich haben.«

»Tatsächlich?«, fragte Lothar. »Neulich klang das anders.«

»Neulich war alles noch ganz frisch. Ich war überrumpelt. Ich dachte … Na ja, ich dachte, Gregor wollte mich in die Dunkelkammer abschieben.«

»Offensichtlich ist das Gegenteil der Fall«, stellte Lothar fest. »Aber er hat recht. Du bist nicht nur eine ausgezeichnete Fotografin, du bist auch noch eine brillante Autorin geworden.« Er deutete auf das Skript mit Annis Filmkritik. »Das ist doch hier dein Werk, oder?«

»Ich habe nur das, was mir Anni erzählt hat – Lolita, meine ich –, in eine gewisse Form gebracht.«

»In eine perfekte. Kompliment.«

»Danke.«

Und doch war Klara auch ein wenig bang zumute. Denn ein solches Experiment konnte durchaus schiefgehen. Vielleicht hatte Gregor mit seiner Sorge ja recht, und die Leser würden einen solchen Artikel ablehnen. Niemand wusste, welche Auswirkungen das auf die *Holly* haben würde.

Drei Tage später wussten sie es: Die *Holly* brach jeden bis dahin aufgestellten Absatzrekord. Zugleich hagelte es empörte Leserbriefe. Sie hätten eine ganze Nummer nur mit Beschimpfungen der Redaktion drucken können, wenn sie sie alle ins Heft gebracht hätten. Spärlich nahmen sich dazwischen die positiven Reaktionen aus. Und doch war Gregor mehr als zufrieden. »Wir lernen!«, sagte er mehr als einmal. »Ein Heft, das polarisiert, bekommt Aufmerksamkeit. Die *Holly* ist in aller Munde! Das wird uns langfristig nach vorne bringen. Gut gemacht, Klärchen!«

Ein bisschen stolz war sie, als sie Anni ein Exemplar an ihrem Arbeitsplatz vorbeibrachte. Sie war gerade vor dem Paloma angekommen, als die Freundin aus dem Hotel trat und hinter ihr ein Herr mit Tasche. »Anni!«, rief Klara und verfluchte sich sogleich, dass sie den echten Namen benutzt hatte.

»Klärchen, hallo!«

Und beinahe hätte Klara auch noch den Mann begrüßt, denn sie kannte ihn. Es war Doktor Bode. Der schien sich aus dem Wiedersehen an solch delikatem Ort nichts zu machen. »Guten Tag, Frau Hertig«, grüßte er sie unbefangen. »Wie geht es Ihnen?«

»Ähm, gut, danke«, stotterte Klara.

»Ach, du kennst meinen Arzt?«, fragte Anni.

»Deinen … Arzt?«

»Ach so!«, rief er und lachte. »Die Beziehung ist rein beruflich. Also, von meiner Seite, meine ich jetzt.« Beinahe kam auch er ins Stottern, sodass sie alle drei auf der Davidstraße standen und lachten. »Tja, ich muss dann mal«, sagte der Arzt.

»Ich auch«, sagte Klara. »Ich wollte dir nur das Heft bringen, Anni.« Sie reichte der Freundin die *Holly.*

»Holla! Da bin ich mal gespannt!«

»Die Bilder sind ziemlich gut geworden«, erklärte Klara. »Deine Kritik sowieso.«

»Ach«, sagte der Arzt, der noch stehen geblieben war. »Sie arbeiten bei der Presse?«

»Rasende Reporterin!« Klara lachte. »Deshalb hab ich's auch eilig heute.«

»Wo müssen Sie denn hin?«, wollte Dr. Bode wissen. »Vielleicht kann ich Sie ja mitnehmen.«

»Chilehaus.«

»Na, das liegt ja um die Ecke von meiner Praxis. Wenn Sie mögen … Mein Wagen steht gleich da drüben.«

Und so kam es, dass Klara mit dem Arzt, der ihre Tochter gerettet und auch ihr geholfen hatte, wieder gesund zu werden, wenig später am Hafen vorbei über den Baumwall bis fast zum Dovenfleet fuhr.

***

Please, Please Me

Hamburg, Herbst 1963

1.

Je größer Hanna wurde, umso mehr Aufmerksamkeit brauchte sie – und Klara ging in ihrer Rolle als Mama auf! Es gab nichts Schöneres für sie, als mit ihrer Tochter am Hafen spazieren zu gehen, Tante Rosa zu besuchen, Möwen zu füttern oder am Abend gemeinsam Lieder zu singen. Inzwischen konnte sie schon einiges sagen und hatte ihre ganz eigene, herzerwärmende Sprache gefunden, in der Ausdrücke wie »Tiff« für Schiff oder »Fluglugs« für Flugzeug auftauchten. Über den Begriff »Dokdok« für Doktor lachten die Arzthelferinnen sehr, als Klara an einem freien Vormittag mit ihr zu Dr. Bode kam, um sie gegen Diphterie impfen zu lassen. »Ah, Sie sind es!«, rief der Arzt, als sie eintraten. Und zu Klaras Tochter sagte er: »Und dich kenne ich ja auch, kleines Fräulein. Hallo. Ich bin Doktor Bode.« Er reichte dem Mädchen die Hand, die es artig nahm. »Dokdok«, sagte Hanna.

Dr. Bode lächelte. »Das trifft es ziemlich gut«, sagte er und zwinkerte der Mutter zu. »Zur Impfung?«

Klara nickte. »Ja. Ich möchte nichts verpassen. Der Keuchhusten hat mir wirklich Angst gemacht.«

Dr. Bode blickte verständnisvoll. »Das kann ich gut nachvollziehen. Als Mutter hat man immer besondere Sorge. Und es gibt ja auch immer wieder schwere Verläufe.« Er wandte sich erneut der Kleinen zu. »Groß bist du geworden«, stellte er fest und staunte. »Was so ein paar Monate doch ausmachen.« Er nahm sie und setzte sie auf die Liege neben seinem Schreibtisch. »Dann wollen wir dich erst einmal abhören, ob du auch gesund bist.« Er nahm sein

Stethoskop vom Hals und zeigte es Hanna. »Schau mal. Hier gibt es zwei Knöpfe für die Ohren. Und durch diesen Schlauch kann man etwas hören. Ich zeig es dir.« Er steckte dem Mädchen die Kopfhörer in die Ohren und pustete vorne auf die Membran. Hanna kicherte. Dann legte er die Membran auf seine Brust, und Hanna lauschte mit weit geöffneten Augen. »Das war mein Herz«, erklärte der Arzt, während er der Kleinen das Stethoskop wieder abnahm. »Das hab ich hier drinnen. Du hast auch eines. Das ist da.« Er deutete auf ihre Brust. »Darf ich auch mal hören?«

So arbeitete er spielerisch mit Hanna zusammen, und Klara dachte bei sich, wie einfühlsam dieser Arzt doch war. Ärzte hatte sie bisher vor allem als Respektspersonen kennengelernt, die streng und oft ein wenig ruppig waren. Mit Schrecken erinnerte sie sich an das Krankenhaus, in dem sie Hanna zur Welt gebracht hatte.

Wenig später war die Impfung vorbei. Am Schluss hatte Hanna doch ein bisschen weinen müssen, weil die Spritze gepikst hatte. Aber Dr. Bode überraschte sie mit einem Bonbon, sodass der Schmerz schnell vergessen war. »Sie machen das wirklich gut«, stellte Klara anerkennend fest. »Sie haben sicher selbst Kinder.«

Der Arzt schüttelte bedauernd den Kopf. »Leider. Keine Frau. Keine Kinder.« Er lächelte etwas wehmütig. »Es sollte wohl nicht sein.«

Betroffen betrachtete Klara diesen klugen, freundlichen Mann, der – hochgewachsen und schlank, wie er war – doch eigentlich mit Leichtigkeit jemanden hätte finden müssen. »Das tut mir leid«, murmelte sie. Er zuckte die Achseln. »Kann man nichts machen«, sagte er und zwinkerte Hanna gutmütig zu. »So, junges Fräulein. Und jetzt darfst du wieder nach Hause gehen. Und pass gut auf deine Mama auf.«

»Mama auf«, wiederholte Hanna, woraufhin die beiden Erwachsenen lachten.

»Wissen Sie was?«, sagte Klara zu ihrer eigenen Überraschung. »Wenn Sie sowieso keine Verpflichtungen haben, warum kommen Sie nicht mit uns zu Hagenbeck? Wir wollen am Sonntag in den Zoo. Für Hanna ist es das erste Mal!«

Der Arzt zögerte kurz, und Klara bedauerte schon, dass sie den Vorschlag gemacht und ihn vermutlich in Verlegenheit gebracht hatte. Doch dann erwiderte er: »Aber nur, wenn ich Ihnen nicht zur Last falle.«

»Zur Last fallen? Ich schätze, so was können Sie gar nicht, Herr Doktor.«

»Und wenn Sie mich am Sonntag nicht Herr Doktor nennen.«

»Oh!«, sagte Klara. »Schätze, das kann ich vielleicht gar nicht.«

»Ach«, entgegnete der Arzt und winkte ab. »Das schaffen Sie schon. Ich werde Sie einfach jedes Mal daran erinnern, wenn Sie mich unterwegs promovieren.«

Lachend verließen Klara und Hanna die Praxis und spazierten hinüber zum Rödingsmarkt und von dort Richtung Gänsemarkt, um Rena zu besuchen. In die Räume, die einst Herrn Buschhauers Fotoatelier und dann die Redaktion der *Holly* gewesen waren, war inzwischen ein Feinkostladen eingezogen. Dort kauften sie sich eine Karlsbader Oblate, die sie sich teilten, während sie weiter durch die Innenstadt liefen. Irgendwie hatte die Aussicht auf einen gemeinsamen Ausflug mit Dr. Bode Klara ganz leicht ums Herz gemacht.

***

Inzwischen war es offiziell, dass Vicki mit Rolf Ungewitter zusammen war. Sie waren ein in jeder Hinsicht Aufsehen erregendes Paar: die außergewöhnliche Schönheit mit perfekter Eleganz und der zwar äußerlich entstellte, aber umso brillantere Mann an ihrer Seite. Vor anderthalb Jahren noch war Vicki untröstlich gewesen, dass die Romanze mit Wilhelm Ohlschläger, die so leidenschaftlich begonnen hatte, so rasch zu Ende gegangen war: Seine Ex-Freundin hatte sich bei ihm gemeldet und ihm mitgeteilt, dass sie demnächst ein Kind von ihm bekäme und deshalb erwarte, dass er sie eheliche. Und Ohlschläger hatte genau das getan, weil er ein feiner Mensch gewesen war. Es hatte beiden das Herz gebrochen: ihm und Vicki, die sich in der Folge erneut mit allerlei Liebeleien darüber hinweggetröstet hatte. Bis sie eines Abends allein im Café Keese gesessen hatte, weil ihre Verabredung nicht aufgetaucht war. Stattdessen war Ungewitter aufgetaucht, hatte sie entdeckt und angesprochen. Dabei hatte sich herausgestellt, dass er nicht nur ein hervorragender Journalist war, sondern auch ein hervorragender Zuhörer mit großem Herzen und überraschender Sanftmut. Und ja, seine Verbrennungen mochten grausam sein, aber dahinter verbarg sich ein schöner Mensch, wie Vicki bewusst geworden war, ein sensibler, kluger und leidenschaftlicher Mensch. Irgendwann hatte sie ihn gebeten, sie nach Hause zu bringen – und sie hatte ihn nicht wieder in die Nacht hinausgeschickt.

In den neuen Räumen im Chilehaus hatte Gregor eine Teeküche einrichten lassen, wie es sie im Frisch Verlag gegeben hatte. »Ganz wichtig für die hausinterne Kommunikation«, hatte er erklärt.

»Flurfunk«, hatte Klara bemerkt.

»Stimmt genau.«

Dort traf Klara die Freundinnen jeden Morgen, bevor sie in ihr eigenes neues Studio ging. Ilse, ein Neuzugang von der Zeitschrift *Brigitte*, war meistens als Erste da. »Moin!«, rief sie. »Auch einen Kaffee?«

»Gerne einen großen«, sagte Klara, die es genoss, als eine der Gründermitarbeiterinnen von den Neuen oft bewundernd angesehen zu werden. »Und? Schon viele da?«

»Kaum jemand«, erwiderte Ilse, die so lang und schmal war, dass man sich Sorgen machen konnte. »Milch? Zucker?«

»Beides.«

»Für mich auch«, sagte Vicki, die in dem Moment hinter Klara zur Tür hereinkam und völlig übernächtigt aussah. Klara lachte. »Ups«, sagte sie. »Du siehst heute wirklich aus, als könntest du einen vertragen.«

»Sehr nett von dir, das zu bemerken«, entgegnete die Freundin und rieb sich über die Wangen.

»Aber dir geht's gut?«, wollte Klara wissen. Schließlich passte es gar nicht zu Vicki, nicht tiptop zurechtgemacht zu sein.

»Ging mir nie besser«, erklärte die Freundin und nahm dankbar den Kaffee entgegen. »Ich hatte nur noch nie einen so ausdauernden Liebhaber.« Sie gluckste. »Meine Güte«, sagte sie, mehr zu sich selbst. »Hat dieser Mann Energie.«

»Beneidenswert«, befand Ilse und blickte Vicki bewundernd an.

»Na ja«, erwiderte die. »Es rächt sich am Ende der Nacht.«

»Deine Sorgen möchte man haben«, fand Klara und nippte an ihrem Kaffee. »Dass Ungewitter so ein Casanova ist, hätten wir alle nicht gedacht, was?«

Vicki verdrehte genüsslich die Augen. »Ich hoffe, er macht mir bald einen Antrag«, erklärte sie. »Sonst muss ich mich aus dem Fenster stürzen oder vor den Zug oder so was.«

»So schlimm?«

»Schlimmer.«

»Du machst mich wirklich neugierig«, sagte Klara und musterte sie. »Was macht er denn so anders?«

»Ach, wo soll ich anfangen?« Vicki überlegte kurz und holte schon Luft, da unterbrach sie sich. »Also nein, das geht nun wirklich nicht. Ich kann hier doch nicht öffentlich meine Bettgeschichten zum Besten geben!«

»Wieso öffentlich?«, fragte Klara. »Wir sind doch hier unter uns.«

»Ha!«, rief Vicki. »Das könnte euch so passen.« Sie lachte. »Nein! Das bleibt Privatsache.«

Klara aber hatte eine Idee, die ihr zunehmend faszinierend erschien, je länger sie darüber nachdachte. Und sie hatte vor, diese Idee in der nächsten Redaktionskonferenz mit den anderen zu teilen.

***

»Du willst *was*?«, fragte Gregor einigermaßen fassungslos und blickte sie ungläubig an.

»Ich möchte eine Ratgeberecke vorschlagen. Für sinnliches Leben.«

»Sinnliches Leben«, murmelte Ungewitter. »Und was wäre das? Essen, trinken, Zigarren?«

»Eher streicheln, küssen, lieben«, führte Klara gelassen aus und beobachtete, wie einigen der Mitarbeiterinnen die Röte ins Gesicht schoss.

»Hübsche Idee«, erwiderte Ungewitter lächelnd, als könnte er es förmlich vor sich sehen. »Und Sie würden sie schreiben?«

»Ich?« Klara schüttelte den Kopf. »Mit Glück werde ich dafür sorgen, dass wir sie gut illustriert bekommen. Nein, schreiben muss die jemand anderes.«

»Lothar, wäre das was für dich?«, fragte Gregor seinen Starautor von der *Claire*. Lothar Schröder aber zuckte zurück. »Um Himmels willen, ich? Dann bin ich für alle Zeiten verbrannt. Keiner will mehr eine seriöse Zeile von mir.«

»Ich finde ja, das sollte eine Frau schreiben«, forderte Klara. »Wir haben vor allem eine weibliche Leserschaft. Die will sich doch die Liebe nicht von einem Mann erklären lassen.«

Gregor sah sie mit schmalen Augen an. »Wieso denke ich, dass du schon eine Idee hast, wer das sein könnte?«

»Vielleicht weil ich schon eine habe?«, mutmaßte Klara lächelnd.

»Aha. Und das wäre …«

»Das wäre unsere Vicki«, sagte Klara und legte in aller Sanftmut eine Hand auf die der neben ihr sitzenden Freundin.

»Ich?«, entfuhr es Vicki. »Wie kommst du nur darauf?«

»Aber du weißt es doch selbst, dass hier niemand so viel Erfahrung in Liebesdingen hat wie du. Daran könntest du uns alle teilhaben lassen. Und die Leserinnen!«

»Das kommt ja gar nicht in …«, hob Vicki an zu widersprechen. Doch sie wurde von Ungewitter unterbrochen: »Ich finde, Klara hat da einen guten Punkt. Außerdem wärst du wirklich die perfekte Kandidatin für diese Aufgabe. Du kennst dich aus mit …«

»Schon gut!«, rief Vicki, vielleicht nur, um ihren indiskreten Liebhaber zu unterbrechen. »Wir können es von mir aus probieren. Aber erstens will ich das nicht unter meinem echten Namen machen. Und zweitens mache ich es nur testweise für zwei Nummern.«

Gregor blickte in die Runde. »Wollen wir darüber abstimmen?« Als er die leuchtenden Gesichter um sich herum sah, kürzte er es ab: »Irgendwer dagegen? Keiner? Also gut. Machen wir das Experiment für zwei Ausgaben. Ich denke sowieso, dass es nicht länger gehen würde.«

***

Dr. Bode lachte herzlich, als ihm Klara bei Hagenbecks davon erzählte. Leider war es ein regnerischer Tag, und viele der Tiere hatten sich in ihre Häuser und Unterstände zurückgezogen. Hanna machte das nichts aus. Sie rief begeistert die Namen der Tiere, die sie bereits kannte, und erfand munter welche für alle anderen. So wurden Flusspferde zu »Pupi« und Flamingos zu »Nonos«. Da der Arzt keinen Schirm dabeihatte, gingen sie zu zweit unter Katjas Schirm. »Und Sie haben der Kollegin diese Kolumne einfach so angehängt, ohne vorher mit ihr darüber zu sprechen?«, fragte Dr. Bode ungläubig. »War das nicht ein bisschen dreist?«

Klara schlug beschämt die Augen nieder. »Das war es wohl«, sagte sie. »Aber Sie kennen Vicki nicht. Vicki ist die beste Ratgeberin, die man haben kann. Und in Liebesdingen hat sie mehr Erfahrung als jeder andere Mensch, den ich kenne.«

»Beneidenswert«, murmelte Dr. Bode.

»Dieses Talent, anderen Rat zu geben?«

»Ich meinte eigentlich das andere«, erklärte er lächelnd und mied ihren Blick.

»Oh.«

Eine Weile gingen sie schweigend. Es fühlte sich seltsam gut an, nach Langem wieder einmal Seite an Seite mit einem Mann spazieren zu gehen. Dr. Bode war hochgewachsen und durchaus attraktiv. Er hatte dichtes, dunkles Haar und neugierige Augen, die hinter einer dezenten Brille hervorblitzten. »Was?«, fragte er, als er merkte, dass sie ihn beobachtete.

»Ich frage mich, wie Sie ohne Brille aussehen.«

»Ich schätze, nicht sehr viel anders.« Er lächelte. »Wir müssen aufpassen, Ihre Kleine ist ein ziemlicher Wildfang!«

Tatsächlich war Hanna ein gutes Stück vorausgelaufen und versuchte – natürlich erfolglos –, ins Affengehege zu klettern. »Geht mir aber auch so«, sagte Klara. »Dass ich meine Freundin ein bisschen darum beneide. Also, inzwischen. Ist jetzt bald anderthalb Jahre her, dass mein Mann gestorben ist. Und es ist wirklich sehr schön mit meiner Tochter, wissen Sie. Aber manchmal …«

»Ja«, sagte er leise. »Manchmal … ich weiß.«

»Hatten Sie denn nie …? Ich meine, waren Sie nie … verlobt?« Klara musste an Gregor denken, der diesen Schritt nie gewagt hatte, weil er sowohl Frauen als auch Männer liebte. Und an Rena, die mit Rike zusammen war. Ob Dr. Bode …?

»O doch!«, sagte der Arzt zu ihrer Überraschung. »Verheiratet sogar. Meine Frau ist bei der Geburt unseres Kindes gestorben.«

»O Gott!«, hauchte Klara. »Das tut mir schrecklich leid.

»Tja. Schicksal, nicht wahr? Man muss lernen, damit zu leben.« Er blickte Klara an. »Sie ja auch.«

Sie nickte. »Ja. Das müssen wir wohl alle.« Und nach kurzem Schweigen: »Und Ihr Kind?«

Er seufzte. »Sie haben es beide nicht überlebt.«

Unwillkürlich griff sie nach seiner Hand. »Da hat es Sie wirklich besonders hart getroffen.«

»Ehrlich gesagt finde ich das auch«, entgegnete er mit wehmütigem Lächeln.

»Ich kann verstehen, dass Sie … na ja … wenn Sie sich nicht wieder binden wollen.«

»Will ich das nicht? Ich weiß es nicht.« Dr. Bode blickte auf ihrer beider Hände hinab, und Klara ließ die seine schnell los, als sie es bemerkte. »Entschuldigen Sie«, murmelte sie. »Das war … das war unpassend.«

Er schüttelte nur leicht den Kopf. »Überhaupt nicht. Sie haben eben ein großes Herz.«

Hanna war inzwischen zu den Raubkatzen weitergelaufen. Es hatte aufgehört zu regnen, und Dr. Bode faltete den Schirm zusammen. Immer noch waren nur wenige Menschen im Tierpark unterwegs. Wer die drei sah, ohne sie zu kennen, hätte sie gewiss für eine kleine Familie gehalten. Eine Familie, wie Klara sie beinahe einmal gehabt hätte – und Dr. Bode auch. »Stammen Sie ursprünglich aus Hamburg?«, wollte der Arzt wissen.

»Meine Familie kommt von Helgoland«, erzählte Klara. »Aber ich bin hier geboren.«

»Helgoland. Ich war nie dort. Es klingt immer so … verwunschen, finden Sie nicht? Also wenn man an das alte Helgoland denkt, meine ich.«

»Ja«, stimmte Klara zu. »Das tut es.« Aber von der Insel, die einst eine Perle in der Nordsee gewesen war, war ja nicht mehr viel übrig, nachdem die Engländer sie in Grund und Boden gebombt hatten. Inzwischen hatten sie zwar die Besatzung aufgegeben und der Bevölkerung die Rückkehr erlaubt. Aber die kleinen, neu gebauten Häuschen, die man aus der Presse kannte, waren mit den prächtigen Villen und Casinos aus der Zeit des Kaiserreichs nicht vergleichbar. »Waren Sie mal da?«, wollte Dr. Bode wissen.

Klara verneinte. »Es ist auch nicht mehr die Insel meiner Vorfahren.« Sie wischte die Gedanken an das geschundene Eiland beiseite. »Und Sie? Sind Sie ein echter Hamburger?«

»Durch und durch!«, erklärte der Arzt lachend. »En Jong von der Sternschanze!«

»Ach! Im Schanzenviertel bin ich auch aufgewachsen«, verriet ihm Klara. »Am Schulterblatt.«

»Nicht wirklich, oder? Da waren wir ja beinahe Nachbarn!«

Wie sich herausstellte, hatten sie nur ein paar hundert Meter voneinander entfernt gewohnt und waren sogar für kurze Zeit auf dieselbe Schule gegangen, auch wenn Dr. Bode vier Jahrgänge über Klara gewesen war. »Da sollten wir uns eigentlich duzen, finden Sie nicht?«, schlug er vor.

»Von mir aus gerne. Ich bin Klara.«

»Georg.«

»Georg«, wiederholte Klara. »Schöner Name.«

Dr. Bode lachte. »Na, ich weiß nicht. Aber nett, dass Sie das sagen.«

»Du.«

»Bitte?«

»Dass du das sagst.«

»Ja!«, rief er. »Du!« Und dann lachten sie beide. Auf einmal waren all die düsteren Erinnerungen für eine kleine Weile wie weggeblasen.

***

Am späteren Nachmittag ging Klara mit ihrer kleinen Tochter wie jeden Sonntag auf den Friedhof, um Heinz zu besuchen. Wie jedes Mal, brachte sie ein paar Blümchen mit, meist selbst gepflückte. Hanna war besonders eifrig, wenn sie über die Wiesen gingen. Wilder Klee galt ihr genauso viel wie ein Frauenschuh, Gänseblümchen waren ihr so lieb wie Buschröschen, Hauptsache, man konnte die Blüten irgendwo abreißen. »Papa besuchen« bedeutete für das Mädchen, ans Grab zu gehen und den schlichten Stein zu betrachten, unter dem Heinz Hertig ruhte. Klara schnürte es jedes Mal das Herz zusammen, wenn sie ihr Kind um die letzte Ruhestätte ihres geliebten Mannes tanzen sah. Das Mädchen hatte natürlich noch keine Idee davon, wo sie hier in Wirklichkeit waren.

An diesem Sonntag quälte Klara das schlechte Gewissen, als sie mit ihrer Tochter an das Grab trat. Sie fühlte sich, als hätte sie Heinz betrogen, weil sie mit Georg Bode geflirtet hatte. Nach dem Zoobesuch hatte sie sich einzureden versucht, sie wäre einfach nur nett zu einem netten Menschen gewesen, und der Ausflug in den Zoo sei nichts als ein Dankeschön für den Arzt gewesen, der Hanna über ihre schwere Krankheit hinweggeholfen hatte. Doch irgendwann hatte sie sich eingestehen müssen, dass es mehr gewesen war, dass sie ganz einfach gerne mit ihm zusammen gewesen war. Sehr gerne sogar.

Und nun stand sie hier, und ihr Herz war schwer. »Du weißt,

dass du immer mein Mann sein wirst, was auch geschieht«, sagte sie leise, während Hanna zwischen den Grabreihen hindurchstreifte. »Du wirst immer einer der wichtigsten Menschen in meinem Leben sein. Und Hanna wird uns auf ewig verbinden.« Wie sehr wünschte sie sich in diesem Augenblick, es wäre alles anders gekommen: Sie wäre gestorben, und Heinz hätte überlebt. Heinz und Hanna. So gerne hätte sie ihr Leben für ihn gegeben. Doch so war es nicht gekommen – und nun stand sie hier und musste sich entscheiden, wie sie ihr Leben weiterleben wollte. Wie sie bestehen konnte. Was sie selbst von ihrem Leben erwartete – und was Heinz von ihr erwartet hätte.

Der Gedanke zumindest verschaffte ihr Erleichterung. Denn sie wusste, dass Heinz sich immer gewünscht hätte, sie möge ein schönes und gutes Leben führen, egal, ob er sie dabei begleiten durfte oder nicht. Er hätte auch gewollt, dass seine Tochter nicht ohne Vater aufwuchs, sondern in einer richtigen Familie. »Ja«, flüsterte sie. »Das hättest du dir gewünscht. Ich mir umgekehrt doch auch.« Sie küsste die Margeriten, die sie für ihn gepflückt hatte, und legte ihr kleines Sträußchen neben Hannas aus wilden Gräsern mit bunten Blüten. »Ich mir auch.«

Zumindest wusste sie nun, woran sie innerlich war. Ob das etwas für ihr Leben in der nächsten Zeit bedeutete, würde sich zeigen.

»Klara?«

Sie blickte sich um. Rolf Ungewitter kam auf sie zu. »Moin!«

»Moin! Besuchen Sie Heinz?«

»Ab und zu«, erklärte der Kollege. »Ich wäre nicht mehr hier, wenn er nicht gewesen wäre.« Er stellte sich neben sie und betrachtete Heinz' Grabstätte. »Und jetzt liegt er hier … Das Schicksal ist ungerecht.«

»Das ist es«, stimmte Klara zu. »Aber manchmal ist es auch

großzügig. Ich bin jedenfalls sehr froh, dass wir Sie noch haben, Rolf.«

Rolf Ungewitter überraschte Klara immer wieder. Hatte sie ihn, als sie noch für den Frisch Verlag arbeitete, lange Zeit für eine Art Phantom gehalten und später als verschlossenen, eher abweisenden Menschen, so entdeckte sie, je näher sie ihn kennenlernte, einen warmherzigen, charmanten Zeitgenossen, der witzig sein konnte, sich für seine Mitmenschen interessierte und hinter dessen manchmal knorriger Fassade sich ein Feingeist verbarg, der den schönen Dingen des Lebens durchaus zugetan war. Kein Wunder, dass Vicki ihn für sich entdeckt hatte. »Ein Groschen für Ihre Gedanken«, sagte er, als sie sich gemeinsam auf den Weg zum Ausgang machten.

»Ganz ehrlich? Ich dachte, dass ich mich freue, dass Sie und Vicki ein Paar sind.«

»Tatsächlich?«

»Zwei besondere Menschen«, sagte Klara. »Zwei starke Menschen, die einiges erlebt haben und die beide, hm …« Sie überlegte. »Die beide Lebensfreude haben?«

Ungewitter lächelte vor sich hin. »Das lasse ich als Analyse gelten«, sagte er.

»Vicki hat schon lange nicht mehr so glücklich ausgesehen wie in letzter Zeit.«

»Ha! Und dabei bin in der Partnerschaft definitiv ich der Glückspilz.« Sein Grinsen wurde breiter. »Und jetzt schreibt sie auch noch eine Kolumne über die delikaten Fragen des Lebens. Ich bin schon gespannt, was ich noch so von ihr lerne.«

»Und ich erst!«, rief Klara und lachte.

Weg war alle Melancholie, die sie noch vor wenigen Augenblicken begleitet hatte. Das Leben ging ja weiter. Und mit Hanna und ihr lebte auch Heinz weiter. Denn so lange ihr Herz schlug, würde er darin wohnen. Was machte es also, wenn es manchmal ein wenig höher schlug und manchmal auch ein wenig heftiger.

***

2.

Mit Tante Rosa hatte Klara eine Vereinbarung getroffen, dass sie sie endlich als Tagesmutter bezahlen durfte. Oft, wenn sie sie besucht hatten, hatte die Freundin darauf gedrängt, dass das Mädchen noch ein wenig länger bei ihr bliebe. Mit der Zeit hatte es sich ergeben, dass Hanna beinahe täglich für einige Stunden bei ihr war. Und Hanna liebte es: Das Hausboot war ihr schwimmendes Schloss und sie war die Prinzessin. Das jedenfalls erzählte ihr Tante Rosa immer, die sich nicht darum kümmerte, dass das Mädchen mit seinen knapp zwei Jahren noch gar nicht verstand, was eine Prinzessin überhaupt war.

Manchmal kam die Toilettenfrau des Top Ten Clubs auch in Klaras Wohnung, um dort auf Hanna aufzupassen. Und manchmal machten die beiden – Tante Rosa und die Kleine – lange Spaziergänge bis zur Binnenalster, um dort den Segelbooten zuzusehen oder – wie in den letzten Februartagen – den Schlittschuhläufern. Denn auch in diesem Jahr gab es sehr frostige Tage, an denen sich genügend Eis bildete, dass man sich auf den Fluss wagen konnte.

Klara traf sich gelegentlich mit Georg, wagte aber nicht, weiter zu gehen, als bis zu einem vertraulichen Wangenküsschen bei Begrüßung und Abschied, auch wenn sie spürte, dass er sich mehr gewünscht hätte. Das hätte sie einerseits auch. Andererseits blieb es eine Seelenlast für sie, dass sie immerzu das Gefühl hatte, Heinz zu hintergehen, wenn sie zu viel Nähe zu einem anderen Mann zuließ.

Anfang März lud Georg sie zu einem Konzert von The Animals

im Star Club ein. Die Band hatte einige Furore gemacht, und seit die Beatles, die bis Ende des Vorjahres in dem Tanzschuppen aufgetreten waren, plötzlich als internationale Stars gehandelt wurden, erwarteten viele, dass es den Animals ähnlich gehen würde.

Wie immer kochte der Saal bereits, als die Musik noch vom Plattenspieler kam. Wer immer sich in Hamburg amüsieren wollte, versuchte in diesen Tagen, in den Star Club zu kommen – und die Türsteher machten es den Gästen zunehmend schwerer. Wessen Nase ihnen nicht gefiel, der brauchte sich keine Hoffnungen machen, die Animals oder irgendeine andere Band, die im Star Club auftrat, zu sehen.

Drinnen lag ein Flirren in der Luft. Klara spürte ihr Herz augenblicklich schneller schlagen, als sie sich endlich zu einem Platz vorgekämpft hatten, den Georg auf geheimnisvolle Weise freigehalten hatte. »Gregor hat sie schon gesehen«, sagte sie, kaum fähig, mit ihrer Stimme zu ihm durchzudringen. »Mein Chefredakteur. Die Animals, meine ich. Sie müssen wirklich großartig sein.«

»Ich hoffe es, damit du einen besonderen Abend erlebst!«, rief Georg. »Was mich betrifft, könnten sie hier auch Bachkantaten singen. Für mich ist alles perfekt, weil du mitgekommen bist!« Er drückte ihre Hand – und führte sie unvermittelt an seine Lippen, sodass sie gar nicht mehr die Gelegenheit hatte, sie zurückzuziehen.

Und dann kam die Band auf die Bühne, und ein gewaltiges Kreischen gellte durch den Saal. Klara lachte und hielt sich die Ohren zu. Aus den Augenwinkeln sah sie Georg den Kopf schütteln und zugleich neugierig die Musiker mustern. Schon wenige Takte später schienen sich die Besucher des Klubs vollzählig auf den Beinen zu befinden und mitzutanzen und zu hüpfen. Auch Klara und Georg riss es von den Stühlen. Sie wippten mit, nahmen sich an den Händen und tanzten, bis sie vor Erschöpfung auf die

Stühle kippten. Der Applaus war riesig – und doch waren es nicht die Beatles, so viel war klar. Die Band des Abends versuchte, sich durchaus zu geben wie die vier aus Liverpool, es war offensichtlich, dass sie deren Erfolg kopieren wollten. Aber die Magie, die die Pilzköpfe verbreitet hatten, ging von den Animals nicht aus.

Trotzdem war der Abend ein grandioser Erfolg. Das Publikum tobte, die Musiker mussten sieben Zugaben spielen, Cola, Bier und auch härtere Sachen flossen in Strömen. Und Klara fühlte sich so unbeschwert wie seit langer, langer Zeit nicht mehr.

Als sie Stunden später nach draußen traten, fiel es ihnen schwer, sich zu unterhalten, weil sie beide den Lärm nicht aus den Ohren bekamen. Mehrmals redeten sie aneinander vorbei. Mal sagte Georg etwas, das Klara nicht verstand, mal war es umgekehrt. Erhitzt vom Tanzen, beschwipst vom Bier, das sie getrunken hatten, und belustigt vom Kauderwelsch, mit dem sie aufeinander einredeten, schwankten sie die Große Freiheit hinunter, wo sich unzählige Nachtschwärmer tummelten, die das Abenteuer suchten – oder die es auf Abenteurer abgesehen hatten. Dass sie Hand in Hand gingen, fühlte sich so normal an, dass Klara gar nicht darüber nachdachte. Und als Georg den Arm um sie legte, als sie stolperte, und ihn nicht mehr wegnahm, war es so schön, dass sie ihn ihrerseits umarmte.

»Sollen wir noch irgendwo was trinken gehen?«, fragte er.

»Nein«, erwiderte Klara. »Ich habe schon viel zu viel getrunken. Ich schätze, ich sollte besser nach Hause gehen.«

»Nach Hause zu …?«, flüsterte Georg in ihr Ohr.

Klara zögerte.

»Zu mir ist es gar nicht weit.« Sie konnte seinen Atem an ihrem Hals spüren. Und ihr Herz, das heftig pochte.

»Sollen wir?«

»Zu dir?«

Er nickte. Sie nickte auch und ließ sich von ihm bis zu seiner Wohnung führen. Leise stiegen sie die Treppen in den dritten Stock hoch, wo Georg eine hübsche, ziemlich weitläufige Wohnung hatte. Es war eines der wenigen Häuser, die den Krieg offenbar weitgehend unbeschadet überstanden hatten. An den Decken gab es sogar Stuck. Die Wände waren mit Stofftapeten bespannt. Klara staunte. »Schön hast du's hier.«

»Schön, aber einsam«, sagte Georg. »Nur heute nicht«, fügte er leise hinzu, ehe er ihr einen Kuss auf die Stirn gab, dann einen auf die Schläfe, um weiter hinabzuwandern zu ihrer Wange, an den Rand ihrer Lippen und endlich … »Warte«, sagte Klara und schob ihn von sich. »Ich … ich …« Sie zögerte. »Das Badezimmer?«, fragte sie schließlich.

»Oh. Ja. Gleich dort drüben. Die hintere Tür.«

»Danke.« Hastig schlüpfte Klara aus ihrem Mantel, den sie immer noch trug, denn Georg hatte nicht gewartet, bis sie abgelegt hatten. Dann verschwand sie im Badezimmer und atmete tief durch.

Im Spiegel sah sie eine Frau, die nicht wusste, was sie wollte. Das hieß, nein: Sie wusste, was sie wollte – aber sie wusste nicht, wie es gehen sollte. Denn sie fühlte sich zerrissen. So schön es mit Georg war, sosehr sie den Abend genossen hatte, so aufgedreht und unbekümmert sie vor wenigen Minuten noch gewesen war, die Zärtlichkeiten gerade eben hatten es ihr bewusst gemacht: Sie konnte es nicht. Noch nicht. Vielleicht würde sie es nie wieder können. Vielleicht würde es irgendwann auch wieder möglich sein. Aber wenn sie jetzt nicht Nein sagte, dann … Sie trat nach draußen, wo Georg immer noch etwas unschlüssig im Wohnzimmer stand. Auch er hatte seinen Mantel abgenommen und blickte sie erwartungsvoll an. Doch als er ihr in die Augen sah, da brauchte sie es ihm gar nicht sagen. »Soll ich dich nach Hause bringen?«

Klara nickte. »Ja«, sagte sie. »Es tut mir leid.«

»Ich kann dich verstehen«, erwiderte er, und sie war ihm so dankbar, dass ihr Tränen kamen. »Danke«, flüsterte sie mit rauer Stimme. »Vielleicht ein andermal?«

»Das wäre schön«, sagte er sanft und half ihr in den Mantel. Dann gingen sie wieder durch die Nacht, diesmal nicht Arm in Arm, aber doch ganz nah beisammen.

***

Die Räume im Chilehaus waren eindrucksvoll. Gregor hatte für den Umzug eine Transportfirma beauftragt, sodass die Mitarbeiterinnen und Mitarbeiter des Verlags nur ihre persönlichen Sachen einzupacken brauchten. Alles andere wurde von den Profis erledigt. Es fühlte sich luxuriös an, und zum ersten Mal hatte Klara das Gefühl, dass aus der *Holly* wirklich etwas Großes werden könnte.

Zugleich fiel ihr der Abschied vom Rödingsmarkt unendlich schwer. Hier hatte sie einst im Atelier Buschheuer als Mädchen für alles gearbeitet und das Fotografieren gelernt. Hier hatte sie die Geheimnisse der Dunkelkammer erfahren, hier hatte ihr zum ersten Mal jemand Vertrauen entgegengebracht – der alte Alfred Buschheuer, dem sie so viel verdankte. Und hierher hatte sie selbst die Redaktion um Gregor gebracht. Die Räume am Rödingsmarkt waren die erste Heimat des *Holly*-Verlags gewesen. Was nun aus ihnen werden würde, wer wusste das schon?

Die neuen Verlagsräume reihten sich an einem langen Flur aneinander, ganz ähnlich wie beim Frisch Verlag am Baumwall. Klaras Reich lag ganz am Ende des Flurs. Die Fenster hatten von innen verschalt werden müssen, um die Einrichtung einer Dunkelkammer zu ermöglichen, das Wasser war aus der angrenzenden Teeküche abgezweigt worden. Und eine hübsche Einrichtung, die sie im Fotolabor des Frisch Verlags kennengelernt hatte, hatte sich

Klara auch für hier gewünscht: Über der Tür gab es eine Lampe, die rot aufleuchtete, wenn man von innen den Schalter drückte, darunter der Schriftzug »ACHTUNG! BITTE NICHT EINTRETEN«. So wurde sichergestellt, dass die Bilder beim Entwickeln nicht durch unachtsames Öffnen der Tür verdorben wurden. Denn es durfte ja kein Licht darauf fallen.

»So was könnte ich auch brauchen«, erklärte Gregor, als er mit Klara gemeinsam das Fotolabor in Augenschein nahm. »Dann könnte ich mir ab und zu mal ein Nickerchen gönnen.«

Klara wusste, wie viel Gregor arbeitete. Sie bewunderte ihn einerseits für seine Disziplin. Andererseits bedauerte sie, dass die Verantwortung und der Druck, der auf ihm lastete, dazu geführt hatten, dass von dem leichtlebigen, stets vergnügten jungen Mann, der er zu seiner Zeit beim Frisch Verlag gewesen war, nicht mehr viel übrig war. »Ich weiß, was du jetzt denkst«, sagte er prompt. »Aber es kommen auch wieder leichtere Zeiten. Wenn ich mir da meinen Herrn Vater ansehe … Der versteht es schließlich auch, zu leben und andere die Arbeit machen zu lassen.« Er lachte, wenn auch etwas unsicher.

»Ich bin mir nicht sicher, ob der Vergleich gut ist«, erwiderte Klara. »Du bist so anders als dein Vater. Der gefällt sich darin, einfach das Sagen zu haben, und alle tun dann, was er will. Da bist du sehr anders.« Sie blickte ihn dankbar an. »Gott sei Dank«, fügte sie hinzu. »Du beziehst uns andere mit ein, fragst nach der Meinung deiner Kollegen und packst selber mit an. Dein Artikel neulich über die Klubszene in St. Pauli war großartig!«

»Danke«, sagte Gregor. »Freut mich, dass er dir gefallen hat. Ich denke, wir müssen aber aufpassen, dass wir wegkommen von diesen Hamburger Themen. Wir müssen eine Zeitschrift fürs ganze Land machen, wenn wir im ganzen Land gelesen werden wollen.«

»Aber das tun wir doch, Gregor!«, widersprach Klara. »Was wir über Filme oder Mode oder Stil oder Freizeit schreiben, gilt für überall. Und was wir in Sachen Musik berichten – da ist Hamburg eben gerade der Nabel der Welt, oder? Wer weiß, was hier los ist, weiß, wofür sich demnächst der Rest des Landes begeistern wird.«

»Guter Punkt«, gab Gregor zu. »Trotzdem: Ich finde, wir sollten die Frage, wie wir unsere Themen auswählen, mal in der Runde besprechen.«

»Sag ich doch, du bist der perfekte Demokrat. Und das gefällt mir.« Klara drückte ihn freundschaftlich.

»Na ja«, murmelte Gregor. »Ich bin eben nicht *Der Liebe Gott*.«

»Zum Glück! Zwei von der Sorte reichen.«

Sie lachten. Sie konnten ja nicht wissen, welche perfiden Pläne der »Liebe Gott« vom Baumwall gerade wieder gegen die *Holly* ausheckte.

***

»Es war ein Fehler, um Zuschriften zu bitten!«, erklärte Vicki in der Redaktionskonferenz am folgenden Montag. »Die Zuschriften sind ja wirklich nicht auszuhalten. Man hat den Eindruck, als wäre die *Holly* ein pornografisches Magazin.« Sie schob den Stapel von Briefen, der vor ihr lag, mit spitzen Fingern von sich.

Gregor griff nach einigen Bögen und warf einen Blick darauf. »Kann eine Frau einen Höhepunkt erleben?«, las er vor. Und: »Warum soll der Mensch monogam leben?« Ein Leser fragte: »Welche zuverlässigen Methoden zur Empfängnisverhütung außer Präservativen gibt es?« Eine Leserin wollte wissen: »Ist Impotenz heilbar?«

»Das ist expliziter, als ich erwartet hätte«, bemerkte Klara. »Tut mir leid, wenn ich dich da in eine heikle Lage gebracht habe, Vicki.«

»Ich finde, das macht es einfacher, oder nicht?«, stellte Rolf Ungewitter fest. »Das sind konkrete Fragen, die man konkret beantworten kann.«

Vicki lachte auf. »Und woher soll ich das wissen? Ist Impotenz heilbar? Was weiß denn ich?«

»Nun, das kann man recherchieren«, wandte Gregor ein. »Dafür lässt sich ein Arzt zurate ziehen. Andere Fragestellungen erfordern mehr Fantasie. Hier zum Beispiel: ›Wie kann ich wieder frischen Wind in unser Liebesleben bekommen? Mein Mann und ich sind seit vierundzwanzig Jahren verheiratet. Unsere Intimität hat leider stark nachgelassen. Ich wäre gerne mehr mit ihm zusammen, weiß aber nicht, wie ich es ihm sagen soll …‹«

»Tja«, sagte Vicki. »Da seht ihr es. Was will man denn dieser Frau raten? Am Ende bin ich schuld, wenn ihre Ehe zerbricht!« Sie zündete sich mit zitternden Fingern eine Zigarette an und blies hektisch den Rauch über ihren Kopf. »Bei jedem Brief habe ich ein Gefühl, als würde ich die Büchse der Pandora öffnen.«

Gregors Augenbraue wanderte nach oben. »Ich bin zwar der Meinung, dass du etwas übertreibst, meine Liebe«, sagte er. »Aber ich fände es durchaus überlegenswert, ob wir alle dir nicht in der Anfangszeit ein wenig helfen sollten.« Er senkte die Stimme. »Mein Bauchgefühl sagt mir, dass es Spaß machen könnte.«

»Dein Bauchgefühl ist einfach schamlos«, stellte Vicki trocken fest und erntete allgemeines Gelächter am Konferenztisch.

»Also, wenn ich einen Vorschlag machen darf«, wagte sich Heidi vor. »Ich meine: zu der Frau, die mehr … na ja, Intimität möchte.«

»Wir lauschen mit gespitzten Ohren«, bemerkte Ungewitter süffisant.

»Sie fragt, wie sie es ihm sagen soll. Ich denke, es wird vielleicht einfacher für sie sein, wenn sie es ihm zeigt.«

»Nach dem Motto, ein hübscher BH sagt mehr als tausend Worte?«, warf Lothar ein und wurde mit strengen Blicken mehrerer

Frauen bedacht. Heidi allerdings stimmte zu: »Ja. So was in der Art.«

Womit die Überschrift über der ersten Seite der Kolumne »Leben und Lieben« geboren worden war:

Ein hübscher BH sagt mehr als tausend Worte

Wie kann ich wieder frischen Wind in unser Liebesleben bekommen? Mein Mann und ich sind seit vierundzwanzig Jahren verheiratet. Unsere Intimität hat leider stark nachgelassen. Ich wäre gerne mehr mit ihm zusammen, weiß aber nicht, wie ich es ihm sagen soll.

Das Problem, das uns Beate F. (Name v. d. Red. geändert) schildert, ist kein ungewöhnliches. Ich höre oft, dass die Leidenschaft in einer Beziehung mit den Jahren nachlässt – oft, obwohl beide eigentlich gerne mehr Feuer in ihrem Liebesleben hätten! Die Gründe sind vielfältig. Bei einem Paar sind es die Kinder, die einem erfüllten Liebesleben im Wege stehen, beim anderen sind es die Sorgen. Und manchmal ist es einfach die Gewöhnung.

Aber wenn wir uns zurückerinnern: War es nicht am Anfang oft der Normalzustand, Sorgen zu haben? Und gab es nicht einen Kinderwunsch? Und wenn wir noch weiter zurückdenken: Hatte sich nicht geradezu die ganze Welt dagegen verschworen, dass wir Freude am Sex haben sollten? Die Eltern, die Lehrer, die ganze Gesellschaft … Alle standen uns im Weg. Wir hatten keinen diskreten Platz, nichts, wo wir die Zweisamkeit hätten unbekümmert genießen dürfen! So war es doch, oder? Und jetzt? Jetzt gibt es ein gemeinsames Schlafzimmer. Die Ehe erlaubt uns, alles zu tun, wonach uns der Sinn steht. Wir sind zusammen, können uns für sinnliche Stunden zurückziehen – und plötzlich ist die Lust weg?

Dass die Kinder im Weg stehen, ist nur eine Ausrede. Ebenso wie Sorgen ums Geld. Wenn uns die im Weg stünden, hätten die meisten nie mit dem Lieben angefangen! Nein, in Wirklichkeit ist es wohl so, dass das, was wir als alltäglich empfinden, uns nicht mehr reizt.

Also müssen wir es reizend machen! Liebe Beate F., warum ziehen Sie nicht mal gewagte Unterwäsche an? Warum setzen Sie nicht eine Maske auf, wenn Sie ins Schlafzimmer kommen? Warum überraschen Sie Ihren Mann nicht in der Badewanne? Warum ziehen Sie die Vorhänge nicht zurück, wenn Sie ins Bett steigen? Es gibt so viele Möglichkeiten zu überraschen. Ich bin sicher, Sie werden sein Blut zum Kochen bringen, wenn Sie nur mal Dinge wagen, die Sie bis jetzt noch nie gewagt haben. Und wer weiß, vielleicht macht es ja Spaß, aus dem Liebesspiel wirklich ein Spiel zu machen? Berichten Sie mir! Ich bin gespannt, ob es wirkt!

Ihre Veronika Liebe

Veronika Liebe war der Name, unter dem Vicki die Kolumne schrieb. Ein Name, der binnen kürzester Zeit in aller Munde war. Denn sosehr man sich über die ungehörigen Ratschläge der »Schund-Journalistin« echauffierte, so eifrig wurde ihre Seite in der *Holly* gelesen und diskutiert. Über Nacht war Vicki zum Star des Magazins geworden.

***

3.

Je mehr Erfolg die Holly hatte, umso mehr zog sie auch freie Journalisten und Fotografen an, die dem Magazin ihre Arbeit anboten. Gregor war dabei ziemlich strikt: Was die Redaktion selber machen konnte, wurde prinzipiell nicht an Dritte in Auftrag gegeben. Auch wenn mit der Hanseatischen Handelsbank jetzt ein finanzkräftiger Partner im Boot war, wusste der Verlagschef, dass er solide Zahlen abliefern musste, auch wenn das für alle bedeutete, dass die Selbstausbeutung weiterging.

Gelegentlich freilich gab es Fälle, in denen die Zusammenarbeit mit einem externen Reporter oder Fotografen begründet war. Und als eines Tages Hennerk Bredemann in der Redaktion auftauchte, schien genau ein solcher Fall vorzuliegen. »Klara?«, fragte Gregor, als er den Kopf zur Tür des Fotolabors hereinstreckte. »Hast du kurz Zeit, zu mir ins Büro zu kommen?«

Sie hatte. Und sie kam. Allerdings wäre sie am liebsten rückwärts wieder hinausgegangen, als sie sah, wer zu Besuch war. »Herr Bredemann«, sagte sie nur statt eines Grußes.

»Fräulein Paulsen! Ich meine: Frau Hertig! Wie schön, Sie zu sehen.«

Klara sparte sich die Lüge, dass es auch umgekehrt so sei. Bredemann hatte sie seinerzeit in eine unmögliche Situation gebracht. Ausgenutzt und hintergangen hatte sie sich gefühlt – und beschmutzt, weil er sie mit zu einem fragwürdigen Klubbetreiber auf St. Pauli hatte schleppen wollen, statt sie, wie versprochen, nach Hause zu bringen. »Was führt Sie zu uns?«, fragte sie stattdessen.

»Hennerk hat uns einige interessante Informationen mitgebracht. Vielmehr: eine Story«, erklärte Gregor. »Über Curtius.« Er blickte wieder Bredemann an. »Wollen Sie es noch einmal etwas ausführlicher darlegen, Hennerk?«

Der Reporter lehnte sich lässig in seinem Stuhl zurück und erläuterte: »Es gibt Dokumente. Vertrauliche Dokumente, nicht nötig, es zu erwähnen. Jedenfalls hätte ich die Möglichkeit, an diese Dokumente heranzukommen.«

»Und worum geht es in diesen Dokumenten?«, wollte Klara wissen, die sich schon jetzt wieder über die selbstgefällige Art des ehemaligen Kollegen ärgerte.

»Es geht um die Mitgliedschaft von Hans-Hermann Curtius in der Waffen-SS, um seine Arbeit im Presse-Corps und um die Rolle, die er bei einer Aktion in den umbrischen Bergen gespielt hat.«

»Sie meinen, bei dem Vorfall mit der Druckerei?«

»Exakt. Ich weiß, dass Sie Zeugen haben. Aber Zeugen sind nun einmal nur Zeugen. Es steht dann Aussage gegen Aussage. Damit packen Sie einen mächtigen Mann wie Curtius nicht bei den Eiern. Pardon, ich meinte: Sie bekommen ihn nicht dingfest gemacht.«

Nun war es Gregor, der nachfragte: »Und wie kommen Sie zu den Dokumenten?«

»Sagen wir, ich habe meine Quellen.« Es bestand kein Zweifel, dass Bredemann nicht gewillt war, sich in die Karten blicken zu lassen.

»Aber weshalb sollten Sie die nicht Curtius übergeben?«, hakte Gregor nach. »Schließlich ist er die Hand, die Sie füttert.«

»Ich bin nicht bei Frisch angestellt, Gregor, vergessen Sie das nicht«, sagte Bredemann. »Ich bin nur freier Mitarbeiter. Und neuerdings gibt es Direktiven …«

»Was? Hat man Ihre Privilegien beschnitten?«

»Wenn Sie sich über mich lustig machen wollen, sollten wir das Gespräch beenden«, stellte Bredemann trocken fest und machte Anstalten aufzustehen.

»Was mich interessieren würde, Herr Bredemann«, sagte Klara, ohne sich daran erinnern zu wollen, dass er ihr damals das Du angeboten hatte, »ist, warum Sie denken, diese Geschichte wäre uns mehr wert als dem Frisch Verlag.«

»Das denke ich gar nicht, Frau Hertig«, erklärte Bredemann. »Ich denke nur, Sie können mehr daraus machen als die *Claire.*«

»Ist das der Grund, warum Sie sie bei uns veröffentlichen möchten? Weil wir mehr Aufsehen damit erzielen?«

»Vielleicht«, sagte der Reporter geheimnisvoll.

»Wenn die Dokumente wirklich aussagekräftig sind«, gab Gregor zu bedenken, »werden sie für Curtius einiges wert sein! Wieso sollten Sie nicht sein Angebot annehmen?«

Bredemann nickte. »Wissen Sie, Herr Blum«, sagte er. »Loyalität ist ein wertvolles Gut. Aber das gilt für beide Seiten und in beide Richtungen. Sagen wir so: Wo man mir die nötige Wertschätzung nicht entgegenbringt, sehe ich mich nicht verpflichtet, die Interessen des anderen mit besonderer Sorgfalt zu beachten.«

Klara blieb skeptisch. »Woher wissen wir, dass wir Ihnen trauen können?«

»Probieren Sie es doch aus!«, schlug Bredemann vor. »Ich bin bereit, Ihnen einen Teil meiner Rechercheergebnisse zu zeigen. Bekomme ich den Auftrag, bekommen Sie den Rest.«

* * *

»Und du denkst, er spielt sauber?«, fragte Elke, als sie am Abend in Klaras Wohnung zusammensaßen. Hanna war auf dem Sofa eingeschlafen, nachdem sie mit Rike so lange »Hoppe, hoppe, Reiter« gespielt hatte, bis sie völlig erschöpft gewesen war. »Nein«, sagte Klara und streichelte ihrer Tochter übers Haar. »Bredemann wird niemals sauber spielen. Das ganze Spiel ist ja schon ein schmutziges. Er will sich bei seinem Auftraggeber dafür rächen, dass er ihm einen angestellten Chefreporter vor die Nase gesetzt und ihn damit degradiert hat. Er ist gekränkt. Und bei so einem Macho wie Bredemann führt das natürlich zu Rachegelüsten.«

»Und ihr seid nun die Nutznießer«, sagte Rena nachdenklich. »Was ich mich frage: Wofür soll das gut sein? Ich meine, Ihr habt doch nichts davon, wenn Curtius belangt wird.«

Klara legte eine Decke über Hanna und küsste sie auf die Stirn. »Kommt, wir gehen nach drüben«, flüsterte sie und nickte Richtung Küche, wo sie sich kurz darauf an den Tisch setzten. »Ich habe lange mit Gregor darüber gesprochen«, erklärte sie. »Er sagt, je mehr sich Curtius mit seiner Vergangenheit beschäftigen muss, umso weniger Zeit hat er, sich mit uns zu beschäftigen. Ihr wisst ja, dass er die *Holly* gerne zerstören würde. Ein paarmal ist es ihm schon fast gelungen. Jetzt ist es schwieriger für ihn geworden, weil wir nicht mehr in Geldnöten sind.«

»Und du siehst das auch so?«, fragte Elke.

Klara zuckte die Achseln. »Ich weiß es nicht. Wenn ich es mir aussuchen könnte, würde ich mir wünschen, es wäre nicht ausgerechnet Bredemann, der uns die Story angeboten hat. Noch Wein?«

»Immer gerne«, sagte Elke und schob Klara ihr Glas hin.

»Und? Wie läuft es in der Modewelt?«, fragte die, um endlich das Thema zu wechseln.

»Oh! Da tut sich was!«, wusste Elke zu berichten. »Endlich!«

»Was meinst du mit *endlich*?«, fragte Klara. »Deine Entwürfe sind doch wunderschön.«

»Sie sind nicht schlecht, das weiß ich schon. Aber sie variieren nur immer dasselbe.« Elke nahm einen Schluck von dem Wein, den ihr Klara nachgeschenkt hatte. »Es braucht jetzt mal eine kleine Revolution.« Sie lächelte vor sich hin. »Oder eine große!«

»Du machst mich wirklich neugierig!« Klara schenkte auch den anderen nach und zuletzt sich selbst. »Was wird denn so anders sein demnächst?«

Elke beugte sich vor und raunte, als könnten die Wände Ohren haben: »Es wird einen vollkommen neuen Look geben, das wird anders sein. Kleider, Röcke: Könnt ihr alles wegwerfen.«

Rena verzog spöttisch die Lippen. »Jetzt übertreibst du aber. Die Sachen sehen doch in ein paar Wochen oder Monaten noch genauso schön aus wie jetzt. Wahrscheinlich auch noch in zwei Jahren.«

»Pf!«, machte Elke. »Ihr müsst es ja nicht glauben.«

»Vielleicht glaube ich es ja, wenn ich es sehe«, lenkte Rena ein.

»Ja? Dann komm doch morgen mal bei mir vorbei. Ich kann dir ja mal eine kleine exklusive Sonderschau präsentieren. Aber pack deine Baldriantropfen ein.«

»So aufregend wird es?«

»Noch aufregender«, erklärte Elke.

»Dann will ich aber auch dabei sein«, warf Klara ein.

»Morgen um drei bei mir?«

»Morgen um drei.«

***

Natürlich war Klara ungemein neugierig darauf, was Elke präsentieren würde. Und weil Mode eindeutig ein Feld war, auf dem sie als Chef-Fotografin der *Holly* in der Redaktion eine wichtige Rolle spielte, brachte sie ihre Fotoausrüstung gleich mit zu dem Treffen am Rathausmarkt.

Anders als erwartet bat Elke die Freundinnen nicht auf den Stühlen im Erdgeschoss Platz zu nehmen, wo an der Stelle, an der zur Eröffnung der Boutique ein Laufsteg aufgebaut gewesen war, jetzt ein königsblauer Teppich lag, auf dem die Mitarbeiterinnen besonders exklusiven Kundinnen neue Kreationen vorführten, sondern nach oben in die Räume der Schneiderei. »Du machst es wirklich spannend!«, fand Klara und blickte sich zwischen den Arbeitstischen und den Kleiderständern um, die den Raum säumten.

»Glaub mir, wenn ich damit rauskomme, machen es alle. Und wenn es alle machen, schlägt sich das aufs Geschäft nieder.« Elke beäugte Klaras Kameratasche. »Du machst aber keine Fotos, oder?«

»An sich hatte ich das schon vor. Stört es dich?«

»Wie gesagt, ich möchte nicht, dass die Konkurrenz schon loslegt, während ich die Kollektion noch vorbereite.«

Klara nickte. »Das kann ich gut verstehen. Wann willst du denn mit den neuen Modellen rausgehen?«, fragte sie neugierig.

»Juli. Das ist was für den Sommer.«

»Ich liebe Sommerkleider!«, rief Rena, die sich einen Stuhl am Fenster gesucht hatte. »Was Leichtes, Weites … Vielleicht mit Glockenrock?«

»Glockenrock!«, gluckste Elke. »Köstlich! Lass es mich so ausdrücken, Renaschätzchen: Zu der Kollektion passt Bubikopf besser als Dauerwelle.« Sie nickte einer ihrer Mitarbeiterinnen zu, die hinter einem Vorhang verschwand und wenig später wieder hervorkam. Klara hatte sich inzwischen neben Rena gesetzt und wartete gespannt auf die Präsentation.

»Meine Damen!«, rief Elke. »Hier das Modell Kiki – für die moderne Frau mit Köpfchen und Mut!«

Die Mitarbeiterin zeigte sich und spazierte mit schnellen, selbstbewussten Schritten zwischen Klara und Rena hindurch bis zum Fenster und wieder zurück, wo sie sich einmal um sich selbst drehte und wieder hinter den Vorhang trat.

Die beiden Freundinnen blickten Elke ungläubig an. »Und wo war der Rock?«, fragte Rena verblüfft.

»Und wie ich davon Fotos mache!«, rief Klara. »Kann deine Mitarbeiterin bitte noch einmal herauskommen? Das muss ins Heft!«

»Frauke?«, rief Elke nach hinten. »Führen Sie uns das Modell Kiki bitte noch einmal vor.«

Die Mitarbeiterin tat wie ihr geheißen, diesmal gar noch etwas mutiger, auch sie schien sich erst langsam an diese Art von Kleid zu gewöhnen. Und Klara machte Bilder. Zuerst von ihr im Gehen, dann beim Posieren vor dem Spiegel. Und dann bestimmte sie: »Können wir bitte den Teppich aus der Boutique herausholen? Ich will das mit einer gewissen Dynamik fotografieren. Da muss Perspektive rein und Tiefe.«

Wenig später war aus der kleinen privaten Modenschau ein Shooting für die Mode der nächsten Saison geworden – und vielleicht sogar der nächsten Generation.

»Eigentlich kann man so was gar nicht tragen«, stellte Rena fest. »Jedenfalls nicht, wenn man Formen hat wie ich.«

»Das denkst du jetzt«, beschwichtigte Elke sie. »Aber wenn die Leute erst einmal den Anblick gewöhnt sind, werden sie sich auch daran gewöhnen, dass jede Frau darin anders aussieht. Das war beim Petticoat nicht anders.«

»Den konnte ich auch nicht tragen«, jammerte Rena.

Elke lachte. »Du bist einfach ein Modemuffel, Renaschätzchen. Wenn alle wären wie du, könnte ich meinen Laden zusperren. Und die Schneiderei gleich mit.«

Zwischen zwei Modellen wechselte Klara den Film und warf Elke einen anerkennenden Blick zu. »Ich bin wirklich beeindruckt, Elke. Aber glaubst du wirklich, dass sich die Frauen darauf einlassen werden?«

»Natürlich werden Sie das, Klärchen!«, rief Elke im Brustton der Überzeugung. »Sie werden es lieben! Diese Mode steht für Freiheit! Weg mit dem ganzen Rüschenzeug, weg mit dem vielen Stoff und dem Bügelkram. Diese Art von Kleid sagt ganz eindeutig, was wir denken sollten: Ich bin schön. Mein Körper ist schön. Meine Beine sind schön.«

»Na ja«, murmelte Rena.

»Doch!«, pflichtete Klara der Freundin bei. »Da ist schon was dran. Es ist sehr selbstbewusst, wirklich! Und ich bin entschlossen, daraus eine große Geschichte für die *Holly* zu machen.«

»O Gott«, sagte Elke. »Aber dann sind die anderen auch so weit, bis wir hier genügend Exemplare vorbereitet haben.«

»Du willst doch im Juli mit deiner Kollektion raus, oder?«

Elke nickte.

»Nun, dann bringen wir das ins Juli-Heft. Wie willst du diesen Stil nennen?«

»Für den gibt es einen Namen«, erklärte Elke. »Ich habe den Stil ja nicht erfunden, der stammt aus London. Eine befreundete Kollegin hat mir ein Exemplar mitgebracht, als sie neulich in Hamburg war. Sie nennt es Minirock oder Minikleid.«

»Mini«, wiederholte Klara. »Das passt. Es sagt alles. Mehr braucht es nicht. Es ist wie bei der Mode selbst. Wie hast du vorhin so schön gesagt? *Diese Mode steht für Freiheit!* Das ist der Titel.«

***

Nach der Vorführung bei Metropol Moden beschloss Klara, nicht mehr in die Redaktion zu gehen. Sie würde heute früher Schluss machen und Hanna von Tante Rosa abholen, um noch ein Eis mit ihr zu essen. Das war zwar nicht besonders schlau vor dem Abendessen. Aber manchmal musste man auch etwas tun, was einfach nur Spaß machte und eben nicht besonders schlau war!

Manchmal, wenn sie zum Sandtorhafen ging, machte sie einen kleinen Abstecher zur Spitze von Kehrwieder, wo sie sich auf die Stufen setzte und hinüberblickte zu den Landungsbrücken und den Schiffen und Booten auf der Elbe zusah. Es war ein besonderer, ein irgendwie magischer Ort für sie, seit sie ihn mit ihrer Mutter als kleines Mädchen manches Mal besucht hatte. Von hier aus, so hatte Hannelore Paulsen ihrer kleinen Tochter erzählt, sind viele Träume mit den Schiffen aufs Meer hinausgesegelt – und viele Träume sind hier gelandet. Was immer sie damit gemeint hatte, Klara hatte diese Worte nie vergessen, und sie erinnerte sich jedes Mal wieder daran, wenn sie hier saß.

Ein elegantes weißes Boot querte in geringer Entfernung die Elbe. Klara meinte, es aus irgendeinem Grund zu kennen. Und dann erkannte sie es: Es war die Jacht von Hans-Hermann Curtius, auf der sie einmal – wenn auch nur als Mitarbeiterin des Frisch Verlags und mit dem Auftrag, Fotos zu machen – einen Tag und eine halbe Nacht hatte verbringen dürfen. Es schien ihr Ewigkeiten her zu sein. Doch tatsächlich waren nur drei Jahre vergangen. Aber es war so unendlich viel geschehen seither. Da war zuerst der Selbstmord von Ellen Baumeister gewesen, die Kündigung bei Frisch, dann ihre Ehe mit Heinz, die Schwangerschaft und Geburt, der schreckliche Tod ihres Mannes, die *Holly* war gegründet worden, es hatte ein Hochwasser in der Stadt gegeben, die *Holly* war mehrmals fast pleitegegangen, schließlich war sie umgezogen, Klara selbst war mit ihrer Tochter dreimal umgezogen, einmal zu Heinz, dann auf Tante Rosas Boot und schließlich in die neue Wohnung … Es schien, als wäre das ganze Leben eine einzige Hast, bestimmt von Schicksal und Schrecken. Und doch wurde alles irgendwie immer wieder ein klein wenig gut.

Heinz konnte ihr niemand zurückbringen. Und Klara wusste auch nicht, ob sie jemals wieder wirklich bereit sein würde für einen neuen Mann. Aber Hanna war ein Glück, wie es kein größeres geben konnte. Und immer wieder gab es Lichtblicke und freudige Ereignisse, die die Sonne wieder heller strahlen ließen. Dafür war sie dankbar, auch in dieser Stunde an diesem Tag, da sie an ihre Mutter denken musste, die so grausam gestorben war, an Curtius, der so rücksichtslos durchs Leben pflügte und anderer Menschen Leben zerstörte, und an Heinz, der für immer eine Lücke in ihrem Herzen hinterlassen würde.

»Schöner Ausblick«, sagte jemand neben ihr.

Klara blickte sich um und war überrascht. »Herr Köster?«

»Moin. Darf ich mich zu Ihnen setzen?«

»Bitte. Ich hab hier keine Revieransprüche.« Sie wusste nicht, ob sie sich freuen oder auf der Hut sein sollte. Der stellvertretende Chefredakteur beim Frisch Verlag hatte sie seinerzeit immer korrekt behandelt. Genau genommen hatte er sie sogar befördert und zur Fotoredakteurin gemacht. Er hatte ihr Vertrauen geschenkt und sie in diesem Männerverein unterstützt. Andererseits war er einer von Curtius' Männern und als solcher im feindlichen Lager zu Hause. »Keine Angst«, sagte er. »Ich bin nicht Ihr Gegner. Nie gewesen.«

»Früher nicht«, erwiderte Klara. »Das weiß ich.«

»Auch heute nicht. Ich schätze Leute, die was können und trotzdem auf dem Boden bleiben.«

»Falls das ein Kompliment sein sollte, danke«, sagte Klara.

»Gerne. Wie geht es Ihnen immer so?«

»Immer besser«, antwortete Klara wahrheitsgemäß. »Ich hatte schwere Zeiten. Aber es scheint, sie werden besser. Ich hoffe es zumindest.«

»Ja«, sagte Köster. »Ich habe gehört, dass Heinz gestorben ist. Das tut mir sehr leid.«

»Danke.« Klara blickte wieder auf den Fluss. »Und Sie? Wie geht es Ihnen?«

»Bei mir scheint es umgekehrt. Wird eher schlechter, fürchte ich.«

»Oh. Aber Sie …« Sie zögerte. Jetzt fiel ihr wieder ein, dass Köster schon zu der Zeit, als sie den Verlag verlassen hatte, Curtius' Vertrauen verloren zu haben schien.

»Ich arbeite nicht mehr für den Frisch Verlag«, erklärte er. »War nicht meine Entscheidung. Ich müsste aber lügen, wenn ich behaupten wollte, ich bedaure es.« Er lächelte, als dächte er an einen Witz, den er vor sehr langer Zeit einmal gehört hatte. »Na ja, es hat seine Vor- und Nachteile, sagen wir so.«

»Und was machen Sie jetzt?«, wollte Klara wissen.

»Ich habe noch nichts Neues gefunden.«

»Hm.« Sie wusste nicht, ob sie es wagen sollte. Andererseits: Hatten sie wirklich etwas zu verlieren? »Hätten Sie Lust, uns mal in der Redaktion zu besuchen?«, schlug sie vor.

»Ich? Ein alter Curtius-Mann?«

»Na, das waren wir ja alle irgendwann: Curtius-Männer und -Frauen.«

»Da haben Sie natürlich recht.« Kösters Miene hellte sich auf. »Wenn Sie wirklich meinen …«

»Aber ja! Kommen Sie doch morgen früh vorbei. Wir sind jetzt im Chilehaus. Gregor wird sich freuen.«

»Daran zweifle ich zwar«, sagte Köster lachend. »Aber Ihre Einladung nehme ich trotzdem an. Vielen Dank!« Er setzte seinen Hut wieder auf, den er auf die Knie gelegt hatte, stand auf, nickte ihr noch einmal zu und verschwand dann den Kai entlang unter den alten Lagerhäusern der Speicherstadt.

***

4.

»***Modetrends für den Sommer, gut***«, sagte Gregor und übergab Klara das Wort: »Lass mal hören.«

»Das Wichtigste zuerst: Es wird aufregende neue Trends geben«, erklärte die. »Aus Frankreich natürlich, aus Amerika und aus England.«

»Frankreich …«, warf Vicki hörbar entzückt ein.

»Hm, ich denke, wir werden uns mehr auf die englische Mode konzentrieren«, sagte Klara.

»Englische Mode? Ist das nicht ein Widerspruch in sich?«, spöttelte Ungewitter.

»Warten Sie ab, bis Sie's gesehen haben, Rolf. Dann werden Sie mir zustimmen.«

»Was ist denn so Besonderes daran?«, fragte Gregor neugierig und krempelte seine Ärmel hoch. Nur wenig erinnerte noch an den Dandy, der er mal gewesen war. Oft saß er nun hemdsärmelig und mit offenem Kragen in den Konferenzen, beim Schreiben hing manchmal eine Zigarette lässig in seinem Mundwinkel, als wäre er der wiedergeborene James Dean, Anzug trug er nur noch selten, Fliege kaum noch. Auch Gregor ging mit der Zeit – und er veränderte sich mit seinen Aufgaben.

»Vielleicht erst zu den anderen Dingen, über die wir berichten sollten«, warf Klara ein.

»Zu den anderen Trends? Wieso sollten wir?«, wollte Gregor wissen.

»Nun, bei den Franzosen wissen wir nicht, ob sie sich nicht am

Ende doch durchsetzen, dann wollen wir nicht diejenigen sein, die den Trend verschlafen haben, richtig?« Allgemeine Zustimmung, die Kolleginnen und Kollegen am Konferenztisch nickten.

»Jetzt sag schon, was es in diesem Jahr aus Paris geben wird!«, drängte Vicki.

Klara lächelte. Sie liebte Vickis Sinn für Stil, ihre Leidenschaft für gute Kleidung, ihren Mut, Neues auszuprobieren, und ihr Talent, buchstäblich in allem, was sie trug, eine ideale Figur zu machen. »Für dich wird es perfekt sein«, sagte sie. »Die Franzosen kommen dieses Jahr mit einem sehr weiblichen Schnitt. Schmale Taille, beschwingter Rock, luftig-leicht, wie gemacht für deine wunderschöne Figur.« Sie hielt inne, weil sie bemerkte, wie sie die Freundin in Verlegenheit brachte. Vicki schlug auch prompt die Augen nieder. Ungewitter lächelte. Gregor räusperte sich. »Und die Amerikaner?«, fragte er, um Klara wieder ein wenig in die Spur zu lenken.

»Die Amerikaner werden wohl in die gleiche Richtung zielen wie die Engländer. Einer aber wäre einfach zu köstlich für unser Heft.«

»Einer? Ein was? Ein Modeschöpfer?«

»Ja. Rudi Gernreich.«

»Klingt nicht sehr amerikanisch«, warf Lothar ein.

»Er musste emigrieren. Jetzt ist er einer der wichtigsten Modemacher in den USA.«

»Und was hat er im Angebot?«, fragte Heidi neugierig.

»Den Monokini«, sagte Klara und lachte. Dann zog sie ein Blatt aus ihren Unterlagen und reichte es in die Runde, darauf war eine Schneiderpuppe zu sehen, die bis zur Taille reichende Shorts aus weichem Wollmaterial trug, von dessen oberem mittleren Rand zwei hosenträgerähnliche Bänder zwischen den Brüsten hindurch über die Schultern reichten.

»Und das Oberteil?«, fragte Heidi irritiert.

»Es gibt keines«, erklärte Klara. »Er nennt es Monokini.«

In einer Mischung aus Verlegenheit und Amüsement lachten die anderen. »Reich wird er damit nicht, der Herr Gernreich«, spottete Ungewitter. »Das Ding kann man sich nur für den privaten Gebrauch leisten. In öffentlichen Bädern wird es verboten werden, so viel steht fest.«

Gregor warf ihm einen belustigten Blick zu. »Vielleicht wird es Zeit, dass du dir einen Swimmingpool zulegst, Rolf«, sagte er.

Klara verdrehte die Augen. »Ich wusste, dass wir an diesem Punkt Herrenwitze hören würden. Aber ich finde, wir könnten den Entwurf auch ernst nehmen.«

Gregor beugte sich vor und verschränkte die Hände ineinander. »Ernst nehmen. So was«, sagte er. »Klara, ich bitte dich. Wie sollen wir das ernst nehmen?«

»Indem wir den Entwurf für einen Artikel nehmen und die Frage stellen, warum eigentlich die weibliche Brust ein Grund ist, sich zu schämen!«, stellte Klara fest. »Ich meine, mal im Ernst: Was ist daran anstößig, wenn eine Frau ihren nackten Oberkörper zeigt? Die Hälfte der Menschheit ist weiblich! Wir alle wissen, dass ein weiblicher Busen nicht nur schön, sondern auch wichtig ist. Mütter sollen stillen, aber sich dabei verstecken. Frauen sollen hübsche Unterwäsche tragen, aber nur für ihren Mann. Während Männer ganz selbstverständlich ohne Oberbekleidung im Schwimmbad sitzen, müssen wir uns in Badeanzüge zwängen, die eiskalt werden, wenn sie nass sind, oder wenigstens in Bikinis, die zwicken …«

An der Stelle hob Gregor die Arme in die Höhe und erklärte: »Gut! Klärchen, du neue Rosa Luxemburg der Frauen, schreib einen Artikel zum Monokini. Aber nur, wenn wir die Bildrechte an so einem Ding bekommen. Denn den müssen wir auch zeigen.«

»Aber sicher!«, stimmte Klara zu. »Ich muss mich nicht um Rechte kümmern. Wir bekommen so ein Exemplar geschneidert.«

»Wir haben Elke im Boot?«

»Mhm. Und nicht nur dabei.«

»Sondern?«

»Sondern auch beim neuen Trend aus England!«

Nun wurden die anderen unruhig. »Jetzt rück schon raus mit der Sprache«, drängte Heidi.

»Ja, machen Sie die Büchse der Pandora auf, Klärchen!«, forderte auch Ungewitter. Alle blickten sie neugierig an, woraufhin Klara weitere drei Blätter aus ihrer Mappe nahm, Entwürfe für Kleider, die sie sich zu diesem Zweck von Elke ausgeliehen hatte. »Und an der Stelle«, sagte sie, »bitte ich alle Anwesenden um strengste Geheimhaltung! Ich habe es Elke versprochen, ja?«

»Okay«, sagte Vicki, als sie die Entwürfe sah. »Das ist *wirklich* heiß.«

»Mini«, stellte Klara die Mode vor. »Aber, wenn ihr mich fragt, mit maximaler Wirkung.«

***

Das Treffen mit Hennerk Bredemann fand in einem Lokal am Steinwall statt. Es war ein dunkler Schuppen, und man konnte sich gut vorstellen, dass hier öfter verschwörerische Zusammenkünfte unterschiedlichster Art vorkamen. Bredemann wartete an einem Tisch ganz hinten auf sie und grüßte mit einem knappen Nicken, ehe er auf die restlichen Stühle deutete und sie zum Platznehmen aufforderte. »Wir sind uns einig, dass das hier nie stattgefunden hat«, sagte er, ohne dass es wie eine Frage klang.

»Das war die Verabredung«, bestätigte Gregor, der Klara, Vicki und Lothar gebeten hatte mitzukommen. Vor allem Letzteren beäugte Bredemann offenbar mit Skepsis. »Ich wäre über eine etwas kleinere Besetzung froh gewesen«, bemerkte er.

»Dafür geht es um zu viel«, tat Gregor den Einwand ab. »Wie

Sie wissen, steht unser aller Existenz auf dem Spiel, wenn es um das Überleben der *Holly* geht.«

Bredemann hob einen Mundwinkel und schnaubte. »Ich denke, Sie sind über den Berg?«

»Wenn man über den Berg ist, steht man immer schon vor dem nächsten«, sagte Gregor und winkte dem Kellner. »Vor allem, wenn man es mit Curtius zu tun hat, der einem jeden Stein in den Weg legt, den er nur finden kann.« Er bestellte einen Tee für sich, trotz der Abendstunde. Klara nahm eine Cola, Vicki ebenso. Nur Lothar ließ sich ein Bier bringen und erntete ein anerkennendes Nicken von Bredemann.

»Also«, sagte Gregor, um zur Sache zu kommen. »Was haben Sie für uns?«

Bredemann grinste und holte eine Mappe unter dem Tisch hervor. »Jeweils die erste Seite«, sagte er. »Und nur zum Ansehen. Die vollständigen Dokumente bekommen Sie, wenn wir uns einig sind. Zug um Zug, versteht sich.«

Gregor schlug die Mappe auf und pfiff durch die Zähne. Er studierte die Papiere, die Bredemann ihm vorgelegt hatte, und schob sie dann weiter zu Klara. Die spürte, wie sich ihr das Herz zusammenzog, als sie den Namen ihres verstorbenen Mannes auf dem oberen Dokument entdeckte. »Marschbefehl« stand darüber, adressiert war es an den »Ortsgruppenleiter Pressebataillon III/1 Ltn. Dr. H.-H. Curtius« – und dann folgte eine Order, den Standort Città di Castello zu räumen und die Mitglieder des Pressebataillons nach Arezzo zu verlegen. Im Anschluss … An der Stelle brach der Text ab. Das nächste Blatt entstammte offenbar einem anderen Dokument, dessen Überschrift lautete »Re-Organisation Pressebataillon III/1 – Norditalien« und in dem unter Punkt 1 »Abberufung von Ltn. Dr. H.-H. Curtius als Ortsgruppenleiter« vermerkt war. Klaras Blick wanderte nach unten, um das Datum des Papiers zu sehen. Doch das war offenbar erst auf der – nicht vorhandenen – zweiten Seite vermerkt.

Während auch Vicki und Lothar die beiden Blätter studierten, forderte Gregor seinen ehemaligen Kollegen auf, ihm den Preis zu nennen: »Was wollen Sie dafür haben, Hennerk?«

Bredemann nahm einen kräftigen Schluck von seinem Bier und lächelte hintersinnig, während er die Mitglieder der *Holly* einen nach dem anderen musterte. »Alles, was ich will, ist eine faire Chance«, sagte er schließlich. »Und eine kleine Kompensation meiner Unkosten.«

»Wie klein wäre die denn?«, wollte Gregor wissen.

»Wir sprechen von fünftausend.«

»Fünftausend!«, rief Gregor und lehnte sich zurück. Der Kellner war eben an den Tisch getreten und brachte die Getränke. »Fünftausend?«, fragte Gregor leiser, als er wieder weg war.

»Pro Dokument.«

Lothar schob die Mappe wieder über den Tisch zu Bredemann. »Ich finde, dafür, dass uns die Unterlagen nichts sagen, was wir nicht schon wissen, ist das ein bisschen viel Geld«, stellte er fest.

»Es geht nicht darum, dass es Ihnen die Dokumente sagen«, widersprach Bredemann. »Es geht darum, dass sie es *beweisen*. Und das ist für Sie wesentlich mehr wert als zehntausend Mark.« Er nahm eine Zigarette aus seinem Etui und zündete sie sich in größter Ruhe an. Klara beobachtete ihn genau und musste anerkennen, dass Bredemann ein guter Pokerspieler war. Offensichtlich hatte er ausgezeichnete Nerven. »Sie sind nicht auf legalem Wege in den Besitz dieser Dokumente gekommen«, sagte sie. »Wenn wir Sie auffliegen lassen, dann bekommen wir die Unterlagen gratis, weil Sie sie dem Gericht werden offenlegen müssen.«

»Welchem Gericht?«, fragte Bredemann trocken. »Ich führe keinen Prozess. Sie führen einen.«

»Das ist richtig«, sprang Gregor Klara bei. »Und wenn wir Sie wegen Geheimnisverrats anzeigen, dann führen wir zwei: einen gegen Curtius und einen gegen Sie.«

Bredemann blieb gelassen. »Erstens bin ich Journalist und kann mich auf Quellenschutz berufen. Zweitens hätten Sie gar nichts davon, wenn ich die zweiten Blätter dieser Dokumente nicht liefere, sagen wir, weil ich sie leider einfach *nicht finde*. Sie wären blamiert, das Verfahren würde eingestellt, und Ihre Aussichten, Curtius sein Verbrechen nachzuweisen, wären ein für alle Mal passé.«

»Sie bekommen fünftausend«, sagte Gregor. »Für beide Dokumente. Mein letztes Wort.«

»Fünftausend und die Stelle als Chefreporter bei der *Holly*.«

Einen Moment lang herrschte verblüfftes Schweigen unter den anderen. Dann schaltete sich Vicki ein und sagte: »Die Stelle eines Chefreporters gibt es bei uns nicht.«

»Umso besser«, versetzte Bredemann. »Dann nehme ich sie niemandem weg. Sind wir im Geschäft?« Er blickte Gregor mit eisiger Ruhe an. Der ließ sich Zeit, ehe er antwortete. Er nahm den Teebeutel aus der Tasse, rührte etwas Zucker hinein, nippte daran, stellte sie wieder ab und holte tief Luft. »Sie können nächsten Monat anfangen.«

* * *

Selten war Klara so spät gekommen, um Hanna von Tante Rosa abzuholen. Entsprechend plagte sie das schlechte Gewissen. Der kleine Sandtorhafen lag in der Dämmerung der sommerlichen Abendstunde, als sie zum Hausboot kam. Drinnen brannten bereits die Lampen. Hastig hüpfte Klara aufs Deck und klopfte an die Tür zur vorderen Kajüte.

Es dauerte einen Augenblick, bis Tante Rosa ihr öffnete. Sie wirkte kein bisschen verärgert.

»Entschuldige bitte, dass ich so spät dran bin heute, Rosa«, sagte Klara und spürte, dass ihr vor Verlegenheit die Röte in die Wangen schoss. »Jetzt kommst du zu spät zu deiner Arbeit, und es ist meine Schuld. Das tut mir schrecklich leid.«

Die Matrone winkte ab. »Schon gut, Klärchen. Ich hab doch heute meinen freien Tag. Außerdem hab ich nette Gesellschaft gehabt«, sagte sie und winkte Klara herein.

Allerdings saß am Tisch bei Tante Rosa nicht etwa Hanna, sondern Dr. Bode. »Hannachen schläft nebenan«, erklärte sie. »Wir waren heute bis nach Altona spazieren, da war sie völlig erledigt.«

»Georg. Guten Abend«, sagte Klara und hielt ihm die Hand hin.

»Guten Abend, Klara. Ich freue mich, dich zu sehen.« Er wirkte verlegen. »Eigentlich hätte ich längst weg sein sollen. Wollen«, verbesserte er sich. »Aber Tante Rosa hat mich zu einem Gläschen Likör genötigt.« Er lächelte unsicher. »Genau genommen waren es drei.«

»Du nennst sie auch Tante Rosa?« Belustigt blickte Klara von ihm zu Hannas Tagesmutter und zurück.

»Ich glaube, jeder nennt sie so, oder?«

»Da können Sie Gift drauf nehmen, Herr Doktor!«, erklärte Tante Rosa und holte ein drittes Glas aus ihrer Anrichte, um es für Klara zu füllen. »Nun setz dich mal, Klärchen, und trink was mit uns. Siehst ja völlig durch den Wind aus heute.«

Klara seufzte. »War auch ein merkwürdiger Tag. Und ein langer.«

Tante Rosa schenkte ihr von dem Eierlikör ein, den sie immer im Haus hatte. Dann schenkte sie Dr. Bode noch ein viertes Mal nach und sich selbst ebenfalls. »Auf die langen Tage«, sagte sie. »Und auf die kurzen. Hauptsache, sie haben ein schönes Ende, was?«

»So einem Toast kann man nicht gut widersprechen«, stellte Dr. Bode fest und erhob ebenfalls sein Glas, um es sacht zuerst an Klaras und dann an Tante Rosas zu stoßen.

Dann tranken sie ihren Eierlikör und lächelten einander zu, und Klara hatte den Verdacht, dass Tante Rosa ihren Gast nicht ganz ohne Grund länger festgehalten hatte, als dieser zu bleiben beabsichtigt hatte.

»Ich muss dann mal noch ein büschen Ordnung auf Deck machen. Ihr entschuldigt mich alte Frau mal kurz, ja?«, sagte Tante Rosa und schob die Flasche in die Mitte des Tischs. »Die lass ich hier. Falls ihr noch einen mögt.« Dann verließ sie die Kajüte und machte sich draußen zu schaffen, während Klara und Georg Bode zurückblieben und eine Weile verlegen schwiegen.

»Ich finde es schön, dass wir uns mal wiedersehen«, sagte Klara schließlich.

»Ja«, stimmte Dr. Bode zu. »Ich auch. Ich dachte ehrlich gesagt …«

»Was?«

»Nun, dass du mich vielleicht lieber nicht mehr sehen möchtest.«

»Ach, Georg«, sagte Klara und legte ihre Hand auf seine. »So ist es nicht. Im Gegenteil! Ich habe viel an dich gedacht. An unser letztes Treffen. An die Einladung in deine Wohnung …«

»Ja. Das tut mir leid«, entgegnete ihr der Arzt. »Das hätte ich nicht tun sollen.«

»Im Gegenteil!« Klara drückte seine Hand. »Das hat mir viel bedeutet! Weißt du, ich … nun, ich war ja auch schon lange nicht mehr … ich meine, ich habe schon lange nicht mehr … mit einem Mann …« Sie atmete tief durch. »Jedenfalls ist es schön für eine Frau, wenn sie … hm … begehrt wird?«

Georg Bode lächelte. »Das gilt auch für Männer«, sagte er. »Vielleicht sogar noch mehr? Ich weiß es nicht. Aber ich habe dich in eine peinliche Situation gebracht.« Er sah sich um. »Im Grunde ja heute schon wieder. Ich sitze hier, und du weißt gar nicht, was dich erwartet, als du kommst, um deine kleine Tochter abzuholen.« Er unterbrach sich. »Sie ist übrigens ein Sonnenschein! Ich glaube, ich habe noch nie ein Kind gesehen, das so viel lacht. Und das so viel spricht«, fügte er hinzu und lachte seinerseits.

Auch Klara musste lachen. »Da sagst du was. Manchmal denke ich, gleich fallen mir die Ohren ab. Dieses Mädchen ist so frech und so neugierig …«

»Und so entzückend!«, fügte Georg Bode hinzu. »Genau wie seine Mutter.« Und dann war er es, der ihre Hand drückte.

***

Tante Rosa schlug vor, dass Hanna bei ihr über Nacht bleiben solle. »Dann müssen wir sie jetzt nicht mehr aufwecken. Und morgen holst du sie dann einfach ein büschen früher, Klärchen, wollen wir das so machen?«

Georg Bode bot Klara an, sie noch nach Hause zu bringen.

Und Klara bot ihm an, noch mit nach oben zu kommen: »Es ist ja noch so früh. Ich könnte uns eine Kleinigkeit zu essen machen?«

Georg nahm die Einladung gerne an, bestand aber darauf, dass Klara nicht kochte, sondern sie sich unterwegs etwas von einem Lokal zum Mitnehmen einpacken ließen.

So kam es, dass sie wenig später in Klaras Küche saßen und Fischbrötchen aßen und ein Bier dazu tranken und Klara neugierig den Geschichten aus Georgs Vergangenheit lauschte. Nach dem Krieg war er zuerst für das Hafenamt als Arzt tätig gewesen. Es war die Zeit des Wiederaufbaus gewesen, und täglich waren Verletzte gebracht oder er war zu einem Notfall gerufen worden. Immer wieder war er auch zu den Engländern abkommandiert worden. Bei der Gelegenheit hatte er auch den Stadtkommandanten und dessen Frau kennengelernt und war zu einem Freund der

Familie geworden. Sie waren es auch gewesen, die ihm das nötige Geld vorgestreckt hatten, um eine eigene Praxis zu eröffnen. Und durch sie hatte er seine Frau kennengelernt, eine Hauslehrerin für die Kinder der Familie, ursprünglich aus Flensburg stammend, mütterlicherseits Dänin. Es war Liebe auf den ersten Blick gewesen. Sie hatten das Aufgebot für die Hochzeit nach einem Monat bestellt, und schon wenige Wochen nach der Heirat hatte sie ihm eröffnet, dass sie womöglich schwanger sei. »Bis dahin hatte ich keine Ahnung gehabt, wie schön das Leben sein kann«, sagte Georg mit traurigem Lächeln. »Es hat weniger als ein Jahr gedauert, bis ich gelernt habe, wie grausam es sein kann. Weißt du …« Er blickte Klara entschuldigend an. »Im Krieg, da war es fürchterlich. An der Front und auch hier zu Hause. Aber es war eben Krieg, man hat mit dem Schlimmsten gerechnet. Wenn du aber mit dem Schönsten rechnest, und dann zerbricht dein Glück von einem Moment auf den anderen, dann ist es, als würde es einem das Innerste herausreißen. Ich habe gelitten wie ein Hund, du kannst dir das nicht vorstellen.«

»Doch«, sagte Klara. »Das kann ich. Es ging mir ja genauso. Mein Leben war perfekt mit Heinz! Wir hatten alles, was wir uns gewünscht hatten. Und wir haben ein Kind erwartet. Als es endlich auf der Welt war …« Sie stockte. »Es war grausam, ich dachte, ich könnte nicht weiterleben.«

»Ja«, flüsterte Georg. »So ging es mir auch.« Er blickte auf. »Und jetzt sitzen wir hier.«

»Ja, Georg. Jetzt sitzen wir hier.«

»Bist du mir böse, wenn ich sage, dass ich glücklich bin? Jetzt und hier? Denn das bin ich. Zum ersten Mal seit … ach, ich weiß gar nicht.«

Klara nickte und schenkte ihm ein Lächeln. »Das kann ich verstehen.«

»Wirklich?«

»Mir geht es genauso.«

»Trotz Heinz?«

Eine kleine Weile überlegte Klara, ehe sie antwortete: »Vielleicht wäre es ohne Heinz gar nicht so«, sagte sie dann. »Er hat mir gezeigt, wie schön das Leben sein kann. Er hat mir beigebracht, glücklich zu sein, weißt du? Und jetzt, wo ich es kann, vielleicht sollte ich es einfach zulassen. Vielleicht sollte ich die Gabe nutzen, die ich ihm verdanke.«

Verwundert sah Georg sie an. »Was für eine schöne Idee«, sagte er schließlich und nahm ihr Gesicht in seine Hände. »Du bist eine so kluge Frau, Klara.«

»Ach«, seufzte sie. »Ich bin vor allem eine einsame Frau.«

»Aber vielleicht musst du das ja nicht bleiben?« Behutsam näherte er sein Gesicht dem ihren, jederzeit darauf gefasst, dass sie sich ihm entziehen würde. Doch das tat sie nicht. Im Gegenteil: Sie hob ihren Mund zu seinem und gab ihm einen Kuss. Einen sachten, zärtlichen Kuss, scheu beinahe, aber leidenschaftlich genug, um ihn mehr wagen zu lassen. Viel mehr!

Als sie viel später nebeneinander auf Klaras Bett lagen, schüttelte sie plötzlich bedächtig den Kopf.

»Was?«, wollte Georg wissen.

»Warum?«, fragte sie.

»Warum was?« Er richtete sich auf. »War es nicht gut?«

»Im Gegenteil«, erwiderte sie. »Es war wundervoll. Aber warum haben wir so lange gewartet?«

Georg strich ihr sanft übers Haar. »Wir holen alles nach«, sagte er lächelnd.

»O ja«, stimmte sie zu. »Und es gibt viel nachzuholen!«

* * *

Es folgten Tage, in denen das Leben in doppelter Geschwindigkeit abzulaufen schien: Die Zeit in der Redaktion war geprägt von einer nie da gewesenen Hektik, zu der hinzukam, dass Gregor buchstäblich täglich ein Treffen der »Ehemaligen« einberief, also all derer, die früher für Curtius gearbeitet hatten. Klara bereitete mehrere große Geschichten vor, *Der Ökonom* sollte in sechs Wochen zum ersten Mal erscheinen – und Vickis Kolumne entwickelte sich zum handfesten Skandal: An einem Dienstag Ende Mai standen mehrere Polizisten am Empfang und forderten Zugang zu den Räumlichkeiten, um »unsittliches Material« sicherzustellen und »Gefahr für die öffentliche Ordnung« abzuwenden. Vicki sollte die Beamten sogar aufs Revier begleiten. Da der Chefredakteur ihnen aber versicherte, dass »Veronika Liebe« nicht im Hause sei, kam Vicki mit dem Schrecken davon. Wenn man davon absah, dass alle Leserzuschriften mitgenommen wurden.

Die inkriminierenden Dokumente, die Bredemann aus welcher Quelle auch immer aufgetan hatte, wurden für das vereinbarte Honorar gekauft und an Dietrich Ungewitter übergeben, Rolfs Bruder in Harvestehude, der bereits in Abstimmung mit Gregor, Klara, Vicki, Heidi und Lothar einen Schriftsatz an die Staatsanwaltschaft entworfen hatte, mit dem er der Anzeige gegen Curtius endlich die nötige Wucht zu verleihen beabsichtigte.

Und jeden Abend traf Klara sich nun mit Georg Bode. Es war Tante Rosas Vorschlag gewesen, dass sie sich auf dem Hausboot treffen sollten. Dann gingen sie zusammen mit Hanna entweder zu Klara oder zu Georg und verbrachten gemeinsam die Nacht. Es war ganz einfach, fühlte sich ganz natürlich an – und Hanna, die »Onkel Georg« sehr schnell lieb gewonnen hatte, hatte ihren Spaß daran, mit ihm zu spielen, während Klara etwas zum Abendessen zubereitete. Manchmal war es auch Georg, der sich an den Herd stellte: Er hatte als alleinstehender Mann passabel zu kochen gelernt und freute sich, es seiner Partnerin zu beweisen.

Die Abende wurden freilich lang, weil die beiden sich so viel zu erzählen hatten, die Nächte dagegen oft so kurz, dass sie völlig übernächtigt aus dem Bett stiegen und erst nach mehreren Tassen Kaffee halbwegs einsatzbereit waren. Aber Klara genoss es, sich so zu verausgaben! Sie liebte dieses Leben, in dem alles sie forderte, in dem nichts bedeutungslos erschien. Sie war aus vollem Herzen eine berufstätige Frau, eine hingebungsvolle Mutter und eine leidenschaftliche Liebhaberin und wünschte sich, dass dieser Zustand für immer anhalten möge.

Allerdings blieb die Romanze mit Georg nicht unbemerkt, und zwar weder in Klaras Wohnhaus noch in seinem. Bei ihr war es nur die Hausmeistersfrau, die sich die spitze Bemerkung nicht verkneifen konnte, wonach »wir schon bitte ein anständiges Haus bleiben wollen, wenn Sie verstehen, was ich meine, Frau Hertig«.

Bei Georg sah es anders aus. Offenbar hielt es wer auch immer nicht für nötig, seine Empörung an ihn selbst zu richten, sondern informierte stattdessen die Polizei, die eines Abends an der Tür klopfte und mitteilte, dass »eine Anzeige gegen den Hauseigentümer wegen Kuppelei« vorliege. Man müsse deshalb »den Sachverhalt prüfen und die Personalien der anwesenden Personen aufnehmen«.

»Aber natürlich«, entgegnete Georg geistesgegenwärtig. »Bitte treten Sie doch ein, die Herren!« Er machte einen Schritt zur Seite und ließ die Uniformierten ein, um sie direkt ins Wohnzimmer zu dirigieren. Zu Klara, die wie versteinert auf dem Sofa saß, Hanna auf dem Schoß, der sie eben aus einem Buch vorgelesen hatte, sagte er: »Ich bitte um Nachsicht, Frau Hertig, wenn ich mich gerade um die Herren von der Polizei kümmern muss. Es scheint eine Art von Missverständnis zu geben. Können wir die Behandlung morgen fortsetzen? Sie müssen sich keine Sorgen machen, die Kleine wird keinen Nachteil dadurch haben.« Dabei sah er sie eindringlich an, und Klara verstand sofort. »Aber natürlich, Herr Doktor«, sagte sie. »Dann kommen wir morgen wieder?«

»Gerne. Wenn Sie es während der Praxiszeiten schaffen, bitte wie immer in die Praxis. Wenn es partout nicht geht, dürfen Sie gerne auch wieder hierherkommen.« Er lächelte ihr unverbindlich zu und begleitete sie dann zur Tür, während die beiden Polizisten unschlüssig im Wohnzimmer stehen blieben. »Ja, die Herren, bitte nehmen Sie doch Platz«, sagte er, als er Klara mit einem hastigen Kuss weggeschickt hatte und wieder ins Wohnzimmer zurückgekehrt war. »Was darf ich denn nun für Sie tun?«

»Ja, also …«, fing einer der beiden an und blickte sich um. »Sie wohnen hier allein?«

»So ist es«, erklärte Georg. »Seit dem Tod meiner Frau vor fünf Jahren.«

»Aha. Und die Dame eben?«

»Frau Hertig? Ihre Tochter ist eine Patientin von mir. Sie hat …« Er unterbrach sich. »Ärztliche Schweigepflicht«, sagte er dann. »Ich bitte um Entschuldigung.«

»Gewiss. Hm. Sicher. Und warum behandeln Sie sie hier in Ihrer Privatwohnung?«

»Nun ja, die Mutter ist berufstätig und alleinstehend. Sie kann zu normalen Praxiszeiten meist nicht weg.«

»Verstehe«, sagte der Polizist und sah sich um. »Dürfen wir mal einen Blick durch die Wohnung werfen?«

»Selbstverständlich! Wenn Ihnen damit gedient ist …«

Die Polizisten erhoben sich wieder und blickten in die Küche und ins Schlafzimmer, warfen einander vielsagende Blicke zu. Einer stellte fest: »Ist das Damenwäsche?«

Georg zuckte die Achseln und bat innerlich sowohl seine verstorbene Frau als auch Klara um Vergebung, als er sagte: »Ich habe nichts verändert. Wenn Sie verstehen, was ich meine.«

Einer der Beamten nickte mitfühlend. »Es ist nicht immer leicht, was?«

»Da haben Sie leider recht«, stimmte Georg zu. »Aber man muss trotzdem weitermachen.«

»Tja, also es sieht so aus, als hätte man uns unnötigerweise hergeschickt«, stellte der Polizist fest. »Bitte entschuldigen Sie die abendliche Störung.«

Georg hob die Arme und erwiderte: »Ich bitte Sie! Der Polizei muss geholfen werden, wo man helfen kann!« Dann begleitete er die Männer wieder zur Tür und verabschiedete sich so wortreich, als hätten sie ihm mit ihrem Besuch einen Gefallen getan. Innerlich aber verfluchte er die Bigotterie der Mitmenschen, die einem das bisschen Glück nicht gönnten, das das Schicksal manchmal zuließ.

Er wollte gerade ins Wohnzimmer zurückkehren, als das Telefon im Flur klingelte.

»Georg?«

»Klara!«

»Ich sehe, die Herren sind gegangen.«

»Du stehst in der Telefonzelle gegenüber?« Georg nahm den Apparat vom Tischchen und streckte sich, um aus dem Küchenfenster zu blicken. »Ha! Ich kann dich sehen.«

»Sind wir jetzt ein Verbrecherpärchen?«, wollte Klara wissen.

»Sieht ganz so aus«, erwiderte Georg amüsiert. »Kommst du trotzdem wieder hoch?«

Klara lachte. »Ich schätze, es ist besser, wenn wir unser Unwesen heute Abend bei mir treiben.«

»Selten eine so reizvolle Anstiftung zu einer Straftat gehört«, antwortete Georg. »Ich fliege!«

»Fliegen Sie langsam, Herr Doktor«, erwiderte Klara. »Man muss uns nicht unbedingt zusammen sehen. Wer weiß, ob die Herren von der Gendarmerie nicht Augen und Ohren in der Nähe haben. Wir sehen uns bei mir.« Damit hängte sie ein, nahm Hanna an die Hand und verließ die Telefonzelle Richtung Mitte.

***

5.

Der Minirock war nicht nur auf dem Titel der Juliausgabe der *Holly*, Gregor hatte Klara darüber hinaus eine weitere Serie von Aufnahmen machen und die Bilder in allen großen Städten plakatieren lassen. Unter der Zeile *Diese Mode steht für Freiheit!* prangte das Logo der *Holly*, sonst nichts.

An den wichtigsten Bahnhöfen des Landes ließen sie am Tag des Erscheinens von Hostessen in gewagten Miniröcken Gratisexemplare verteilen,die sie über Nacht per Zug verschickt hatten, nachdem es Metropol Moden geschafft hatte, mehr als hundert identische Exemplare in einer Hauruckaktion zu schneidern. Im Gegenzug hatte Elkes Unternehmen einen großen Auftritt in der *Holly* bekommen, und auf den Plakaten stand klein seitlich: *Modell Metropol Moden, Hamburg*.

Auch am Hamburger Hauptbahnhof standen die Hostessen mit den Zeitschriften. Klara und die anderen aus der Redaktion ließen es sich nicht nehmen, hinzugehen und der Aktion zuzusehen.

Tatsächlich waren die jungen Frauen umringt von Menschen, darunter vielen, die Fotos machten. Einen Kollegen von der *Morgenpost* entdeckte Klara in der Menge und einen Reporter vom *Abendblatt*.

Es gab allerdings auch Anfeindungen. Nicht alle waren einverstanden mit dieser Aktion. Eine aufgebrachte Dame empörte sich über die öffentliche Pornografie, die hier betrieben würde, ein Geistlicher versuchte gar, die nackten Beine eines der Modelle mit seinem Mantel zu verhüllen. »Das ist unbezahlbare Werbung für uns«, sagte Gregor fasziniert. »Wir werden morgen in allen Zeitungen damit sein. Wahrscheinlich ist es überall ähnlich.«

»Mhm«, stimmte Klara zu. »Und das heißt, wir werden im ganzen Land in der Presse sein damit.«

Gregor grinste übers ganze Gesicht. »Du sagst es. Wer die *Holly* bisher nicht kannte, wird sie spätestens jetzt kennen.«

»Peekenbrink?«, fragte Klara.

»Nein«, sagte Gregor. »Heute muss es was Großes sein. Wir gehen in den Star Club.«

»Bist du verrückt? Da kommen wir nie alle rein!«, rief Vicki, die danebenstand.

»Im Gegenteil«, erwiderte Gregor. »Da kommt sonst keiner rein. Ich hab den Klub heute komplett für uns reserviert.«

»Du hast was?« Klara starrte ihn fassungslos an.

»Ab zwanzig Uhr steigt unsere Fete. Bringt mit, wen ihr mitbringen wollt. Ich will euch alle sehen!« Und zu Klara sagte Gregor: »Sag auf jeden Fall Elke und Rena und Rike Bescheid. Auch sie können jemanden mitbringen. Vor allem die Schneiderinnentruppe muss eingeladen werden.« Er blickte zu den Hostessen hin, die immer noch mit strahlenden Lächeln *Hollys* verteilten. »Und die jungen Damen hier sollten auch nicht fehlen. Sie dürfen sich aber nichts anderes anziehen, verstanden?«

»Aye, aye, Sir«, rief Klara lachend. Und Tante Rosa, dachte sie. Die muss auch kommen. Und Günther Jauner von der Bank. Und Anni, ja, die auch.

***

Georg hatte seine Schwester engagiert, auf Hanna aufzupassen, und begleitete Klara zu der Party im Star Club. Vor dem Eingang drängten sich die Leute, die vergeblich Einlass begehrten. Die Türsteher hatten alle Hände voll zu tun, sie abzuweisen. Wieder und wieder riefen sie: »Geschlossene Veranstaltung! Heute geschlossene Veranstaltung! Geht nach Hause!«

Es war Gregors großer Triumph. Die *Holly* war jetzt buchstäblich das Magazin der Stunde. In der Redaktion hatte das Telefon nicht mehr stillgestanden. Von überall aus der Republik hatten Kioske angerufen, um das Heft nachzubestellen. Und zum ersten Mal hatten sie tatsächlich einen Auftrag für einen Nachdruck herausgegeben: Weitere hunderttausend Hefte sollten binnen drei Tagen gedruckt und dann sofort ausgeliefert werden. Die Auflagen für die nächsten Nummern waren zwischenzeitlich ebenfalls nach oben korrigiert worden. Die *Holly* war auf dem Weg, zu einer der führenden Zeitschriften des Landes zu werden.

Entsprechend enthusiastisch waren alle, als Gregor für eine kurze Rede die Bühne des Star Clubs betrat und den Mitarbeiterinnen und Mitarbeitern, den Partnern, Freunden und Unterstützern des Verlags all die guten Neuigkeiten mitteilte. »Die Redaktion ist innerhalb eines Jahres auf die doppelte Mitarbeiterzahl angewachsen«, berichtete er. »Die Auflage ist um über sechzig Prozent gestiegen – und dabei ist das aktuelle Heft noch gar nicht berücksichtigt. Mit Klara Hertig haben wir die wahrscheinlich beste Art-Direktorin der Republik!« Er benutzte diesen Begriff neuerdings öfter, öffentlich allerdings hatte Klara ihn noch nie gehört. Sie spürte, wie Georg stolz ihre Hand drückte. »Mit Vicki Voss alias Vera Liebe haben wir eine der berühmtesten Kolumnistinnen.« Gregor machte eine kleine Kunstpause und fügte hinzu: »Und eine der berüchtigtsten.« Allgemeines Gelächter, aber auch Applaus. »Nach Lothar Schröder und Hennerk Bredemann wird nächsten Monat mit Richard Köster ein weiterer Top-Kollege aus dem Hause Frisch zu uns wechseln, pünktlich zum Start unseres neuen Magazins *Der Ökonom*, worauf wir sehr stolz sind.

Die *Holly* will nicht weniger, als ein Bild unserer Gesellschaft zeichnen, und zwar ein modernes, aufregendes und buntes. Wir glauben, dass die Zukunft schon begonnen hat und dass es viele großartige Geschichten über sie zu erzählen gibt. Die *Holly* entdeckt diese Geschichten und blickt stets ein bisschen darüber hinaus. Wir wollen den Look der Republik zeigen und, wenn möglich, auch ein bisschen prägen. Das ist ein großer Anspruch. Aber mit der heutigen Ausgabe sind wir ihm ein gutes Stück näher gekommen. Wir sehen vielleicht noch keine der anwesenden Damen heute im Monokini. Aber ein paar Miniröcke habe ich schon entdeckt.« Wieder lachten die Gäste. Gregor hatte es gut auf den Punkt gebracht. »Feiern Sie also mit uns das Erreichte, alles, was vor uns liegt, und im Sinne unseres schönen Magazins alles, was Spaß macht! Vielen Dank!«

Applaus begleitete Gregor von der Bühne. Klara blickte sich um und stellte fest, dass viel mehr Menschen da waren, als sie erwartet hätte. Tatsächlich war die *Holly* keine kleine Zeitschrift mehr, sondern eine feste Nummer im Pressemarkt. Wer auf sich hielt, interessierte sich dafür, was in diesem Heft stand. Die *Holly* hatte Anzeigenkunden, die Gregor hierher eingeladen hatte. Sie hatte freie Mitarbeiter, sie beschäftigte Druckereien, Vertriebsfirmen, eine Werbeagentur. Mit der Bank waren eine Vielzahl weiterer Partner hinzugekommen, die gut daran zu erkennen waren, dass sie sehr formell gekleidet waren. Die Kanzlei von Ungewitters Bruder war mit mehreren Mitarbeitern vertreten. Dazu die Modelle in den Minikleidern, Elke und ihre sämtlichen Mitarbeiterinnen, Rena und Rike, die ihrerseits Kollegen vom Rundfunk mit dabeihatte. Es waren Vertreter anderer Zeitschriften da, und buchstäblich jede und jeder war »mit Begleitung« gekommen … Es war beinahe wie an einem ganz normalen Abend im Star Club: Es war voll.

Dass auch Polizei anwesend war, überraschte Klara zuerst gar nicht. Doch als mehrere Beamte auf Gregor zutraten und ihn ansprachen, glaubte sie, ihr Herz müsste stehenbleiben. »Herr Dr. Blum? Sie sind hiermit verhaftet.«

»Verhaftet?«, fragte Gregor ungläubig und blickte sich um. »Das ist ein Scherz, oder? Die beiden sind keine echten Polizisten. Das sind nur Knallchargen, hab ich recht?«

»Herr Dr. Blum, wenn Sie nicht möchten, dass der Vorwurf der Beamtenbeleidigung hinzukommt, sollten Sie sich zurückhalten«, sagte einer der Uniformierten.

»Dann werden Sie wohl so freundlich sein, mir zu verraten, was man mir zur Last legt?«, fragte Gregor plötzlich tiefernst.

»Urkundenfälschung, Vortäuschen einer Straftat und üble Nachrede«, erklärte der Polizist knapp. »Kommen Sie freiwillig mit, oder müssen wir Sie in Handschellen abführen?«

Ringsumher waren die Gäste auf die Szene aufmerksam geworden. Nur auf der Bühne hatte niemand den Vorfall zur Kenntnis genommen, weshalb im selben Moment, in dem Gregor den Beamten nach draußen folgte, ein Sänger die Band einzählte und mit einem Gitarrenriff einer der neuen Hits der Beatles ertönte: *It's Been A Hard Days Night!*

***

Can't Buy Me Love

Hamburg, Sommer 1964

1.

Die Stimmung in den Redaktionsräumen war düster. Dass Gregor nach der Festnahme nicht wieder vorläufig auf freien Fuß gesetzt worden war, ließ das Schlimmste befürchten. Und Dietrich Ungewitter, der Anwalt, den sein Bruder gebeten hatte, den Fall zu übernehmen und für eine Krisensitzung in die Redaktion zu kommen, trug nicht dazu bei, die Laune zu heben. »Meine Herrschaften«, sagte er. »Es steht zu befürchten, dass zumindest ein Teil der Vorwürfe objektiv den Tatsachen entspricht.«

»Den Tatsachen entspricht?«, meldete sich Klara. »Ich bitte Sie, Gregor Blum ist doch kein Verbrecher. Er ist mit Sicherheit kein Urkundenfälscher, er hat doch keine Straftat vorgetäuscht! Und üble Nachrede … Ich bitte Sie: Curtius kann man gar nicht übel nachreden. Die Wirklichkeit übertrifft bei dem doch jede denkbare Beleidigung.«

Der Anwalt hob beide Hände und erklärte: »Zunächst einmal sollten wir alle die Ruhe bewahren. Kühler Kopf ist das oberste Gebot bei jedem Gerichtsverfahren.«

»Es ist doch ganz offensichtlich«, sagte Klara. »Jemand hat Gregor gefälschte Dokumente untergeschoben und ihn dann wegen einer angeblich vorgetäuschten Straftat angezeigt. Und wir alle wissen, wer dieser Jemand war!«

Dietrich Ungewitter strich über seine Unterlagen. »Zunächst einmal liegt die Sache so, dass Herr Dr. Blum gefälschte Dokumente bei der Staatsanwaltschaft eingereicht und darauf eine Anzeige gegen Herrn Dr. Curtius begründet hat. Die Staatsanwaltschaft hat diese Dokumente geprüft und dabei festgestellt, dass sie gefälscht sind. Den Unterzeichneten hat es nie gegeben, und es wurde ein falscher Stempel benutzt. Auch das Aktenzeichen des Vorgangs existiert in den Archiven des ehemaligen Reichskriegsministeriums nicht. Es hat auch nie existiert, da die Aktenzeichen anders aufgebaut waren.«

Klara staunte, was Ungewitter innerhalb von einem halben Tag alles herausbekommen hatte. »Und das hätten wir nicht früher erkennen können?«, fragte sie. »Wir hatten Ihnen die Dokumente doch vorgelegt!«

Ungewitter nickte mit betrübter Miene und erklärte: »Sie haben recht, Frau Hertig, und Sie dürfen mir glauben, dass ich das sehr bedaure. Tatsächlich ist es sehr unwahrscheinlich, dass wir diese Informationen bekommen hätten. Die Akten des ehemaligen Reichskriegsministeriums sind weitgehend unter Verschluss, die Einsicht bedarf einer Sondererlaubnis durch die alliierten Besatzer. Dass es einen Oberstleutnant Kredel nicht gegeben hat, wäre womöglich eher herauszubekommen gewesen. Dafür hätte man aber zuerst einmal einen Verdacht haben müssen, dass dieser Mann erfunden ist.«

»Die Staatsanwaltschaft hat das auch nicht recherchiert, oder?«, fragte Klara. »Die haben es einfach nur überprüft, als es ihnen jemand gesteckt hat.«

»Davon gehe ich aus«, bestätigte Ungewitter und nahm einen Schluck von dem Tee, den ihm Frau Waibel hingestellt hatte.

»Was bedeutet, dass diejenigen, die die Staatsanwaltschaft darauf hingewiesen haben, genau wussten, wonach zu suchen war. Weil sie die Dokumente selbst gefälscht hatten.«

»Auch davon gehe ich aus, Frau Hertig.«

»Ja, aber was machen wir denn da?«, fragte Vicki verzweifelt.

Der Anwalt wiegte den Kopf. »Das ist die Frage. Gewisse Personen jedenfalls haben offenbar den Spieß umgedreht und die Waffen der Justiz gegen die *Holly* und ihren Chef gerichtet. Und das kann schwerwiegende Folgen haben.«

»Hat es schon«, erklärte Richard Köster, der als stellvertretender Verlagsleiter seit dem Morgen kommissarisch den Posten des Chefredakteurs mit übernommen hatte, ohne sich dafür auch nur annähernd gerüstet zu sehen. »Mehrere unserer Werbekunden haben die Zusammenarbeit aufgekündigt und bereits gebuchte Anzeigen storniert. Aus wichtigem Grund. Der Start des *Ökonom* musste auf unbestimmte Zeit verschoben werden.«

»Dagegen werden Sie nicht viel tun können«, erklärte Dr. Ungewitter. »Werbekunden können sich auf die Notwendigkeit eines untadeligen Leumunds ihrer Geschäftspartner berufen.«

»Die Druckerei hat uns mitgeteilt, dass sie den Auftrag für die nächste Ausgabe nur gegen Vorkasse auszuführen gedenkt.«

»Nun, da müssten wir uns eventuell einmal Ihre schriftliche Vereinbarung ansehen. Aber Sie können die Firma nicht gut zum Arbeiten zwingen. Und wenn Sie anschließend Schadensersatz gelten machen, dann kann es für Sie schon zu spät sein.«

Am anderen Ende des Konferenztischs erhob sich Arthur Freriksen, der Vertreter der Hanseatischen Handelsbank, die als größter Einzelteilhaber der Firma selbstverständlich ebenfalls zu der Krisenkonferenz eingeladen worden war. »An der Stelle, fürchte ich, werde ich einen Beitrag zu diesem Gespräch leisten müssen, meine Herrschaften«, sagte Freriksen, »der Ihnen kein Vergnügen bereiten wird. Unser Haus kann es sich nicht leisten, in Geschäfte mit fragwürdigen Partnern zu investieren.«

Klara schnappte nach Luft und wollte schon etwas erwidern, doch Ungewitter hob beschwichtigend die Hand, woraufhin sie es ließ. »Sehen Sie«, fuhr der Bankier fort. »Als wir den Verlag aus einer Notsituation retteten, war es eine unverschuldete Krise. Das erscheint uns hier anders. Es mag sein, dass Herr Dr. Blum einem Komplott auf den Leim gegangen ist. Aber niemand hat ihn ja gezwungen, seine private Fehde mit Herrn Dr. Curtius im Namen des Verlags auszutragen. Soweit wir sehen, werden hier Verlagsmitarbeiter und sogar Verlagsanwälte benutzt, um einen Vater-Sohn-Konflikt zu bestreiten. Dadurch wird unsere Investition aufs Höchste gefährdet.«

Nun war es Ungewitter, der widersprach: »Herr Freriksen, Ihren Unmut kann ich bestens verstehen. Doch hier geht es nicht um eine Privatsache. Herr Curtius ist offensichtlich entschlossen, die *Holly* zu zerstören. Dafür ist ihm jedes Mittel recht. Wenn Herr Blum also seinerseits eine Offensive gestartet hat, so gewiss nicht in erster Linie, um sich an seinem Vater zu rächen, sondern um seinen Verlag zu schützen.«

»Wie auch immer«, sagte der Bankier. »Was wir nun erwarten, ist die sofortige Abberufung von Herrn Dr. Blum als Chefredakteur, eine Neubestellung, und zwar im Sinne einer untadeligen Personalie, ruhigeres Fahrwasser und keine Skandale. Herr Dr. Blum sollte sich am besten auch aus dem Gesellschafterkreis zurückziehen und nicht mehr für das Haus tätig werden. Sie, Herr Dr. Ungewitter, sollten versuchen, auf der Vertragsseite zu retten, was zu retten ist. Und um keine Interessenkonflikte zu provozieren, sollten Sie das Mandat für Herrn Dr. Blum niederlegen. Auf die Weise können Sie weiterhin für die *Holly* tätig sein. Andernfalls müssten wir darauf bestehen, dass Ihnen unser Mandat entzogen wird und wir einen unabhängigen Anwalt bestellen, der die Interessen des Verlags ohne Einschränkungen vertreten kann.«

***

Hennerk Bredemann war nicht zu der Konferenz aufgetaucht. Er tauchte auch den restlichen Tag nicht in der Redaktion auf. Frau

Waibel blieb mit ihren Versuchen, ihn zu Hause telefonisch zu erreichen, erfolglos. Lothar, der kurz entschlossen zu Bredemanns Privatadresse fuhr, fand die Tür verschlossen und die Vorhänge zugezogen. Die Nachbarin meinte, ihn am Vortag mit einem Koffer gesehen zu haben.

Die Hiobsbotschaften im Verlag rissen indes nicht ab. Der Eigentümer des Chilehauses ließ durch den Verwalter ausrichten, dass er eine Bankbürgschaft wünsche, weil er sonst den Mietvertrag kündigen müsse, da Herr Dr. Blum ja nun nicht mehr persönlich für die pünktliche und vollständige Mietzahlung haften könne. Das KaDeWe in Berlin, mit dem man vereinbart hatte, die neue Winterkollektion für einen Beitrag in der *Holly* zu fotografieren, rief an und teilte mit, man habe sich »nun doch für ein anderes Magazin entschieden« und müsse das Shooting deshalb leider absagen. Mehrere Bildagenturen, von denen Klara Lizenzen für einen Abdruck im Heft erworben hatte, zogen ihre Genehmigungen zurück ... Auf einmal schien sich die ganze Welt gegen die *Holly* verschworen zu haben.

Am Abend stand Klara erschöpft und enttäuscht in ihrem Studio und betrachtete die letzten Abzüge für einen weiteren Beitrag zum Thema Minimode. Ins nächste Heft sollte der Artikel kommen, dazu wunderschöne Aufnahmen von den Hostessen, die am Hauptbahnhof das Heft verteilt hatten – Klara hatte die jungen Damen vorab zu einem Shooting bei Planten un Blomen gebeten und traumhafte Fotos gemacht. »Die Welle müssen wir auf jeden Fall noch ein, zwei Ausgaben lang reiten«, hatte Gregor gesagt, als er sie gebeten hatte, weitere Aufnahmen zu machen.

Ein, zwei Ausgaben, dachte Klara. Ob es die noch geben würde? Niemand schien noch mit der *Holly* zu tun haben zu wollen. Der Schlag, den Curtius gegen seinen Sohn geführt hatte, war grausam, wirksam – und womöglich vernichtend gewesen. Alle schienen die

Katastrophe mitbekommen zu haben. Dabei war noch nicht eine Zeile in der Presse darüber erschienen, weil Gregors Verhaftung ja erst nach Redaktionsschluss erfolgt war. Die *Morgenpost*, das *Abendblatt* und vielleicht auch andere Zeitungen würden erst morgen berichten …

Am liebsten hätte Klara all die schönen Fotos zerrissen, alle Filme zerstört und nie wieder eine Kamera in die Hand genommen. Sie war so frustriert, dass sie sich irgendwann in der Dunkelkammer einschloss und heulend auf den Boden setzte. Wenn sie zurückdachte an die Zeiten, in denen sie dieses Magazin gegründet hatten. Sie, Vicki, Heidi, Helga, Heinz und Gregor. Und Ungewitter, den sie damals noch kaum gekannt hatte. Wie schön war es gewesen, wie aufregend, wie hoffnungsvoll! Jeder Tag war eine Herausforderung gewesen, ja. Aber sie war so optimistisch gewesen, sie wussten ja, was sie wollten. Und dann waren die ersten Erfolge der *Holly* gekommen. Klara erinnerte sich noch so gut daran, wie sie die erste Ausgabe in der Hand hielt und das Impressum aufblätterte. *Bildredaktion: Klara Paulsen* hatte dort gestanden, und ihr Herz war galoppiert vor Stolz und Freude. Überhaupt, die ersten Monate schien es, als hätte die Welt nur auf die *Holly* gewartet. Wohin immer sie kamen, mit wem immer sie sprachen, worüber immer sie schrieben, sie stießen auf Neugier, Entgegenkommen, Wohlwollen.

Nichts davon war übrig geblieben. Aus der Sorge um das bisschen Erspartes, das sie selbst eingebracht hatten, war die Angst geworden, mit einem gewaltigen Schuldenberg leben zu müssen. Aus der Anerkennung der Partner war Zurückhaltung geworden. Günstigstenfalls. All die Arbeit, all der Einsatz schienen vergebens gewesen zu sein. Sie hatten ein Luftschloss gebaut. Und jetzt war es in sich zusammengefallen, buchstäblich über Nacht. Wenn morgen die Presse berichtete, würden auch die restlichen Lieferanten,

Abnehmer und Auftraggeber abspringen und … Wie hatte es nur so weit kommen können? Schluchzend schlug Klara die Hände vors Gesicht, unfähig, sich zu irgendetwas aufzuraffen.

Sie wusste nicht, wie lange sie so in der Dunkelkammer gesessen hatte, als es irgendwann klopfte. »Klara? Klärchen?«

Es fiel ihr unendlich schwer, auch nur zu antworten. »Ja?«

»Ist alles gut? Darf ich reinkommen?«

»Georg?«

»Ja.«

Sie rappelte sich auf und knipste das Licht an, ging zur Tür und wischte sich die Tränen von den Wangen. »Warte.« Sie schnäuzte sich, strich ihr Kleid glatt, versuchte, ihre Haltung zurückzuerlangen, und öffnete schließlich, nur um ihm um den Hals zu fallen und erneut loszuschluchzen. »Komm«, sagte er und streichelte ihr behutsam über den Rücken. »Komm raus da. Wir gehen nach Hause.«

Sie nickte, schniefte, holte ihre Sachen von ihrem Platz und stellte beim Hinausgehen überrascht fest, dass kaum noch jemand in der Redaktion war. Als sie vors Haus traten, dämmerte es längst. Klara erschrak. »Ich … ich habe die Zeit ganz vergessen«, sagte sie und hatte auf einmal ein unendlich schlechtes Gewissen. »Was ist mit Hanna?«

»Tante Rosa passt noch auf sie auf, bis wir sie holen.«

»Ich bin eine Rabenmutter«, klagte Klara sich selbst an. »Und eine miserable Freundin. Du warst sicher rechtzeitig da – und ich sitze in der Redaktion und schließe mich in der Dunkelkammer ein …«

»Ich habe mir Sorgen gemacht«, sagte Georg. »Was ist denn los? Hat euch Gregors Festnahme so aus der Bahn geworfen?«

Aus der Bahn geworfen, dachte Klara und lachte bitter. Wenn es nur das gewesen wäre. Es fühlte sich eher an, als wären sie in voller Fahrt gegen eine Wand gekracht. Nun, im Grunde waren sie das auch. Sie schilderte Georg, was an diesem Tag alles passiert war, nachdem seit dem Morgen offenbar die Information, dass Gregor von der Polizei verhaftet worden war, die Runde gemacht hatte. »Es ist ein verdammtes Komplott!«, schloss sie. »Jemand will uns zerstören.«

Georg hörte stumm zu, fragte nur manchmal nach und überlegte dann eine Weile, ehe er sagte: »Aber woher wissen all die Firmen davon? Es war ja noch gar nicht in der Presse, oder?«

»Nein, natürlich nicht. Die Zeitungen können erst morgen berichten.«

»Das passt doch alles nicht zusammen, Klara«, sagte Georg und versuchte, sie zu beschwichtigen. »Es ist einfach eine Verkettung von unglücklichen Umständen! Und dann machen Gerüchte die Runde … du weißt, wie schnell so etwas passiert!«

»Gerüchte«, schnaubte Klara. »Du meinst, schlechte Nachrichten sprechen sich schnell herum, ja?«

»Natürlich!«, gab Georg zu bedenken. »So ist es doch immer.«

»Aber das KaDeWe in Berlin? Die Druckerei in Duisburg? War von denen jemand auf unserer Feier?«

Georg zuckte die Achseln. »Ich habe keine Ahnung«, sagte er.

»Nein. Jemand muss es ihnen erzählt haben.« Klaras Augen funkelten zornig. Inzwischen waren sie am Sandtorhafen angekommen.

»Klara!«, rief Georg und fasste sie an den Händen. »Verrenne dich doch nicht in so eine krude Theorie!«

»Nach allem, was in den letzten Monaten passiert ist, denkst du, das wäre eine Theorie? Eine *krude* Theorie?« Ungläubig starrte Klara ihren Freund an. »Wahrscheinlich denkst du, ich bin einfach nur hysterisch, oder?«

»Na ja …«, wagte Georg zu äußern. Doch Klara ließ ihn nicht weitersprechen. »Ach, glaub doch, was du willst!«, blaffte sie ihn an. »Ich weiß, was ich weiß. Irgendwer will die *Holly* zerstören. Und ich weiß auch, wer.« Sie stieß Georg von sich, enttäuscht und gekränkt, dass er ihr Urteilsvermögen infrage stellte. »Geh nach Hause, Georg«, sagte sie. »Ich übernachte hier.«

Einen Moment stand Georg betreten vor ihr. So brüsk von ihr zurückgewiesen zu werden, damit hatte er nicht gerechnet. Dann nickte er nur und ging wortlos davon.

Klara war ihrerseits enttäuscht genug, um ihm nicht hinterherzublicken. Und sie war auch viel zu aufgewühlt von den Ereignissen, um sich beruhigen zu können. Am liebsten hätte sie sich heulend auf den Boden gesetzt und wäre dort geblieben. Das Schicksal war einfach so ungerecht! Immer, wenn es aussah, als wäre endlich alles gut, schlug es zu – und jedes Mal mit aller Gewalt. Hatte sie irgendetwas getan, womit sie das verdient hätte? War es denn gar nicht möglich, einfach einmal glücklich zu sein und für einige Zeit bleiben zu dürfen?

***

Die Nacht verbrachte Klara mit Hanna bei Tante Rosa. Sie hatte kurz überlegt, ob sie Georg noch einmal anrufen sollte, denn inzwischen plagte sie ein wenig das schlechte Gewissen. Andererseits nahm sie ihm auch immer noch übel, dass er sie offensichtlich für irrational hielt. *Er* hätte sich entschuldigen müssen, mehr jedenfalls als sie sich! Auf einmal war Klara sich nicht sicher, ob er überhaupt wusste, wer sie war. Hatte er womöglich eine völlig falsche Vorstellung von ihr? Und wenn sie zusammenblieben: Würde nicht genau diese falsche Vorstellung früher oder später dazu führen, dass er enttäuscht würde, wenn er ihr wahres Ich endlich erkannte?

Natürlich konnte Klara nicht schlafen. Sowohl die Situation mit Georg als auch die Sorgen um die Zeitschrift hielten sie wach.

Anfangs hatte sie einfach neben Hanna gelegen und sie gestreichelt, dann war sie irgendwann nach oben gegangen und hatte sich eine der Bierflaschen aus dem Wasser gezogen, die Tante Rosa stets zum Kühlen an einer Schnur vom Heck in die Elbe hängen ließ. Den Sonnenaufgang erlebte sie an Deck des kleinen Hausboots. Erschrocken stellte sie fest, dass Tante Rosa erst gegen sechs Uhr morgens heimkam. Die Freundin bemerkte sie gar nicht, sondern schwankte erschöpft unter Deck und offenbar innerhalb kürzester Zeit ins Bett. Natürlich, in ein paar Stunden würde sie schon wieder auf Hanna aufpassen. Klara hatte sich nie bewusst gemacht, wie wenig Zeit Tante Rosa zum Schlafen hatte. Wenn die Bootsbesitzerin sonst zurückkam, hatte sie selbst ja stets geschlafen.

Sie nahm einen Schluck von ihrem Bier, bewunderte eine Möwe, die auf der Spitze eines Mastes saß und in der aufgehenden Sonne blendend weiß strahlte. Sie lauschte auf das leise Plätschern der Wellen, die gegen die Bootswand schlugen, hörte das Brummen von Motoren, das der Wind von Steinwerder herübertrug. Kühl war es an diesem Sommermorgen, die Nacht war ziemlich klar gewesen. Dafür war das Bier längst warm geworden, als Klara den letzten Schluck nahm, die Flasche in eine leere Kiste stellte und wieder nach drinnen ging.

Still war es auf dem Boot. Nur das leise Schnarchen von Tante Rosa war zu hören und ab und zu eine Möwe, die draußen kreischte. Klara legte sich nicht mehr hin, sondern machte sich in der Kombüse einen Kaffee. Woher, fragte sie sich, hatte Curtius gewusst, wem er die Geschichte stecken musste? Woher wusste er, wer Anzeigen in der *Holly* gebucht hatte, welche Druckerei welchen Auftrag hatte, mit wem Fotoshootings vereinbart waren? Wie war er an alle diese Informationen gekommen? Es musste eine undichte Stelle in der Redaktion geben. Anders war das nicht erklärbar. Natürlich war Bredemann am verdächtigsten. Schließlich war er es, der die gefälschten Dokumente »beschafft« hatte. In Wahrheit hatte er sie zweifellos in Curtius' Auftrag Gregor untergejubelt und dabei auch noch ordentlich Geld von ihm kassiert, mit dem wahrscheinlich der Fälscher bezahlt worden war. Die Frage war, ob aber ausgerechnet Bredemann genügend Einblick in die Interna des Verlags erhalten hatte, um so viele Geheimnisse verraten zu können. Klara kam zu der Überzeugung, dass das kaum möglich war. Von den neuen Mitarbeitern konnte es eigentlich auch niemand gewesen sein, weil die nicht an all die Informationen gekommen wären. Vicki oder Heidi schieden natürlich aus. Lothar auch. Oder?

Auf einmal befiel sie ein schrecklicher Verdacht. Konnte es sein, dass das, was Gregor als großen Triumph für die *Holly* verbuchte, nämlich die Abwanderung von Frisch-Mitarbeitern zu ihnen, in Wirklichkeit ein ganz perfider Plan war? Dass Bredemann und Köster keineswegs aus freien Stücken gewechselt hatten, sondern im Auftrag von Curtius? Und Lothar am Ende ebenfalls?

Auf einmal schien alles einen Sinn zu ergeben – einen düsteren, erschütternden Sinn, aus dem sich vor allem eines ergab: Sie spielten alle nicht in Curtius' Liga. Im Vergleich zu ihm waren sie unendlich naiv und unprofessionell. Sie würden verlieren. Sie würden untergehen, und zwar mit allem, was sie waren und hatten.

***

2.

Georg meldete sich nicht am nächsten Morgen und auch nicht, als Klara in der Redaktion war. Einerseits machte es ihr das Herz schwer, weil sie ihn vermisste und weil es sie quälte, dass eine dunkle Wolke über ihrer Beziehung hing. Sie wollte sich doch mit ihm versöhnen, wollte, dass alles wieder gut war und sie wieder zusammen glücklich waren.

Andererseits half ihr die Sendepause vielleicht sogar, über die andere Sache, die Krise bei der *Holly*, noch etwas nüchterner nachzudenken. Vielleicht war ja noch nicht alle Hoffnung verloren, dass die Angelegenheit eine gute Wendung erfuhr. Immerhin waren die Pressemeldungen kleiner gewesen als erwartet, und sie zeigten geringere Wirkung als befürchtet. Das konnte natürlich daran liegen, dass so viele Hiobsbotschaften schon am Vortag eingegangen waren. Vielleicht lag es aber auch daran, dass die Kollegen von der Hamburger Presse nicht nur über Gregors Festnahme und die Vorwürfe berichteten, sondern auch die Erfolgsgeschichte der *Holly* würdigten. Den einen oder anderen Geschäftspartner des Verlags mochte das davon abhalten, die Zusammenarbeit gleich kategorisch aufzukündigen. Jedenfalls verloren sie an diesem zweiten Tag nach der Katastrophe lediglich zwei weitere Anzeigenkunden und ein freies Grafikbüro, mit dem es aber der Preise wegen ohnehin schon seit Längerem Ärger gegeben hatte.

Trotzdem verließ Klara den Verlag an diesem Abend so frustriert und mutlos, dass sie beschloss, noch einmal kurz bei Elke vorbeizuschauen. Die Freundin hatte noch jedes Mal ein gutes

Wort für sie gehabt und sie so oft schon mit ihrer unerschütterlichen guten Laune aus düsteren Stimmungen herauszuholen vermocht.

»Klärchen!«, rief Elke auch prompt. »Ich hab gar nicht mir dir gerechnet! Wie geht es dir? Kommst du mit? Ich bin mit Rena verabredet.«

»Wo trefft ihr euch denn?«

»Bei deinem alten Kumpel Fröhlich.«

Im Alsterpavillon also. »Gerne«, sagte Klara. »Ein bisschen Zeit hab ich noch, bis ich Hanna holen muss. Tante Rosa hat zuletzt schon so viele Überstunden mit ihr gemacht, ich hab ein ganz schlechtes Gewissen.«

Elke lachte. »Wieso solltest du?«, fragte sie, während sie in einen todschicken leichten Sommermantel schlüpfte. »Hanna liebt Tante Rosa. Und für die ist Hanna doch ein Hauptgewinn!«

»Vermutlich hast du recht«, stimmte Klara zu. »Trotzdem bin ich ihre Mutter, und sie ist meine Tochter – und es ist nicht gut, dass ich so wenig Zeit mit ihr verbringe.«

Die Freundin hakte sie unter und rief den Mitarbeiterinnen nur ein knappes »Bin jetzt weg!« zu. »Verstehe«, sagte sie, während sie gemeinsam hinaus auf den Rathausmarkt traten. »Würde mir wahrscheinlich genauso gehen. Aber weißt du was? Hol es doch einfach nach.«

»Zeit mit seinem Kind kann man nicht nachholen, Elke«, erklärte Klara und wunderte sich, wie die Freundin so etwas vorschlagen konnte. »Sie braucht mich jetzt.«

»Und du, Klärchen?«, fragte Elke und musterte sie aufmerksam. »Was brauchst du?«

»Ich?« Klara zuckte die Achseln. »Ich … ich weiß es nicht. Ein bisschen mehr Ruhe in meinem Leben vielleicht. Mehr Beständigkeit. Mehr Sicherheit, so was.«

Sie liefen über den Platz und über die Brücke am Alsterfleet. Dann spazierten sie die Arkaden entlang, wo sie vorm einsetzenden Regen geschützt waren. »Dafür hast du doch jetzt deinen Georg«, sagte Elke.

»Na ja«, erwiderte Klara zögerlich.

Elke blieb stehen. »Wie jetzt? Sag nicht, dass es bei euch kriselt?«

Klara seufzte und blickte zu Boden. »Ich weiß es nicht«, sagte sie leise. »Ich schätze schon.«

»Aber warum? Georg ist doch ein toller Mann! Ich würde den sofort nehmen!«

»Ja!« Klara musste lachen. »Das kann ich mir vorstellen. Und ich finde ihn ja auch toll.«

»Aber?«

»Aber …« Mein Gott, wie sollte sie es sagen? Sie konnte es sich ja selbst kaum erklären. »Aber ich denke, dass er … also, entweder, es ist ihm eigentlich egal, was ich so tue. Oder er kapiert einfach nicht, was es mir bedeutet und … und dass ich dafür kämpfen muss.«

Elke blickte die Freundin verständnislos an. »Also geht es jetzt um dich oder um deinen Beruf?«

»Um beides, Elke!«, rief Klara. »Das kann man nicht trennen. Ich bin die, die ich bin. Deshalb tue ich, was ich tue. Wäre ich nicht so, wie ich nun einmal bin, würde ich so nicht arbeiten. Ich hätte nicht mein bisschen Erspartes in den Verlag gesteckt und nicht jeden Tag Überstunden gemacht. Ich würde nicht mein Kind bei Tante Rosa abgeben, sondern …« Sie suchte nach Worten.

»Sondern dir einen Mann zum Heiraten suchen und dann in der Küche stehen und auf die Kinder aufpassen?«

»Na ja«, sagte Klara. »Ja.«

Elke warf die Arme in die Luft. »Und du denkst, das hat er nicht von Anfang an kapiert? Ich schätze, da unterschätzt du ihn,

Klärchen. Im Ernst, dein Georg ist doch nicht auf den Kopf gefallen.«

Klara wiegte den Kopf. »Ich weiß nicht«, sagte sie. »Denk nur an dich und Carl. Der war doch auch nicht dumm. Ihr mochtet euch, du wolltest ihn heiraten … Und trotzdem …«

Nun war es Elke, die ernst wurde. »Sicher«, erwiderte sie. »Du hast recht. Und doch lag der Fall ganz anders. Eigentlich genau umgekehrt.«

»Umgekehrt?«

»Carl konnte sich nicht zum Heiraten entschließen, gerade *weil* er mich genau verstanden hatte. Er hat gesehen, wer ich bin und was ich will.« Leise fügte sie hinzu: »Und das hat ihm Angst gemacht.«

Sie waren am Alsterpavillon angekommen. Voll war es drinnen, weil beim einsetzenden Regen alle Gäste von der Terrasse ins Lokal geflüchtet waren. Zum Glück war Rena schon da und hatte einen Tisch in Beschlag genommen. »Elke!«, rief sie. Und als sie Klara entdeckte: »Klärchen! Wie schön! Kommt hier rüber!«

Sie setzten sich zu ihr und bestellten. Egon Fröhlich hatte leider seinen freien Tag, aber die junge Kollegin, die ihn ersetzte, war sehr bemüht, alles perfekt für sie zu machen.

Elke hatte zuerst Sekt vorgeschlagen. Doch zum Feiern war Klara nicht zumute. Außerdem: »Ich habe die ganze Nacht nicht geschlafen. Ich brauche eher einen Kaffee.«

»Mit Sahne?«, wollte die junge Bedienung wissen.

Klara wollte schon abwinken. Aber Elke bestimmte: »Unbedingt mit Sahne!« Und zu Klara sagte sie: »Die ist gut für die Seele.«

»Das sagt ausgerechnet die Schneiderin unter uns« spöttelte Rena. Doch Elke winkte ab. »Manchmal kommt es nicht auf die Linie an, sondern auf Wichtigeres. Außerdem muss sich unser

Klärchen nun wirklich keine Sorgen machen. Du hast doch so viel abgenommen.«

»Schon, ja«, entgegnete Klara. »Der Stress im Verlag …«

»Und der neue Freund!«, warf Rena ein. »Da kann man schon ein paar Kilos verlieren in so einer frischen Beziehung.« Doch als sie Klaras Miene sah, zögerte sie. »Oder hab ich was verpasst?«

»Ach, Rena«, sagte Klara. »Das Leben ist kompliziert. Ehrlich, ich weiß nicht, ob du was verpasst hast. Falls es so ist, hast du nichts verpasst, wenn du verstehst, was ich meine.«

»Hm«, meinte Rena. »Das klingt dann doch nach einer Portion Sahne.«

***

Es hatte gutgetan, sich mit den Freundinnen auszusprechen. Klara war so froh, dass sie Elke und Rena hatte. Lange Jahre hatte sie kaum Freundinnen gehabt. Die Umzüge, der Krieg, die Zerstörung – in der Zeit des Kriegs und in den Jahren unmittelbar danach war es schwer für sie gewesen, Freundschaften zu schließen, und irgendwann hatte sie gar nicht mehr daran gedacht. Doch dann hatte sie Elke kennengelernt und am selben Tag auch Rena. Die beiden hatten ihr so geholfen, ohne nach irgendeiner Art von Gegenleistung zu fragen, einfach so! Seither gehörten sie zu den wichtigsten Menschen in Klaras Leben, und sie war glücklich, dass ihr ihre Arbeit schon mehrfach Gelegenheit gegeben hatte, auch ihrerseits den Freundinnen ein wenig zu helfen. Nun, das jedenfalls würde womöglich bald vorbei sein. Denn ob es die *Holly* in ein, zwei Wochen noch geben würde, stand in den Sternen.

Auf dem Weg zum Sandtorhafen hegte sie leise die Hoffnung, Georg könnte dort sein, so wie er es in der letzten Zeit fast immer da gewesen war. Gemeinsam hatten sie Hanna von Tante Rosa abgeholt und waren dann mit ihr nach Hause gegangen, meist zu

Klara, um nicht erneut die Gehässigkeit der Nachbarn in Georgs Wohnhaus herauszufordern.

Doch an diesem Tag war er nicht da. Tante Rosa sah müde und erschöpft aus, kein Wunder, wenn man bedachte, wie lang ihre Nächte im Klub und wie kurz ihre Tage waren. »Moin, Klärchen«, sagte sie, als Klara die Tür öffnete. »Wie geht es im Verlag?« Natürlich hatte sie längst alles mitbekommen, niemand in ganz Hamburg war besser informiert als die Toilettenfrau des Top Ten Clubs. Und was sie nicht gewusst hatte, hatte Klara ihr am Frühstückstisch erzählt. Alles – außer der Geschichte mit Georg.

»Noch gibt es ihn«, erwiderte Klara. »Aber ich würde mich nicht dafür verbürgen, dass ich das morgen oder übermorgen auch noch so sagen kann.«

»Oha! Und was, wenn ihr wirklich zusperren müsst?« Tante Rosa blickte erschrocken auf Klara, während Hanna von nebenan gelaufen kam und ihre Mutter stürmisch begrüßte. »Mama! Ich spiele mit Olaf!«

Den Kater schien das nicht sonderlich zu beeindrucken, denn er stolzierte mit erhobenem Haupt und Schwanz aus der kleinen Kajüte, in der Klara einst mit ihrer Tochter gehaust hatte und die nun das »Kinderzimmer« auf dem Hausboot war.

»Toll!«, rief Klara und versuchte, sich ihre Traurigkeit nicht anmerken zu lassen. »Und was spielt ihr?«

»Olaf ist mein Hund«, erklärte Hanna. »Und wir müssen auf die Hühner aufpassen!«

Die beiden Frauen lachten. »Der Kater ist dein Hund?«, fragte Klara. »Bist du sicher, dass er das gerne ist?«

»Natürlich!«, rief Hanna. »Er ist ein großer Hund! Ein Berliner!«

»Du meinst: ein Bernhardiner?«

Hanna zuckte die Achseln. »Aber er will nicht an die Leine«, stellte sie betrübt fest.

»Gott, Kinder«, sagte Tante Rosa entzückt. »Die machen sich die Welt einfach, wie sie sie sich wünschen, was?«

»Ja«, sagte Klara. »Das tun sie. Und auch wir versuchen es immer – und es will aber partout nicht klappen.«

Tante Rosa betrachtete sie aufmerksam und forschte: »Ist mit Georg alles in Ordnung? Du bist gestern alleine gekommen, obwohl er dich abholen wollte. Und jetzt ist er auch nicht bei dir ...«

Zu gerne hätte Klara irgendetwas Unverfängliches geantwortet. Doch sie schaffte es nicht. Stattdessen stand sie mit bebender Unterlippe vor Tante Rosa und konnte ihrem Blick nicht standhalten. »Ach, Kindchen!«, rief die Freundin und legte ihre mächtigen Arme um sie, woraufhin Klara vollends in Tränen ausbrach. »Nun gräm dich mal nicht. Das wird schon wieder!«

Doch Klara mochte es nicht glauben. Sie schluchzte und wischte sich die Nase. »Ich weiß nicht«, jammerte sie. »Ich glaube ... ich glaube, er liebt mich nicht.«

»O doch! Das tut er! Glaub mir, ich kenne mich aus!«, rief die Freundin. Klara schüttelte den Kopf. »Er denkt nur, dass er mich liebt. In Wirklichkeit kennt er mich gar nicht richtig. Er glaubt nur, dass er mich kennt, verstehst du?«

Da hellte sich Tante Rosas Miene auf. »Und das hältst du für ein Problem?«, fragte sie. »Ich bitte dich! Wer kennt schon den Menschen, den er liebt? Ich meine: Wer kennt ihn denn wirklich?« Sie ließ Klara los und erklärte mit fester Stimme: »Jetzt aber mal Schluss mit den trüben Gedanken. Ich muss zur Arbeit. Und deine Tochter und ihr Hund wollen jetzt mal was anderes spielen.«

Klara blickte auf Hanna, die mit großen Augen neben ihnen stand und staunte, dass die Mama weinen musste. Dann blickte sie auf Olaf, den »Hund«, und lachte. »Meine Tochter und ... ihr Hund«, sagte sie, und unwillkürlich kam ein Glucksen aus ihrem Mund. »Und ihr Hund!«, rief sie und lachte. Sie lachte so lang und so heftig, dass die anderen nicht anders konnten, als mitzulachen. So kam es, dass am frühen Abend im Sandtorhafen ein Hausboot lag, auf dem die Menschen fröhlichster Stimmung zu sein schienen. Ein kleines Stück entfernt aber stand ein Mann mit nachdenklicher Miene und mit einem kleinen Blumenstrauß in der Hand. Er trug seinen besten Anzug und hatte sich beeilt, so schnell wie möglich hierherzukommen, nachdem er seine Praxis geschlossen hatte. Eine kleine Weile betrachtete den Kahn, dann wandte er sich ab und ging wieder davon. Die Blumen warf Georg Bode in den Fleet, wo sie mit der Ebbe langsam Richtung Meer gezogen wurden.

***

Die folgenden zwei Tage vergingen in der Redaktion in einer Art Angststarre. Niemand wusste, wohin die Reise ging, nichts passierte, was irgendeinen Schluss zugelassen hätte, ob die *Holly* überleben würde oder nicht. Alle gingen ihrer Arbeit nach, schweigsam meist, sorgenvoll und immerzu in Erwartung neuer Hiobsbotschaften. Auch Klara blieb die meiste Zeit an ihrem Platz im Studio, entwickelte Filme, machte Abzüge, legte Skizzen für Layouts an, suchte Bildmaterial für die nächsten Ausgaben der *Holly* heraus, von denen niemand zu sagen vermochte, ob es sie überhaupt noch geben würde. Köster hielt eine Redaktionskonferenz ab, die wie eine Trauerfeier wirkte. Er versuchte gar nicht, die Situation schönzureden, wie man es vielleicht von ihm erwartet hätte. Stattdessen berichtete er nur knapp, dass er Gregor in der Untersuchungshaft besucht habe. Er richtete Grüße von ihm aus, wusste zu erzählen, dass Dr. Ungewitter alle Hebel in Bewegung setzte, um ihn so schnell wie möglich auf freien Fuß zu bekommen, dass sich die Justiz aber bisher stur stellte. Er arbeitete die Themen des nächsten Heftes ab, die Gregor – noch vor seiner Verhaftung – zusammengestellt hatte, fragte ab, wie die Arbeiten an den jeweiligen Artikeln standen, und schob einige Geschichten »aus der Konserve« ins Heft, wo einzelne Beiträge nicht wie geplant fertig wurden.

Nach der Konferenz blieb Vicki mit Klara noch im Besprechungszimmer sitzen. »Denkst du, dass es Köster war?«, fragte sie die Freundin unverblümt.

»Der die Informationen an unsere Geschäftspartner gegeben hat, kaum dass Gregor verhaftet war?« Klara wiegte den Kopf. »Ich habe auch darüber nachgedacht«, sagte sie. »Aber er war einfach zu kurz im Haus, oder? Ich meine: Das hätte er doch erst einmal alles nachsehen müssen.«

»Vielleicht hat er es bereits im Vorfeld recherchiert?« Es war kein Geheimnis, dass Vicki Köster nie besonders gemocht hatte.

»Ich weiß nicht«, sagte Klara. »Er ist nicht unbedingt ein sympathischer Typ. Aber ich glaube einfach nicht, dass er das geschafft hätte. So ein brillanter Bösewicht ist er auch wieder nicht.«

Vicki lachte. »Du bist lustig. Brillanter Bösewicht. Klärchen, wir sind hier nicht in Hollywood!«

»Nein«, stimmte Klara zu. »Nur bei der *Holly*. Aber irgendeiner hat hier trotzdem eine Schurkenrolle gespielt.«

»Da hast du allerdings recht.« Vickis Blick war in eine unbestimmte Ferne gerichtet, als könnte sie dort genau sehen, wer der Verräter in ihren Reihen war. »Es muss jemand sein, den Curtius gut genug kennt, um ihn für seine Zwecke einzusetzen.«

»Du meinst Lothar? Oder meinst du etwa … Heidi?«

Vickis Blick wanderte zu Klara. »Wir beide waren es nicht. Köster und Bredemann hatten nicht genug Einblick in die Interna des Verlags. Helga kannte Curtius kaum. Bleiben Lothar und Heidi.«

Klara legte die Hände an die Stirn und stöhnte. »Aber das kann nicht sein, Vicki. Ich kenne Lothar! Er ist ein guter Typ! Wir waren …«

»Ich weiß, ihr wart mal verlobt.«

»Na ja, beinahe.«

»Aber das ist lange her. Und manchmal ist ein Angebot vielleicht auch zu verlockend …«

»Du meinst, Curtius hat ihn gekauft?«, fragte Klara empört. Dass Lothar die *Holly* ruinieren könnte, das glaubte sie einfach nicht. Dass er käuflich war, schon gar nicht.

»Seine Frau ist schwanger«, gab Vicki zu bedenken. »Und zufällig weiß ich, dass Lothar sich für ein Haus in Harvestehude interessiert. Ich bin ihm bei der Besichtigung begegnet.«

»Du hast es auch besichtigt?«

Vicki winkte ab. »Nur aus Neugier. Das mache ich manchmal. Sehe mir Häuser an, die zum Verkauf stehen.« Sie seufzte. »Man wird ja noch träumen dürfen.«

»Hm«, machte Klara. »Dann könnte Lothar natürlich eine hübsche Summe Geld gut gebrauchen. Trotzdem glaube ich nicht, dass er es getan hat. Nein, das glaube ich einfach nicht.«

»Dann denkst du, dass es Heidi war?«, fragte Vicki und sah ihr fest in die Augen.

»Dass ich was war?«, fragte von der Tür her Heidi Schlosser, die in diesem Moment den Raum betreten hatte.

* * *

3.

Es war ein prächtiger Sommertag. Die Häuser von Blankenese strahlten weit über die Elbe hin. Die Bergziegen, wie die kleinen Busse des Hamburger Verkehrsunternehmens genannt wurden, kämpften sich wacker den Hügel hoch und durch die engen Sträßchen. Wenn man hierherkam, konnte man meinen, das Leben sei ein immerwährender Urlaub.

Klara war nie in Blankenese gewesen, es hatte einfach keinen Grund dafür gegeben. Sie kannte den Hügel nur vom Vorbeifahren und von der Perspektive des kleinen Hafens aus, von dem aus sie mit Vicki vor drei Sommern die Elbe mit der Fähre überquert hatte, um mit dem Fahrrad durchs Alte Land zu fahren. Heidi lachte. »Du siehst irgendwie beeindruckt aus, Klärchen«, sagte sie.

»Bin ich auch«, gab Klara zu. »Das ist hier so … so idyllisch. Irgendwie passt das gar nicht zu Hamburg.«

»Na ja, zu dem Hamburg von Reeperbahn und Hafen und St. Georg passt es sicher nicht«, räumte Heidi ein. »Aber denk mal an die Gegend, wo Doktor Ungewitter seine Kanzlei hat. Oder wo Vicki wohnt …«

»Stimmt. Dazu passt es schon irgendwie.«

»Jedenfalls passt es zu Curtius«, stellte Heidi fest.

»Da hast du allerdings recht!« Klara musterte die Villen, an denen sie vorüberfuhren. Viele waren hinter hohen Hecken und Mauern verborgen, andere ragten nah an der Straße auf und beeindruckten die Vorüberfahrenden mit mächtigen Portalen. »Wie ist Curtius zu so viel Geld gekommen?«, fragte sie sich.

»Sicher nicht nur auf die anständige Art und Weise«, bemerkte Heidi. Sie musste es wissen, sie war schließlich seine persönliche Sekretärin gewesen, wenn auch nur für relativ kurze Zeit.

»Unser Problem wird sein, dass wir keine Beweise haben«, sagte Klara und wiederholte damit, was sie in den letzten Tagen mehrfach besprochen hatten: sie, Heidi, Helga und Vicki, die vier Frauen, die von Curtius' Verlag zur *Holly* gewechselt waren.

Heidi zuckte die Achseln. »Haben wir irgendeine Alternative? Ich meine: außer endgültig pleitezugehen?«

»Nein«, murmelte Klara düster. »Das haben wir wohl nicht.« Auf einmal sahen die hübschen Häuschen viel weniger hübsch aus. Was mochten das alles für Menschen sein, die hier lebten? Hatten die eigentlich eine Ahnung, wie das Leben drunten in der richtigen Stadt war? Kannten die die Probleme, die man als ganz gewöhnlicher Mensch im Alltag hatte? »Warst du oft hier?«, wollte Klara von der Freundin wissen.

Heidi seufzte. »Zu oft«, erwiderte die. »Und vor allem zu oft über Nacht, wenn du verstehst, was ich meine.«

Natürlich verstand sie das. Curtius war gewohnt, dass ihm seine Assistentinnen nicht nur im Büro zur Verfügung standen. Er wollte sie ganz besitzen. In jeder Hinsicht. Dass er mächtig, dass er reich und dass er auch noch gut aussehend war, kam ihm dabei zugute. Die jungen Frauen, die er als persönliche Sekretärinnen anstellte, merkten es nicht einmal, wie sehr er sie ausnutzte, zumindest anfangs. Sie fühlten sich geschmeichelt. Dass er sie mit einem edlen Büro ausstattete, ihnen »zum Repräsentieren« hübsche Kleider kaufte, dass er sie mit Geschenken bedachte und sie nach allen Regeln der Kunst charmierte, ließ sie tatsächlich an seiner Seite sogar noch aufblühen. Das böse Erwachen kam erst, wenn eine noch Jüngere, noch Schönere auftauchte, die ihren Platz einnehmen sollte – so wie es Heidi einst mit dem Platz von Ellen

Baumeister getan hatte, die diesen Sturz nicht verwunden und schließlich Selbstmord begangen hatte.

»Du denkst an Ellen, stimmt's?«, sagte Heidi. »Ich auch. Jedes Mal, wenn ich an Curtius denke. Es tut mir alles so leid. Ich …« Sie senkte die Stimme. »Ich fühle mich schuldig, weißt du?«

»Schuldig? Du? Aber du kannst doch nichts dafür!«, widersprach Klara. »Du wusstest doch von Ellen nicht einmal, als Curtius dir die Stelle angeboten hat, oder?«

»Nein«, bestätigte Heidi. »Ich hatte keine Ahnung.«

»Na siehst du? Vermutlich ging es Ellen mit ihrer Vorgängerin genauso.« Klara legte ihre Hand auf Heidis. »Du bist wirklich schwer in Ordnung, weißt du?«

Heidi lächelte dankbar. »Da sind wir schon zwei.«

Nein, dass Heidi diejenige sein könnte, die all die Geschäftsgeheimnisse der *Holly* an Curtius verraten hatte, daran hatten Klara und Vicki nicht im Traum gedacht. Im Gegenteil: Immerhin war Heidi es gewesen, die ihr ganzes Erbe in den kleinen Verlag gesteckt und ihn damit für einige Zeit vor dem Untergang gerettet hatte. Nun stand die Zeitschrift abermals vor dem Ruin – und das Häuschen des Großvaters war so gut wie verloren. In wenigen Tagen würde Köster Insolvenz anmelden, dann käme ein Verwalter, der alles zu Geld machen würde, was sich noch zu Geld machen ließe – und die Gläubiger des Verlags würden den allergrößten Teil ihrer Ansprüche verlieren. Die Bank aber würde Heidis Häuschen versteigern lassen, und Heidi hatte nichts, womit sie es hätte vor dieser »Verwertung« retten können.

Der Bus hielt, und Heidi rief: »Schnell! Wir müssen raus!«

Im nächsten Moment standen sie auf der Straße und sahen zu, wie die Bergziege davonrumpelte. »Hier ist es?«, fragte Klara.

»Gleich da vorne«, erklärte Heidi und deutete einen Pfad entlang.

»Ich hätte erwartet, dass es einen prächtigeren Zugang gibt.«

»Den gibt es auch. Von der anderen Seite aus. Mit Auffahrt und allem Pipapo.«

»Curtius eben«, sagte Klara, und beide mussten lachen.

Der Pfad führte sie an einem Anwesen entlang, auf dem hinter hohen Hecken eine Villa stand, von der ab und zu ein Stückchen sichtbar wurde, die aber alles in allem ziemlich perfekt vor neugierigen Blicken verborgen blieb. Auf der anderen Seite des Grundstücks öffnete sich der Blick Richtung Elbe. Rechterhand lag ein gekiester Platz, von dem eine Zufahrt den Hügel hinabführte.

»Ich bin beeindruckt«, bemerkte Klara. »Wäre es nicht Curtius, ich würde sofort vorschlagen, dass wir eine Geschichte über Blankenese machen, die Villa von außen und von innen fotografieren und den Besitzer interviewen, am besten im Beisein seiner schicken Frau und seines edlen Rassehunds.«

Heidi grinste. »Du kennst den Hund?«

»Nein«, sagte Klara trocken, »das war geraten.« Und mit einem Augenzwinkern fügte sie hinzu: »War aber nicht sehr schwierig.«

Sie wollten gerade klingeln, als ein Mitarbeiter des Hauses die Tür öffnete. Offenbar war ihre Ankunft nicht unbemerkt geblieben. »Guten Tag«, sagte er. »Kann ich Ihnen helfen?« Er blickte von Klara zu Heidi, erkannte sie offenbar, zögerte kurz, entschied sich dann aber dafür, sich nichts anmerken zu lassen, sondern setzte ein unverbindliches Lächeln auf.

»Wir würden gerne Herrn Dr. Curtius sprechen«, sagte Klara. »Falls er für uns zu sprechen ist.«

»Für Sie …«, sagte der Mann und blickte wieder von einer zur anderen.

»Frau Schlosser und Frau Hertig. Von der *Holly*.«

»Sehr wohl, die Damen«, sagte der Hausdiener, denn das war er offensichtlich. »Wenn Sie bitte einen Moment hier warten wollen …« Er schloss die Tür wieder, ohne die beiden nach drinnen zu bitten.

»Er hat dich erkannt«, sagte Klara.

»Natürlich. Das ist Priel. Sein Haus-und-Hof-Lakai. Kann freundlich sein. Ist aber meist ein Ekelpaket.«

»Du meinst, er hat dich deshalb nicht namentlich begrüßt?«

»Ja«, erwiderte Heidi. »Er weiß natürlich, dass Curtius mich abserviert hat. Ob er freundlich ist zu mir oder nicht, entscheidet sich danach, was sein Chef will.«

»Wie unangenehm.« Aber sicherlich auch ziemlich nützlich, dachte Klara. Ein Mitarbeiter, der keine eigene Meinung hat, keine eigenen Ansichten, ja nicht einmal eigene Sympathien oder Antipathien …

Offenbar hatte sich der Hausherr noch nicht entschieden, wie mit den beiden jungen Frauen vor der Tür zu verfahren wäre. Jedenfalls tauchte Priel wenig später wieder auf und ließ Klara und Heidi wissen: »Herr Dr. Curtius ist momentan leider nicht zu sprechen. Wenn Sie in zwei Stunden noch einmal vorbeischauen wollen, wird er Sie empfangen können.«

»Herr Priel …«, fing Heidi an, doch Klara fuhr ihr ins Wort: »Das ist sehr freundlich«, sagte sie. »Wir kommen dann in zwei Stunden noch einmal vorbei.«

***

»Das macht er immer!«, empörte sich Heidi. »Wer einfach so auftaucht, wird erst einmal wieder weggeschickt.«

»Man taucht ja eigentlich auch nicht ohne Anmeldung auf«, gab Klara zu bedenken.

»Trotzdem: Wenn er Zeit hat, kann er einen doch empfangen.«

»Ach, Heidi«, sagte Klara, »sieh es mal so: Wir haben Zeit für einen schönen Spaziergang durch Blankenese.«

Und in der Tat war das eine angenehme Abwechslung zum Trubel in der Innenstadt. Blankenese war ein Dorf, das so aufgeräumt und geputzt aussah wie eine Puppenstube. Neben alten kleinen Häuschen gab es prächtige Villen, die davon kündeten, dass hier Menschen wohnten, die ganz selbstverständlich einen Platz auf der Sonnenseite des Lebens für sich gebucht hatten. Ein bisschen beneidete Klara die Blankeneser um dieses Idyll. Dann wieder fand sie es fast ein wenig lächerlich und fragte sich, was diese Leute hier eigentlich taten, wenn sie aus dem Haus gingen. Die Antwort war freilich denkbar einfach: Sie fuhren in die Stadt. Denn hier draußen war abends tote Hose.

Eine Bäckerei hatte ein paar Tische und Stühle nach draußen gestellt. »Wollen wir?«, fragte Klara. »Ich lade dich auf einen Kaffee ein.«

»Wirklich? Da sag ich nicht Nein«, erwiderte Heidi und nahm Platz.

Sie setzten sich etwas an den Rand und bestellten Kaffee und Apfelkuchen. Von dem Platz aus hatte man eine ganz gute Sicht den Hügel hinab, die Elbe ließ sich allerdings nur erahnen. Klara legte ihr Bolerojäckchen ab, um ein wenig Sonne an ihre Schultern zu lassen. Heidi trug ein Sommerkleid im floralen Stil, das angesichts der modischen Umwälzungen wahrscheinlich demnächst als hoffnungslos altmodisch gelten würde. Schade, dachte Klara, schöne Mode sollte zeitlos sein dürfen. Aber so war es eben nicht, deshalb war es ja »Mode«.

»Und?«, fragte Heidi. »Ist die Sache mit deinem Herrn Doktor eigentlich wieder ins Lot gekommen?«

Damit traf sie einen wunden Punkt. »Ach«, seufzte Klara. »Mehr aus dem Lot könnte sie gar nicht sein. Ich habe seit … seit …« Unwillkürlich schossen ihr Tränen in die Augen. »Seit letzter Woche nichts mehr von ihm gehört.«

»Hast du ihn mal angerufen?«, wollte Heidi wissen.

»Hat das einen Sinn?« Klara blickte in die Ferne und zwinkerte die Tränen weg. »Ich habe ganz einfach erkennen müssen, dass er mich nicht ernst nimmt, verstehst du? Heinz hätte sich nie so verhalten.«

»Hm«, machte Heidi und sah der Bedienung zu, wie sie den Kuchen hinstellte. »Hattest du den Eindruck auch vorher schon mal gehabt? Ich meine, dass er dich nicht ernst nimmt?«

»Georg? Nein. Bis dahin nicht.«

»Ich erinnere mich, dass es mal was mit Heinz gab, als wir noch bei Frisch gearbeitet haben …« Heidi zögerte, vielleicht weil sie Angst hatte, sie könnte alte Wunden wieder aufreißen.

»Du meinst, als ich ganz frisch Bildredakteurin war.«

»Da hattet ihr irgendwie eine Krise, nicht wahr?« Heidi hatte damals noch nicht zum Kreis von Klaras Freundinnen gehört. Was sie über diese Geschichte wusste, wusste sie vermutlich von Vicki. »Ja«, erklärte Klara. »Aber da war es alles mein Fehler. Heinz konnte nichts dafür.«

Auch der Kaffee wurde aufgetragen. »Milch? Oder lieber Sahne?«, fragte die Bedienung.

»Für mich schwarz«, bestimmte Heidi.

»Milch für mich«, sagte Klara.

»Und was hat Heinz gemacht?«, forschte die Freundin weiter.

»Was soll er schon gemacht haben?« Klara betrachtete Heidi Schlosser, die wahrlich eine bezaubernde Erscheinung war. Auch hier blickten sich alle Männer nach ihr um. »Er hat mir geglaubt, dass alles ein Missverständnis war. Und er hat mir meine Dummheit verziehen.«

Heidi ließ das ein wenig im Raum stehen. Dann nippte sie an ihrem Kaffee und murmelte: »Er war schon ein besonderer Mensch, dein Heinz.«

»Ja«, stimmte Klara zu. »Das war er.«

»Hat dir einfach eine zweite Chance gegeben. Euch. Das finde ich toll.«

Wieder schwieg die Freundin, denn manchmal war Schweigen einfach die deutlichste Botschaft. Und tatsächlich nickte Klara nach einer Weile und sagte: »Du bist eine kluge Frau, Heidi.«

»Ich weiß nicht, wovon du sprichst«, erwiderte die Freundin. »Aber ich weiß, dass du zu den klügsten Frauen gehörst, die ich jemals getroffen habe. Und zu den besten Freundinnen.«

Sie lächelten einander an. Es war gut, sich so vertrauen zu können, so miteinander sprechen zu können und sich zugleich auch im Unausgesprochenen perfekt zu verstehen. Klara war dankbar dafür, dass sie in den letzten Jahren so wundervolle Freundinnen gefunden hatte. Und sie war dankbar für Heidis Worte, die ihr die Augen geöffnet hatten. Zum Verzeihen gehörten nun einmal immer zwei. Und wenn man mit jemandem zusammenkommen wollte, dann ging das nur, wenn mindestens einer einen Schritt auf den anderen zu machte. Oder eine.

***

Gestärkt mit Kaffee, Kuchen und gegenseitigem Zuspruch stiegen Klara und Heidi einige Zeit später den Hügel wieder hinauf. Es waren längst noch keine zwei Stunden vergangen. Aber wenn es eine Lehre gab, die sie von Curtius mitgenommen hatten, dann war es die, dass man nie passiv bleiben durfte. »Ein guter Reporter ist den Ereignissen immer eine Nasenlänge voraus«, hatte der in den Redaktionskonferenzen gelegentlich gepredigt. Also standen sie nach nur etwas mehr als einer Stunde wieder vor der Villa und läuteten erneut.

Es war abermals der Hausdiener Priel, der öffnete. »Bitte?«, fragte er nur.

»Sie haben uns gebeten, später wiederzukommen«, stellte Klara fest. »Hier sind wir.«

»Ich hatte Ihnen angeboten, in zwei Stunden wiederzukommen. Nicht in einer.«

»Bitte richten Sie Herrn Dr. Curtius aus, dass wir leider nicht länger warten können. Wenn er das Angebot gerne hören möchte, das wir ihm machen wollen, muss er sich jetzt Zeit nehmen.«

»Und wen darf ich melden?«

»Herr Priel«, meldete sich Heidi. »Sie kennen mich doch ... Sparen Sie sich bitte Ihre Herablassung. Melden Sie ganz einfach mich und Frau Hertig.«

Priel musterte Heidi kurz, als müsse er sich überlegen, ob er etwas erwidern sollte, entschied sich dann aber dagegen und schloss die Tür wieder, ohne die beiden Frauen hineinzubitten.

Nach weiteren fünf Minuten sagte Klara: »Gehen wir. Der Herr Verleger hat Besseres zu tun, als ehemalige Angestellte zu empfangen.« Sie trat ein paar Stufen hinunter, auch Heidi drehte sich um, um ihr zu folgen, da ging unvermittelt die Tür auf. »Das hat er doch absichtlich gemacht«, zischte Heidi.

»Herr Dr. Curtius kann Sie jetzt empfangen«, sagte Priel. »Aber fassen Sie sich bitte kurz, er muss zum Flughafen.«

»Ausstellung in New York?«, sagte Klara mit spöttischem Ton.

»Modenschau in Paris?«, schlug Heidi vor. Die Freundinnen warfen einander verschwörerische Blicke zu, dann folgten sie Priel nach drinnen.

Natürlich hatte Klara erwartet, ein luxuriöses Haus vorzufinden. Doch auf so viel Repräsentation war sie nicht gefasst gewesen. Curtius residierte wie ein Fürst. Kristalllüster hingen von den hohen Decken, chinesisches Porzellan dekorierte die barocken Möbel, persische Teppiche säumten die getäfelten Flure ... Immer wieder musste sich Klara bewusst machen, dass es nicht Curtius war, der das dafür nötige Geld mit seiner Arbeit verdiente, sondern vor allem seine zahlreichen Mitarbeiterinnen und Mitarbeiter. Zugleich verstand sie mit einem Mal, wie der Zauber dieses Mannes wirkte. Er war wie ein Versprechen: Komm zu mir, und du wirst an dieser Pracht teilhaben! Ein Mann, der solchen Reichtum hatte erschaffen können, wirkte auf seine Mitmenschen inspirierend – und auf manche Frau wie ein Märchenprinz. Aus den Augenwinkeln blickte Klara zu ihrer Freundin. Doch Heidi schien völlig ungerührt, vielleicht weil sie dieses Haus schon so gut kannte? Weil sie alles hier schon gesehen hatte? Weil sie wusste, dass es nur Show war?

Priel öffnete die Flügel einer Tür, die zu einem riesigen Wintergarten führte, dessen hohe Glaselemente einen parkähnlichen Garten sehen ließen. In einem Bauhaus-Stuhl saß, die Zeitung vom Tage in der Hand, Hans-Hermann Curtius und sah knapp auf, als die beiden Frauen eintraten. Dann faltete er das Blatt zusammen und legte es auf einen Lacktisch, auf dem ein Glas mit Eiswürfeln und einer goldbraunen Flüssigkeit stand. »Ist es so weit?«, fragte er, während er danach griff. Und als keine der Frauen antwortete: »Kommen Sie, um zu kapitulieren? Ich hätte offen gesagt eine prominentere Delegation erwartet.«

»Tut mir leid, wenn wir Ihren Ansprüchen nicht genügen«, erwiderte Klara. »Aber da wir ohnehin nicht die Kapitulationserklärung dabeihaben, macht es ja vielleicht nichts, dass Sie mit uns vorliebnehmen müssen.« Klara spürte Heidis bewundernden Blick auf sich. Sie staunte selbst, wie leicht ihr diese Sätze über die Lippen gekommen waren. Vielleicht lag es einfach daran, dass Curtius so vieles in ihrem Leben zerstört hatte – sie fürchtete ihn nicht mehr. Im Grunde blickte sie auf ihn herab. Und jetzt, da er die Frauen wie kleine Schulmädchen vor sich stehen ließ, ohne ihnen einen Platz anzubieten, sogar buchstäblich.

»Dann erklären Sie mir am besten, womit Sie meine Zeit zu verschwenden beabsichtigen, damit wir das hier zu einem schnellen Ende bringen können«, sagte Curtius und nahm einen Schluck von seinem Getränk.

»Wir wollen Ihnen ein Geschäft unter ehrbaren Kaufleuten anbieten«, sagte Klara, die sich genau zurechtgelegt hatte, was sie nun vortragen würde. Curtius hob belustigt die Augenbrauen und blickte von einer zur anderen. »Unter ehrbaren Kaufleuten? Machen Sie sich über mich lustig? Oder erwarten Sie allen Ernstes, dass ich Sie als ehrbare Kaufleute anerkennen könnte? Sagen wir lieber: überhaupt als Kaufleute?«

»Frau Schlosser und mir gehören jeweils fünf Prozent des *Holly* Verlags.« Was nicht ganz stimmte, weil sie ja die Hälfte ihrer Anteile im Vorjahr in die Mitarbeitergesellschaft eingebracht hatten.

Curtius spitzte die Lippen. »Lassen Sie mich rechnen«, sagte er. »Fünf Prozent von nichts plus fünf Prozent von nichts sind … korrigieren Sie mich, wenn ich falschliege: nichts?« Der Verleger lachte und nahm noch einen Schluck. Dann sagte er: »Wissen Sie was? Nehmen Sie Platz!« Er deutete auf zwei Stühle, die ihm gegenüber standen. »Es verspricht eine amüsante Unterhaltung zu werden.«

»Das denke ich auch, Herr Curtius«, sagte Klara. »Für uns.«

Curtius wartete, bis sie sich gesetzt hatten, wedelte mit der Hand, damit der im Hintergrund bereit stehende Priel sich entferne, und forderte die Frauen dann auf zu sprechen: »Nun?«

»Wir anerkennen, dass Ihr teuflischer Plan ziemlich raffiniert war«, erklärte Klara. »Sie haben uns einen schweren Schlag versetzt.«

Curtius hob die Hand. »Einen tödlichen, Frau Hertig!«, verbesserte er.

»Vielleicht. Vielleicht auch nicht. Es hängt von Ihren nächsten Schritten ab.«

»Oh!«, widersprach der Verleger. »Ich muss ganz und gar nichts mehr tun! In wenigen Tagen wird sich das Problem *Holly* von ganz allein gelöst haben. Der Insolvenzantrag ist bereits in Arbeit, die Konten sind leer oder überzogen, Ihr Geschäftsführer und Verleger sitzt immer noch in Untersuchungshaft. Nichts zu tun führt an diesem Punkt unmittelbar zum gewünschten Ergebnis.«

»An Ihrem Ruf wird das nichts mehr ändern, Herr Curtius«, sagte Klara. »An Ihnen wird auf ewig der Makel kleben, dass Sie Ihre Untergebenen zu einem Raub angestiftet und sie dann ihrem Schicksal überlassen haben. Mit tödlichen Folgen. Landläufig wird man Sie immer für einen Mörder halten.«

»Nichts!«, rief Curtius plötzlich aufgebracht. »Nichts davon kann bewiesen werden!«

»Und nichts davon können Sie widerlegen«, sagte Klara ruhig.

Der Verleger machte eine unwirsche Handbewegung, schwieg aber. Denn in diesem Punkt hatte er keinen Trumpf im Ärmel.

»Es sei denn …«, sagte Klara.

Curtius blickte auf. »Es sei denn, was?«

»Wir hätten einen Beweis für Sie.«

Der Verleger musterte sie mit zusammengekniffenen Augen. Natürlich wusste er, dass es keinen echten Beweis geben konnte, denn die Geschichte war ja wahr. Andererseits … »Und was für ein Beweis soll das sein?«, fragte er leise.

»Nun«, sagte Klara. »Neben dem ums Leben gekommenen Kameraden waren ja noch mein Mann und Rolf Ungewitter in Ihrer Einheit – und diese drei waren es auch, die in Ihrem Auftrag die Maschinen stehlen sollten. Mein Mann ist, wie Sie wissen, leider verstorben. Einer der Presseoffiziere ist bei der Aktion umgekommen. Bleibt Rolf Ungewitter.« Klara machte eine kleine Pause, um Curtius Gelegenheit zu geben, sich die Szenerie von damals vor Augen zu führen. »Wenn Ungewitter Ihnen schriftlich bestätigen würde, dass die Aktion damals nicht in Ihrem Auftrag erfolgte, sondern auf Initiative des Getöteten …« Sie ließ die Worte auf Curtius wirken, der in ihrem Gesicht zu forschen schien. Er nahm einen Schluck von seinem Getränk, blickte in den Garten, nippte noch einmal an seinem Glas, musterte Heidi und fragte Klara schließlich: »Und was wäre die Gegenleistung?«

»Sie sorgen dafür, dass Gregor freikommt. Und Sie unterlassen jede weitere Maßnahme zur Schwächung der *Holly*.«

Curtius schnaubte. »Gregor ist wegen Offizialdelikten angeklagt«, erklärte er. »Das ist Sache der Staatsanwaltschaft, ob sie die Klage zurückzieht.«

Klara nickte. »Da haben Sie völlig recht, Herr Curtius. Aber ich bin überzeugt, es liegt im Rahmen Ihrer Möglichkeiten, dafür zu sorgen, dass sie genau das tut.« Sie zog ein Blatt aus ihrer Tasche und reichte es dem Verleger:

Ich, Rolf Ungewitter, Journalist in Hamburg, erkläre hiermit an Eides statt, dass die »Aktion Phönix«, bei der die Kameraden Felix Reuter, Heinz Hertig und ich eine Untergrunddruckerei italienischer Partisanen auszuheben beabsichtigten, auf Initiative des Kameraden Reuter stattfand. Unser leitender Presseoffizier Dr. Hans-Hermann Curtius war über das Vorhaben nicht informiert, sondern hat erst im Nachhinein davon erfahren und versucht, sich durch Übernahme der Verantwortung gegenüber den höheren Vorgesetzten kameradschaftlich vor uns zu stellen.

Hamburg, den 4. September 1964
Rolf Ungewitter

»Es ist nicht unterschrieben«, stellte Curtius fest.

»Sie erhalten das unterzeichnete Original in dem Augenblick, in dem Gregor entlassen wird.«

Eine Weile schwieg Hans-Hermann Curtius. Er schien die Vorteile gegen den endgültigen Sieg über die *Holly* abzuwägen. Schließlich sagte er: »Ihnen ist klar, dass Sie sich damit nur Zeit erkaufen? Auch wenn wir keine *Maßnahmen* gegen Ihr Blatt unternehmen, ist die *Claire* Konkurrenz und wird es bleiben. Und sie wird auf lange Sicht den Untergang Ihrer *Holly* besiegeln.«

»Das, lieber Herr Curtius«, sagte Klara, »bleibt abzuwarten.« Sie stand auf. Heidi tat es ihr gleich. »Nun? Sind wir im Geschäft?«

Doch sie kannte die Antwort.

***

4.

»Als Verleger der Frauenzeitschriften Claire und *Haushalt heute* sowie des *Hanseat* sind Sie einer der einflussreichsten Medienmänner Hamburgs. Sie sind darüber hinaus ein bedeutender Kunstsammler und -mäzen, ein in Politik und Gesellschaft bestens vernetzter Zeitgenosse und nicht zuletzt einer der begehrtesten Junggesellen der Republik …«

»Nun ja …«, sagte Curtius geschmeichelt. Er wusste, dass seine Stimme über den Äther gut ankam.

»Und doch liegt seit einiger Zeit der Schatten eines Vorfalls aus der Vergangenheit über dieser bemerkenswerten Vita«, fuhr Rike fort, ohne ihn zu Wort kommen zu lassen. »Sie sollen im Krieg in Italien mehrere Untergebene in ein Himmelfahrtskommando geschickt haben, das einen von ihnen das Leben gekostet hat und …«

»Also, liebe Frau Kloppstock«, fiel nun seinerseits Curtius Rike ins Wort. »Ehe Sie hier eine rein fiktive und rufschädigende Geschichte weiterverbreiten, möchte ich Ihnen mitteilen, dass zwischenzeitlich Dokumente vorliegen, die eindeutig beweisen, dass nichts an diesen Gerüchten wahr, sondern die ganze Geschichte frei erfunden ist.«

Klara, Elke und Heidi waren an diesem Abend bei Rena zu Hause zu Besuch. Mit angehaltenem Atem lauschten sie dem Gespräch, das Renas Lebensgefährtin Rike mit Curtius im Rundfunk führte. Natürlich würde bei sich zu Hause auch Gregor dem Interview lauschen, Klara hatte ihn eingeladen mitzukommen.

Doch Gregor hatte für sich sein wollen. In seinen Augen war die Entlassung aus der Untersuchungshaft und auch dass die Staatsanwaltschaft die Anklage gegen ihn hatte fallen lassen, kein Triumph. Vielmehr war er zwar freigekommen, es war ihm aber auch die Möglichkeit genommen worden, einen Freispruch zu erwirken. Gregor fühlte sich »nicht rehabilitiert«, wie er es bei der ersten Redaktionskonferenz, die er wieder leiten konnte, gesagt hatte.

Umgekehrt schien es, als wäre sein Vater durchaus rehabilitiert. Denn Curtius behauptete, er könne Beweise für seine Unschuld vorlegen. Wenn er das wirklich konnte, so war Gregors Freilassung nicht nur zweiter, sondern eher noch dritter Klasse. Denn alles, was er gegen seinen Vater vorgebracht hatte, wäre dann ja tatsächlich falsch gewesen.

Klara wusste, dass der Freund und Weggefährte sich in dieser Stunde grämte und alles infrage stellte, was er in den zurückliegenden Monaten gesagt und getan hatte. Es würde sie einiges an Fingerspitzengefühl kosten, ihm die ganze Wahrheit beizubringen. Zumal auch das Interview, das Rike mit Curtius führte, Teil des Plans gewesen war. Klaras Plans.

»Und was sagen Sie dazu, dass ausgerechnet an dem Tag, an dem Sie behaupten, Beweise für Ihre Unschuld vorlegen zu können, der Verleger der Zeitschrift *Holly* freikommt, auf den die Vorwürfe gegen Sie dem Vernehmen nach zurückgehen?«

»Dazu möchte ich nichts sagen«, behauptete Curtius, nur um dann auszuführen: »Die Staatsanwaltschaft wird für die Anklage gegen ihn genauso gute Gründe gehabt haben wie für seine Entlassung. Ich bin kein nachtragender Mensch. Das Heft, das Herr Blum macht, ist respektabel. Ich wünsche ihm und seinen Mitarbeitern viel Glück. Sie werden es brauchen.« An der Stelle lachte der Verleger. Es sollte wohl souverän klingen, doch es wirkte kalt und arrogant, wie Klara mit Befriedigung zur Kenntnis nahm. Es würde Curtius Sympathien kosten, wenn er über ein Konkurrenzmagazin so von oben herab sprach.

»Wann wirst du es ihm sagen?«, wollte Heidi wissen.

»Morgen«, sagte Klara. »Je früher er es weiß, umso besser. Wir haben keine Zeit zu verlieren. Uns steht das Wasser ja trotz allem bis zum Hals.«

»Und warum dann nicht heute Abend noch?«

Ja, dachte Klara, warum eigentlich nicht?

***

Es war nicht weit bis zu Gregors Wohnung am Ballindamm. Doch es war ein kalter, zugiger Abend, und Klara fühlte sich unwohl auf dem Weg durch die Straßen Hamburgs. Vielleicht hatte sie auch einfach nur ein schlechtes Gewissen gegenüber Hanna, die an ihrer Hand hüpfte, als gäbe es nichts Schöneres, als mit seiner Mama zu einem geschäftlichen Termin zu gehen. Sie hatte ihre Tochter in der letzten Zeit schrecklich vernachlässigt. Viel zu oft hatte Hanna bei Tante Rosa oder unter der Aufsicht der Jungredakteurinnen im Verlag bleiben müssen. Auch dass es die fröhlichen Treffen mit »Onkel Georg« nicht mehr gab, tat ihr weh. Sie wusste, wie viel Spaß die Kleine mit ihm gehabt hatte. Und doch war das Mädchen so unbekümmert, dass Klara ganz gerührt war. »Schau, Mama!«, rief sie, als sie an der Binnenalster entlangliefen. »Eine Ente!«

»Das ist eine Möwe, Hanni«, sagte Klara. »Und das dort ist ein Schwan.«

»Wahn«, sagte Hanna, und Klara lachte. Waren das nicht die wirklich wichtigen Dinge im Leben? Dass man jemanden hatte? Dass man füreinander da war? Dass man sich um jemanden kümmern durfte?

»Bald da?«, wollte Hanna wissen.

»Ganz bald, Hanni. Gleich da vorne ist es. Wir besuchen Onkel Gregor.«

»Georg!«, rief Hanna.

»Nein, Hanni. Nicht Georg. Gregor. Aus der Redaktion.«

»Gregor«, erklärte sich Hanna einverstanden und hüpfte ein bisschen.

Das Haus lag so dunkel da, dass Klara befürchtete, der Freund könne womöglich gar nicht daheim sein. Doch nachdem sie geklingelt hatte, dauerte es nur wenige Augenblicke, bis ihr geöffnet wurde. Gregor wohnte im dritten Stock. Mit Hanna an der Hand brauchten sie einige Zeit, bis sie oben angekommen waren. »Klara?«, sagte Gregor erstaunt. »Was macht ihr denn hier?«

»Ich muss dich sprechen, Gregor«, sagte Klara und schob die Kleine vor sich her in die Wohnung.

Drinnen half Gregor ihr aus dem Mantel und ging dann in die Hocke, um ein paar Worte mit dem Mädchen zu wechseln. Er machte das immer so, und Klara mochte es, wie er die Perspektive eines Kindes einzunehmen verstand. »Bist du noch nicht müde?«, fragte er Hanna.

»Nur büschen«, antwortete die. Einmal mehr erkannte Klara, dass ihre Tochter zunehmend wie Tante Rosa zu sprechen begann. Daran war zwar nichts auszusetzen – aber es zeigte ihr auch, dass sie zu wenig im Leben ihrer Tochter anwesend war.

»Hast du denn schon was zu Abend gegessen?«

»Wustbot!«, erklärte Hanna mit leuchtenden Augen. Rena hatte ihr reichlich belegte Brote gegeben und sogar ein paar Gewürzgürkchen dazu. Und Hanna hatte es geliebt, denn sowohl zu Hause als auch bei Tante Rosa waren Wurstbrote nie so üppig vollgepackt.

»Dann magst du vielleicht eine Limo bei mir trinken?«

Klara seufzte innerlich. Gregor hätte einen guten Vater abgegeben, fand sie. Dass er vermutlich nie einer werden würde, war unendlich traurig. Aber hier und heute war sie ihm dankbar für die Aufmerksamkeit, die er Hanna widmete.

»Au ja!«, rief Hanna, und die beiden Erwachsenen lachten.

»Dass du Limo im Haus hast …«, sagte Klara.

»Warum nicht? So ein bisschen Brause ist manchmal hilfreich für die Laune.«

Das konnte sich Klara gut vorstellen, dass Gregor in letzter Zeit öfter etwas gebraucht hatte, was für gute Laune sorgte. Und es sprach sehr für ihn, dass es nichts Alkoholisches sein musste, fand sie.

Sie setzten sich in die Küche, Gregor schenkte Hanna ein Glas Limonade ein und stellte es vor sie hin. »Du auch?« Klara nickte. Also nahm er noch zwei weitere Gläser für sie und für sich selbst und nahm ebenfalls Platz.

»Jemand hat uns verraten«, sagte Gregor leise, als er sich gesetzt hatte. »Ich habe in der Zelle lange darüber nachgedacht, weißt du? Jemand aus der Redaktion muss Curtius alles gesteckt haben. Sonst hätten die Kunden und Geschäftspartner nicht alle innerhalb kürzester Zeit von der Sache gehört.« Er schüttelte den Kopf.

»Ich weiß«, sagte Klara.

»Du weißt?«

»Genau das hatte ich mir auch überlegt.«

Gregor lächelte sie an. »Du bist eine kluge Frau, Klärchen«, sagte er.

Klara nahm einen Schluck von ihrer Limo und zuckte die Achseln. »Die Frage ist: Wer war es?«

»Hat sich beantwortet«, sagte Gregor lapidar.

Klara starrte ihn mit offenem Mund an. »Wir wissen, wer es war?«

»Lothar. Ich habe es ihm auf den Kopf zu gesagt. Und er hat es gar nicht bestritten. Weil er in einer Notlage war, hat er gesagt.« Wieder schüttelte er den Kopf, als könnte er es selbst nicht glauben.

»Und was machst du jetzt mit ihm?«, wollte Klara wissen.

»Nichts. Er hat selbst gekündigt. Seinen Judaslohn wird er dem Finanzamt verschweigen. Und sonst gibt es offenbar bei ihm nichts zu holen. Was nützt es also, ihn zu verklagen? Davon kommen unsere Kunden auch nicht wieder.«

Klara legte ihre Hand auf seinen Arm. »Das schaffen wir auch so. Jetzt, wo du wieder da bist …« Es stimmte ja: Mit Gregor an Bord und ohne Störfeuer vom Baumwall würden sie alles schaffen. Ja, das würden sie! Gregor schien ihr anzusehen, dass sie mit den Gedanken schon wieder ganz woanders war. »Und? Was gibt es?«, fragte er. »Was führt euch zu mir?« Er blickte mit einem so liebevollen Blick auf Hanna, dass Klara ihn am liebsten umarmt hätte. »Du hast das Radio-Interview gehört?«, kam sie zur Sache.

»Sicher. Du hattest mich ja darauf hingewiesen.«

»Aber du weißt nicht, wovon in Wahrheit die Rede war.«

Gregor nahm einen Schluck von seiner Limonade und musterte Klara. »Nun ja«, sagte er dann. »Es ging um Dokumente, die angeblich beweisen, dass die ganze alte Geschichte mit Heinz und Rolf und dem dritten Mann nur erfunden sein soll …«

»Fast, Gregor. Fast.« Klara überlegte einen Augenblick, wie sie es ausdrücken sollte, und fand: »Du benutzt die richtigen Wörter. Nur in der falschen Reihenfolge.«

»Bitte?« Nun war Gregor vollends verwirrt.

»Es ging um erfundene Dokumente, die beweisen, dass die alte Geschichte mit Heinz und Rolf und dem dritten Mann angeblich erfunden sein soll«, sagte sie und lauschte selbst ihren Worten für einen Moment hinterher. »Ja«, sagte sie. »So ist das nämlich. Das Dokument, das Curtius in Händen hält, hat er von uns.«

»Von uns?«

»Von Heidi und mir.«

»Aha? Und was habt ihr ihm also gegeben?«

»Eine eidesstattliche Versicherung von Rolf, dass der Einbruch und Diebstahl seinerzeit nicht von Curtius befohlen worden ist und dass Curtius im Gegenteil überhaupt erst hinterher davon erfahren hat.«

»Das hat Rolf ihm schriftlich gegeben?«

Klara schüttelte den Kopf. »Nicht Rolf. Der weiß davon gar nichts. Ich wollte ihn raushalten.«

»Aber wie kann er etwas unterschreiben, was er gar nicht kennt?«

»Er hat es nicht unterschrieben«, erklärte Klara. »Ich habe es unterschrieben. Als Rolf Ungewitter.«

»Aber dann … dann …«

»Eben«, sagte Klara. »Curtius hat als Gegenleistung für dieses Dokument dafür gesorgt, dass du rauskommst und die Staatsanwaltschaft die Anklage fallen lässt. Was er dafür bekommen hat, ist …« Sie hob die Hände.

»… keinen Pfifferling wert!«, schloss Gregor und konnte kaum seine Gesichtszüge unter Kontrolle halten. »Aber wie habt ihr … wie konntet ihr … ich meine: Wie zum Henker …?«

»Na ja, ein bisschen Chuzpe war natürlich nötig«, sagte Klara grinsend.

»Dann werden wir ihn auffliegen lassen!«, rief Gregor. »Jetzt krieg ich ihn genau für die Sache dran, die er mir untergeschoben hat. Urkundenfälschung, Falschaussage … alle diese Dinge, ha!« Es hielt ihn nicht mehr auf dem Stuhl. Vielmehr stand er auf und wanderte in der Küche hin und her, von Hannas großen Kinderaugen neugierig beobachtet. »Das bricht ihm das Genick!«, rief er wieder. »Jetzt mach ich den alten Sack fertig und …«

»Gregor!«, unterbrach Klara seine Fantasien. »Warte mal.«

»Was?«

»Alles das wirst du genau nicht tun. Bitte.«

»Aber wieso? Ich meine, das ist doch genial! Du bist ein Genie, Klärchen!« Alles Leben war wieder zurück in diesem Mann, der am Morgen nach seiner Entlassung in der Konferenz noch so grau und erschöpft gewirkt hatte und der vorhin mit so unendlich melancholischem Gesichtsausdruck in der Tür gestanden hatte.

»Wenn du jetzt zurückschlägst, wird dieser Krieg nie enden, Gregor«, versuchte Klara, ihm begreiflich zu machen. »Dann gibst du nämlich deinen Trumpf aus der Hand.«

»Aber ich …«

»Gregor! Wir wissen, dass Curtius eine Bombe in der Hand hält, die nur ihm schaden kann. In dem Moment, in dem Rolf erklärt, dass er so ein Dokument nie verfasst und schon gar nicht unterschrieben hat, fällt Curtius' Kartenhaus in sich zusammen. Das, wovon er denkt, dass es ihn entlastet, wird ihm das Genick brechen. Ein Anruf von Rolf Ungewitter bei der Staatsanwaltschaft genügt. Und genau das müssen wir ihm erklären. Musst *du* ihm erklären, Gregor.«

»Du hast ein Gleichgewicht des Schreckens erschaffen«, murmelte Gregor fasziniert und betrachtete Klara, als sähe er sie zum ersten Mal. »Aber warum ich? Warum soll ich es ihm sagen?«

»Du bist sein Gegner. Du bist sein Verlegerkollege. Und du bist sein Sohn. Trotz allem.«

* * *

Als Klara mit ihrer Tochter nach Hause kam, wurde sie bereits erwartet. Vor der Tür stand ein Weidenkorb, und in dem Korb lag, halb in eine Decke gehüllt, ein kleiner Hund, weiß mit schwarzer Schnauze. »Wer bist du denn?«, fragte Klara und hockte sich vor den Überraschungsgast. Hanna rief entzückt: »Ein Hund! Mama, wir haben einen Hund!«

»Nein, Hanni«, erwiderte Klara. »Der gehört uns doch nicht.« Da entdeckte sie einen Umschlag in dem Korb, darin ein Kärtchen: *Für Hanna.* »Oh!«, sagte sie. »Scheinbar gehört er doch uns.« Aber wie um alles in der Welt sollte sie jetzt auch noch einen Hund versorgen? Hingerissen von dem liebenswerten Kerlchen, das neugierig aus dem Korb krabbelte, als es Hanna entdeckte, und zugleich überfordert von der Situation, stand Klara wieder auf und blickte sich um. Der Hund konnte nicht lange hier allein gestanden haben, er wäre ja sonst längst entwischt … Da hörte sie unten die Haustür gehen. Und als sie ans Fenster im Hausflur trat, erkannte sie im Schein der abendlichen Straßenlaternen gerade noch eine schemenhafte Gestalt um die Ecke verschwinden.

Weil man ein kleines Hündchen nicht gut draußen stehen lassen konnte, nahm Klara den Korb samt Inhalt in die Wohnung und hoffte, dass der Kleine wenigstens stubenrein war. Hungrig war er jedenfalls, wie sich schnell herausstellte. Den letzten Rest Wurst, den Klara im Haus hatte, hatte er blitzschnell gefressen. Als er sich auch noch auf die Karotte stürzte, die ihm Hanna hinhielt, mussten Mutter und Tochter laut lachen.

»Er ist wirklich süß!«, fand Klara.

»Er heißt Pipo«, erklärte Hanna.

»Du hast schon einen Namen für ihn?«

»Pipo«, bestätigte das Mädchen.

»Pipo. Na gut. Hallo, Pipo. Willkommen in der Familie. Du heißt jetzt Pipo Hertig.«

Damit war es entschieden, auch wenn Klara über sich selbst den Kopf schüttelte. Wie sollte sie das alles nur auf die Reihe bekommen? Jetzt war sie nicht nur eine berufstätige, alleinstehende Mutter, sie hatte auch noch ein Haustier, das täglich Auslauf brauchte, gefüttert werden musste, vielleicht auch mal zum Tierarzt musste und wer weiß welche Bedürfnisse hatte, die sie noch nicht einmal kannte …

Hanna und Pipo spielten so lange, bis das Mädchen auf dem Teppich vor dem Sofa einschlief. Sie plumpste buchstäblich zur Seite und war eingedöst. Lächelnd trug Klara sie ins Bett, zog sie aus und gab ihr einen Gutenachtkuss. Pipo indes schien noch nicht müde. »Du bist wohl eher ein nachtaktiver Wauwau?«, stellte Klara fest. Sie füllte eine Schale mit Wasser und sah ihm beim Trinken zu, schüttelte dann die Decke, die im Korb lag, aus dem Fenster, das Kissen, das darunter gewesen war, ebenfalls, richtete alles wieder schön her und setzte sich mit Pipo dann aufs Sofa, um ihn ein wenig zu streicheln. So still, als hätte er Angst, sie könnte damit aufhören, lag der Hund bei ihr und genoss die Zuwendung. Aber auch Klara genoss es, diesen kleinen Gesellen dazuhaben, der sich rasch als begabter Zuhörer erwies. Und als Hundedame! Bis in den späten Abend erzählte sie ihm von den Vorkommnissen der letzten Tage und von ihren Gedanken, die wieder und wieder um Gregor und Curtius kreisten und um die Frage, ob sie es noch schaffen konnten, die *Holly* vor dem endgültigen Untergang zu retten. »Weißt du«, sagte sie. »Die *Holly* ist nicht irgendein Blatt wie alle anderen. Sie ist eigentlich vor allem unser Traum. Die *Holly* ist so, wie wir alle gerne sein möchten. Und wenn wir dort arbeiten können, dann sind wir ein Teil der *Holly*. Das heißt, dass ein Teil unserer Träume Wirklichkeit wird! Das ist das Besondere daran. Und deshalb hoffe ich so sehr, dass Gregor es schafft, das Ruder herumzureißen. Ich hoffe es auch für Gregor. Er ist so ein Guter. Er hat alles riskiert für diese Zeitschrift. Und für uns!«

Pipo lauschte und blickte nur ab und an zu Klara auf, dann legte er den Kopf wieder auf seine Vorderpfoten und ließ sich streicheln und kraulen – und mit der Zeit wurde auch Klara ruhiger, zuversichtlicher, optimistischer. Doch, so ein Hund war schon etwas Besonderes. Wie ein guter Geist im Haus, dem man alle seine Sorgen anvertrauen konnte. *Für Hanna*, dachte sie. Natürlich hatte sie einen Verdacht, wer ihrer Tochter diesen Hund geschenkt haben könnte.

* * *

Oh, Pretty Woman

Hamburg, Herbst 1964

1.

Aus Pipo war innerhalb von Stunden das Verlagsmaskottchen geworden. »Unser Redaktionshund« nannten ihn alle. Und dass Pipo trotz des männlich klingenden Vornamens ein Weibchen war, passte umso besser. Schließlich richtete sich die *Holly* vor allem an Frauen. Klara hatte flugs ein perfektes Porträtfoto von Pipo angefertigt, Gregor die Kolumne dazu erfunden: *Die Szene auf vier Pfoten.* Unter dieser Überschrift berichtete Pipo in jeder Ausgabe, was es auf den Straßen Neues zu entdecken gab. Mal war es ein neuer Schuhtrend, mal waren es die Münzen im Hut eines Straßenmusikanten, mal die schicken Nylons der Damen auf einem Empfang … Das Schönste aber: Jedes Mitglied der Redaktion durfte unter dieser Kolumne in Pipos Namen schreiben! Es galt lediglich die Vorgabe, dass aus dem Blickwinkel einer Hundedame zu berichten sei.

Über diese Kolumne hatte es durchaus Diskussionen gegeben. »Ist das nicht schrecklich bieder?«, hatte Ungewitter eingeworfen und einige Zustimmung erhalten. »Ich sehe so eine Kolumne eher in der *Für Sie* oder meinetwegen in der *Revue*.«

»Wenn Sie sie so schreiben, wie sie dort geschrieben wäre, haben Sie recht, Rolf«, erwiderte Gregor. »Aber ich denke, wir können es besser. Zudem möchte ich die Leserinnen von der *Für Sie* oder von der *Revue* gerne auch zu uns herüberlocken.« Er beugte sich zu Pipo hinab und kraulte sie. »Außerdem ist unser Hund kein Pudel, sondern eine kesse junge Hundelady.«

Gregor hatte es irgendwie geschafft, die Hanseatische Handelsbank dazu zu bringen, ihre Einlage zu erhöhen und der *Holly* noch eine Frist von sechs Monaten zu geben. Sollte bis dahin das Heft nicht mehr verdienen, als es kostete, würde die Bank ein für alle Mal aussteigen und als Vorzugsgläubigerin zu Geld machen, was noch zu Geld zu machen war. Doch die *Holly* schaffte es in zwei Monaten. Mit dem Schwung, den Gregors Freilassung in der gesamten Redaktion entfesselte, und ohne das Störfeuer aus Curtius' Verlagshaus erhöhte die *Holly* mit jeder Ausgabe ihre Auflage und ihren Umsatz – und machte nach etwas mehr als zwei Monaten sogar einen ersten kleinen Gewinn.

Über sein Gespräch mit Curtius verlor Gregor kein Wort. Klara hatte ihn einmal darauf angesprochen. Doch der alte Freund hatte nur die Achseln gezuckt und gesagt: »Es ist alles erledigt. Wir haben nichts mehr zu befürchten.«

»Und dein Vater?«

»Tja. Das weiß nur ich.«

Damit war die Sache vom Tisch.

Frau Waibel reichte ihre Kündigung ein mit der Begründung, dass sie schwanger und verlobt sei und in wenigen Wochen zu heiraten gedenke. Gregor lehnte die Kündigung ab mit dem Hinweis, dass das noch lange kein Grund sei, eine so außergewöhnliche Arbeitsstelle wie die bei der *Holly* aufzugeben. »Und wenn das Kind da ist?«, fragte Frau Waibel.

»Na, sehen Sie sich Frau Hertig an! Die ist auch Mutter. Sogar eine ohne dazugehörigen Vater! Und Hanna ist hier in der Redaktion praktisch zu Hause. Als Zeitschrift, die in erster Linie für Frauen arbeitet, finde ich, dass es uns gut ansteht, auch Müttern die Möglichkeit zu geben, berufstätig zu sein.«

»Tja, wir können es vielleicht versuchen«, sagte Frau Waibel skeptisch. Als sich aber herausstellte, dass auch Heidi ein Kind erwartete, beschloss sie, das Wagnis einzugehen.

»Im Ernst? Du bist auch schwanger?«, fragte Klara ungläubig. »Wer ist denn der Glückliche?« Dass Heidi wieder jemanden hatte, das hatte sie nicht mitbekommen. »Kenne ich ihn?«

Die Freundin grinste schelmisch. Natürlich waren sie alle neugierig. Und Klara, die so eng mit ihr war, war am allerneugierigsten. »Komm am Samstagabend zu mir. Und bring die anderen mit.« Die anderen, das waren Rena und Elke, vor allem aber Vicki, die seit Kurzem mit einem sehr gut aussehenden Mittvierziger liiert war und – soweit das überhaupt möglich war – noch schöner war denn je. Das Glück strahlte Vicki buchstäblich aus allen Poren. Dass es mit Rolf Ungewitter dann doch auseinandergegangen war, hatten beide entspannt genommen, beinahe, als wäre es von Anfang nur eine lockere Affäre gewesen – und vielleicht war es das ja auch. Als Vicki von der Einladung hörte, sagte sie sibyllinisch: »Da bin ich mal gespannt, ob mein Verdacht stimmt.« Was genau ihr Verdacht war, behielt sie allerdings für sich.

Hanna war jetzt öfter mit in der Redaktion als früher. Klara wollte nicht mehr so lange von ihr getrennt sein. Und mit Pipo gab es eine wunderbare Spielgefährtin für das Mädchen. Oft saßen die beiden in einer Ecke, und Hanna »las« Pipo aus einer Ausgabe der *Holly* vor. Manchmal spielten sie »Mutter und Kind«, wobei die anderen immer wieder hingerissen waren, wie langmütig der Hund war angesichts der »Fürsorglichkeit« seiner »Mutter« und wie hingebungsvoll Hanna ihr »Kind« fütterte und schlafen legte. Nur als sie es mithilfe einer großen Flasche Wasser »baden« wollte, sprangen sowohl der Hund als auch die in der Nähe sitzenden Redakteurinnen auf und verhinderten das Schlimmste.

So herrschte in den folgenden Wochen eine heitere Stimmung im Verlag. Und an einem Samstag im Oktober wartete eine große Überraschung auf Klara und die anderen.

***

Als Klara am betreffenden Tag Elke in ihrer Boutique abholte, war die Freundin enttäuscht, dass Hanna nicht dabei war. »Aber es ist eine Abendeinladung«, sagte Klara. »Da kann ich nicht mit Kind antanzen.«

»Aber mit Kinderwagen?«

»Den überlasse ich jetzt Heidi für ihr erstes Kind«, sagte Klara. »Ich hab ihn von den Redaktionskollegen bekommen. Da, finde ich, passt das gut.«

»Stimmt. Schöne Idee. Trotzdem finde ich es schade, dass deine kleine Maus nicht dabei ist.«

»Hanni hätte erstens keinen Spaß, zweitens müsste immer jemand nach ihr sehen, und drittens wird sie früh müde.«

»Schon klar«, erwiderte Elke und lachte. »Die Frau Mama möchte auch mal einen draufmachen.«

»Draufmachen … Das klingt, als würde ich mir die Nächte auf der Reeperbahn um die Ohren schlagen. Wir gehen doch bloß zu Heidi.«

»Alles gut«, beschwichtigte Elke sie. »Ich ziehe dich doch nur auf. Ich hätte nur gerne was ausprobiert.«

»Mit Hanna?«

»Ja. Ich hab da eine Idee …« Elke schlüpfte in ihren Mantel, der genauso kurz war wie ihr sehr gewagtes Kleid – Mini eben.

»Nun sag schon!«, forderte Klara sie auf.

»Kindermoden!«, erklärte Elke knapp.

»Kindermoden. Ist das nicht ein Widerspruch in sich? Kinderkleider müssen praktisch sein. Oder festlich. Aber modisch?«

»Eben«, stellte Elke fest, als hätte Klara eine große Weisheit ausgesprochen. »Bis jetzt ist es genau so, wie du sagst. Aber warum soll Kinderkleidung nicht auch schick sein?«

»Und jetzt machst du Minikleider für Dreijährige?«

Elke winkte ab. »Unsinn. Minikleider. Für Kinder muss man

sich andere Dinge ausdenken! Ich finde, die meisten Sachen, die es für die Kleinen gibt, sind unendlich langweilig. Denk doch mal, wie aufregend so ein Kinderleben eigentlich ist. Kinder leben in einer ganz eigenen Welt! Sie träumen sich was zusammen, spielen, haben die verrücktesten Ideen! Und dann steckt man sie in Zeug, das jeder Hafenarbeiter tragen könnte.« Elke konnte sich richtig reinsteigern.

»Und was schwebt dir dann so vor für die Kleinen?«, fragte Klara neugierig. Elke hatte schon die Türklinke in der Hand, doch dann ging sie noch einmal zurück in die Boutique und winkte Klara, mit ihr zu kommen. Im Hinterzimmer hing eine Kleiderstange mit kleinen Teilen. »Darfst aber nichts sagen, ja? Das ist alles noch topsecret!«

»Klar. Topsecret«, versicherte ihr Klara und lachte über die lässige Ausdrucksweise ihrer Freundin.

»Hier, das ist ein Piratenkleid«, sagte Elke und griff nach einem schwarz-weiß geringelten Kleidchen mit einem aufgenähten Säbel und goldenen Schulterklappen.

»Hui!«, rief Klara. »Das würde Hanna lieben.«

»Und für die weniger mutigen Mütter gibt es die Kapitänin!« Flugs zog Elke ein anderes Stück hervor, mit dem sie tatsächlich den Look der Kapitänsuniformen zur Hohen See kopiert hatte. »Dazu weiß-golden geringelte Strümpfe«, erklärte sie.

Anerkennend blickte Klara die Freundin an. »Du hast wirklich ein beneidenswertes Talent.«

Elke winkte ab. »Ach was. Ich überlege mir nur, was Frauen gerne tragen würden. Oder eben Kinder.« Sie präsentierte Klara noch einige andere Stücke, die alle mutig, aber irgendwie auch so klug gedacht waren, dass Klara sicher war, viele Mütter würden begeistert davon sein. »Und?«, wollte sie wissen. »Wirst du dann auch eine Kindermodenschau machen?«

»Eigentlich eine gute Idee«, sagte Elke. »Was meinst du?«

»Unbedingt! Aber nur, wenn ich fotografieren darf.«

»Unbedingt!«, rief Elke. »Aber nur, wenn Hanna mitmacht.«

Begeistert von der Idee machten sich die beiden Freundinnen auf den Weg zu Heidi. Unterwegs sponnen sie ein wenig herum, dass die Dekoration mit ganz vielen Luftballons sein müsse, dass die Modenschau am späten Nachmittag sein müsse, weil unbedingt auch Kinder zu den Gästen gehören sollten. Dass es eine Tombola geben könnte, bei der es ein Fotoshooting mit Preis für das schönste Kleid geben könnte, dass anwesende Väter eine Extraportion Gummibärchen bekämen und vieles andere mehr. Und dann standen sie vor dem Haus, in dem Heidi ihre Wohnung hatte.

***

Es waren so gut wie alle da, die zum Freundeskreis gehörten: die halbe Redaktion, einschließlich der neueren Mitglieder Christel, Sabine und Inge. Rena hatte Rike mitgebracht, Günther Jauner von der Bank war auch gekommen. Vicki hatten ihren Zukünftigen dabei, der so hinreißend aussah, dass Klara sich schon eine Fotogeschichte mit den beiden für die *Holly* ausmalte. Heidi aber überstrahlte alle. Sie trug ein eng geschnittenes, kurzes Etuikleid in Königsblau mit einem Schlitz am linken Bein und einer funkelnden Knopfleiste im Rücken. Außerdem ein Brillantcollier, das die Betrachterin geradezu blendete, und passende Ohrringe.

»Was für ein perfektes Kleid!«, rief Elke statt einer Begrüßung.

»Ach!« Heidi winkte ab. »Das werde ich nun nicht mehr lange tragen können.«

»Tja«, erwiderte Elke. »Der Winter …«

»Na ja, eher die Schwangerschaft!« Heidi deutete auf ihren Bauch und lachte fröhlich.

»Gibt keinen besseren Grund«, befand Klara.

»Wo du recht hast, hast du recht. Hallo, Klärchen! Kommt doch rein!«

Neugierig blickte Klara sich um. »So nett, dass du uns eingeladen hast«, sagte sie.

»Alle, die mir wichtig sind!« Heidi hakte Klara unter und entführte sie schnell in die Küche, während Elke sich zu Rena, Rike, Vicki und Helga gesellte.

Zu ihrer Überraschung entdeckte Klara in der Küche Egon Fröhlich, den Kellner aus dem Alsterpavillon, mit dem sie früher mal für einige Zeit zusammengearbeitet hatte. »Herr Fröhlich!«, rief sie entzückt.

»Also, Fräulein Klara«, erwiderte der. »Nach all den Jahren: Es wird Zeit, dass wir uns mal beim Vornamen nennen.« Und ehe sie etwas antworten konnte, schnappte er sich zwei der Sektgläser, die er gerade auf einem Tablett vorbereitet hatte, reichte ihr eines, hob das andere und erklärte feierlich: »Ab jetzt bitte Egon!«

»Gerne, Egon«, erwiderte Klara und stieß ihr Glas an seines. »Ab jetzt also Klara.«

»Oder Klärchen?«, schlug Egon Fröhlich vor.

Klara wiegte den Kopf. »Wenn es sein muss«, gestand sie ihm zu. Aber eigentlich mochte sie es, so genannt zu werden. Klärchen ließ alles ein wenig freundlicher und harmloser klingen.

»Also dann, zum Wohl, Klärchen Hertig«, sagte Egon und nippte an seinem Sekt. »Nun muss ich aber bedienen.«

»Sie sind … ich meine: Du bist hier als Bedienung engagiert worden?« Verblüfft blickte Klara auf Heidi, die völlig überrumpelt schien.

»Aber nein!«, widersprach Egon lachend. »Aber es widerstrebt mir ganz einfach, die Hausherrin die Tabletts herumtragen zu lassen!«

»Weißt du was, Egon?«, sagte Klara. »Wo du recht hast, hast du recht.« Sie schnappte sich eine Schürze, die an einem Haken neben dem Herd hing, band sie sich um und begann, ebenfalls ein Tablett mit Getränken vorzubereiten.

»Ja, wenn das so ist, werde ich mich mal wieder um die anderen Gäste kümmern«, murmelte Heidi verblüfft und dankbar.

Es kamen noch zwei Paare, die Klara nicht kannte, und ein einzelner Herr mit grau meliertem Haar. »Ist er das?«, fragte sie leise Vicki, als sie an ihr vorüberkam.

»Ist er was?«

»Na, Heidis Zukünftiger!«

»Der Herr in Grau?« Vicki lachte. »Aber Klärchen, das ist ihr Cousin Hartmut. Und der andere Herr, der gekommen ist, als du in der Küche warst …« Sie deutete in eine Ecke des Wohnzimmers. »Ach, aber den kennst du selber.«

Einen Augenblick lang war Klara versucht, sich davonzumachen. Doch das wäre natürlich unmöglich gewesen. Sie konnte Heidi außerdem nicht zum Vorwurf machen, wenn sie zufällig dieselben Leute kannte wie sie. Also machte sie tapfer weiter ihre Runde mit dem Tablett, verteilte Orangensaft und Sekt-Orange und war lediglich bemüht, nicht in besagte Ecke zu kommen, sondern bereits vorher wieder in der Küche zu verschwinden. Was ihr allerdings nicht gelang, da gerade in dem Moment, in dem sie vor der Tür angelangt war, Heidi gegen ein Glas klopfte und um Aufmerksamkeit bat. »Liebe Freunde«, sagte die Gastgeberin, und Klara anerkannte neidlos, dass die Freundin nicht nur eine fabelhafte Figur machte, sondern auch eine ausgezeichnete Stimme hatte – und eine charmante Art, ihre kleine Rede vorzutragen: »Wie schön, dass ihr alle gekommen seid! Ich freue mich über jede und jeden von euch. Die meisten von euch kennen sich. Und weil es immer ein bisschen schwierig für die Außenseiter ist, sich alle Namen zu merken und sie gleich richtig zuzuordnen, möchte ich euch ganz einfach bitten, geht doch aufeinander zu – damit meine ich vor allem die, die sich noch nicht kennen! – und macht euch bekannt. Ich kann euch versichern, ihr werdet nur die liebenswertesten, nettesten Menschen kennenlernen, die es gibt. Denn nur solche sind heute hier. Ich freue mich besonders über meine Kolleginnen und Kollegen aus der Redaktion, über meine lieben Freundinnen …« An der Stelle blickte sie vor allem zu Klara und zu Vicki. »… über meinen Cousin Hartmut, über meinen Gregor – und über alle anderen, die da sind.« Sie kicherte. »Der Sekt wirkt schon, fürchte ich. Obwohl ich gar keinen getrunken habe!« Die Gäste lachten, einige klatschten.

»*Meinen* Gregor?«, flüsterte Klara Richtung Vicki, die neben ihr stand. Die Freundin hob bedeutungsvoll die Augenbrauen. »Ihren Gregor, mhm.«

»Ihr kennt ja den Anlass meiner Einladung«, fuhr Heidi fort. »Es gibt etwas zu feiern. An der Stelle muss ich erwähnen, dass das zurückliegende Jahr ein ziemlich schwieriges für viele von uns war. Wir mussten mit der *Holly* durch schwere See und wären beinahe gekentert. Aber jetzt …« Sie strahlte in die Runde. »Jetzt scheint es mir, als hätte die Sonne noch nie so hell gestrahlt wie in den zurückliegenden Wochen. Zumindest was mich betrifft, kann ich sagen, dass ich noch nie in meinem Leben so glücklich war. Und das hat zwei Gründe. Der eine ist ein süßes Geheimnis.« Heidi legte beide Hände auf ihren Bauch. »Das wisst ihr alle schon. Aber was ihr nicht wisst, wie es dazu gekommen ist. Also … ich meine … äh …« Nun lachten die Gäste noch mehr. »Was ich meine …«, versuchte Heidi, ihren Gedankengang zu retten, »ist, dass es bekanntlich immer zwei braucht für … nun, für ein süßes Geheimnis. Tja, also: Die Nummer zwei ist niemand anderes als Gregor!« Sie deutete auf ihn wie eine Ansagerin auf der Bühne auf den Star des Abends und brachte so die Anwesenden dazu, für Gregor zu applaudieren. Der hob abwehrend die Hände und erklärte: »Also, liebe Freunde. Ich verstehe ja, wenn Sie mich für diese Heldentat feiern wollen …« Wieder lachten die Gäste. »Aber wenn ich auf dem Wege erfahre, dass ich nur die Nummer zwei bin, dann gibt mir das schon zu denken.« Nun herrschte ausgelassene Belustigung. Gregor blickte skeptisch zu seiner Verlobten. »Aber gut«, sagte er dann. »Wenn die Nummer eins eine so umwerfende, bezaubernde und besondere Frau ist wie Heidi, dann tritt man natürlich zurück und gibt sich auch mit dem zweiten Platz zufrieden.« Mit einem eleganten Schritt trat er zu Klara, nahm ihr ein Glas Sekt-Orange ab, stellte sich wieder neben Heidi, legte den Arm um sie und bat: »Meine Damen und Herren, liebe Freunde, trinken wir auf das Wohl von Heidi und ihrem süßen Geheimnis!«

Heidi strahlte übers ganze Gesicht und winkte Klara, ihr ebenfalls das Tablett hinzuhalten. Eilig schnappte sie sich ein Glas Orangensaft und rief: »Und auf unsere Verlobung, die ich hiermit offiziell bekanntgebe!«

Unter Hochrufen erhoben alle ihre Gläser und tranken dann auf das Wohl des Paares. Klara stellte ihr Tablett zur Seite, nahm sich ebenfalls ein Glas und schloss sich an. Ohne es zu beabsichtigen, blickte sie in die Ecke, in der sie ihn entdeckt hatte, und sah, dass er sie mit melancholischen Augen betrachtete. Als er ihren Blick auffing, lächelte er wehmütig und hob auch sein Glas – in ihre Richtung. Und Klara erwiderte die Geste und nippte an ihrem Sekt-Orange, während ihr Herz davonzugaloppieren schien.

»Wusstest du, dass sie ihn einladen würde?«, fragte Rena, die neben sie getreten war.

»Georg? Nein. Damit habe ich nicht gerechnet.«

***

Es wurde ein langer, fröhlicher Abend. Heidi und Gregor hatten Häppchen vorbereitet, gegen neun Uhr kam sogar ein Musiker, den Klara einmal im Top Ten Club gesehen hatte – ausgerechnet mit Georg, als sie noch mit ihm zusammen gewesen war. Er sang zu seiner Gitarre die neuesten Hits: *Please Mister Postman, Roll Over Beethoven … O Pretty Woman*. Als er aber *Schuld war nur der Bossa Nova* zum Besten gab, hielt es buchstäblich niemanden mehr an seinem Platz, und die ganze Wohnung schien unter den tanzenden Füßen der Gäste zu vibrieren.

»Kommst du auf eine Zigarette mit auf den Balkon?«, fragte Heidi Klara irgendwann und deutete nach draußen.

»Gute Idee«, sagte die und machte einen Schritt auf den winzigen Vorbau, der von der Küche aus auf den Hinterhof ragte. Als sie sich umdrehte, stand aber nicht Heidi in der Tür, sondern Georg. »Guten Abend«, sagte er. »Darf ich?«

Klara nickte nur und machte Platz.

»Ist dir kalt?« Georg war schon im Begriff, sein Jackett auszuziehen, doch Klara schüttelte den Kopf. »Nein, nein, alles in Ordnung«, sagte sie, obwohl sie nicht sicher war, ob das wirklich stimmte. Denn genau genommen fühlte es sich ganz und gar nicht so an, als wäre alles gut. Im Gegenteil: Seit sie Georg entdeckt hatte, hatte sie Bauchschmerzen. Ja, mehr als das, es fühlte sich an, als wühlte sich etwas durch ihr Inneres. Etwas, das sie nicht begreifen konnte, das sie quälte und sie verunsicherte.

Als hätte er sie nicht gehört, legte Georg ihr sein Sakko über die Schultern. Und als hätte sie nichts gesagt, nahm sie es hin und spürte darin noch seine Wärme. Ein Schauder rieselte über ihren Körper.

Eine Weile standen sie schweigend auf Heidis kleinem Balkon. Klara konnte ihn neben sich atmen hören. Auch wenn er sie nicht berührte, konnte sie seine Nähe spüren. Und sie fühlte seinen Blick auf sich. »Es tut mir leid«, sagte er, leise, kaum zu hören, das Lachen der Partygesellschaft im Hintergrund. »Ich habe dich unterschätzt. Ich wusste, dass du stark bist und klug und selbstständig. Aber ich … ich habe mir einfach nicht klargemacht, *wie* stark du bist. Klüger als ich bist du allemal.«

»Georg …«

»Nein, wirklich, Klara! Ich habe noch nie eine so außergewöhnliche Frau kennengelernt. Ich schätze, ich war deshalb einfach nicht bereit zu erkennen, wie viel du von den Menschen verstehst.«

Klara wandte sich ihm zu. »Hast du das auswendig gelernt?«, fragte sie.

»Stört es dich?«

»Na ja, es klingt für mich ein bisschen, hm … überlebensgroß?«

Georg lachte leise. »Das trifft es aber. Denn das bist du für mich. Überlebensgroß.«

»Das will ich aber gar nicht sein, Georg«, sagte Klara. »Ich möchte einfach nur ernst genommen werden.« Ganz leise fügte sie hinzu: »Und geliebt.«

Da griff er nach ihren Händen und flüsterte: »Das könntest du haben. Wenn du es noch einmal mit mir probieren möchtest, Klara.«

»Bist du sicher?«

»Ich war nie sicherer.«

Sie legte ihre Hand an seine Wange. »Dann bin ich es auch«, sagte sie sanft und küsste ihn.

***

Am nächsten Morgen kamen alle spät in die Redaktion. Klara aber wartete schon auf Heidi und überredete sie, noch einmal mit ihr nach draußen zu kommen, »um für alle ein paar Franzbrötchen zu kaufen«.

So liefen sie zusammen über den Burchardplatz zur Altstädter Straße, wo es eine kleine Bäckerei gab, in der Klara manchmal eine

Stulle als Mittagessen kaufte. »Eine schöne Gesellschaft war das gestern«, sagte sie. »Lauter nette Leute.«

»Mhm«, machte Heidi, die schon ahnte, was Klara gleich sagen würde. Und sie sagte es: »Das war geplant, richtig?«

»Ich weiß gar nicht, was du meinst«, schwindelte Heidi munter.

»Du weißt genau, was ich meine. Du hast ihn absichtlich eingeladen.«

»Ich habe alle absichtlich eingeladen, Klärchen!«, versicherte ihr die Freundin grinsend.

»Aber ihn hast du eingeladen, damit wir zusammentreffen.«

Sie waren bei der Bäckerei angekommen. Statt zu antworten, trat Heidi ein und sah sich die Auslage an. »Schau nur, wie schön die Hörnchen sind«, sagte sie.

»Nun lenk nicht ab!«, protestierte Klara leise. »Das war geplant!«

»Und die Küchlein hier! Sind die nicht entzückend? Man könnte geradezu Gelüste darauf bekommen.« Sie seufzte. »Aber ich bekomme ja neuerdings ständig Gelüste. Diese Schwangerschaft ...«

»Heidi!«

Die Bäckerin beobachtete die beiden Kundinnen amüsiert. »Lassen Sie sich Zeit«, sagte sie. »Ist ja sonst niemand im Laden.«

»Ich will wissen, ob du ihn meinetwegen eingeladen hast.«

»Wen?«, fragte Heidi unschuldig und brachte Klara auf die Palme.

»Georg natürlich!«

»Und sind das hier Dänische Plunder?«

»Mit Vanillefüllung«, bestätigte die Bäckerin freundlich.

»Heidi!«

Die Freundin lachte. »Ach, Klärchen, du bist wirklich herrlich, weißt du das? Natürlich habe ich Georg deinetwegen eingeladen! Ihr zwei passt einfach perfekt zusammen! Genau so einen Mann brauchst du. Georg ist sympathisch und gut aussehend, er ist gebildet, aber kein bisschen arrogant. Als Arzt verdient er auch noch gut … auch wenn ich natürlich weiß, dass das für dich keine Rolle spielt, weil du dir aus Geld nichts machst … Klara, Georg ist der Richtige für dich! Dass ihr euch einmal gestritten habt, das kann doch kein Grund sein, ihn aus deinem Leben zu streichen.« Leise fügte sie hinzu: »Und wenn ich es richtig deute, seid ihr auch wieder zusammen?«

Nun war es Klara, die grinste. »Und ob du das richtig deutest!«, sagte sie. »Ich bin dir ja so dankbar!« Sie trat auf Heidi zu und umarmte sie. So heftig, dass die Freundin sich befreite und sagte: »Vorsichtig! Das Baby.«

»Oh, ja, das Baby. Ach, ich freue mich so, Heidi. Ich könnte die ganze Welt umarmen. Und daran bist du schuld.«

»Also Sie beide sind ja wirklich entzückend«, mischte sich die Bäckerin ein. »Wissen Sie was? Sie bekommen jetzt von mir jede einen Plunder und ein Hörnchen gratis.« Sie zwinkerte den Freundinnen zu. »Zur Feier des Tages. Scheint ja eine Menge guter Anlässe zu geben.«

Lachend und herumalbernd spazierten Klara und Heidi zurück zum Verlag, wo sich Hanna, die an diesem Tag dabei war, zur Belustigung aller anderen sofort auf die Plunder stürzte. In der Hundeecke lag faul Pipo. Auf dem Redaktionstisch lagen die ersten Skizzen für das nächste Heft. Gregor begrüßte seine Verlobte mit einem Kuss – und Klara stellte fest, dass sie nun, nachdem sie wieder mit Georg zusammengekommen war, kein bisschen von Eifersucht auf das Glück ihrer Freundin gezwickt wurde.

Als sie später in der Teeküche aufeinandertrafen, sagte sie zu Heidi: »Ich finde, ihr seid ein wunderbares Paar. Und ich bin so froh, dass Gregor den Schritt gewagt hat.« Sie blickte Heidi tief in die Augen. Natürlich wussten sie beide, dass Gregor nicht nur

Frauen attraktiv fand, sondern auch Männer. Und für einen winzigen Moment schien eine vage Angst über Heidis Gesicht zu huschen. »Hoffentlich kann ich ihn glücklich machen«, flüsterte sie. »Ich wünsche es mir so sehr.«

»Aber das tust du doch! Jeder kann es sehen!«

»Ja. Jetzt vielleicht. Aber wird das auf Dauer ausreichen? Ein bisschen Sorge habe ich schon, wenn ich ehrlich bin.«

Klara winkte ab. »Überleg doch mal: Wenn Gregor nur Frauen anziehend fände, was wäre anders?«

»Na ja, ich denke, dann hätte er doch, was er sich wünscht. Ich meine, ich bin ja schließlich eine Frau.«

»Ja«, sagte Klara und lachte. »Eine. Aber es gibt ja noch Milliarden andere. Wenn er auf die verzichten kann …«

»Du meinst, dann kann er auch auf die Männer verzichten?«

»Ist es nicht so?« Klara strahlte die Freundin an. »Du wirst ihn immer glücklich machen, Heidi! Das weiß ich. Du wärst für jeden Mann die Traumfrau. Und bist es für Gregor – und wirst es auch bleiben.«

Nun war es Heidi, die die Freundin stürmisch umarmte, und zwar gerade, als Vicki die Teeküche betrat. »Oh!«, rief die. »Familienkuscheln? Ohne mich? So geht das aber nicht.« Und sie breitete ihre Arme aus und legte sie um die beiden anderen.

***

2.

Mit dem neuen Jahr erschien auch endlich das neue Wirtschaftsmagazin, das sich die Hanseatische Handelsbank zum Einstieg in den Verlag von Gregor gewünscht hatte: *Der Ökonom.* Die Chefredaktion hatte Richard Köster übernommen, der sich eine eigene kleine Redaktion aus erstklassigen Autoren zusammengestellt hatte, die er von anderen Verlagen abgeworben hatte. Rasch stellte sich heraus, dass von diesem Magazin wertvolle neue Impulse auch für die *Holly* ausgingen: Man hatte einen wesentlich besseren Zugang zu den Werbetreibenden gefunden! Das brachte auch Anzeigen für die Frauenzeitschrift, die von Ausgabe zu Ausgabe populärer wurde und mehr Leserinnen gewann. Natürlich lag das auch daran, dass sie vor gewagten Themen nicht zurückschreckte. Der große Aufreger der Februarnummer war ein Artikel unter der Überschrift »Ich nehme die Pille«, den ausgerechnet die schwangere Heidi Schlosser zeichnete. Sie hatte mehrere Frauen interviewt und dann einen kämpferischen Text über die sexuelle Freiheit von Frauen verfasst. Auslöser dafür war ein Gespräch mit Vicki gewesen, die eines Abends in der Runde der Freundinnen verkündet hatte, dass sie keine Kinder zu haben beabsichtigte.

»Aber wieso?«, hatte Klara gefragt. »Es ist so wundervoll, Mutter zu sein! Okay, es ist natürlich auch anstrengend. Aber so ein Kind, das ist doch auch irgendwie … der Sinn des Lebens?«

Vicki hatte die Achseln gezuckt. »Ganz ehrlich? Ich wäre lieber selber der Sinn meines Lebens. Wenn ich ein Kind bekomme, dann werde ich mich auf ewig darum kümmern müssen. Erst sind sie klein und süß, aber man muss dauernd auf sie aufpassen. Dann werden sie größer und frecher, dann muss man erst recht auf sie aufpassen!« Die anderen hatten gelacht, auch weil sie wussten, wie viel Wahrheit in diesen Worten steckte. »Dann wollen sie einen Mann und sollen keinen haben. Später sollen sie einen haben und wollen keinen! Ständig bist du mit so einem Mädchen voller Sorgen. Und bei den Jungs ist es ja noch viel schlimmer. Entweder musst du Angst haben, dass sie sich prügeln, oder du musst Angst haben, dass sie verprügelt werden. Und später dann … Na, guckt euch einfach die Herren Kollegen an.«

Sie hatten sich einen langen Abend darüber gestritten, ob es nun klüger war, Kinder zu bekommen oder keine zu bekommen, um sich schließlich zu einigen, dass es jeder Frau selbst überlassen bleiben sollte.

»Seht ihr?«, hatte Vicki gesagt. »Und genau deshalb nehme ich die Pille.«

»Nicht dein Ernst, oder?« Nun war es Heidi gewesen, die staunte, während Klara – auch ohne dass sie jemals darüber gesprochen hätten – längst sicher war, dass Vicki sich die Pille besorgt hatte.

»Aber klar! Ich kann es tun, wann immer ich will, ganz ohne Angst vor unerwünschten Effekten.«

»Hast du nicht Angst, dass es dir schaden könnte?«, wollte Elke wissen.

»Die Pille? Oder der Sex.« Sie sagte *der Sex*. Klara bewunderte die Freundin, dass sie so unverblümt sprach. Sonst sagte man immer irgendetwas wie »das Zusammensein« oder »die Sache« oder »es machen«, so was. Vicki sagte einfach: »Der Sex.«

»Die Pille, natürlich!«, rief Elke und verdrehte die Augen. Klara wusste, dass die Freundin alle möglichen Tricks kannte, um eine ungewollte Schwangerschaft zu verhindern. Aber vor der Pille war sie wohl bisher zurückgeschreckt. Die meisten Ärzte wollten sie ohnehin nicht verschreiben, und wenn, dann allenfalls für verheiratete Frauen.

»Also, ich vertrage sie«, erklärte Vicki und lächelte so verschmitzt, dass die anderen sie direkt ein wenig beneideten.

»Würdest du das auch öffentlich zugeben?«, wollte Klara wissen.

»Öffentlich? Was soll das heißen?«

»In einem Artikel?«

»Und ich will ihn schreiben«, sagte Heidi und sprang auf. »Das ist *die* Idee, Klara! Ist es okay für dich, wenn ich ihn schreibe?«

»Absolut«, versicherte ihr Klara. »Aber erst muss Gregor zustimmen. So ein Artikel kann durchaus Ärger bedeuten.«

»Das lass meine Sorge sein.«

Heidi hatte ihn rasch überzeugt, zweifellos, weil sie eine Menge guter Argumente eingebracht hatte. Und so kam im Februar die Nummer vier des Jahres unter der Titelzeile »Sex – Geheimnisse unter der Bettdecke« auf den Markt – und noch am selben Tag standen Beamte der Jugendschutzbehörde in den Räumen der Redaktion und forderten den Chefredakteur auf, die Ausgabe vollständig zurückzurufen.

***

Vierundzwanzig Stunden lang hielt Gregor den Sittenwächtern stand, dann gab er in der Diskussion endlich klein bei. Die Drohung, der *Holly* die Lizenz zu entziehen, war eine scharfe Waffe. Womit die Beamten allerdings nicht gerechnet hatten, war, dass die gesamte Auflage innerhalb zweier Tage nach Erscheinen ausverkauft war: Es gab schlicht kein Exemplar mehr, das der Handel hätte zurücksenden können, der Rückruf ging ins Leere.

»Das hast du gewusst, oder?«, sagte Klara, als sie davon hörte.

»Sagen wir, ich habe es geahnt«, erwiderte Gregor grinsend. »Es schien mir ziemlich wahrscheinlich. Eine Frauenzeitschrift, die den Sex zum Thema eines ganzes Heftes macht …«

Was weit übertrieben war. Es gab lediglich drei Artikel, die sich mehr oder weniger mit Sex befassten: Heidis Text über die Pille, einen Artikel von Elke über erotische Dessous unter dem Titel »Wie Sie *ihn* glücklich machen« und ein Interview mit einem Sexualtherapeuten, in dem es um eheliche Treue ging. Außerdem natürlich Vickis delikate Kolumne. Und Pipos Kolumne, in der es um die seltsamen Bräuche der Menschen bei der Paarung ging, diesmal geschrieben von Richard Köster:

Das seltsame Paarungsverhalten der Menschen

Die Menschen sind eine seltsame Spezies. Mit der Paarung tun sie sich sehr schwer. Wenn sie jung sind, möchten sie gerne, dürfen aber nicht. Wenn sie älter werden, dürfen sie zwar, mögen aber oft nicht – oder sie können nicht mehr. Bei mir im Haus wohnt eine Dame mittleren Alters, die immerzu mit dem Besen gegen die Decke in ihrer Wohnung klopft, wenn von irgendwo menschliche Paarungsgeräusche zu hören sind. Ich weiß nicht, ob das ihre Art ist, Beifall auszudrücken, oder ob sie die Betreffenden nur auffordern möchte, etwas lauter zu sein. Was ich weiß, ist, dass aus ihrer Wohnung nie Paarungsgeräusche kommen. Das überrascht mich nicht, denn sie ist alleinstehend und scheint das auch bleiben zu wollen. Sie trägt nämlich stets Kleider, die ganz sicher keinem Mann gefallen können. Und ohne Männchen keine Paarung, das gilt für Menschen wie für Hunde. Es ist ein bisschen schade, denn eigentlich ist diese Dame ganz freundlich. Sie hat sogar manchmal ein Stückchen Wurst für mich übrig und versteht es auch ganz gut zu kraulen. Vielleicht sollte sie einfach mal ein Männchen ihrer Gattung kraulen, damit es auch mit der Paarung wieder klappt? Aber dazu müsste sie erst einmal eines finden. Und so, wie sie sich anzieht … Wie gesagt: Die Menschen sind eine seltsame Spezies. Sie stehen sich einfach selbst im Wege. Leider auch im Paarungsverhalten.

»Hast du Richards Kolumne gelesen?«, fragte Vicki, die frische Ausgabe in der Hand.

»Pipo?«

Die Freundin nickte bedeutungsvoll. »Er scheint vergessen zu haben, dass unser Redaktionshund weiblich ist.«

Klara lachte. »Da sagst du was. Schon ein bisschen chauvinistisch, oder?«

»Tja«, erklärte Vicki mit kämpferischem Lächeln. »Ich hab mir schon die Kolumne für die nächste Ausgabe reserviert. Da geb ich ihm kontra, dem ollen Schwerenöter.«

»Ich bin schon gespannt!«, erwiderte Klara. »Ob ich dann aus Pipos Kolumne auch was über Kösters Paarungsverhalten lernen werde?«

»Wart's ab!«, rief Vicki und machte sich vergnügt an die Arbeit.

***

Womit Klara nicht gerechnet hatte, war das Paarungsverhalten von Pipo. Es stellte sich nämlich heraus, dass die Hündin trächtig war! Schon seit ein paar Wochen war sie etwas eigenartig gewesen, oft müde, manchmal lustlos. Aber eines Tages Anfang März bemerkte Klara, dass Pipos Bauch sehr plötzlich und deutlich angeschwollen war. Auch die Zitzen waren größer geworden. »Du wirst doch nicht …«, sagte sie und tastete vorsichtig an dem Bauch der Hündin herum.

»Ich denke es mir schon seit ein paar Tagen«, bemerkte Georg lächelnd.

»Aber wo sollen wir denn mit einem Wurf Hundewelpen hin?«, rief Klara entsetzt. »Und bei welcher Gelegenheit ist das denn passiert?«, fragte sie Pipo, die unschuldig zu ihr aufblickte. »Hach, die Liebe …«

»Ich bin sicher, es werden sich genügend Abnehmer für die Hundebabys finden«, versicherte Georg zuversichtlich. Und er sollte recht behalten: Nachdem Pipo in einer milden Nacht Anfang April beneidenswert unkompliziert zwei Welpen das Leben schenkte, gab es mehr Bewerber dafür als Hunde, die man hätte abgeben können. Heidi wollte unbedingt eines der kleinen Tiere. Und Hanna hätte am liebsten beide behalten. Doch einen zweiten Hund im Haushalt, das wollten weder Klara noch Georg. So beschlossen sie, den anderen Neuzugang an Tante Rosa abzugeben. Damit konnte auch Hanna gut leben, zumal sie immer noch mehrmals die Woche ihren Tag auf dem Hausboot verbrachte, während Klara in die Redaktion und Georg in die Praxis ging.

Tante Rosa war vom ersten Moment an vernarrt in den kleinen Kerl. »Was bist du denn für eine herrliche Mischung!«, rief sie, als sie ihn sah. »Da ist ja wirklich alles vertreten, was? Büschen Spitz, büschen Dackel, büschen Schäferhund und büschen Pudel.« Sie lachte. »Du passt genau hierher auf mein Bötchen! Willkommen im Sandtorhafen!« Sogar Olaf, der alte Kater, schien keine Einwände zu haben. Er streifte einmal um das Hundchen herum und ließ sich dann gnädig wieder an einem seiner bevorzugten Plätze nieder, ohne weiter Notiz von ihm zu nehmen.

Damit war die Sache klar, und Buddy, wie Tante Rosa das Tierchen spontan benannte, gehörte zur Familie. »Buddy wie Buddy Holly«, erklärte sie, denn den Sänger mochte sie von allen am liebsten. Als er vor einigen Jahren bei einem Flugzeugabsturz ums Leben gekommen war, hatte sie sehr getrauert. Doch das war gewesen, bevor Klara sie kennengelernt hatte.

Es war nur konsequent, dass Buddys Schwester auf den Namen Holly getauft wurde. »Wenn euch das Pipo mal nicht übel nimmt«, sagte Klara. »Das klingt ja, als wäre die Kleine jetzt der Redaktionshund.«

»Ach was!«, widersprach Gregor. »Pipo wird immer legendär bleiben. Schon durch ihre Kolumne.«

So zog mit Holly ein zweites Maskottchen in die Verlagsräume ein, und die Redaktionsmitglieder wetteiferten darum, wer mit welchem Hund zwischendurch nach draußen gehen durfte.

Es hätte ein zauberhafter Frühling werden können, wenn nicht an einem kühlen, regnerischen Morgen Ende April Klara eine schreckliche Entdeckung gemacht hätte, als sie im Begriff war, Hanna zu ihrer Tagesmutter zu bringen.

* * *

Alle hatten schon gedacht, dass jetzt endlich die warme Jahreszeit begänne. Doch in den letzten Apriltagen jagte ein eisiger Wind durch die Stadt, tiefe Wolken rollten von der Nordsee her und brachten immer wieder heftigen Regen mit sich. Natürlich versuchte Klara dennoch, das Beste daraus zu machen. Sie hatte Hanna die ersten Gummistiefel gekauft und auch einen kleinen Südwester, den jeder entzückend fand, der sie darin sah. Mit einem Schirm war angesichts der heftigen Böen gegen den Regen nichts auszurichten. Völlig durchnässt langte Klara deshalb mit ihrer dank der Stiefel und dem Südwester halbwegs trockenen Tochter am Sandtorhafen an.

Düster lag die Speicherstadt vor ihnen, kaum ein Mensch war unterwegs. Nur gegenüber von Tante Rosas Hausboot entluden ein paar fluchende Männer einen Kahn, ganz offensichtlich bemüht, die Arbeit so schnell wie möglich hinter sich zu bringen. Georg hatte Pipo an diesem Tag mit zu sich in die Praxis genommen, wofür Klara dankbar war. Denn ein Hund, der sich jetzt noch in Tante Rosas kleiner Wohnstube das klitschnasse Fell schüttelte, wäre ganz einfach zu viel des Guten gewesen.

Das Hausboot lag stumm und dunkel im Wasser, als wäre noch niemand wach. Doch das konnte eigentlich nicht sein. Klara wusste zwar, wie lange die Freundin oft arbeiten musste. Aber wenn Hanna kam, war sie immer einsatzbereit, egal, wie hart die Nacht gewesen sein mochte.

»Tante Rosa?«, rief Klara und sprang auf das Boot, nur um ein Stück zu schlittern und beinahe auf dem Hintern zu landen. Dann griff sie nach Hannas Hand, die es besser machte. »Bravo!«, rief Klara und legte den nassen Arm um ihre Schultern. »Komm! Ich möchte endlich nach drinnen!« Sie schob Hanna vor sich her zum Eingang, und Augenblicke später stolperten sie beide die wenigen Sprossen ins Innere hinunter, die Tür hastig hinter sich zudrückend, damit nicht allzu viel Regen den Weg nach drinnen fand. »Tante Rosa?«

Still war es auf dem Hausboot. Offenbar war die Besitzerin nicht da.

»Buddy!«, rief Hanna und stürzte sich auf den kleinen Hund, der in seinem Körbchen unter der Küchenbank lag und neugierig zu ihnen aufblickte.

»Jetzt ziehen wir mal die nassen Sachen aus«, bestimmte Klara und half Hanna aus dem Ölzeug und aus den Gummistiefeln, ehe sie sich selbst der äußeren Schichten entledigte, um sie zumindest kurz an den Ofen zu hängen, bevor sie wieder rausmusste. Erst jetzt allerdings fiel ihr auf, dass der Ofen kalt war. War Tante Rosa am Ende noch gar nicht nach Hause gekommen? Ein Blick zur Uhr über der Spüle sagte Klara, dass es schon neun war. Nein, so lange würde die Freundin natürlich nicht arbeiten. Der Top Ten Club schloss spätestens um sechs Uhr, dann wurden auch die letzten Nachtschwärmer rausgeworfen. Um halb sieben, spätestens um sieben hätte Tante Rosa da sein müssen. Nur dass sie es offensichtlich nicht war.

Andererseits: Die Tür war ja nicht abgesperrt gewesen. Vielleicht war sie nur noch einmal kurz weg, um etwas zu besorgen? Das schien Klara am wahrscheinlichsten. »Jetzt warten wir hier ein bisschen gemeinsam, und dann wird Tante Rosa bestimmt bald da sein«, erklärte Klara. Doch Hanna hatte längst mit Buddy zu spielen begonnen und beachtete ihre Mutter gar nicht mehr.

Klara heizte den Ofen an und setzte Teewasser auf, denn es war kalt auf dem Hausboot. Durch die Bullaugen konnte sie den Regen in dichten Schleiern über die Hafenmole niedergehen sehen. Die Männer am anderen Kai waren inzwischen mit dem Löschen ihrer Ladung fertig und waren verschwunden. Allein Tante Rosa tauchte nicht auf.

Und dann, unvermittelt, packte Klara das kalte Grauen. »Hanni«, sagte sie und sah sich um. Ihr Blick fiel auf ein Kinderbuch. »Warum liest du Buddy nicht dein Buch vor?«

Die Kleine schnappte sich das Buch und begann, dem Hund »vorzulesen«. Sie kannte die Geschichte, die darin erzählt wurde, so gut, dass sie praktisch jedes Wort auswendig konnte. Ja, so würde sie für ein paar Minuten beschäftigt sein, wenn nötig. Klara atmete tief durch, dann ging sie nach hinten, wo auf der einen Seite die kleine Kajüte war, in der sie mit ihrer Tochter einige Zeit gewohnt hatte. Auf der anderen Seite war Tante Rosas Kajüte gelegen, die kaum größer war. Leise klopfte Klara an die Tür. »Tante Rosa?«, flüsterte sie. Und noch einmal etwas lauter: »Tante Rosa? Bist du da?«

Die Freundin antwortete nicht. Behutsam öffnete Klara die Tür und streckte den Kopf hinein. Einen Moment lang mussten sich ihre Augen an die Dunkelheit gewöhnen, denn die Vorhänge vor dem kleinen Fenster waren zugezogen. Und dann sah sie es: Tante Rosa war da. Und sie war tot.

Auf dem Nachttischchen neben ihr lag eine frühe Ausgabe der *Holly*, darauf handschriftlich die Worte: *For Clara. See you! Paul McCartney.*

***

3.

Vermutlich hatte es in der Geschichte der Menschheit noch kein so großes Begräbnis für eine Toilettenfrau gegeben wie das von Tante Rosa. Als Klara mit Hanna an der Hand zum Friedhof kam, waren so viele Menschen da, dass sie verblüfft fragte: »Wird hier heute jemand Besonderer beerdigt?«

»Scheint so«, sagte einer der Friedhofswärter. »Muss eine Berühmtheit auf St. Pauli gewesen sein.« Mehr wusste er nicht.

Aber Klara wusste es, als sie die Anwesenden sah: Da waren Klubbesitzer und Kellnerinnen, Zuhälter und Huren, alte und junge Männer und Frauen jeglicher Gesellschaftsschicht. Musiker waren da, die man sonst am Abend umjubelt auf der Bühne stehen sah, Penner, die sonst vor den Klubs herumlungerten und die Besucher um eine Mark oder wenigstens einen Groschen anschnorrten. Ein paar andere Bootsbesitzer vom Sandtorhafen waren da, praktisch die gesamte Redaktion der *Holly*, Stammgäste aus dem Top Ten Club und ehemalige Stammgäste, die inzwischen zum Star Club gewechselt waren. Klara erkannte ein paar Fußballspieler und sogar Paul, der inzwischen mit seiner Band berühmt geworden war und dem irgendjemand Bescheid gegeben haben musste, dass seine ehemalige »Kajütenwirtin« verstorben war. Ihre alte Schulfreundin Anni war ebenfalls da. Als Klara sie entdeckte, zwängte sie sich mit ihrer Tochter zu ihr durch und stellte sich daneben. »Ihr kanntet euch also auch«, sagte sie.

»Ich glaube nicht, dass es viele gibt, die schon länger auf der Reeperbahn arbeiten, die Tante Rosa nicht kannten.«

Klara nickte. Das konnte sie sich gut vorstellen. »Ich habe eine Weile bei ihr gewohnt«, erzählte sie der alten Freundin. »Auf dem Hausboot.«

»Wirklich? Wie Paul?« Die Geschichte kannten offenbar alle. Klara nickte. »Ja. Ich bin sozusagen seine Nachfolgerin gewesen.«

»Hui!«, bemerkte Anni. »Da würde manches Mädchen was drum geben, im selben Bett geschlafen zu haben wie Paul McCartney.«

Klara lächelte wehmütig. »Vermutlich«, sagte sie. »Hast du Georg irgendwo gesehen?«

»Den Herrn Doktor?«

»Mhm. Wir sind jetzt zusammen.«

»Ach«, sagte die Freundin verblüfft. »Das nenn ich aber einen Fang.«

»Allerdings«, stimmte Klara zu. »Aber ich kann auch ganz zufrieden sein.« Sie stieß Anni sanft in die Seite.

»Aha! So siehst du das«, bemerkte die und lachte. »Ganz schön selbstbewusst bist du geworden, Klara Paulsen.«

»Muss man doch, oder? Ich meine, das Leben schenkt einem einfach nichts.«

»Das stimmt leider«, bestätigte Anni. »Jedenfalls nur selten. Und dafür muss man jemanden wie Tante Rosa kennen.«

Einem Impuls folgend griff Klara nach Annis Hand und hielt nun ihre Tochter an der einen und ihre alte Freundin an der anderen. Da sah sie Georg zwischen den Reihen der Trauernden auftauchen. Gerade als der Pfarrer zu sprechen begann, war er so weit aufgerückt, dass er sie seinerseits entdeckte und ihr mit beiden Augen zuzwinkerte.

»Liebe Trauergemeinde«, sagte der Geistliche. »Wir haben uns heute hier versammelt, um von einer ganz besonderen Frau Abschied zu nehmen. So gut wie alle unter uns haben sie als Tante

Rosa gekannt. Und ich bin sicher, dass ich für alle Anwesenden spreche, wenn ich sage, dass ausnahmslos alle dankbar sind, sie gekannt zu haben. Tante Rosa, auch ich möchte sie so nennen, war einerseits das, was man ein Original nennt, andererseits das, was man einen guten Menschen nennt. Sie hatte das Herz am rechten Fleck und hat deshalb jedes Herz sofort erobert. Wer nicht eines ihrer Bonbons in der Tasche hat, hat Hamburg nicht erlebt.«

Einige der Trauergäste lachten leise, einige klatschten, andere murmelten zustimmend. »Mit Tante Rosa ist ein Stück unserer schönsten Erinnerungen gestorben. Denn sie hatte immer für jeden ein offenes Ohr, ein gutes Wort und oft auch einen Ratschlag, der dem Glück den Weg zu ihren Mitmenschen zeigte …«

Unwillkürlich musste Klara daran denken, dass Tante Rosa es gewesen war, die sie und Georg ursprünglich zusammengebracht hatte. Ja, wirklich: Sie hatte dem Glück den Weg gezeigt. Wie recht der Pfarrer doch hatte!

»Das Wundervolle an Tante Rosa war, dass sie sich nichts daraus machte, Toilettenfrau zu sein. Sie sah dieses Wort nicht als Berufsbezeichnung, sondern als Auszeichnung. Da, wo alle Menschen gleich sind, war sie die gute Fee. Da kümmerte sie sich, sorgte für Sauberkeit, Frieden und Ordnung – und für gute Stimmung! Erinnern Sie sich an ihre Stimme, wenn sie dann doch mal schimpfte?«

Wieder wurde gelacht, denn natürlich hatten alle im Ohr, wie Tante Rosa es schaffte, selbst den mächtigsten Wirtschaftskapitän oder den übelsten Zuhälter zusammenzufalten. Dann wieder hatte die Toilettenfrau des Top Ten Club auch mal ein Lied zum Besten gegeben, wenn sie etwa eine Wette verlor oder von jemandem einen Gefallen erbat.

»Dass hier und heute so viele Menschen gekommen sind, um von einer Frau Abschied zu nehmen, deren Aufgabe es war, Toiletten zu putzen, zeigt vieles. Vor allem zeigt es, dass auf der Welt

Gutes zu Hause ist. Nun ja, nun gibt es ein bisschen weniger davon, da uns Tante Rosa verlassen hat. Dort, wo sie hingeht – und es besteht kein Zweifel, dass sie dort auch hinkommt! –, wird sie an einem guten Ort sein. Und sie wird den Ort sogar noch ein bisschen besser machen, weil sie dort ist.

Wir anderen können nur hoffen, dass wir uns dereinst dort wiederbegegnen. Und jetzt, liebe Trauergemeinde, beten wir ein Vaterunser für Tante Rosa, ehe unser Freund Paul noch ein Lied für sie singt.«

So taten sie es. Fünfhundert Menschen, womöglich sogar mehr, standen auf dem Friedhof und beteten gemeinsam, schwiegen dann noch eine kleine Weile, weinten, lächelten in Erinnerung an diese große Frau, und dann nahm Paul seine Gitarre zur Hand und spielte *All My Loving*. Durch ihre Tränen hindurch konnte Klara erkennen, dass alle, buchstäblich alle, die gekommen waren, ebenfalls weinten. Und sie war dankbar, dass sie diese besondere Frau zu ihren Freunden hatte zählen dürfen.

* * *

Die nächsten Tage war Klara sehr gedrückter Stimmung. Die einzige Aufmunterung waren Hanna und die Hunde. Pipo war wieder ganz die Alte, Holly wurde jeden Tag frecher und neugieriger. Und nun, nachdem Tante Rosa nicht mehr da war, mussten sie auch noch Buddy versorgen.

»Wir müssen eine Lösung finden«, klagte Georg kopfschüttelnd. »Zwei Wohnungen, zwei Hunde, wir beide berufstätig – und für unsere Tochter wollen wir doch auch eigentlich viel mehr da sein.«

Klara liebte ihn auch dafür, dass er Hanna »unsere Tochter« nannte und sich auch so verhielt. Dass das Mädchen nicht von ihm stammte, schien ihm nicht das Geringste auszumachen. Er war so fürsorglich wie ein leiblicher Vater nur sein konnte, machte ihr morgens Kakao, brachte sie zum Kindergarten – wenigstens das hatten sie jetzt geschafft: Hanna war in einem Kindergarten in der Nähe der Praxis untergekommen –, las ihr abends etwas vor, spielte mit ihr mit Bauklötzen oder spazierte mit ihr und den Hunden zum Hafen, wo die Kleine so oft mit Tante Rosa gewesen war. Wenn Klara die beiden miteinander sah, fühlte sie ihr Herz gleich doppelt so groß und wusste, dass sie mit Georg einen Hauptgewinn gezogen hatte. »Aber was sollen wir denn machen?«, fragte sie, ein wenig in Sorge, dass ihm irgendwann doch alles über den Kopf wachsen könnte.

»Das Wichtigste ist, dass wir endlich eine Wohnung haben«, erklärte Georg. »So geht das nicht weiter. Es ist auch unsinnig teuer!«

»Und weiter?«, wollte Klara wissen. Über das Thema Wohnung hatten sie schon oft gesprochen. Sie waren sich ja einig, es musste eine größere gemeinsame Wohnung her. Nur dass die eben wahnsinnig schwer zu finden war.

»Und wir müssen Buddy abgeben. Ein Hund genügt uns doch!«

»Hm. Hanni wird nicht begeistert sein.«

»Vielleicht müssen wir nur jemanden finden, dem sie das Kerlchen gerne gibt«, meinte Georg.

»Und wer soll das sein?«

Georg überlegte eine Weile, dann sagte er: »Ganz einfach: Elke!«

»Elke?«

»Sie ist ja fast wie eine zweite Mama für Hanna. Elke kennt unsere Tochter vom ersten Tag an, die beiden lieben sich. Sie war schon oft in der Schneiderei. Und sag selbst: Ist so eine Schneiderei …«

»Eine Boutique!«

»Ist so eine Boutique ohne Hund nicht schrecklich arm?« Georg blickte Klara mit einem Hundeblick an, dass sie lachen musste.

»So ein Quatsch!«, rief sie. Aber irgendwie hatte er natürlich recht: Wenn es jemanden gab, dem Hanna ihr zweites Hundchen überlassen würde, dann vielleicht am ehesten Elke. Und wenn es einen guten Grund gab, warum sie das tun sollte, dann vielleicht, weil so ein großer Laden unbedingt einen Hund brauchte.

So kam es, dass sie wenige Tage später zum Rathausmarkt spazierten, die Metropol Moden betraten, die Inhaberin herzlich begrüßten und ihr dann unversehens die Hundeleine in die Hand drückten. »Buddy gehört jetzt dir!«, erklärte Hanna wichtig. »Er passt auf dein Geschäft auf! Und Holly kommt dann immer zu Besuch und guckt, ob er alles richtig macht.«

»Ein … Hund?«, stotterte Elke und blickte auf das niedliche Tierchen herab, das neugierig an ihr herumschnüffelte.

»Tja, was soll ich sagen?« Klara lächelte schelmisch. »Niemand anderem als dir hätte Hanni den kleinen überlassen. Und zwei Hunde sind einfach zu viel für uns. Aber einer, du wirst sehen, ist eine richtig nette Sache.«

»Hm«, machte Elke und ging in die Hocke. »Süß ist er ja.« Sie kannte Pipo von ihren Besuchen in der Redaktion und bei Klara zu Hause. »Wird der auch bestimmt nicht größer als seine Mutter?«, fragte sie.

Klara zuckte die Schultern. »Keine Ahnung, Elke. Ich weiß ja nicht, wer der Vater ist. Aber vielleicht hast du Glück, und es war ein Zwergspitz.«

»Dann lass es mal keine Dogge gewesen sein«, erwiderte Elke lachend. »Na gut. Ich nehme ihn. Er ist ja wirklich ein ganz Lieber. Aber du musst mir alles beibringen, Hanna«, sagte sie zu dem Mädchen. »Was so ein Hund essen darf und was nicht, wie man ihn richtig behandelt.«

»Du musst ihn baden!«, erklärte das Mädchen wichtig. »Wollen wir ihn baden?«

Elke schnupperte vorsichtig an Buddy und stellte fest: »Das muss, glaube ich, noch nicht sein, der riecht ja sogar noch nach Shampoo!«

»Wir haben ihn heute Morgen extra für dich gebadet!«, sagte Hanna. »Damit du ihn magst. Magst du ihn?«

»Ich mag ihn«, erklärte Elke. »Er kommt ja auch von dir.«

»Das ist gut.«

Und dann machten sie erst einmal einen gemeinsamen Spaziergang mit Buddy: die Große Johannisstraße runter und dann über den Kleinen Burstah, bis sie unvermittelt über die Holzbrücke auf der Mattentwiete gelandet waren, ganz nah an Buddys früherem Zuhause. »Da vorne war das Hausboot, stimmt's?«, fragte Elke.

»Ja«, sagte Klara seufzend. Dass Tante Rosa nicht mehr war, würde sich für immer wie ein tiefes Loch in ihrem Leben anfühlen. Die liebe alte Freundin war eine so gute Frau gewesen, ein so feiner Mensch … »Sie fehlt mir. Ich schätze, sie hat mir ein bisschen die Mutter ersetzt.«

»Verstehe genau, was du meinst«, entgegnete Elke, deren Mutter in den letzten Kriegstagen umgekommen war und die wohl in der Inhaberin der Schneiderei Brill einst eine ähnliche Mutterfigur gefunden hatte. »Sollen wir mal hingehen?«

»Ich weiß nicht …«

Aber Hanna schien es zu wissen. Sie kannte den Weg zum Sandtorhafen so gut, dass sie mit Buddy losgelaufen war, kaum dass Elke die Frage ausgesprochen hatte. Die beiden Frauen mussten sich beeilen, überhaupt hinterherzukommen. Zum Glück gab es hier kaum Straßenverkehr, sodass sie sich nicht sorgen mussten, Hanna könnte im nächsten Augenblick überfahren werden, eine Sorge, die Klara stets umtrieb, seit sie Heinz durch einen Unfall verloren hatte.

Auf den Fleeten herrschte indes an diesem Tag rege Betriebsamkeit, auch am Sandtorfleet. Es gab Bauarbeiten, bei denen ein Kranschiff eingesetzt wurde. Staunend blieb Hanna davor stehen und sah zu, wie Schlick und Geröll aus der Tiefe an Land geholt wurden. Doch Buddy drängte sie weiterzugehen. Er zog an der Leine, als wüsste er, wohin sie wollten. Und vielleicht wusste er es ja auch wirklich. Leidenschaftlich zerrte er Hanna hinter sich her, dorthin, wo Tante Rosas Hausboot gelegen hatte. Oder vielmehr: immer noch lag, wie die Freundinnen überrascht feststellten!

Noch überraschter allerdings waren sie, dass sie auf dem Deck jemanden vorfanden, den sie bestens kannten. »Georg?«, fragte Klara. »Was machst du denn hier?«

* * *

Es stellte sich heraus, dass Tante Rosa ohne ermittelbare Nachkommen verstorben war. Ihre Hinterlassenschaften waren deshalb an die öffentliche Hand gefallen. Und von der hatte Georg heimlich das Hausboot gekauft. »Ich dachte, es wäre der ideale Ort für uns.«

»Für uns?«, fragte Klara ungläubig. »Wie meinst du das?«

»Als Wohnung.« Georg lachte etwas unsicher. »Ja, es ist klein, ich weiß. Aber es hat ein Schlafzimmer für Hanna und eines für uns, es hat eine Wohnstube, die auch Küche ist. Und wenn wir die Lagerräume ausbauen, dann hätten wir sogar viel mehr Platz!«

»Du hast im Ernst Tante Rosas Hausboot gekauft?« Klara starrte ihn an wie einen Außerirdischen.

»Ähm, ja, das … das habe ich«, erwiderte Georg verunsichert. »Ich … ich hoffe, du bist mir nicht böse. Ich meine, dass ich das nicht mit dir besprochen habe. Es … es sollte eine Überraschung sein. Aber jetzt …«

»Eine Überraschung? Das ist es allerdings!«, rief Klara und sprang zu ihm an Deck. »Und wann wolltest du es mir sagen?«

»Na ja, ich dachte, ich schenke es dir zur Hochzeit.«

»Zur … Hochzeit?«

»Falls du mich willst.« Er lächelte etwas schräg. »Das war jetzt nicht der Antrag, den ich mir vorgestellt hatte.«

Klara schüttelte den Kopf. »Ganz ehrlich? Das war auch nicht der, den ich mir vorgestellt hatte. Aber es war … ein Antrag?«

»Schon, ja.«

»Hm. Kannst du den vielleicht noch einmal als Frage formulieren?«

»Würde sich das denn lohnen?«

»Vielleicht«, sagte Klara und blickte verlegen zu Hanna, Elke und Buddy hin.

»Weißt du, was?«, fragte die Freundin das Mädchen. »Lass uns doch noch mal zu dem tollen Kran gehen. Ich möchte wissen, ob er die Elbe schon ganz leer gebaggert hat.«

»Au ja!«, rief Hanna und rannte mit dem Hund wieder zurück zu der Baustelle.

Inzwischen war Georg auf die Knie gesunken und hatte Klara an den Händen genommen. »Klara Hertig«, sagte er und atmete ganz tief durch. »Willst du mich heiraten?«

Auch Klara musste Luft holen. Hier, dachte sie, hier auf diesem Boot hatte sie mit Heinz Hochzeit gefeiert. Hier hatten sie getanzt. Hier war sie mit ihrem Baby eingezogen, als sie Heinz' Wohnung hatte aufgeben müssen. Hier hatte sie die erste Nacht mit Georg verbracht – und nun machte er ihr hier den Antrag, den Rest ihres Lebens mit ihm zu verbringen. Es war, als wäre Tante Rosas Hausboot zu ihrem Schicksalsort geworden. Aber wenn sie an all das zurückdachte, dann war eines klar und deutlich: Es waren immer die guten Dinge, die ihr hier widerfahren waren. So wie jetzt. »Ja«, sagte sie. »Ja, Georg. Das will ich.«

4.

Liebe Veronika! Ich bin seit einigen Jahren Witwe. Nun habe ich mich neu verliebt. Aber ich habe Angst, ich könnte meinen zweiten Mann nie so lieben wie meinen ersten, auch wenn es sich im Moment so anfühlt. Soll ich ihn trotzdem heiraten? Olga M. aus Köln

Liebe Olga! Die Frage, die Sie eigentlich stellen, ist: Kann man im Leben mehr als einen Menschen wirklich lieben? Ich habe mir diese Frage oft gestellt. Seltsamerweise kommt es uns ganz natürlich vor, dass wir unsere Eltern gleichermaßen lieben können, unsere Geschwister oder unsere Kinder, auch wenn es mehrere sind. Nur dort, wo es um die romantische Liebe geht, soll das nicht möglich sein. Aber warum?

Die Liebe ist ein großes Gefühl, vielleicht das größte überhaupt. Sie erfüllt uns, lässt uns leuchten, als hätte jemand ein Licht in uns angezündet. Aber mit dem Licht ist es doch so: Es kann von Kerze zu Kerze weitergegeben werden, ohne dass die erste Kerze in der Reihe dadurch erlischt. Das Licht wird einfach immer mehr, je öfter man es teilt. So ist es auch mit dem Licht der Liebe! Können Sie einen Menschen lieben? Ja, natürlich. Können Sie zwei Menschen lieben? Ja, warum denn nicht? Solange Sie die Flamme in Ihrem Herzen brennen lassen, wird sie Ihr Leben erleuchten.

Und wenn Sie mir die Bemerkung noch erlauben: Die Liebe ist auch viel zu aufregend, als dass Sie darauf verzichten sollten, nur weil Sie sie einmal verloren haben. Holen Sie sie sich zurück!

Alles Liebe, Ihre Veronika

Klara klappte die jüngste Ausgabe der *Holly* zu. Ob dieser Ratschlag wirklich auf eine Leserzuschrift hin zustande gekommen war? Oder hatte Vicki nicht einfach eine persönliche Botschaft an ihre alte Freundin Klara ins Heft gemogelt? Sie passte sie in der Teeküche ab. »Netter Brief an deine Leserin«, sagte sie ganz unschuldig, blickte die Freundin aber vielsagend an.

»Du meinst, die Antwort auf deinen Leserbrief?«

»Meinen?« Klara gluckste. »Schätze, den gibt es gar nicht in echt, richtig?«

Vicki hob überrascht die Augenbrauen. »Aber das warst doch du, oder?«, fragte sie etwas verunsichert, während sie zwei Tassen aus dem Schränkchen holte und eine Klara reichte.

»Ich habe dir nicht geschrieben«, versicherte die ihr und nahm die Kanne aus der Kaffeemaschine, um Vicki und sich selbst einzuschenken.

»Das heißt, der Brief war nicht von dir?«

Klara schüttelte den Kopf. »Und deine Antwort? Ging die an mich?«

»Hm«, machte Vicki. »Ehrlich gesagt dachte ich das.«

»Und jetzt?«

Vicki machte ein Gesicht, als ginge ihr plötzlich ein Licht auf, als würde sie unvermittelt ein ungeheuerliches Geheimnis erkennen. Sie stellte ihre Tasse weg und lief nach draußen. Neugierig folgte ihr Klara, die sich auf das Verhalten ihrer Freundin keinen Reim machen konnte.

Vicki trat an Rolf Ungewitters verwaisten Schreibtisch und nahm seinen Füllfederhalter und ein Blatt Papier. Sie kritzelte etwas darauf und marschierte dann mit dem Blatt zu ihrem eigenen Platz.

»Was wird denn das, Vicki?«, fragte Klara erstaunt.

»Warte mal, Klärchen«, erwiderte die und wühlte in einem Stapel von Briefen, bis sie endlich gefunden hatte, wonach sie suchte.

Sie hielt den Brief neben das Blatt, verglich beides mit sorgfältigem Blick und hielt es dann Klara hin. Die tat es ihr gleich, pfiff durch die Zähne und gab der Freundin die Papiere wieder zurück. »Aber warum sollte er das tun? Meinst du, er hat es für mich gemacht?«

»Nein«, sagte Vicki. »Ich schätze, er hat dabei an mich gedacht. Und an sich.«

Offenbar hatte Rolf Ungewitter den Brief der vermeintlichen Leserin aus Köln geschrieben. Der Strich seines Füllers und die Farbe seiner Tinte passten jedenfalls exakt zu der Unterschrift auf dem Brief: *Olga M.*

»Aber du bist doch keine Witwe, Vicki«, sagte Klara. »Ich meine: Gott sei Dank!«

»Es geht um etwas anderes, Klärchen«, erklärte Vicki. Sie blickte sich um, ob jemand lauschte, konnte aber offenbar niemanden entdecken und fuhr fort: »Es geht um die Frage, ob man zwei Männer gleichermaßen lieben kann.«

»Du hast das so toll beantwortet, Vicki«, schwärmte Klara. »Aber was hat das mit Rolf zu tun? Und mit dir? Ihr seid doch kein Paar mehr.«

»Doch«, sagte Vicki leise. »Eben schon.« Sie griff nach den Händen der Freundin. »Ich liebe Rolf.«

»Und Hartmut?«

»Den liebe ich auch!« Es war eine Mischung aus gequält und hingerissen, mit der Vicki sie anblickte. »Ich liebe sie einfach beide.«

»Dann seid ihr gar nicht getrennt, Rolf und du?«

Vicki hob in einer hilflosen Geste die Hände. »Irgendwie schon. Aber irgendwie auch nicht.«

Klara umarmte die Freundin und meinte: »Die Liebe ist schon eine merkwürdige Sache, hm?«

»Das ist sie, Klärchen. Aber so was von.«

»Jedenfalls ...«, sagte Klara.

»Jedenfalls was?«

»Jedenfalls hat mir dein Artikel geholfen.«

***

Rolf Ungewitter ließ sich nichts anmerken. Er kam weiterhin jeden Tag in die Redaktion und ging wieder, ohne Vicki anders zu behandeln als eine liebenswerte Kollegin, mit der ihn ausschließlich Professionelles verband. Vickis Verhalten ließ ebenfalls nicht darauf schließen, dass sie nach wie vor eine Liebelei hatten: die Traumfrau und der entstellte, aber brillante Mann. Falls Vickis offizieller Geliebter, Hartmut, es wusste oder ahnte, so ließ er es sich jedenfalls nicht anmerken. Und so lebte die Freundin ein sehr aufregendes, sehr unkonventionelles, sehr selbstständiges Leben mit zwei Männern, von denen sie keinen zu heiraten beabsichtigte und keinem ein Kind zu schenken gedachte.

Klara bewunderte die Freundin für ihren Mut. Aber sie bewunderte auch die beiden Männer dafür, dass sie es schafften, so ganz ohne Eifersucht zu leben – zumindest schien es so. »Ich bin da nicht so sicher«, sagte Elke, als sie eines Abends auf der Terrasse des Alsterpavillons mit Rena zusammensaßen. Natürlich war auch Elke längst hinter Vickis Geheimnis gekommen und hatte Rena von ihrem Verdacht erzählt. »Vermutlich sind sie sehr wohl eifersüchtig. Sie würden es nur nie zugeben. Schließlich sind sie Männer.«

»Spätestens auf deiner Hochzeit werden sie zusammentreffen, oder?«, meinte Elke.

»Wenn sie beide kommen, ja. Eingeladen sind sie jedenfalls. Auf Heidis Verlobungsfeier war Rolf ja nicht, weil er verhindert war.«

»Verhindert«, sagte Rena. »Wer's glaubt …«

»Und, Egon«, rief Klara, als der alte Freund sich kurz auf ein Schwätzchen zu ihnen stellte, »so nach und nach kommen doch fast alle unter die Haube. Hast du keine Pläne?«

»Ach«, erwiderte der Kellner und lachte. »So einen Goldjungen wie mich darf man doch nicht nur für eine große Liebe reservieren! Das wäre ja ein Verlust für die Welt.«

Auch Klara lachte. »Du solltest dich mal mit Vicki darüber unterhalten. Die ist da Expertin.«

»Das glaube ich aufs Wort«, stimmte Egon Fröhlich zu. »Hatte ja schon oft die Ehre, sie mit sehr unterschiedlichen Begleitern hier bei uns willkommen heißen zu dürfen.«

Die Freundinnen kicherten und widmeten sich ihren Sekt-Cassis.

***

Die Hochzeit fand Anfang September statt. Es war ein milder, beinahe windstiller Tag, so freundlich, wie man es in Hamburg nicht oft erlebt. Und es waren alle gekommen. So viele, dass Klara und Georg Sorge hatten, ihr neues Zuhause könnte die Menschenmenge womöglich gar nicht tragen. Doch das Hausboot lag ruhig im Sandtorhafen und schwankte nur ganz leicht mit den Wellen, die an die Mole klatschten.

Vicki war wie erwartet mit Hartmut gekommen. Doch auch Rolf Ungewitter hatte die Einladung angenommen und stand in einem eindrucksvollen Smoking am Heck des Kahns, um von dort aus auf die Elbe hinauszublicken, ein Glas Wein in der Hand und im Gespräch mit abwechselnden Partnern. Von Vicki und ihrem Begleiter schien er gar nicht Kenntnis zu nehmen. Und Klara staunte einmal mehr über seine Souveränität. Vielleicht war es ja das Bewusstsein, dass Vicki ihn nie ganz würde verlassen können? Oder er wusste ganz einfach, dass er sie nie für sich allein würde haben können? »Wie geht das bloß, Rolf?«, fragte Klara, als sie im Laufe des Nachmittags bei ihm vorbeischaute. »Du und Vicki, meine ich.«

Rolf Ungewitter schürzte süffisant die Lippen und nahm einen Schluck aus seinem Glas. Dann wandte er sich ganz Klara zu und sagte: »Wenn du einen Menschen liebst, Klärchen, dann sperr ihn nicht ein, sondern lass ihn fliegen.« Langsam wandte er sich wieder dem Fluss zu und fügte leise hinzu: »Aber gib ihm immer einen Grund, wieder zu dir zurückzukehren.«

Gerne hätte Klara etwas darauf erwidert. Doch nebenan begann die Musik zu spielen. Georg hatte eine Band engagiert, die sich auf Rock 'n' Roll verstand, wie man ihn vor zwei, drei Jahren noch im Star Club gehört hatte. Das ganze Hausboot vibrierte buchstäblich unter den Füßen, die unvermittelt zu tanzen begonnen hatten.

»Klärchen!«, rief Georg. »Komm, lass uns auch!«

»Ich komme!«, rief Klara zurück und tanzte buchstäblich zwischen den Gästen hindurch zu ihrem Mann. Wie unterschiedlich sie doch alle waren, die Frauen und Männer, die ihr Leben begleiteten. Wie unterschiedlich ihrer aller Herkünfte, Schicksale und Lebenswege waren. Und doch hatten sie letztlich alle den gleichen Traum: glücklich zu werden und die Welt ein klein wenig schöner zu machen, sei es durch aufregende Artikel, inspirierende Fotos oder tolle Kleider, sei es durch einen hübschen Haarschnitt, mitreißende Musik oder ein großartiges Magazin, sei es durch Leidenschaft, Freundschaft und Liebe …

»Ich will auch mittanzen!«, rief Hanna, als Klara und Georg sich eben an den Händen genommen hatten. »Unbedingt!«, rief Georg und schnappte sich die Kleine, um sie auf den Arm zu nehmen und dann gemeinsam so schwungvoll zu dritt loszutanzen, dass das Mädchen lauthals lachte.

Ja, dachte Klara, oder sei es durch das Lachen eines Kindes.

– ENDE –

Dichtung und Wahrheit

Es ist ein Privileg der Schriftstellerei, sich die verrücktesten Personen und Zufälle ausdenken zu dürfen, die man sich nur vorstellen kann. Eine Toilettenfrau eines Hamburger Kiez-Klubs zum Beispiel, die auf einem Hausboot lebt und dort dem jungen Paul McCartney Unterschlupf gewährt, als der – pleite und verzweifelt – ein Dach über dem Kopf sucht, um nicht unter der Brücke schlafen zu müssen.

Und es ist ein großer Spaß, wenn man eine solche Geschichte entdeckt und sie zu einem zentralen Motiv in einem Roman macht. Denn diese Begebenheit ist wahr! Tante Rosa hat es wirklich gegeben. Sie war eine Legende auf St. Pauli. Die Toilettenfrau des Top Ten Clubs besaß ein Hausboot, auf dem sie tatsächlich den noch sehr jungen Beatle einige Zeit beherbergte.

Was aus ihr wurde? Was mit dem Hausboot geschehen ist? Das ließ sich leider nicht mehr recherchieren. Aber viele andere Begebenheiten, Orte und Persönlichkeiten sind mir bei der Suche nach Tante Rosas Geschichte untergekommen und haben so nach und nach eine Geschichte in mir entstehen lassen, die schließlich zu den »Traumfrauen« geworden ist.

Die *Holly* hat es nie gegeben, die *Claire* ebenso wenig. Und Klara Paulsen ist ebenfalls eine Erfindung. Aber sie steht wie ihre Freundinnen für Millionen Frauen, die es geschafft haben, in den späten

1950er- und in den 1960er-Jahren unsere Gesellschaft grundlegend zu verändern. Denn das haben sie! Ehrlich gesagt war ich überrascht, wie wenig bisher der Aufbruch dieser Frauengeneration in eine neue Zeit gewürdigt wurde.

Natürlich gab es den Top Ten Club, den Star Club, das Café Keese und die Botega Nagel, es gab den Alsterpavillon und Silvesterbälle im Atlantic Hotel. Paprikas Zigeunerkeller klingt heute für uns beinahe lächerlich, doch damals war es ein angesagtes Restaurant. Die Gegend um die Reeperbahn und die Große Freiheit waren gleichermaßen verrucht wie auch mitten im normalen Leben vieler Menschen. Hamburg war in dieser Zeit die vielleicht modernste Stadt Deutschlands. Von hier gingen Trends aus, journalistisch, musikalisch, modisch – gesellschaftlich! Natürlich hing das auch mit der Nähe zum hippen England zusammen. Die Roaring Sixties schwappten über den Ärmelkanal bis in die Klubs und Redaktionen der Hansestadt.

Die Fünfzigerjahre sind die Zeit des Rock ’n’ Roll. Sie sind die Epoche von Petticoats und Kurzfrisuren. Nicht nur in Deutschland, aber hier ganz besonders war seit dem Ende der Zwanzigerjahre das Rollenbild fest zementiert. Frauen hatten sich um Haushalt und Kinder zu kümmern, sie waren im Grunde vor allem dafür da, das Leben der Männer besser und erfolgreicher zu machen. Dass eine Frau ein im wahrsten Sinne des Wortes eigenes Leben führen könnte, das war nicht vorgesehen. Frauen, die einen Beruf ergreifen wollten, mussten die Erlaubnis ihres Ehemanns einholen. Ihre finanzielle Verfügungsgewalt in der Ehe ging nicht über den Bereich des Haushaltsüblichen hinaus. Ein Sofa kaufen? Einen Fernseher anschaffen? Einen Urlaub buchen? Nicht ohne Zustimmung des Göttergatten! Und zwar nicht nur, weil das gesellschaftlich so üblich war, sondern weil es der Gesetzeslage entsprach. Die Frau war ganz einfach eine Erfüllungsgehilfin des Mannes. Bis hin zur Erfüllung der »ehelichen Pflichten«, die sie ihm schuldete.

Wer einmal die Bilder von kreischenden jungen Frauen auf den frühen Konzerten der Beatles gesehen hat und sich dies bewusst macht, weiß, dass sie nicht einfach schreien, weil sie sich für die Musik oder für die vier jungen Männer auf der Bühne begeistern. Sie schreien, weil sie sich lebendig fühlen. Da brechen lange unterdrückte, praktisch gesellschaftlich unerwünschte Emotionen aus. Die jungen Frauen erkennen: Ich lebe! Das ist *mein* Leben. Es sind *meine* Gefühle. Und ich bin nicht alleine – ganz viele andere sind ebenso lebendig und voller Leidenschaft!

Leidenschaft, das ist vielleicht das Schlüsselwort dieser Geschichte um ein Hamburger Mädchen, das mit Glück und Chuzpe, aber auch mit einer gehörigen Portion Mut und Leidensfähigkeit den Ausbruch aus einem traditionellen Rollenmuster schafft und einen Weg nimmt, für den es auch Vorbilder gibt. Denn ja, in den Fünfziger- und Sechzigerjahren gab es Frauen wie Klara und Elke und auch Vicki. Frauen, die ihre eigenen Träume verwirklicht haben und erfolgreich waren.

Kurz vor Fertigstellung des Romans starb die englische Modedesignerin Mary Quant, die indirekt in der Geschichte vorkommt. Sie ist die Erfinderin des modernen Minirocks, der – wie der Rock ’n’ Roll oder die Pille – für viele Frauen zum Symbol für Selbstverwirklichung wird. Elke Kellermann nimmt diese Rolle in meinem Roman ein.

Auch für Klara gibt es ein historisches Vorbild: Barbara Siebeck war die erste Frau, die ihren Babybauch auf einem Cover zeigte – damals ein Skandal, obwohl sie bekleidet war und lediglich die Hose aufgeknöpft hatte. Siebeck war Fotografin und hatte die Aufnahmen selbst gemacht – damals unglaublich mutig zu zeigen, dass man sich für seinen Körper nicht schämen muss und dass man stolz darauf sein darf, neues Leben zu schenken!

Wer die deutsche Pressegeschichte ein wenig kennt, wird feststellen, dass die Figur meines schillernden, faszinierenden und zugleich abstoßenden Hans-Hermann Curtius inspiriert ist von Henri Nannen, dem Großverleger des *Stern*, der für seine Rücksichtslosigkeit in Liebesdingen ebenso berüchtigt war wie für seine mehr als fragwürdige Rolle als Presseoffizier der Nazis in Italien (die Zitate, die Gregor seinem Vater aus dieser Zeit vorhält, sind tatsächlich – leicht paraphrasierte – Zitate aus Nannen-Artikeln, die er für die Nazis publizierte; Quelle: Manfred Schreiber, *Henri Nannen – Der Herr vom Stern*). Wichtig deshalb zu betonen, dass Curtius nicht Nannen ist: Letzterer mag manch dunklen Fleck auf seiner Weste gehabt haben, aber er hat wohl niemanden in den Selbstmord getrieben und sicher keine verbrecherischen Einsatzbefehle gegeben. In der jungen Bundesrepublik allerdings war er einer der feinsinnigsten Seismographen der gesellschaftlichen Stimmung, weshalb er mit seiner Zeitschrift geradezu sinnbildlich für die Moderne stand und viele wichtige gesellschaftspolitische Debatten anstieß. Die journalistischen Ideale, die in meiner Geschichte von Curtius, aber auch von Gregor propagiert werden, könnten so oder ähnlich auch von Henri Nannen postuliert worden sein.

Das Vorbild für die *Holly* allerdings war nicht der *Stern*, sondern das längst nicht mehr existierende Magazin *Twen*, das in den Sechzigern Fragen stellte wie »Ehemann oder Liebhaber – Was hilft Frauen weiter?« oder »Als Jungfrau in die Ehe?« und feststellte: »Frauen sind noch längst nicht frei.«

Vieles, was damals provokant und mutig war, erscheint uns heute fragwürdig. Zu sehr war es oft der sogenannte »männliche

Blick«, mit dem Frauenthemen illustriert wurden. Doch man muss sich auch bewusst machen, woher die Journalistinnen, die Magazinmacher, die Fotografinnen damals kamen und wie groß die Schritte waren, die sie – für uns! – gegangen sind.

Mit Petticoat und Rock 'n' Roll, mit Kurzfrisur, Minirock und Pille fing eine Revolution an, die noch nicht zu Ende ist. Als die Frauen ihre Haare und ihre Kleider abschnitten und sich nicht mehr von den Männern sagen ließen, ob verhütet wird oder nicht, begann für mich die Moderne. Die späten Fünfziger- und mehr noch die Sechzigerjahre waren ein Versprechen an die Menschheit: In Zukunft werden die Frauen im Weltgeschehen mitspielen!

Noch mussten Frauen ihre Männer fragen, wenn sie einen Beruf ergreifen wollten, noch waren sie auf Haushaltsgeld angewiesen, noch galt in der Ehe und in der Familie, was der Mann sagte. Aber alles das, was Frauen hinderte, ihr eigenes Leben zu leben, wurde in den folgenden Jahren und Jahrzehnten weggefegt von den Frauen der Generation, die damals jung war.

Ein klein wenig Klara Paulsen, Elke Kellermann, Rena Meier oder Vicki Voss steckt deshalb in uns allen. Und ich habe es sehr genossen, diese Freundinnen und ihre Welt beim Schreiben meines Romans ein Stück näher kennenzulernen. Mein herzlicher Dank gebührt vor allem meinen wundervollen Lektorinnen Barbara Heinzius und Christiane Mühlfeld, die mich dabei ebenso behutsam wie klug und inspirierend begleitet haben.

Anna Jessen im Juni 2023

Anna Jessen im Goldmann Verlag:

Die Insel der Wünsche. Stürme des Lebens. Roman
Die Insel der Wünsche. Gezeiten des Glücks. Roman
Die Insel der Wünsche. Klippen des Schicksals. Roman
Traumfrauen. Petticoat und große Freiheit. Roman
Traumfrauen. Minirock und neue Zeiten. Roman

(Alle auch als E-Book erhältlich)

Unsere Leseempfehlung

»Eine großartige Familiensaga«

LOVELYBOOKS.DE

672 Seiten
Band 1
Auch als E-Book erhältlich

704 Seiten
Band 2
Auch als E-Book erhältlich

736 Seiten
Band3
Auch als E-Book erhältlich

goldmann-verlag.de

GOLDMANN